De metaforenmachine
은유로 본 기억의 역사

은유로 본 기억의 역사
플라톤의 밀랍판에서 컴퓨터까지

초판 1쇄 인쇄일 2015년 9월 7일 **초판 1쇄 발행일** 2015년 9월 11일

지은이 다우어 드라이스마 | **옮긴이** 정준형
펴낸이 박재환 | **편집** 유은재 | **관리** 조영란
펴낸곳 에코리브르 | **주소** 서울시 마포구 동교로 15길 34 3층(121-842) | **전화** 702-2530 | **팩스** 702-2532
이메일 ecolivres@hanmail.net | **블로그** http://blog.naver.com/ecolivres
출판등록 2001년 5월 7일 제10-2147호
종이 세종페이퍼 | **인쇄 · 제본** 상지사 P&B

ISBN 978-89-6263-139-5 03180

책값은 뒤표지에 있습니다. 잘못된 책은 구입한 곳에서 바꿔드립니다.

* 이 책은 2006년 출판한 《기억의 메타포》의 개정판입니다.

은유로 본 기억의 역사

플라톤의 밀랍판에서 컴퓨터까지

다우어 드라이스마 지음 | 정준형 옮김

에코리브르

어두운 방 안으로 방문객이 들어온다. 방문객 뒤쪽 벽 높이 난 창문으로 들어오는 빛줄기가 거울에 반사되어, 인간의 어깨 위에 동물 머리를 얹은 그림이 그려진 8각 바퀴 위를 비춘다. 바퀴가 회전함에 따라 방문객은 거울 속에서 차례로 변형되는 자기 모습을 보게 된다. 예수회 수사였던 아타나시우스 키르허(Athanasius Kircher, 1602~1680)가 고안한 이 장치의 목적은 이러한 변형의 마술로 최대한 많은 상징과 은유를 만들어내려는 것이었다. 키르허는 광학적 반사(reflection)가 관찰자로 하여금 스스로의 본성에 대한 영적 성찰(reflection)로 이끌기를 희망했다. 키르허는 "나 자신이 그와 같은 기계를 지니고 있다. 그 기계는 거울을 보는 사람에게 엄청난 황홀경을 불러일으켜, 그 사람의 평소 모습 대신 어떤 때는 늑대의 모습을, 어떤 때는 개나 또 다른 동물의 모습을 보게 만든다"고 썼다.

–아타나시우스 키르허, 《빛과 어둠의 위대한 예술》, 로마, 1646.

Omnia in omnibus

만물 안에 만물이 있다.

—아타나시우스 키르허

진리란 무엇인가?

변덕스런 일군의 은유.

—프리드리히 니체

일러두기

이 책은 네덜란드 Historische Uitgeverij에서 De Metaforenmachine(1995)로 나왔으나 저자의 동의를 얻어 Cambridge University Press에서 나온 영어판 Metaphors of Memory(2000)로 번역했습니다.

차례

머리말

18세기 최고의 기억력을 자랑하는 레온하르트 오일러Leonhard Euler는 많은 수학 천재들처럼 신동이었다. 어느 불면의 밤, 오일러가 100 이하의 모든 수를 여섯 제곱까지 계산해 나온 600개의 수를 표로 기억해두었다가 며칠 뒤에 그대로 읽어냈다는 일화가 있다. 오일러는 수뿐 아니라 글에 대한 기억력도 출중해서 《일리아드Iliad》를 통째로 외우고 죽는 날까지 암송할 수 있었다. 중등학교 때 읽은 《일리아드》는 각 쪽의 첫 줄과 마지막 줄까지 기억했다고 한다. 오일러는 무엇을 보건 무엇을 읽건 무엇을 듣건 곧바로 기억했고 기억한 것을 자유자재로 불러낼 수 있었다.[1]

오일러는 자신의 대단한 기억력을 일생의 과업에 바쳤다. 가능한 최고의 과학과 예술로써 자신의 기억을 채우려 노력한 것이다. 그의 박식함은 해부학, 생리학, 식물학, 신학, 화학, 철학, 동양의 언어 들까지 아우를 정도로 전설적이었다. 그는 전공 분야에서도 역시 다재다능함을 발휘해 정수론, 대수학, 기하학 등에서 자신의 이름이 들어간 많은 정리와 방법 들로 기억되고 있다. 응용과학 분야에서는 항해술과 음악, 현미경과 망원경, 천문학과 측지선, 통계학과 마방진과 제비뽑기에 관한 글을 발표하기도 했다. 오일러는 생전에 530편의 논문을 발표했는데, 그 가운데 대부분은 파리 과학아카데미, 베를린 과학아카데미, 상트페테르부르크 과학아카데미 같은 과학학회 저널에 실렸다. 사후에도 미발표 논문을 비롯한 많은 글이 발견되었다.

급격한 시력 감퇴를 겪던 오일러는 1768년에 이르러 완전히 앞을 못 보는 신세가 되었다. 그러나 비범한 기억력과 마치 눈으로 보는 듯한 상상력 덕분에, 앞을 볼 수 없다는 점은 그의 연구의 질과 범위에 아무런 영향도 미치지 못했다. 1783년 세상을 떠나기 전까지 15년 동안, 오일러는 355편의 논문을 더 발표했다. 이 기간 동안 오일러는 자신의 아들 그리고 몇몇 제자와 함께 일했다. 그들의 작업 방식은 몇 년에 걸쳐 일정한 패턴으로 발전했는데, 다음은 그의 약전에 나오는 얘기다.

> 오일러의 연구실 중앙에는 석판으로 덮인 커다란 탁자가 있었는데, 시력을 완전히 잃기 전까지 그는 계산한 것을 이 석판 위에 분필로 꼼꼼히 기록했다. 그는 문제를 푸는 동안 손가락으로 탁자를 더듬거리며 몇 시간이고 탁자 주위를 맴돌았는데, 결국 탁자 가장자리가 닳아 반질반질해질 정도였다. 일단 석판이 가득 차면 논문의 대략적인 체계에 관해 토론을 벌였고, 계산과 예제 선택은 아들이나 제자의 몫으로 남았다. 대개는 바로 다음 날 개략적인 논문이 오일러 앞에 놓였고, 이 논문이 통과되면 정서하여 아카데미로 보냈다.[2]

오일러의 기억은 길고 부지런한 삶의 여정에서 수집한 귀한 것들로 채워진 자연사박물관 같았다. 그러나 한편으로 그 모든 기억의 무상함을 생각하면 침울해지지 않을 도리가 없다. 우리는 기억을 귀중한 것들의 저장소로 상상하지만, 아무리 귀중한 것도 그 사람이 죽으면 함께 사라져버릴 뿐이다. 통째로 기억된《일리아드》, 방대한 거듭제곱표, 기막힌 박식함, 한 학자가 보람찬 일생 동안 수집하고 애써 정리한 그 모든 것이 지워지고 마는 것이다. 아무리 대단한 내용으로 채워진 웅장한 기억일지라도 죽음은 한순간에 지워버린다.

오일러에게 그 한순간은 1783년 9월 18일에 찾아왔다. 죽는 날 아침까지도 그는,

> 자리에 앉아 열기구가 날아오르는 원리를 연구했다. 그해 6월 15일 몽골피에 형제가 최초로 열기구 비행에 성공한 터라, 오일러의 흥미를 끌기에 충분했다. 제자와 충실한 조수 렉셀A. J. Lexell이 함께한 그날 점심 때 오일러는 1781년 3월 13일 허셜F. W. Herschel이 발견한 천왕성의 궤도 계산에 관해 이야기했다. ……식사를 마친 뒤 오일러는, 수학 재능이 뛰어난 총애하는 손자와 차를 마시며 농담을 주고받다가 갑자기 손에서 파이프를 떨어뜨리더니 쓰러지며 "내가 죽는구나"라고 중얼거렸다. 이것은 실제로 일어난 일이다.[3]

인간은 기억의 소멸에서 오는 무상함에 맞서 인공기억을 개발했다. 가장 오래된 기억 보조 수단은 '쓰기'다. 고대에는 점토나 밀랍판, 중세에는 양피지나 송아지피지, 그리고 후대에는 종이가 쓰기 재료였다. 상형문자, 도형, 초상화 등 온갖 종류의 그림 역시 쓰기 재료 위에 기록되었다. 1839년에는 이미지를 직접 기록하는 인공기억이 점점 복잡하고 정교해져서 사진이라는 형태로 나타났으며, 1895년부터는 영화촬영술cinematography의 발명으로 움직이는 이미지까지 기록이 가능해졌다.

1877년 에디슨의 축음기 덕에 소리의 저장이라는 몇 세기에 걸친 꿈도 실현되었다. 오늘날에는 카세트리코더, 비디오, CD, 컴퓨터 메모리, 홀로그램 등 수많은 기억'술'들이 시청각 정보를 저장한다. 이미지와 소리는 시간과 공간을 초월하게 되었으며, 한 세기 전만 해도 상상할 수 없던 규모로 반복·재생된다.

이러한 인공기억들은 인간의 기억을 보조하고 때로는 대체했을 뿐만 아니라 기억과 망각에 대한 우리의 생각도 발전시켰다. 몇 세기 동안 기억 보조 수단은 우리가 스스로의 기억에 대해 생각하는 데 필요한 표현과 개념을 제공했다. 우리는 기억이 인장반지signet ring를 꾹 눌러 찍는 봉랍sealing-wax이라도 되는 양 '인상impression을 받는다'고 한다. 기억이 조각용 판이라도 되는 것처럼 기억에 '새긴다etch'고도 한다. 기억하고 싶은 것은 '명기해야imprint' 하고, 잊어버린 것은 '지워진erase' 것이다. 오일러처럼 유난히 생생한 기억력을 지닌 사람을 두고, 우리는 '사진 같은 기억photographic memory'을 가졌다고 한다.

기억과 망각에 관한 일상 언어는 은유적인 특성을 지닌다. 기억에 관한 철학 이론, 심리학 이론의 경우는 말할 것도 없다. 플라톤의 밀랍판에서 현대의 컴퓨터에 이르기까지 기억과 관련한 언어는 은유로 가득하다. 기억에 관한 우리의 생각은 정보의 저장과 재생을 위해 발명된 방법과 기술을 자양분으로 삼는다. 예컨대 시각기억에 관한 19세기 이론들 속에서 광학 기술의 변천 과정을 정확히 짚어낼 수 있을 정도다. 즉 1839년 다게레오타입daguerreotype(은판사진술)과 탈보타입talbotype(종이인화법), 바로 뒤에 나온 입체경stereoscopy, 그 뒤를 잇는 암브로타입ambrotype(유리판 사진)과 컬러사진, 1878년의 '합성사진', 그리고 영화촬영술에 이르는 과정을 말이다.

현대의 일부 이론가들이 시각기억의 신경적 기반을 홀로그램 구조에 비유하는 것도 17세기의 환등기 비유에서 시작된 유구한 전통에 부합한다. 기억의 역사를 살펴보는 일은 기술 박물관을 돌아보는 일과 어느 정도 비슷하다.[4]

인공기억만 은유로 작용한 것은 아니다. 정보를 저장하는 문서보관실이나 도서관, 물품을 저장하는 창고, 동물을 가둬두는 새장, 귀중품을 보관하는 금고, 중세 환전상들의 지갑sacculi 등 매우 다양한 저장 공간이 은유로 쓰였다. 숲, 들판, 미궁 등의 풍경에서 말미암은 은유도 있다. 동굴, 갱도, 심해 같은 은유는 기억의 비밀스런 성질을 표현한다. 궁전, 수도원, 극장 같은 건물 역시 그러한 비유에 속한다. 기억은 자석·위胃·벌집으로 그려지는가 하면, 인광석phosphorus ore·에올리언하프Aeolian harp·베틀에 비견되기도 했다. 기억 이론에는 끊임없이 변하는 이미지들이 투영되었다. '만물 안에 만물이 있다omnia in omnibus'는 말처럼.

자연물이건 기술이건, 유기적이건 인공적이건, 이 모든 은유는 기억에 관한 나름의 시각을 만들어냈다. 제자 테아이테토스Theaitetos와 기억의 신뢰성에 관해 토론하던 소크라테스에게 기억이란 부드러운 밀랍으로 된 밀랍판 같은 것이었다. 그에 반해 프로이트는 '신비스런 글쓰기 판magic slate' 은유를 사용해, 기억의 흔적이 표면상으로는 보이지 않아도 그 심층부에는 남아 있다고 했다. 토마스 아퀴나스의 비서이던 레지날드Reginald는 아퀴나스의 기억을 신성한 책으로 여겼는가 하면, 의사이자 예술가인 카루스는 기억을 거대한 미궁으로 보았다. 은유의 변천을 통해 본 기억의 역사는 강조점만 변했다기보다, 전혀 다른 종류의 기억이 끊임없이 제시된 역사이다.

학문과 기술의 복합체로서 은유는 시대와 문화와 환경의 거울이기도 하다. 은유는 그 은유를 만들어낸 사람의 행태와 선입견을 드러낸다. 은유는 의도와 관계없이 그 시대의 지적인 풍토를 담아내며 기억의 한 형식으로서 기능한다. 영국왕립학회의 특별회원이던 로버트 훅Robert Hooke(1635~1703)은 1682년 기억 이론을 세우는 데 학계에서 높게 평가받던 기계적 유추를 사용했다. 그리하여 당대를 뒤흔든 '볼로냐석Bologna Stone'(빛을 저장했다가 어둠 속에서 발산하는 인광체—옮긴이) 실험은 시각기억에 대한 로버트 훅의 은유를 통해 빛을 발하게 된다. 1970년대에 신경심리학자 칼 프리브램Karl Pribram은 빛의 저장·재생에 관한 당대 최첨단 기술인 홀로그램을 시각기억에 대한 은유로 사용했다. 인광체와 홀로그램, 이 두 가지는 시각 자극의 처리 연구에서 지대한 역할을 했으며, 시각 경험의 저장에 관한 이론으로까지 이어졌다. 은유에는 감춰진 기억 과정을 설득력 있게 표현할 만한 이미지를 물색하던 연구자가 자기 주위에서 발견한 것이 담겨 있다. 은유는 시대의 지표인 화석처럼 그 은유가 쓰인 텍스트의 시대를 가늠하게 한다.

19세기 말로 가면서 전문적 기억 연구는 심리학자들의 몫이 되었다. 그 출발부터 실험적·계량적 경향을 보인 심리학자들의 연구는 지난 한 세기 동안 인간의 기억과 망각이 어떻게 이루어지는지에 관해 많은 것을 밝혀냈다. 실험 연구의 개척자인 헤르만 에빙하우스Hermann Ebbinghaus는 《기억에 관하여Über das Gedächtnis》(1885)를 통해, 기억이라는 주제를 실험적·계량적 연구가 가능한 대상으로 만들었다.[5] 에빙하우스의 연구가 과학적 기억 연구의 진정한 시작이라는 다수의 주장대로, 많은 기억심리학 논문

은 자연스럽게 에빙하우스를 기점으로 삼고 있다.[6]

그러나 이 책의 중반부에 등장하는 에빙하우스는 플라톤에서부터 현대의 신경망 설계자에 이르는 수많은 등장인물 가운데 한 명일 뿐이다. 에빙하우스에 의한 급전환은 방법론의 수준에서 이루어진 것일 뿐 이론적 수준의 것은 아니었다. 기억은 끊임없는 철학적 사유의 대상이었고 의사는 물론 신학자, 자연과학자, 작가 역시 기억 이론의 형성에 일조했다. 게다가 기억의 은유들에 주목한다면, 1885년의 급작스런 전환보다는 은유들의 지속성과 공통점이 더 눈에 들어올 것이다.

소크라테스가 테아이테토스에게 말한 내용을 빌리자면, 기억이란 뮤즈Muse(그리스 신화에 나오는 학예의 여신—옮긴이)들의 어머니인 므네모시네Mnemosyne(그리스 신화에 나오는 기억의 여신—옮긴이)가 인간에게 준 선물이었다. 기억이 없다면 누구도 므네모시네의 딸들이 창조한 것을 즐길 수 없을 것이다. 모든 음은 멜로디를 이루기 전에 흩어져버릴 것이고, 모든 시어는 한 편의 시가 되기 전에 귓전에서 사라져버릴 것이다. 심리학이 때때로 기억상실을 앓는 것처럼 보일 때가 있다. 재발견 사례가 부끄러울 정도로 많을 뿐 아니라 과거의 가치 있는 경험적·개념적 업적들이 오늘날의 연구에 놀라울 만큼 영향을 미치지 못하고 있기 때문이다. 심리학 이론 형성에서 이러한 문제는 19세기부터 나타난 것으로 진단되며 계속해서 반복되고 있다. 심리학이 더 나은 기억력을 갖기 위한 확실한 방법은 역사적 연구일 것이다. 클리오Clio(그리스 신화에서 역사를 주관하는 뮤즈—옮긴이)도 결국은 므네모시네의 딸인 것이다. 이 책의 서술 관점은 각 기억 이론에 투영된 시각적 이미지와 은유에 입각한 관점이다. 물론 다른 관점으로도 훌륭한 기억의 역사를 서술할 수 있을 것이고, 그럼으로써 또 다른 역사를 보여줄 수 있을 것이다. 은유는 수많은 관점 가운데 하나일 뿐이다.

아타나시우스 키르허는 은유 기계 같은 환각 장치를 고안했을 뿐 아니라 **왜상**anamorphosis에 관해서도 면밀히 연구했다. 의도적으로 상을 왜곡하는 왜상은 특별한 처리 과정이 필요했는데, 머리 좋은 키르허는 왜상을 만드는 다양한 환각 장치를 개발했다.[7] 대부분의 왜상은 그림으로 그려졌지만, 울타리를 얼굴 형상으로 배치한 조경처럼 대규모로 제작되기도 했다. 이 경우 울타리의 환영으로 존재하는 왜상은 설계자가 택한 투사 지점에서 보아야만 얼굴로 보였는데, 대개 그 지점은 하나의 창문이었다. 그 얼굴이 환각이었는지 정말 존재했는지는 아무 쓸모없는 의문일 것이다. 그 한 지점을 제외하면 어디에서 보아도 어떤 뚜렷한 질서 없이 배치된 울타리만 보였기 때문이다.

왜상 환각은 설계자가 그것을 설계할 때 마음에 품은 관찰 지점을 관찰자가 상상력을 발휘해 기꺼이 선택하고자 할 때 성립된다. 한 창문 앞에 선 관찰자는 그 위치를 기꺼이 택한 대가로 울타리가 얼굴로 보이는 경험을 하게 될 것이다.

1

프로이트의 신비스런 글쓰기 판

1925년 프로이트는 이런 글을 남겼다. "내가 나의 기억력을 신뢰하지 못한다면 펜과 종이에 의지하면 된다.[1] 종이는 내 기억의 외적인 부분으로서, 이것이 아니라면 나는 내 기억을 보이지 않는 상태로 지니고 다녀야 할 것이다." 프로이트는 종이에 무언가를 기록할 때면, "내 진짜 기억이었다면 범했을지도 모를 왜곡"[2] 없이 영원히 '기억한다'는 확신이 든다고 했다. 종이의 단점이 있다면, 더 이상 불필요한 기록일지라도 없었던 것으로 되돌릴 수 없다는 점과 지면이 다 차버린다는 점이다. 이러한 두 가지 단점이 없는 쓰기 수단으로 서판slate과 분필이 있다. 계속해서 되쓸 수 있는 서판은 기록 용량이 무제한이지만 새로운 것을 기록하려면 먼젓번 기록을 지워야 한다는 단점이 있다. 인간의 기억을 대체하는 기억 보조 수단들을 살펴보면, 무제한의 용량과 영원히 남는 흔적은 양립 불가능한 조건인 듯하다. 인간의 기억력을 그토록 묘하게 효율적으로 만들어주는 바로 그 특성이 종이나 서판에는 없다. 프로이트에 따르면 "인간의 정신 기관은 종이와 서판이 못 가진 바로 그 특성을 지닌다. 우리의 정신은 새로운 지각을 무제한으로 받아들일 뿐만 아니라 받아들인 것을 비록 고정불변은 아니더라도 영속적인 기억흔적으로 저장한다".[3]

이와 관련해, 프로이트는 일찍이《꿈의 해석Die Traumdeutung》(1900)에서 인간 정신 기관의 비범한 기능은 서로 다른 두 체계의 작용에 기인하는지도 모른다고 밝힌 바 있다. 먼저 '지각-의식perception-consciousness' 체계는 지각한 것을 기록하되 영속적인 흔적을 남기지는 않는다. 새로운 경험 앞에서 매번 **백지 상태**tabula rasa이다. 그리고 지각-의식 체계 뒤에 존재하는 '기억 체계mnemic system'는 우리가 지각한 것의 영속적인 흔적을 저장한다. 그렇다면 이처럼 양립 불가능해 보이는 두 기능이 어떻게 결합될 수 있을까?

프로이트가 이런 생각을 하기 얼마 전, 'Wunderblock' 또는 '신비스런 글쓰기 판Mystic Writing-Pad'이라는 이름의 도구가 출시되었다. 아랫부분에 밀랍층이 있고 그 위를 밀랍 종이 한 장과 투명한 셀룰로이드 한 장으로 덮은 도구였다. 셀룰로이드에 글자를 쓰면 글자가 밀랍 종이에 나타나며, 밀랍 종이를 밀랍층으로부터 떼어내면 글쓰기 판은 도로 백지 상태가 된다. 그러나 밀랍 종이 아래에는 지운 흔적이 계속 보존돼 있다. 밀랍 종이에서만 보이던 것이 밀랍층에 새겨진 것이다. 표면의 종이는 아무것도 쓴 적 없는 듯한 백지 상태로 되돌아가지만, 그 아래에는 모든 것이 보존된다. 프로이트는 다음과 같이 결론지었다.

> 신비스런 글쓰기 판은 **서로 별개이면서도 연관된 두 기능 또는 두 체계로 나뉘어 있다**는 점에서 기억의 두 기능의 결합 문제를 해결해준다. 이것이 바로 방금 언급

한 가설같이 우리의 정신 기관이 지각 기능을 수행하는 방식이다. 자극을 수용하는 층인 지각-의식 체계는 영속적인 흔적을 형성하지 못하며, 기억의 근원은 이와 접속하는 다른 체계에 있다.[4]

이와 같은 프로이트의 유추에서, 신비스런 글쓰기 판의 결점은 큰 문제가 되지 않았고 중요한 것은 유사성이었다. 신비스런 글쓰기 판이 인간의 기억과 달리 한번 사라진 글자를 '재생'할 수 없다는 점은 중요하지 않았다. 이 유추에서 단순한 두 기능의 결합 그 이상의 유사성이 발견되었기 때문이다. 신비스런 글쓰기 판에서 종이를 밀랍층으로부터 떼어낼 때마다 글자가 사라지듯이, 지각 기관에서도 신경감응innervation의 흐름, 즉 신경충동neuronal impulse의 경로가 차단될 때 같은 결과가 나타난다. 신경감응이 없으면 자극이 심층부에까지 이르지 못해 지각할 수 없게 된다. 프로이트에게는 신경감응이 밀랍 종이와 밀랍층의 접촉에 해당하는 개념이었다. "한 손으로 신비스런 글쓰기 판의 표면에 글을 쓰고 다른 한 손으로는 주기적으로 종이를 밀랍층에서 떼어낸다고 해보자. 이것이 바로 지각 기관의 기능에 관해 내가 설명하고자 한 것을 구체적으로 보여주는 실례다."[5]

프로이트는 수사적 표현의 대가였고, 이런 점은 그의 작가로서 명성에도 크게 기여했다.[6] 1930년 괴테 문학상을 수상하기도 한 프로이트가 사용한 은유들은 그러나 단순한 수사적 기능 이상의 의미를 지녔다. 프로이트는 페렌치S. Ferenczi에게 보낸 편지에서, 과학적 창조성이란 "대담할 정도로 유연한 상상과 혹독할 정도로 현실적인 비판" 사이의 상호작용이라고 정의했다.[7] 그러한 상호작용에서 은유, 비유, 유추란 불가피하고도 바람직한 것이었다. "심리학에서는 비유의 도움 없이 무언가를 설명하는 일이 불가능하다. 이는 전혀 특별한 일이 아니며 다른 분야에서도 마찬가지다. 다만 이러한 비유를 계속해서 바꿔나가야 한다. 영원히 쓸모 있는 비유란 없기 때문이다."[8]

이 말은 우선 프로이트 자신의 이론에 적용된다. 그의 저작에는 극히 다양한 분야에서 가져온 수많은 은유와 유추가 등장한다.[9] 엘렉트라·오이디푸스 등 콤플렉스를 명료화하는 데는 신화가 은유를 제공했고, 군사학은 **자아**ego와 무의식의 관계를 표현하는 데 은유를 제공했다. 예컨대 프로이트는 무의식이 꿈을 통해 **자아**의 영역으로 들어와 독자적으로 활동하는 것을, 점령군이 점령지의 법에 따르기를 거부하고 자기들의 새로운 법을 공포하는 것에 비유했다. **자아**가 **이드**id의 포위 공격을 견뎌내야 한다거나, 정신분석 치료가 내란에 대한 외국의 내정간섭이라는 비유도 있다. 물리학과 기술 분야에서 온 은유도 있다. 예컨대 리비도libido는 압력으로 흘러넘쳐 저수지를 이루는 액체이다. 아래로부터는 무의식적 욕망이 불을 지피고 위로는 타협적인 **자아**의 규제를 받아 압력과 반대 압력의 위태로운 균형 속에서 끓어오르는 흥분으로 가득 찬 솥에 **이드**를 비유한 구절도 유명하다.[10] 프로이트가 일생에서 두 번째로 열정을 쏟은 고고학 분야

그림 1.1 프로이트의 서재 바로 옆에 있던 진료실의 진열장 사진. 스스로 밝힌 대로 프로이트는 일생 동안 심리학보다 고고학에 관한 책을 더 많이 읽었다. 그는 열렬한 고대 예술품 수집가였다. 그의 진료실과 서재의 테이블과 진열장에는 화병, 그릇, 스핑크스상, 불상, 돋을새김, 작은 조각상, 흉상 등이 엄청난 규모로 진열돼 있었다. 1938년 5월 게슈타포가 프로이트를 런던으로 쫓아내기 며칠 전, 에두아르트 엥겔만(Eduard Engelman)은 빈의 베르크가세 19번지에 있던 프로이트의 아파트 모든 방을 사진에 담았다. 이 사진을 통해 프로이트가 서재와 박물관의 중간쯤으로 보이는 방에서 환자를 진료하고 연구했음을 알 수 있다.

역시 마르지 않는 은유의 원천이었다. 고고학자가 성벽의 파편과 발굴한 조각에서 사라진 건물의 윤곽과 벽화를 재구성하는 것처럼, 정신분석학자들도 환자의 기억과 연상의 파편으로부터 결론을 이끌어내야 한다. 히스테리 환자의 경우, 히스테리 증상 아래 묻힌 트라우마가 드러날 때까지 한 층 한 층 파 내려가야 한다. 트라우마적 기억이 완전히 발굴되고 부식이 시작되어야 비로소 히스테리 증상은 사라질 수 있다. 폼페이의 진정한 붕괴도 폼페이가 발굴된 뒤에야 시작되지 않았던가(그림 1.1).

프로이트에게 은유는 수사적 도구로서만이 아니라 이론을 형성하는 발견적heuristic 도구로도 매우 중요했음이 분명하다. 은유라는 도구의 묘한 힘은 어디서 나올까? 신비스런 글쓰기 판 같은 은유는 '언어' 현상이면서 동시에 구체적인 사물과 관련됨에 따라 시각적 이미지의 측면도 지닌다. 신비스런 글쓰기 판이 그러하듯이, 은유는 언어와 이미지라는 두 겹이 합쳐진 도구이다.

그을린 유리로서 은유. 은유에 관한 세 가지 이론

아리스토텔레스는 《시학Poetics》에서, 은유란 "유類에서 종種, 종에서 유, 종에서 종으로 전이 또는 비유에 의해 낯선 이름strange name을 사용하는 것, 즉 상사parallel"[11]라고 정의했다. 오늘날의 문학 연구는 일반적으로 은유라는 용어에 대해, 아리스토텔레스가 말한 '상사', 즉 두 사물·사건·관계 간의 유사 관계라는 정의를 계승하고 있다. 아리스토텔레스의 정의에 포함된 두 표현, 즉 '낯선 이름' 사용과 '의미의 전이'는 아직까지도 은유 사용에서 본질로 여겨진다. 먼저 낯선 이름 사용이란 통상의 문맥에서 벗어남을 가리키는데, 이는 모든 은유에 해당하는 점이라고 할 수 있다. 아리스토텔레스가 제시한 예를 보자. '저녁'이라는 말은 보통 하루 중 한때를 가리키는 말이므로 '삶의 저녁'이라는 은유에서 '저녁'이라는 말은 '낯선 이름'이다. 다음으로 '전이'라는 개념은 언어의 통상적인 문맥에서의 함의가 새로운, '낯선' 문맥으로 옮겨짐을 가리킨다. '시간은 강이다'라는 은유를 예로 들면, '강이 어느 한 방향으로 흐른다'의 함의가 새로운 문맥으로 전이된 경우다. 은유의 이러한 성질은 그 어원에서도 나타난다. 그리스어 동사인 'metapherein'은 '옮기다transport' 또는 '전이하다transfer'라는 뜻이다.

은유가 통상적인 문맥에서 새로운 문맥으로 말의 의미를 전이시킨다는 점은 문학 연구들이 유일하게 합의한 부분이다. 그러나 두 문맥의 관계가 정확히 어떤 것이고, 은유가 어떻게 실제와 관련되며, 모든 은유에 대해 축어적逐語的 설명이 가능한지, 또는 축어적 설명이라는 게 가능하기나 한지 등의 문제에 관해서는 근본적인 합의가 이루어지지 못했다. 프로이트의 '신비스런 글쓰기 판'을 때로는 은유로, 때로는 유추나 모델로 일컫는다는 사실은 바로 이 문제에 관한 개념상의 혼란을 반영하고 있다.

리처즈I. A. Richards는 《수사학의 철학Philosophy of Rhetoric》(1936)으로 지금까지 계속되고 있는 은유의 인식론적 위상에 관한 논의의 장을 열었으며,[12] 그가 도입한 은유 분석 용어도 아직까지 사용되고 있다. 리처즈에 따르면 은유란 두 말term 사이의 관계에 관한 표현법이다. 하나는 은유가 표현하고자 하는 대상인 '화제어topic term'이고, 다른 하나는 다른 문맥으로부터 의미가 전이된 '매체어vehicle term'로 아리스토텔레스가 말한 '낯선 이름'에 해당한다. "기억은 마음 내키는 곳에 드러눕는 개와 같다"는 네덜란드 작가 체스 노테봄Cees Nooteboom의 은유를 예로 들면, '기억'은 화제어이고 '마음 내키는 곳에 드러눕는 개'는 매체어이다.[13] 이 은유에서 '마음대로 되지 않는 기억'을 연상할 수 있듯이, 은유가 제시하는 유사성에 대해 리처즈는 '취지tenor'라는 용어를 쓰기도 했다.

리처즈의 생각을 계승한 맥스 블랙Max Black은 은유에 관한 세 가지 해석(또는 관점)을 제시했다. 지금까지 은유는 대치substitution, 비교comparison, 상호작용interaction이라는 연이은 세 가지 관점에서 이해되었다는 것이다.[14] '대치론'에서 매체어는 문장 속의 훼방꾼 같다. 매체어는 축어적 표현이 있어야 할 자리를 교묘하게 차지하고 해당 문장을 언뜻 보면 이해할 수 없는 것으로 만든다. '호마리우는 퓨마다'라는 문장을 축어적으로 읽으면 '퓨마'는 브라질 축구선수에 관한 이 문장을 말이 안 되게 만든다. '퓨마'가 폭발적인 힘, 유연함, 스피드 같은 근사한 능력으로 대치된다는 것을 알아야만 이 문장은 의미를 갖는다. 엄밀히 말해 불필요한 군더더기에 불과한 은유가 용인되는 것은 수사적 이유에서다. 즉 원칙적으로는 은유를 축어적 표현으로 바꿀 수 있다는 것이다.

그러나 대치론이 지닌 문제는 많은 은유, 특히 과학적 은유들이 (아직까지는 또는 원칙적으로) 축어적으로 표현하기 힘든 것을 표현한다는 이유로 존재한다는 점이다. 예컨대 면역 체계 안의 특정 세포는 병원균을 '식별한다recognize'고 알려져 있다. 생화학자들이 이런 일을 가능케 하는 기제를 발견하기 위해 매달렸지만 아직까지는 '식별하다'라는 은유를 축어적 표현으로 대체할 만한 이론을 내놓지 못하고 있다. 사실 이론의 진전은 점점 더 많은 은유를 만들어낸다. 분자 단계에서의 '식별'에 관한 연구는 '자물쇠-열쇠lock-and-key' 기제를 낳았다. 따라서 '식별하다'라는 은유는 군더더기나 멋 부리기라고 할 수 없다. 지금으로서는 다른 대안이 없다.

심리학적 은유는 대치론의 부정적인 측면에 좀더 무게를 실어준다. 면역 세포와 병원균의 상호작용 같은 물리적 작용은 어느 정도 축어적 설명이 가능할 수도 있지만, **정신적** 작용에 관한 축어적 설명이란 애당초 불가능해 보인다. 기억의 '검색 과정'에 해당하는 축어적 설명이 있을까? '저장하기' 같은 과정을 축어적으로 어떻게 설명할 수 있을까? '정보의 여과'가 은유라면, 어떤 축어적 표현으로 이를 대체할 수 있을까? 즉 심리학의 수많은 비유적 어법은 축어적 표현으로 대체할 수 없다는 문제를 안고 있다.

화제어와 매체어의 관계에 관한 두 번째 이론인 **비교론**도 이 문제로부터 벗어날 수 없다. 비교론에 따르면, 은유는 화자나 청자가 화제어와 매체어의 비교를 통해 유사성을 찾아내야 하는 표현법이다. 우리는 시간이 흐른다는 것도 알고 강물이 흐른다는 것도 안다. 따라서 '시간은 강이다'라는 문장에서 '흐른다'는 공통점을 찾을 수 있다. 맥스 블랙도 지적했듯이, 사실 비교론은 대치론의 특수한 경우라고 할 수 있다. 화제어와 매체어의 유사성이 축어적으로 명확히 설명되기 때문이다. 심리학적 은유의 해석에서 비교론은 대치론만큼이나 부적절하다.

블랙은 리처즈의 뒤를 이어 **상호작용론**의 관점에서 은유를 설명하고자 했다. 은유에서 화제어와 매체어는 저마다 연상시키는 것들에 의해 연관되고 그것들 사이에 상호작용이 일어난다. 이러한 재생산 과정을 통해 화제어나 매체어 단독으로는 만들 수 없는 새로운 의미가 창출된다. 예를 들면 '인간은 늑대다'라는 문장에서 '늑대'가 연상시키는 것, 즉 잔인함·간악함·사나움 등은 '인간'이 연상시키는 것과 연관되어 '늑대 같은 인간'이라는 새로운 의미를 창출한다. 거꾸로 이 은유는 늑대에게도 인간의 어떤 성질을 부여하므로 (비록 대부분의 은유에서 매체어가 지배적인 영향력을 갖는 것이 사실이지만) 두 연상 사이의 상호작용은 대칭적이다. 기억심리학에서 컴퓨터 은유는 이러한 상호작용론을 뒷받침하는 실례다. 컴퓨터와 기억 사이에 일어나는 연상들의 상호작용은 기억을 더욱더 기술적으로, 컴퓨터를 더욱더 심리학적으로 만들었다.

블랙은 시각적 필터의 비유를 통해 자신의 견해를 설명했다. 몇 개의 투명한 줄이 가로로 그어진 그을린 유리판으로 밤하늘을 올려다보면, 별들이 일직선상으로 보이게 마련이다. '인간은 늑대다'라는 문장에서 매체어에 관해 '잔인하거나 사납다'는 적절한 연상은 유리의 투명한 부분에 해당하고, '털이 많거나 빠르다'는 부적절한 연상은 유리의 그을린 부분에 해당한다. 블랙은 아타나시우스 키르허의 광학 기계를 환기시키는 이론을 전개하면서, 은유에서는 화제어와 매체어의 연상들이 서로에 '투사'되어 새로운 패턴을 만들어낸다고 썼다.

은유에 대한 필터 비유가 수많은 비판을 불러왔음에도 (그도 그럴 것이 그을린 유리판은 별이 어떻게 관찰되는지에 영향을 끼치지만 별은 유리에 아무런 영향을 미치지 않기 때문이다) 상호작용론은 열광적으로 수용되었다. 은유가 연상의 일부는 걸러내고 일부는 강조함으로써 새로운 의미를 창출한다는 생각은 은유의 정역학 및 동역학에 관한 신구 이론과 맞닿아 있다. 상호작용론의 골자는 이미 1936년 리처즈가 다음과 같이 정립했다. "은유를 사용할 때는 하나의 말 또는 구절에 의해 뒷받침되는 두 가지 생각이 함께 작용하며, 은유의 의미는 두 가지 생각의 상호작용의 결과이다."[15] 이러한 리처즈의 정의는 "은유는 하나의 대상에 대해 두 가지 생각을 갖게 한다"는 새뮤얼 존슨Samuel Johnson의 말을 상기시킨다. 마틴J. Martin과 하레R. Harré 같은 현대의 이론가들은 화제어와 매체어가 각각 '의미장semantic field'의 중심을 이루며 두 장 사이의 상호작용이 새로운 통찰을 낳는다고 한다.[16]

상호작용론에 관해 몇 가지 부연 설명을 하면, 첫째 은유가 더 새롭고 더 놀랍고 더 독창적일수록 상호작용의 양상이 더욱더 두드러진다. 인간의 모든 창조물이 그렇듯 은유도 낡고 닳을 수밖에 없으며, 은유가 촉발한 두 영역 사이의 상호작용 역시 약해지고 결국 사라져간다. 그 최종 결과는 '죽은 은유', 즉 점차 축어적 표현으로 변한 은유이다. 예를 들면 농사일에서 유래한 'go haywire'('흥분하다'라는 뜻, haywire는 건초를 묶는 철사를 말함—옮긴이)라는 은유는 인간 행위를 묘사함에서 생생함을 상실하고 결국은 경직된 죽은 은유가 되고 말았다. 아이러니하게도 이 은유가 'the computer has gone haywire'('컴퓨터가 고장나다'라는 뜻, 기계의 경우 'go haywire'는 '고장나다'의 의미—옮긴이)처럼 기계에 적용하면 부활하는 것을 볼 수 있다. 니체는 동전을 오래 쓸수록 동전에 새겨진 상이 마모되는 것에 죽은 은유를 비유했는데, 돋을새김이 차츰 닳아 결국 그 표현하는 바가 완전히 사라진다는 점에서 그럴 듯한 유추이다. 은유가 더 이상 '하나의 대상에 대한 두 가지 생각'을 제공하지 못하고 문자 그대로의 표현이 되면, 상호작용 역시 끝난다.

둘째, 화제어와 매체어의 연상들이 가지를 많이 칠수록 상호작용은 더욱 강렬해진다. 즉 은유 안에서 만난 두 영역이 풍부한 연상을 낳을수록, 그 연상들에 대한 상호 선택과 구성은 더욱 생산적이 되고 은유는 더욱더 새로운 통찰을 낳게 된다. 로버트 훅이 제시한 기억에 관한 소우주 은유(3장 참조)는 화제어와 매체어가 세분화한 연상들의 관계에 연결된 은유의

한 사례다. 이런 경우 은유는 상당한 발견적 수확을 얻을 수 있다. 1차 수확 후 2차, 3차 수확이 잇따를 만큼 '의미장'들이 맺는 결실이 풍부한 것이다.

마지막 설명을 덧붙이자면, 상호작용론은 심리학 분야와 관련이 깊다. 두 영역의 연상들이 상호작용을 하고 그 결과 새로운 의미를 창출한다는 은유의 본질은 심리학적으로 표현될 수 있는 과정이다. 어쩌면 심리학이 은유 사용의 '보이지 않는 이면'을 밝혀줄 수 있을지도 모른다. 연상들의 상호작용은 어떻게 이루어지는가? 은유의 생성과 이해는 정확히 어떤 과정을 수반하는가? 언어, 기억, 지각은 어떤 역할을 하는가? 요컨대, 심리학적으로 은유란 무엇인가?

은유에 관한 심리학 개요

은유에 관한 심리학적 연구는 1970년대부터 급속한 발전을 보였다. 언어심리학이나 기억심리학 같은 분야가 중요한 몫을 했으며, 발달심리학에서는 은유 사용 능력과 인지적 성숙의 상관관계를 연구했다. 어떻게 보면 '심상imagery' 이론은 은유 이론에 속하며, 사고·추리·창의력에서 비언어적 처리 연구도 마찬가지다. 교육심리학에서는 교육 수단으로서 은유의 가치에 관한 실험 연구가 이루어졌다. 한편 신경심리학에서는 다소 의외의 접근이 이루어졌다. 은유의 생산과 해석에도 모든 정신 과정과 마찬가지로 뇌의 기반 과정이 존재한다는 신경심리학의 연구는 지난 15년 동안 흥미로운 결과를 내놓았다.

은유의 흥미로운 특성은 그것이 상반된 것들의 결합이라는 점이다. 은유는 구체적인 것과 추상적인 것, 시각적인 것과 언어적인 것, 사실적인 것과 개념적인 것을 결합한다. 벡G. F. Beck에 따르면 은유는 어떠한 상황에 대한 일련의 관계들의 이해를 돕기 위해, 그와 비슷한 다른 상황에 대한 일련의 구체적인 관계들을 참고하는 것이다.[17] 구체적인 이미지를 사용함으로써 추상적인 관계를 명확히 이해할 수 있도록 하는 것을 은유의 본질로 본 것이다. 벡은 사고를 두 가지 수준으로 구분했다. 첫 번째는 감각적·지각적 사고 수준으로, 비교적 경계가 불분명한 범주들로 이루어져 있다. 우리가 공감각적 언어 사용('따뜻한 색깔', '날카로운 소리' 등)을 쉽게 이해할 수 있다는 사실은 이 수준에서 언어적 지시의 경계가 유동적임을 말해준다. 두 번째는 언어적·의미론적 사고 수준으로, 이 수준에서 지시 작용은 한층 정확하고 추상적이다. 벡은 은유가 이러한 두 사고 수준을 중개한다고 보았다. 즉 은유는 어느 한 수준에 완전히 귀속되지 않은 채 서로 비슷한 의미론적 사고 형태들 사이를 조정하는 **중개자**이다.

비유적 언어 사용에 관한 신경 지도를 작성하려는 최근의 연구에서 이러한 해석에 대한 근거를 찾을 수 있다.[18] 다네시M. Danesi에 따르면, 지금까지 '은유의 신경상 좌표'를 비슷하게나마 찾아내기란 불가능한 일이었다. 그러나 이미지와 언어의 결합으로서 은유가 신경학적으로 볼 때도 **중개자**임을 증명하는 일부 발견들이 있었다. 그러한 발견의 대부분은 뇌반구 전문화hemispheric specialization 연구에서 나왔다.

1940년 다수의 간질 환자들에게 **분할뇌**split-brain 수술이 처음 시도되었다. 이는 뇌의 하부에 있는 신경섬유 다발인 뇌량corpus callosum을 부분 절단하여 피질의 좌우측을 외과적으로 분할하는 수술이다. 분할뇌 수술법으로 간질 발작이 완화되는 이유는 애초에 생각했듯이 발작이 어느 한쪽 뇌에만 남기 때문이 아니라, 발작의 주파수가 감소하기 때문이다. 이후 **분**

할뇌 환자에 관한 신경심리학 연구의 개척자인 로저 스페리Roger Sperry를 비롯한 많은 연구자들이 좌우뇌의 심리학적 위상을 밝히기 위한 실험 프로그램에 뛰어들었다. 그 결과는 좌우뇌의 관계에 대한 기존 이미지에 종지부를 찍는 것이었다. 좌우뇌의 기존 이미지는 불평등한 결혼 같았다. 즉 지배적인 반구(보통은 좌뇌)가 모든 언어 기능을 담당하고 별다른 기능을 하지 않는 나머지 종속적인 반구의 도움을 받는다는 것이었다. 그러나 새로운 시각에 따르면 좌우뇌는 저마다 특화한 기능을 가진 평등한 동료였다. 좌뇌는 의미, 문법, 음운 등 언어 기능의 많은 부분을 담당한다. 언어적 기억과 추상적이고 분석적인 사고 역시 좌뇌에서 이루어진다. 우뇌는 시각기억, 공간 능력, 구체적이고 종합적인 사고와 관련된다.[19] 이 같은 뇌 기능 분화가 비유적 언어 사용의 처리 과정으로도 증명된다는 것을 보여주는 다양한 실험이 있었다.

지금은 고전이 된 위너E. Winner와 가드너H. Gardner의 실험에서 피험자들은 일련의 은유를 제시받았다.[20] 은유들은 네 개의 그림과 각각 짝을 이루는 것이었고, 피험자는 네 그림 가운데 은유의 의미를 가장 잘 나타낸 그림 하나를 선택해야 했다. 다른 세 그림은 은유의 축어적 의미 또는 있는 그대로의 이미지를 표현한 것이었다. '그는 요란한 타이를 매고 있었다He was wearing a loud tie'라는 은유의 경우, 소음이 흘러나오는 타이, 일반적인 타이, 시끄럽게 떠드는 한 남자 그림 등이 잘못된 보기로 주어졌다. 정답은 야한 색깔의 타이를 맨 남자의 그림이었다. 피험자들은 실어증 환자군(대부분이 좌뇌 손상 환자), 우뇌 손상 환자군, 그리고 뇌에 문제가 없는 대조군의 세 집단으로 이루어졌다. 좌뇌 손상 환자들은 대개가 은유의 의미와 일치하는 그림을 골랐으나, 우뇌 손상 환자들은 비유적 의미의 그림과 축어적 의미의 그림을 고르는 비율이 비슷했다. 우뇌 손상 환자들이 두 유형의 의미 구분에 어려움을 겪음을 보여준 결과였다. 이와 비슷한 연구에서 우뇌 손상 환자들은 속담의 의미를 깨닫고 설명하는 데 상당한 어려움을 겪는다는 사실이 밝혀졌다.[21] 구체적 이미지에서 추상적 관계를 이끌어내야 하는 속담의 특성에 비춰보면, 우뇌 손상 때문에 속담 해석이 어려워진다는 것은 놀라운 일이 아니다.

이런 결과들로 은유의 처리 과정은 저마다 신경학적 기반neurological substratum을 지닌 서로 다른 두 가지 심리적 과정을 포함한다는 조심스런 결론이 도출되었다. 이 견해에 따르면 비유적 언어의 올바른 해석은 '언어 기반language-based' 처리와 '심상 기반image-based' 처리의 통합에 달려 있다. 따라서 우뇌 손상은 시각적인 '심상 기반' 부분을 손상시켜 은유를 온전히 해석할 수 없게 만든다는 것이다.

이미지와 언어, 구상과 추상의 조합이라는 특성 때문에 은유는 이론을 설명하거나 가르치는 데 더할 나위 없이 적합하다. 이를 은유의 '코메니우스 기능'이라고 해도 좋을 것이다. 철학자이자 교육자인 보헤미아 사람 요한 아모스 코메니우스Johannes Amos Comenius가 1657년《대교수학Didactica Magna》에서 처음으로 시각적 교육 지지론을 상세히 전개했기 때문이다. 전문서와 비전문서를 불문하고, 은유가 이러한 목적으로 널리 쓰이고 있음은 누구나 알 수 있다. 커티스R. V. Curtis와 라이거루스C. M. Reigeluth는 과학 분야의 일련의 저작을 대상으로 은유와 유추의 사용을 조사해 은유의 종류를 구분했다.[22] '세포는 바닥과 천장과 벽을 가진 방과 같다'는 문장에서처럼 **구조적** 관계의 경우는 화제어와 매체어가 가리키는 실재가 구조면에서 서로 비슷하며, '피드백은 자동온도조절장치처럼 작용한다'에서와 같은 '기능적' 관계의 경우는 두 실재가 기능면에서 공통점이 있다. 대부분의 경우 화제어는 추상적인 특성을 지니며 매체어는 구체적인 대상을 가리킨다. '그리드grid 속 전자electron의 움직임은 북가죽 위에 놓인 구슬의 움직임과 같다'는 표현이 그 예다. 우드스트라E. Woudstra는 네덜란드의 유명 과학 잡지 두 군데에 실린 논문을 분석했다. 각각 세 호분의 잡지에서 찾아낸 79가지 은유 가운데 기능적 관계의 은유가 70퍼센트에 달할 만큼 압도적이었다.[23] 문맥이 더 복잡할수록 기능적 은유의 비율이 높았으며, 모든 경우에서 매체어는 구체적이었다. 커티스와 라이거루스가 (책 26권을 대상으로) 행한 좀더 광범위한 조사에 따르면, 화제어가 추상적이고 매체어가 구체적인 은유의 비율은 82퍼센트에 이를 정도로 높았다.

은유의 코메니우스 기능은 텍스트 연구뿐 아니라 실험을 통해서도 연구되었다. 레이놀즈R. E. Reynolds와 슈워츠R. M. Schwartz의 실험은 은유가 생생한 시각적 이미지를 제시함으로써 교육적 효과를 갖는다는 사실을 보여준다.[24] 피험자들은 짧은 텍스트 여덟 개를 읽어야 했다. 각각의 텍스트는 어떤 결론으로 끝나는데, 한 집단에는 결론이 축어적 표현으로 제시되고 다른 집단에는 은유로 제시되었다. 피험자들에게 읽은 내용을 그대로 재생해보도록 한 결과, 은유로 표현된 결론을 읽은 집단이 축어적으로 표현된 결론을 읽은 집단보다 결론을 더 잘 기억했을 뿐 아니라 본문 내용까지도 더욱 상세히 기억했다. 결국 은유가 재생을 더 쉽게, 더 오래 가능하게 해준다는 것이 연구자들의 견해였다.

이와 같은 발견은 **이중부호화**dual coding를 바탕으로 하는 것인지도 모른다. 페이비오A. Paivio가 실험과 이론적 작업을 거쳐 내놓은 견해는, 은유의 창조와 이해에는 각각 자율적으로 기능하지만 정보를 상호 교환할 수 있는 두 체계가 작용한다는 것이었다.[25] 하나는 언어 정보를 담당하는 체계로서 순차적으로 처리되는 언어적 표현을 사용하며, 다른 하나는 이미지(대부분의 경우 시각적 이미지)로 표현된 정보를 처리하는, 구체적 사물 및 사건과 관련된 체계다. 은유는 이 두 체계의 공동 작용으로 만들어진다. 페이비오는 어째서 **이중부호화** 처리가 은유의 전달 기능을 뒷받침하는지 말해주는 다양한 기제를 밝혀냈다.

우선, 독립적이면서도 상호 협력하는 두 체계의 활동은 장기기억 내 정보를 쉽게 찾아낸다. 은유가 언어적 연상과 시각적 연상 두 작용을 모두 촉진한다면 정보를 찾아내기가 훨씬 더 쉬울 것이다. 비언어적 표상을 이용하면 언어적 자료의 재생이 더 쉽다는 것은 실험을 통해 밝혀진 사실이다. 글보다 그림이, 추상적인 글보다 구체적인 글이 더 잘 기억된다. 또 서로 다른 두 가지 말을 스스로 생각한 하나의 이미지로 결합하면 언어적 재생이 더 쉬워진다. 이런 점에서 은유가 유발하는 이중부호화는 재생 단계에서 보상을 받는 인지적 투자라고 할 수 있다.

두 번째로, 은유의 **이미지**가 정보를 효율적으로 저장하게 한다. 매체어가 다루는 구체적이고 생생한 이미지는 정보의 통합된 '묶음'으로 저장되고 일관된 전체로서 재생된다. 하나의 이미지는 한 묶음의 관계들과도 같다. 이들 관계는 언어 정보가 순차적으로 처리되는 것과 달리 동시에 처리된다. 세 번째로, 매체어는 더욱 추상적인 말들을 이끌어내는 **개념적 실마리** 기능을 할 수 있다. 버브뤼그R. R. Verbrugge와 매캐럴N, S. McCarrell은 피험자들에게 일련의 은유를 제시하고 얼마 뒤에 재생하게 하는 실험을 수행했다.[26] 첫 번째 집단에는 은유의 '이미지'가 담긴 매체어를, 두 번째 집단에는 은유의 '주제'인 화제어를 실마리로 제시한 뒤 완전한 은유를 재생하게 했다. 실험 결과는 매체어가 화제어보다 더 효과적인 실마리임을 보여주었다. 구체적인 이미지가 더 많은 정보를 기억하게 하는 것은 분명하다. 은유는 우리의 기억이 여러 마리 물고기를 일거에 낚을 수 있게 해준다.

발견적 도구로서 은유

이상 논의한 은유의 인지적 특성은 과학사가들이 흔히 **발견의 맥락**이라고 일컫는 단계에서도 발견된다. 제롬 브루너Jerome Bruner는 그 자신과 동료들이 "은유의 덩어리를 다듬어 검증 가능한 가설로 만드는 일을 계속"하면서도, 언제나 전문적인 간행물에서는 은유적 불순물을 제거한 '무균질'을 유지하려 애쓴다고 술회했다.[27] 그리고 그런 과정을 통해 결국 자기 견해의 가장 생산적인 원천을 제거하고 있는 셈이라고 덧붙였다. 자연과학 분야의 새로운 기술과 가설들이 구체적이고 시각적인 사건 또는 사물로부터 얼마나 영감을 얻어왔는지는 방대한 기록으로 남아 있지만, 몇몇 사례만 들어도 충분할 것이다. 멘델레예프D. I. Mendeleyev가 원소 주기율표를 만들기 3년 전인 1866년, 영국의 화학자 뉴랜즈J. A. R. Newlands가 피아노 건반에서 유추한 원소 법칙을 정리한 바 있다.[28] 뉴랜즈는 여덟 개 단위로 묶은 원소들의 목록을 만들고 이를 옥타브(음계)에 비유했다. 각 여덟 번째의 원소가 첫 번째 원소를 반복했기(비슷한 특성을 나타냈기) 때문이다. 뉴랜즈는 이를 화학의 옥타브 법칙이라 명명했다. 이처럼 뉴랜즈는 옥타브 배열의 의미장을 화학 원소 배열에 투사함으로써 멘델레예프의 법칙을 앞서 발견했다. 면역학 역사에서도 전혀 다른 영역의 구체적 관계들로부터 영감을 얻은 가설을 찾아볼 수 있다. 러시아의 생물학자 메치니코프I. Metchnikoff는 불가사리의 투명한 유충 속 세포의 움직임을 조사하다가, 나무 톱밥이 유충 근처에 떨어지자 유충이 톱밥을 감싸서 빨아들이는 것을 우연히 보았다. 이 모습에서 메치니코프는 가시에 찔려 감염을 일으킬 때 형성되는 고름을 연상했고, 이어서 인간의 면역 체계에서 가장 중요한 방어기제를 발견하기에 이르렀다. 즉 백혈구 같은 '식세포phagocyte'가 외부에서 침입한 박테리아를 먹어 없앤다는 것. 면역학 역사에 관한 한 논문에는 '은유에서 이론으로'라는 적절한 부제가 붙어 있다.[29] 좀더 이론적인 물리학 영역에서도 시각적 표상은 결정적 역할을 했다. 아인슈타인도 사고실험thought experiment으로 만든 시각적 이미지의 형태로 자신의 이론을 개념화했다고 밝힌 바 있다.[30] 예를 들면, 아인슈타인은 빛을 타고 가는 여행을 상상하면서 이 경우 눈앞에 거울을 들고 있다면 거울 속에서 자신의 모습을 볼 수 없을 것이라고 했다. 얼굴에서 나오는 빛은 광속보다 더 빠를 수 없으므로 거울이 움직이는 속도를 따라잡을 수 없기 때문이다. 드라이슈타트R. Dreistadt의 표현대로 아인슈타인은 마치 뱀파이어처럼 빈 거울을 들여다보면서 광학적 과정의 상대성을 떠올렸는지도 모른다.[31] 이처럼 아인슈타인의 경우에도 공식 이론으로 개념화하기 이전에, 자신의 이론을 점검하고 보완할 수 있는 구체적 이미지의 표상이 존재했다.

이러한 사례는 얼마든지 더 있다.[32] 그 공통된 결과는 의미장의 상상하기 쉬운 관계들을 이용해, 연구 영역에서 좀더 명확한 관계들을 발견하거나 만들어낸다는 것이다. 이러한 형태의 발견법은 두 가지 유형으로 나뉜다. 하나는 **이론적** 발견법으로, 은유가 새로운 이론 개념을 도입하거나 가설적 과정들에 일관성을 부여하거나 실험 결과들 사이에 나타나는 모순을 해결할 수 있음을 의미한다. 그에 비해 **경험적** 발견법은 은유가 새로운 연구 주제를 창출하는 것을 말한다. '심장은 펌프다'라는 하비W. Harvey의 은유는 이론상으로나 경험상으로나 강력한 발견적 가치를 지녔다. 펌프 은유는 심장 기능에 관한 이론들에 '혈액의 **순환**' 같은 새로운 개념을 던져주었고, 별개의 발견들을 일관된 설명하에 체계화했으며, '혈액의 움직임은 조수潮水의 움직임과 같다'는 종전의 은유에 입각했을 때는 변칙적으로 보이던 실험 결과를 설명해주었다. 한편 펌프 은유의 발견적 가치는 다음과 같은 의문을 해결하기 위한 실험을 통해서도 증명되었다. 혈압은 펌프와의 거리와 관련 있는가? 혈액순환의 속도는 무엇을 의미하는가? 한쪽 관의 흐름을 제한하면 다른 관의 압력이 높아지는가? 이 모든 의문이 펌프라는 매체어 영역에 관한 연상으로부터 나왔다(그림 1.2).

발견법에는 부정적인 면도 존재한다. '필터' 같은 '메타-은유'는 은유가 정보의 어느 한 부분을 좀더 잘 보이게 만드는 한편, 그렇게 함으로써 정보의 나머지 부분을 걸러낸다는 의미를 지닌다. 주의注意를 모으고 거르고 추려내는 가운데 본래의 정보가 줄어듦을 의미한다. 따라서 미처 알아차리지 못한 이론적 개념, 간과한 가설, 삭제한 관계, 무시한 연구 주제 등 이론상으로나 경험상으로 부정적 결과를 낳을 수 있다. 이러한 단점이 수백 년 동안 철학과 과학 분야에서 은유에 대한 의구심과 경멸을 지속시킨 원인이었다. 존 로크John Locke에게 은유는 '실수와 속임수의 수단'이었으며, 프랜시스 베이컨Francis Bacon은 은유를 혼란스런 언어 사용의 결과인 **시장의 우상**idola fori으로 분류했다. 3장에서 다시 언급하겠지만, 왕립학회는 과학 저술에서 비유적 표현을 금하면서까지 은유에 대한 반감을

그림 1.2 영국 의사 너대니얼 하이모어(Nathaniel Highmore)의 저서 《인체의 해부학적 연구(Corporis humani disquisitio anatomica)》(헤이그, 1651)에 실린 권두화. 이 그림은 해부학이 몰고온 실험적 전환기에 대한 알레고리이다. 가운데 꼭대기에 왕관을 쓰고 앉아 있는 아나토미아 여신은 왼쪽의 '묵상의 박물관'에서 철학적 사색에 빠진 수염 기른 남자로부터 등을 돌린 채 오른쪽의 해부학 극장에 관심을 보이고 있다. 과학자들의 연구가 한창인 이곳에서는 두 줄로 앉은 구경꾼들이 탁자 위에 놓인 해부용 시체를 보고 있고, 해부학자는 (대동맥 일부가 붙어 있는) 심장을 꺼내 여신에게 바치고 있다. 그림 중앙에는 심장의 은유인 관개용 펌프가 그려져 있다. 하비의 《심장운동(De motu cordis)》(1628) 이후 심장은 펌프질을 함으로써 피를 순환시키고 신체조직에 공급했다. 이 펌프를 작동시키는 것은 구름 사이로 나타난 손이다. 심장은 기계적인 도구가 되고 나서도 여전히 천상의 힘으로 움직였다.

드러내기도 했다.

은유를 될 수 있는 대로 자주 바꿔야 한다는 프로이트의 충고는 은유의 장점은 활용하되 폐단은 줄이자는 의도이다. 필터마다 서로 다른 측면을 볼 수 있게 한다면, 진실의 가장 완전한 모습은 바로 여러 은유의 결합으로써만 기대할 수 있을 것이다. 그러나 불행히도 최근의 기억심리학에서는 이러한 충고를 따르기가 쉽지 않다. 뒤에서 폭넓게 다룰 컴퓨터, 홀로그램 같은 현대의 은유들은 매우 포괄적인 것이어서 은유라기보다는 은유적 **주제**라고 하는 편이 나을 정도다. 이런 은유들은 개별 기능에 대해서도 은유적 표현을 제공할 뿐 아니라, 그 모든 개별 은유에 의미를 부여하는 배경이 된다. 컴퓨터나 홀로그램의 개별 은유는 그것들을 포함하는 전체적인 은유 주제하에서 해석된다. 따라서 이런 경우에는 은유를 마음대로 바꿔 쓸 수 없으며 프로이트가 말한 것과는 전혀 다른 식의 은유 역학이 이루어진다.

신비스런 글쓰기 판으로서 기억에 관한 프로이트의 글은 겨우 5~6쪽에 지나지 않는 소론이지만, 축척도처럼 은유에 관한 그간의 수많은 논의를 집약해놓았다. 이 글에 나오는 화제어는 모두 '지각 의식', '기억 체계' 같은 추상적 개념과 관련한 것이고, 매체어는 신비스런 글쓰기 판이라는 구체적·시각적 도구로부터 나온 것이다. 맥스 블랙의 표현대로 프로이트는 이런 방식으로 한 영역의 연상을 다른 영역의 연상에 투사해, 새뮤얼 존슨이 말한 '하나의 대상에 대한 두 가지 생각'을 얻어냈다. 그 결과 어떤 연상은 삭제되고 또 어떤 연상은 강조된다. 따라서 신비스런 글쓰기 판 은유는 필터의 기능을 한다. 커티스와 라이거루스의 분류법에 따르면 신비스런 글쓰기 판 은유는 기능적 은유로 분류될 것이다. 정신 체계의 가설적 관계들이 신비스런 글쓰기 판의 구성요소들과 기능 및 작용 면에서 일치하기 때문이다. 프로이트가 그의 은유에서 의도한 바는 스스로도 설명했듯이, 은유의 코메니우스 기능이었다. 이를 위해 프로이트는 신비스런 글쓰기 판이 어떻게 만들어졌는지를 되도록 생생하게 묘사했다. 페이비오의 이중부호화 이론에 따르면, 이런 식으로 언어적이면서 이미지적인 정보가 제시됨으로써 신비스런 글쓰기 판 각 층 사이의 기능적 관계가 하나의 통합체로서 기억에 저장되고, 정보를 재생할 때는 은유의 매체어가 '개념적 실마리'로서 기능한다는 것이다.

신비스런 글쓰기 판의 은유는 이러한 교육적 기능 외에도 '정신 기관'의 관계에 대한 프로이트의 생각을 발전시키는 구실까지 한 것 같다. 프로이트는《꿈의 해석》에서, 영원히 쓸 수 있는 지면과 영원히 남는 기록의 결합은 서로 다른 두 체계 덕분이며, 그 두 체계는 한 '덩어리'로 존재한다고 언급했다. 실제로 그 두 기능을 결합한 인공 장치가 나오자 프로이트는 이 이론이 점점 그럴싸하다고 믿게 되었다. 프로이트는 신비스런 글쓰기 판을 좀더 면밀히 검토한다면 "그 구조가 정신 기관에 대한 나의 가설 구조와 놀랍도록 일치하며, 영원히 쓸 수 있는 지면과 영원히 남는 기록 모두를 실제로 만족시킨다는 사실을 깨닫게 될 것"이라고 했다.[33] 은유의 역할은 이론을 설명하는 데 그치지 않았다. 프로이트는 우선적으로 밝혀야 할 정신 기관의 속성 **외에** 다른 속성들과 신비스런 글쓰기 판의 여러 속성을 연관시킴으로써, 은유의 발견적 가치의 혜택을 보았다. 종이와 밀랍층 사이를 떼어낼 때 글자가 지워지는 현상과 신경감응이 주기적으로 끊기는 현상 사이의 유추를 예로 들 수 있다. 서로 다른 두 '의미장'의 결합을 통해 프로이트는 자신이 본래 생각했던 것 이상의 결과를 얻어낼 수 있었던 것으로 보인다. 신비스런 글쓰기 판의 은유는 프로이트의 가설을 좀더 정확한 것으로 만들었다.

프로이트를 지금 이 시대로 데려와 영원히 남는 기록과 영원히 쓸 수 있는 지면의 신비스런 결합을 표현하기 위해 어떤 은유를 사용할 것인지 물어본다면 어떨까. 아마도 프로이트는 이 시대의 신비스런 글쓰기 판, 정보를 받아들이고 지우고 재생하는 준'정신' 기관인 컴퓨터에 주목할 것이다. '정신 기관'에 관한 프로이트의 글을 분석한 에르델리M. H. Erdelyi는 신비스런 글쓰기 판 은유를 정보처리에 관한 최근의 은유들과 함께 분류하고자 했다.[34] 에르델리는 단순 기능의 휴대용 전자계산기가 신비스런 글쓰기 판보다 더 나은 은유라고 주장한다. 전자계산기에 정보를 입력하면 정보가 화면 창에 뜬다. 이 정보를 예비기억장치back-up memory에 저장하면, 화면 창에 또다시 새로운 정보를 띄워도 이전의 정보는 지워지지 않는다. 전자계산기는 이런 식으로 신비스런 글쓰기 판의 본질이자 프로이트가 말한 두 기능의 결합을 보여준다. 게다가 신비스런 글쓰기 판에는 없는 두 가지 기능까지 갖추고 있다. "신비스런 글쓰기 판이 우리의 기억처럼 지워진 기록을 재생할 수만 있다면 말 그대로 신비스런 글쓰기 판일 것"[35]이라고 프로이트도 지적했듯이, 신비스런 글쓰기 판은 한번 지워진 기록을 재생할 수 없다. 그러나 전자계산기는 예비기억장치에 저장된 정보를 화면 창으로 다시 불러올 수 있다. 신비스런 글쓰기 판에 없는 두 번째 기능은 영구적인 흔적도 수정할 수 있다는 것이다. 밀랍층에 한번 새겨진 흔적은 더 보탤 수는 있어도 고칠 수는 없지만, 전자계산기의 경우 예비기억장치에 저장된 정보는 화면 창에 다시 불러내지 않고도 마음대로 수정할 수 있다.

신비스런 글쓰기 판을 '컴퓨터 이전의 정보처리틀'로 논한다면 이야기를 너무 앞서나가는 셈이 된다. 기억의 은유에 관한 역사는 신비스런 글쓰기 판보다 훨씬 더 오래된 인공기억으로부터 시작되기 때문이다. 그러니까, 기억이 인상을 흡수하는 도구라고 생각하게 만든 플라톤 시대의 쓰기 수단에서 시작해야 할 것이다. 그것은 바로 밀랍판이다.

2

쓰기로서 기억

서구 문명사에서 기억과 쓰기는 늘 밀접한 관계가 있었다. 라틴어 'memoria'는 '기억'과 '회고록'의 두 가지 의미가 있다. 지금은 거의 안 쓰지만 예전에는 영어 명사인 'memorial'도 '기억'과 '글로 쓴 기록written record'의 두 가지 의미로 썼다. 이러한 사실은 인간의 기억과 그 기억에 의존하지 않고 지식을 기록하려고 만든 수단 사이의 연관성을 뒷받침한다. 밀랍판에서부터 시작해 인간의 기억과 망각에 대한 해석은 인공기억들이 제공한 표현들로 이루어져왔다.

밀랍에 찍힌 도장 같은 기억

플라톤의 《테아이테토스》에는 밀랍판 은유에 관한 고전적인 구절이 나온다.[1] 지식과 진리에 관한 대화를 담은 이 책에서 주로 혼자 이야기하는 소크라테스가 테아이테토스에게 이렇게 말하는 부분이 있다. "우리 마음속에 밀랍 덩어리가 있다고 생각해보자. 밀랍의 크기와 청결함과 단단함의 정도가 저마다 다르며 어떤 사람은 아주 적절한 정도의 밀랍을 지니고 있다고 해보자."[2] 소크라테스는 이 밀랍판이 뮤즈들의 어머니인 므네모시네가 준 선물이라고 말한다. 또 다음과 같이 말한다.

> 우리는 보고 듣고 이해한 것을 기억하려 할 때마다 우리의 느낌과 생각 아래 밀랍 덩어리를 놓고 인장반지를 눌러 찍듯이 인상印象을 찍는다. 우리는 그 인상이 밀랍 덩어리에 남아 있는 한은 그것을 기억하고 알지만, 지워진 것은 잊어버리고, 찍히지 못하는 것은 알지 못한다.[3]

플라톤 시대의 밀랍판은 이미 수백 년 전부터 사용되던 물건이었다. 두서너 개의 가느다란 판을 함께 묶어 거기다 밀랍을 씌우면 글을 쓰거나 그림을 그리는 데 사용할 수 있었다.[4] 쉽게 굳는 점토판과 달리 밀랍판은 지우고 또다시 쓸 수 있는 도구였다. 플라톤의 아카데미에 다니던 학생들은 아마도 그런 식의 밀랍판을 갖고 다녔을 것이고, 기억을 밀랍에 따라 그 질이 각양각색인 밀랍판에 비유하는 것은 매우 자연스러운 일이었음이 분명하다. 기억력이 좋은 사람이라면 마음속의 밀랍이 "깊고 풍부하고 부드러워서 지속력이 적절하므로" 기억을 흡수해 오랫동안 보존하기 쉽다는 것이었다.[5] 그러나 밀랍이 지나치게 무른 사람은 이와 같은 '각인력impressionability'이 부족해, 느끼고 생각한 것을 쉽게 잊어버린다. 소크라테스에 따르면 이런 사람은 '학습능력은 좋으나' 잘 잊어버리는 사람이다.[6] 한편 밀랍이 너무 단단하다면 인상이 충분히 깊이 찍히지 못할 것이다. 도장과 도장 자국의 관계처럼, 실물과 기억 심상이 제대로 연결돼야 올바른 판단을 할 수 있다.

아리스토텔레스의 기억 이론에 재등장한 밀랍판은 좀더 상세히 다뤄졌다. 아리스토텔레스는 《기억론De Memoria et reminiscentia》에서 감각기관에 의해 흡수된 경험이 '도장을 찍는 것처럼' 기억 속에 '에이콘eikon'(이미지를 뜻하는 그리스어—옮긴이), 즉 '상像'을 남긴다고 썼다.[7] 몸 상태가 좋지 못하면 "흐르는 물 위에 도장을 아무리 찍어봐야 자국이 남지 않는 것처럼"[8] 분명한 상을 기억에 남길 수 없는데, 어린아이와 노인의 기억력이 좋지 못한 이유가 이 때문이라고 했다. "……어린아이는 성장 때문에, 노인은 쇠약해져 불안정한 상태에 있다. 마찬가지로 너무 재바르거나 둔한 사람도 기억력이 좋지 못하다. 전자는 너무 물러서 찍힌 상이 남지 못하고, 후자는 너무 단단해서 상이 아예 찍히지 못한다"[9]는 것이다.

매우 감각론적인 아리스토텔레스의 심리학에서 기억이란 감각기관을 통해 들어온 상들을 보유하는 것이다. 아리스토텔레스는 플라톤에 비해 기억의 생리학적 측면을 좀더 강조했다. 플라톤에게는 유연한 비유인 밀랍판에 더욱 축어적 의미를 부여한 사람이 아리스토텔레스라고 할 수 있다. 말 그대로 무언가가 육체에 찍히고 생리적 특성을 지닌 인상, 즉 육체적 흔적이 남는다고 주장한 것이다. 애크릴J. L. Ackrill의 표현을 빌리면, 이러한 육체적 흔적은 "있는지 없는지도 모르게 숨어 있지만" 상으로 다시 불러낼 수 있다.[10] 육체적 기억흔적에 관한 가설은 소크라테스 이전의 철학자들이 이미 제시했다. 파르메니데스Parmenides의 가설에 의하면 밝음과 더움, 어둠과 추움의 일정한 패턴이 모든 기억과 상응하는데 이러한 패턴을 방해하게 되면 기억이 지워진다고 한다. 아폴로니아의 디오게네스Diogenes of Apollonia는 기억이 우리 몸의 기도氣道의 특정 부분에 존재한다고 가정했다. 애써 기억해내려 한 것이 마침내 떠오를 때 사람들이 안도의 한숨을 내쉬는 현상을 그 증거로 들기도 했다.

육체적 기억흔적에 관한 아리스토텔레스의 이론은 당대 물리학의 중심 개념이던 '프네우마pneuma'(공기, 숨, 모든 존재의 시원, 영혼과 육체를 이어주는 매개체 등으로 이해된 고대 그리스 철학의 개념—옮긴이) 개념에 부합하는 것이었다. 아리스토텔레스의 이론에 따르면, 기억이란 몸속에서 감각 인상을 전달하는 프네우마의 움직임이 점차 약해지는 것이었다. 이 전달의 임시 목적지는 인간의 감정이 위치하는 곳, 즉 심장이다.[11] '심장으로 옮겨지는' 것은 일단 심혈관계 중앙에 저장되고,[12] 그 가운데 좀더 고등한 인상(시각, 청각, 후각)은 프네우마에 의해 다시 뇌로 옮겨진다.

후대의 생리학 이론들에서 프네우마는 뇌의 공동空洞 또는 뇌실腦室에 저장된(로마 시대 의사 갈렌Galen의 견해) 휘발성 물질인 '동물정기spiritus animales'에 자리를 내주게 된다. 맨 뒤쪽에 위치한 뇌실이 기억의 저장소로 여겨졌는데, 말 그대로 '마음속 깊은 곳에' 기억을 간직하게 되었다[13] (그림 2.1). 감각기관이 수집해온 것을 기억이 조정하기에 그럴듯한 장소로 여겨진 이 부위는 1500년 이상 그 위상을 유지했다.

플라톤과 아리스토텔레스 이후, 밀랍판 은유는 기억을 다룬 문학 작품 속의 '토포스topos'로 발전했다. 키케로Cicero는 《웅변에 관하여De oratore》에서, 쓰기가 기호와 그 기호가 적히는 대상물로 구성되듯이 기억도 밀랍판처럼 기록할 공간 또는 지면과 거기에 기록되는 기호로 구성된다고 설명했다. 또 기억술에 관한 책 《애드 헤레니엄Ad Herennium》에 따르면, 숙련된 연설가는 '배후background'에 이미지들을 저장해두고 자유자재로 불러낼 수 있는 사람이다. 여기서 배후는 밀랍판이나 종이, 저장하기는 글

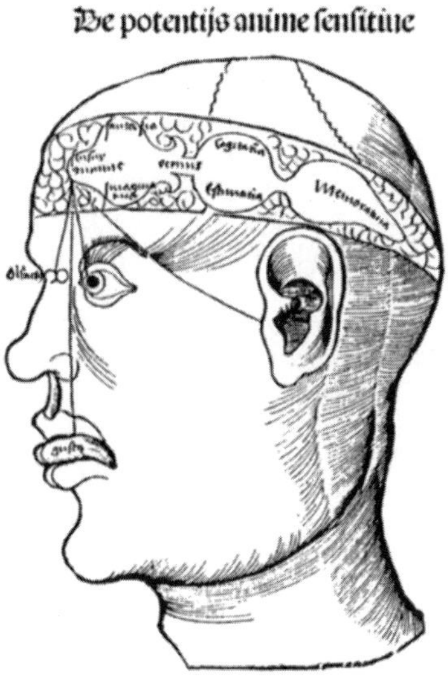

그림 2.1 프라이부르크의 카르투지오 수도원장이었던 그레고르 라이쉬(Gregor Reisch)의 저서 《마르가리타 필로소피카(Margarita philosophica)》(바젤, 1503)에 실린 인간의 마음에 관한 그림. 아리스토텔레스와 갈렌, 두 사람에게 영향을 받은 이 중세 후기의 그림은 뇌실(갈렌)에 존재하는 '감각적 영혼'(아리스토텔레스)의 힘을 표현하고 있다. 감각 이미지는 뇌 앞쪽의 인접한 두 뇌실(보통 하나의 공동으로 표현됨)에 있는 '통합 감각(sensus communis)'으로 모이며, 이곳을 기반으로 상상이 이루어진다. 감각 이미지들은 작은 구멍을 통해 사고와 판단의 기반인 두 번째 뇌실로 흘러들어간다. 감각기관에서 가장 먼 후두 쪽의 세 번째 뇌실이 기억을 보관하는 곳이다.

쓰기, 불러내기는 쓴 것을 다시 읽는 것과 같다.[14] 쓰기 수단은 바뀌어도 이 비유는 변하지 않았다. 밀랍판이 코덱스codex(책자 모양으로 철한 서적의 원형—옮긴이)로 바뀌고 코덱스가 양피지로, 양피지가 종이로 바뀐 지 한참 뒤에도 '인상'이나 '각인'이라는 비유는 계속 살아남았다. 13세기에 토마스 아퀴나스는, 밀랍이 도장 자국을 남기지만 그 자국을 보고 자국을 만든 것이 금인지 동인지는 알 수 없듯이 기억은 본래 지각한 내용이 축소된 것이라고 했다.[15] 19세기 후반 들어, 청각기억에 관한 이론들은 밀랍판의 잘 새겨지는 특성에 주목했다. 축음기 바늘이 밀랍 원통에 소리를 새기듯이 청각기억이 새겨진다고 여긴 것이다(4장 참조). 2000년이 넘는 역사를 지닌 은유가 이처럼 읽고 쓰기와 전혀 무관한 분야에서 사용된 것은, 이 은유의 원형적 속성을 말해준다. 기억 이론들 속에 한번 찍힌 밀랍판의 이미지는 결코 지워지지 않았던 것이다.

장소가 아닌 내적 장소

《테아이테토스》에서 유래한 비유는 밀랍판 비유뿐만이 아니다. 소크라테스는 '재인recognition'을 "지각한 것과 이미 기억 속에 있는 인상 사이에 일치점을 찾음"이라고 규정한 뒤, 테아이테토스에게 '앎'과 '지식의 소유'가 어떻게 다른지 묻는다. 소크라테스는 이 차이를 설명하기 위해 또 다른 은유가 필요하다고 생각했다.

> 지난번에는 우리 마음속에 밀랍이 있다고 상상했는데, 이번에는 마음속에 온갖 종류의 새가 든 새장이 있다고 가정해보자. 어떤 새들은 크고 작은 무리를 이루고 있고, 어떤 새들은 곳곳에서 홀로 날고 있다고 생각해보자.[16]

'새장으로서 기억'에서 지식은 두 가지 방식으로 존재한다. '지식의 소유'는 새장에 새를 소유하고 있다는 의미이고, '앎'은 손 안에 새를 쥐고 있다는 의미다. 즉 '기억할 수도 있음'과 '실제로 기억함'의 차이를 말한다. 어린 시절의 새장은 사실상 텅 비어 있고 우리는 교육을 통해 새를 한 마리, 두 마리 늘려간다. 우리가 착오를 일으키는 것은 새장에서 "보통 비둘기 대신에 산비둘기를 손에 쥘 수 있듯이"[17] 적절하지 않은 새를 손에 쥐었기 때문이다.

'새장으로서 기억'이라는 물리적 비유는 폐쇄된 공간에 경험을 저장하는 것으로 정보의 보유를 표현한다. 무언가를 기억하고 싶다면 그 장소로 다시 들어가서 저장된 것을 찾아내면 된다. 저장소 은유는 밀랍판과 마찬가지로 기억을 다룬 문학 작품에서 하나의 원형이 되었으며, 그리스 시대부터 오늘날에 이르기까지 다양하게 변용되었다. 오늘날에도 우리는 '저장 시간'이나 '저장용량'이라는 말을 사용하며 기억장치에서 '검색 과정'이 실행된다고 한다.

고대의 작가 중 아우구스티누스A. Augustinus만큼 저장소 은유를 우아하게 사용한 사람도 없을 것이다. 아우구스티누스는 《고백록Confessions》 10권에서 기억의 건물·기억의 창고·기억의 동굴·기억의 보물창고 등의 표현을 쓰고 있는데, 아우구스티누스 자신도 인정했듯이 그러한 표현은 기억에 대한 근삿값만을 제공할 따름이다.[18] 그러나 아우구스티누스의 글을 읽는 독자들은 기억과 그 묘사 사이의 긴장감에서 한순간도 벗어날 수 없다. 아우구스티누스에 따르면 기억은 "말로는 설명할 수 없는 방식으로 기억을 감춰두는 거대한 기억의 창고에 보관된다".[19] 이처럼 미흡하나마 필요불가결한 은유들에 의해 의사擬似 공간, 즉 '내적 장소(장소라 하기에는 적절하지 않지만)'[20] 속의 기억이 탄생한다. 우리는 '경이로운 구획 체계'[21]로부터 기억을 불러내는 것이다. 아우구스티누스의 기억 묘사가 갖는 매력은 다음의 유명한 구절에서 보듯이, 고도의 경탄에 있다.

> 사람들은 높은 산, 거대한 파도, 광활한 강, 세계를 둘러싼 대양, 운행 중인 별들을 보고 놀라워하지만 정작 자기 자신에 대해서는 무관심하다. 내가 이 모든 것을 직접 내 눈으로 보지 않고도 말할 수 있다는 사실에 대해 사람들은 놀라지 않는다. 내가 직접 본 산, 파도, 강, 별, 남들의 얘기로만 알고 있는 대양이든 내 기억 속에서, 내 마음의 눈으로, 직접 볼 때와 똑같이 광대한 공간으로 볼 수 없다면 언급조차 할 수 없다는 사실에 대해 사람들은 놀라지 않는다.[22]

아우구스티누스의 은유들은 이 광대한 공간들을 인간적인 규모의 궁전,

보물창고, 동굴로 축소시킨다. 감각의 문과 통로를 거쳐 들어온 것들은 상은 상끼리, 소리는 소리끼리, 냄새는 냄새끼리 저장된다. 또 들어올 때와 마찬가지로 각각 별개의 감각으로 재현된다. 아우구스티누스는 "색채에 대해 생각하면 그 색채의 상은 소리에 의해 방해받는 일 없이 내 눈앞에 떠오른다. 또 별도로 저장된 소리 역시 여전히 기억에 보존돼 있다"[23]고 말한다.

이러한 저장소 은유는 감각의 문으로 들어온 적이 없는 것들이 어떻게 기억 속에 있을 수 있는가 하는 문제를 야기한다. 우리는 어떻게 기억 속에서 추상적 개념이나 수학적 개념, 법칙, 숫자 같은 것들을 불러올 수 있을까? 수학적 선이 감각을 통해 기억 속으로 들어올 수 없음을 아우구스티누스도 지적했다. 건축가가 "거미가 거미줄을 짜듯이 섬세하게" 그려놓은 선들도 기억 속의 선들과는 다르다. "내 눈이 직접 내게 보고한 것이 아니기"[24] 때문이라는 것이다. 다른 추상적 개념도 감각에 기인하지 않기는 마찬가지다. 아우구스티누스는 이렇게 쓰고 있다. "마음으로 가는 육체의 문인 감각기관들을 샅샅이 살펴봐도, 이런 사실들이 어떻게 들어왔는지 알아낼 수 없다. 내 눈은 '색깔이 있는 것이라면 무슨 색인지 알려주었을 것'이라 하고, 내 귀는 '소리가 나는 것이라면 우리가 알려주었을 것'이라 하고, 내 코는 '냄새가 나는 것이라면 들어올 때 나를 거쳤을 것'이라 한다".[25] 기억이 감각 인상들의 집결소라는 아리스토텔레스의 표현은 이 문제에 도움이 되기는커녕 문제의 근원이 될 수 있다. 이에 아우구스티누스는 해결책을 플라톤에서 찾는다. 법칙이나 추상 개념은 우리가 태어날 때부터 '마음 깊숙한 곳'[26]에 숨어 있다는 것. 그것을 '알아차려' 숨은 곳에서 꺼내오는 것이 바로 과학과 철학의 기술이다. 아우구스티누스는 "내가 무언가를 통찰할 때마다 그것을 알아차리고 참이라고 인정한 것은 나 자신의 마음이었다. 나는 자유자재로 통찰을 꺼내올 수 있는 저장소 같은 내 마음에 그것들을 맡겨두었다"[27]고 말한다. 이 구절이 새장으로서 기억, 그리고 앎과 지식의 소유의 차이를 환기시킨다는 것은 단순한 우연의 일치가 아닐 것이다. 기억에 보관된 것을 지식으로서 소유하기 위해서는 흩어져 있는 것들을 한데 모아야 한다. 축어적으로는 '모으다'라는 뜻인 라틴어 'cogitare'가 '사유하다'의 의미로 쓰이는 이유도 이 때문이라는 것이 아우구스티누스의 생각이다.

그러나 아우구스티누스는 《고백록》 10권에서 감각 인상이라는 아리스토텔레스의 기억 이론으로 끊임없이 되돌아간다.[28] 그에 따라 끊임없이 문제가 야기된다. 예컨대 망각했다는 생각이 기억 속에 있다고 가정하지 않고서 어떻게 망각했음을 알 수 있는가 하는 문제에 부딪힌다. 망각이 기억의 부재라면 어떻게 망각이 기억 속에 있을 수 있는가? 바꿔 말해 무언가가 부재한다는 사실을 어떻게 저장할 수 있는가? 까다로운 문제가 아닐 수 없다. 아우구스티누스는 다음과 같이 쓰고 있다.

> 내가 무언가를 기억할 때는 그 심상이 떠오르지만, 망각을 기억한다고 할 때는 망각을 알게 해주는 기억과 내가 기억하는 망각, 이 두 가지가 있을 뿐이다. 망각이 기억의 부재가 아니라면 무엇이란 말인가? 언제 그것이 생겼는지 나는 기억할 수 없다. 어떻게 해서 망각은 내가 그것을 기억할 수 있는 그런 방식으로 존재할 수 있을까? 기억 속에 들어 있어야 생각해낼 수 있는 것이 사실이라면, 또 망각을 기억하지 못한다면 망각이라는 말을 들어도 무슨 뜻인지 알 수 없는 것이 사실이라면, 망각이 우리 기억 속에 들어 있음도 사실일 것이다. 우

리가 망각을 기억하는 것이 맞다면, 존재함으로써 우리를 망각하게 만드는 무언가가 있음이 분명하다.[29]

아우구스티누스는 우리가 망각 자체를 기억하는 것이 아니라 망각을 의미하는 어떤 '상'을 기억한다는 식의 해결책을 택하지만, 이 해결책이 새로운 문제를 야기한다는 사실을 곧 깨닫는다. 무언가의 상을 기억 속에 지니려면 먼저 그것을 보아야 하기 때문이다. 아우구스티누스는 "카르타고의 기억은 실제로 내 감각기관들이 그 도시를 받아들였을 때의 이미지로 내 영혼에 새겨져 있다"고 썼다. 하지만 망각의 경우는 어떻게 감각기관을 통해 '받아들일' 수 있을까? 만일 기억이 망각의 '상'을 보유하고 있다면 망각이란 것이 실제로 존재했어야 한다. 그런데 망각이 "이미 기억된 것들을 지워버리는 존재라면 어떻게 망각이라는 상이 기억에 새겨질 수 있었는지"[30] 아우구스티누스는 의아해한다.

아우구스티누스는 기억이 자신에게는 불가해한 문제라는 탄식과 함께 망각에 관한 논의를 마무리하고 있다. "주여, 제가 열심히 연구하고 땀을 쏟는 분야는 바로 저 자신이라는 인간입니다. 농부에게 오직 고난과 많은 땀방울을 요구하는 땅처럼, 저에게도 바로 저 자신이 문제입니다."[31] 아우구스티누스가 안고 있던 문제의 변형, 즉 '모름을 안다knowing-not'는 현상이 현대 심리학도 해결하지 못한 문제라는 사실을 그가 알았다면 위안이 되었을지도 모르겠다. 우리가 무언가를 **모른다**는 사실을 믿기 어려울 만큼 빨리 알아차리는 현상은 저장소 은유의 견지에서 보면 변칙적이다. 어떤 항목이 기억에 없음을 입증하려면 저장된 목록 전체를 뒤져봐야 하지만 이미 기억에 있는 항목을 재생하려면 목록을 다 뒤질 필요가 없으므로, 후자에 걸리는 시간이 더 짧아야 한다. 그러나 반응시간을 측정해보면 실제로는 그 반대임이 드러난다. 이러한 사실은 아우구스티누스의 경외심에 찬 글귀를 상기시킨다. "이 문제만 생각하면 나는 경이로움에 휩싸이고 혼란에 빠지고 만다."[32]

아우구스티누스는 카르타고 근처의 들판과 동굴, 건물과 궁전, 보물창고와 새장 등 주위에서 본 것들을 은유로 가져왔다. 이렇게 해서 가상의 기억 장소는 외부 세계, 즉 **그의** 외부 세계를 반영한 것, 또는 외부의 실재를 내부에 각인한 것이 되었다. 다른 지역, 다른 시대에 살았던 다른 작가들도 기억에 관한 은유로써 **그들** 세계의 흔적을 남겼다. 고대와 중세에는 저장소로서 기억이 하나의 '토포스'였으며, 이 토포스의 이미지는 끊임없이 바뀌었다.[33] 기원전 3세기에 스토아학파 키티온의 제논Zeno of Citium은 기억을 '상상의 저장소thesaurismos phantasion'로 표현했다. '테사우루스thesaurus'는 나중에 값진 물건을 보관하기 위해 튼튼하게 만든 금고나 궤, 또는 보물창고를 뜻하는 말이 되었다. 동방박사 세 명도 황금과 유향과 몰약을 '테사우루스'에서 꺼냈다고 전해진다.[34] 비바리움 수도원을 세운 카시오도루스F. Cassiodorus는 좀더 현실적인 표현을 사용했다. 지각한 것을 일단 분류한 뒤에 보관한다는 생각으로, 기억을 여러 칸으로 나뉜 비둘기장과 새장에 비유한 것이다. 추려내고 고르는 정리 과정이 없다면 기억은 헤치고 들어가기 힘든 '나무숲' 상태라는 것이다. '사쿨루스sacculus' 같은 지갑의 은유 역시 정리한다는 생각을 표현하고 있다. '사쿨루스'는 각종 화폐를 구분해 넣을 수 있도록 세심하게 칸을 나눠 만든 가죽 지갑을 가리키는 말이었다. 12세기에 성 빅토르의 후고Hugo of St. Victor는 기억하고자 하는 것을 세심하게 저장해야 한다는 생각에서, 숙련된 기억을 환전상의 '사쿨루스'에 비유했다. 또 기억의 형성은 동전의 주조와 같다고 보았다. 아우구스티누스가 말한 인장반지처럼 도장의 상像대로 인상이 찍힌다는 것이다. 또 후고에 따르면, 숙련된 환전상의 손이 손님이 원하는 화폐가 든 지갑의 칸을 쉽게 찾아 들어가는 것처럼 정돈된 기억은 쉽게 찾아낼 수 있다.

원래는 가축을 기르는 마구간이나 축사를 의미했고 후에 수도원의 방을 의미하게 된 'cell'이라는 단어 역시 기억에 대한 은유로 쓰였다. 한 수도사가 초서G. Chaucer(《캔터베리 이야기》 등으로 유명한 중세의 영국 작가—옮긴이)를 두고 그의 'celle' 안에 무수한 이야기를 지니고 있다고 한 것은, 초서의 기억 속에 이야기가 기록돼 있다는 의미였다. 고전 라틴어 'cellae'는 비둘기장의 칸을 의미하는 말이었다. 훗날 칸칸이 나뉜 선반에 파피루스 두루마리를 보관하게 되자, 플라톤이 말한 비둘기장 비유와 연관성이 분명해졌다. 날쌔고 잘 잡히지 않는 새의 이미지는 영혼을 표현하는 데 가장 즐겨 사용되었으며, 새와 파피루스 두루마리 모두를 보관하는 'cellae'에 기억이 저장된다는 사실은 저장의 은유와 쓰기의 은유를 연결해주었다.

이로써 우리는 쓰기 수단으로서 기억으로 되돌아간다. 기억에 대한 비유는 중세에 들어 밀랍판에서 코덱스로, 그다음은 책으로, 마지막으로는 도서관으로 변화했다.

기억으로서 책, 책으로서 기억

메리 캐루서즈Mary Carruthers는 저서 《기억의 책The Book of Memory》 머리말에서 역사상 가장 위대한 지성 두 명, 즉 토마스 아퀴나스와 알베르트 아인슈타인을 나란히 거론한다.[35] 더 정확히 말하면, 아퀴나스, 아인슈타인과 각각 가장 가까웠던 두 사람이 회고를 통해 그들의 위대함의 근원을 정리한 글을 인용한다. 두 글은 강렬한 찬탄의 글이라는 점에서 닮아 있지만, 그 찬탄은 사실상 각각의 상반된 자질에 주목한다. 찬탄의 대상이 된 아인슈타인의 자질은 독창성과 창의성이다. 글에 따르면, 아인슈타인은 '놀라운 상상력'의 소유자로, '미답의 영역'을 직관적으로 탐구해 들어갔고 관습적인 것을 거부했으며 자립의 열망 속에서 '고독한 길'을 택했다. 아인슈타인이 이끌어낸 혁명은 남들이 밟은 길을 피해 가는 그의 능력 덕분이었다.

한편 1274년 토마스 아퀴나스가 죽은 직후 시성식의 관례적인 첫 단계로 청문회가 열렸는데, 아퀴나스의 교단 동료들의 증언에서 쏟아져나온 찬사는 7세기 후 아인슈타인에게 쏟아진 찬사와는 전혀 다른 성격의 것이었다. 아퀴나스 역시 우수하고 독창적인 지성의 소유자였지만 그에 대한 찬사는 무엇보다도 그의 **기억력**에 관한 것이었다. 아퀴나스가 교황 우르바노 4세의 요청으로 4대 복음서의 주석서를 편찬하면서, 다른 수도원 시절에 쓰고 외운 글들에 대한 기억을 어떻게 사용했는지는 잘 알려져 있다. 아퀴나스는 엄청나게 비상한 기억력의 소유자로, "한번 읽고 이해한 것은 잊어버리는 법이 없었다". 제자들의 증언에 따르면, 아퀴나스는 가끔 서로 다른 주제의 내용을 거침없이 구술해 한꺼번에 비서 서너 명이 받아 적게 했는데, 그 모습은 "그저 자신의 기억이 보물을 쏟아내도록 하는 것처럼 보였다". 또 생각이 잘 풀리지 않을 때에는 기도로 묵상한 뒤 책상으로 되돌아가면 "생각이 점점 또렷해지면서 그가 원하는 말들이 마치 책을 찾아볼 때처럼 안으로부터 떠오르곤 했다". 망각을 모르는 듯한 그의 경이로운 기억력으로 인해 "한장 한장 책을 써나가는 것처럼 그의 영혼 속에 영원히 지식이 쌓여가는 것 같았다"고 한다.

위의 두 사례가 캐루서즈에게 남긴 인상을 중세식으로 요약하면 '상상력imaginatio'과 '기억력memoria'의 대비라고 할 수 있다. 아인슈타인의 천재성은 과거의 사고로부터 그를 자유롭게 한 직관과 상상력에 기인한 반면, 아퀴나스의 천재성은 지식을 서서히 누적하는 도도한 기억력에 기인한 듯 보인다. 13세기에는 사고의 도구로서 기억의 가치가 지금과는 전혀 다른 평가를 받았다. 중세에는 기억력이 영혼이 지닌 최고의 능력으로서 뇌 속 깊숙한 세 번째 뇌실에 있다고 여겼으나, 지금은 중세 사람들이 감각 바로 뒤편의 맨 앞쪽 뇌실에 있다고 여긴 상상력이 가장 가치 있는 능력으로 간주된다.[36] 또 하나 주목할 점은, 증인들이 아퀴나스의 기억력을 표현하면서 책의 이미지를 고집스럽게 사용했다는 점이다.[37] 아퀴나스의 동료들이 그를 책·독서·집필·구술에 미친 사람으로, 또 끼니조차 방해가 될 정도로 방·도서관·필사실에서 연구에 몰두한 학자로 본 것은 당연하다. 그러나 책의 은유를 고집한 것은 단지 그의 활동 영역에 의거해 그를 묘사하려는 격조 있는 시도 그 이상의 의미를 지녔다고 생각한다. 아퀴나스의 기억을 책으로 표현한 것은 중세 시대의 책에 대한 높은 존중의 표현이기도 했다. 각지를 돌아다니며 산 아퀴나스가 전 세대의 사상가들이 이루어놓은 것들로 자신의 기억을 채울 수 있었던 것은 바로 책 덕분이었다. 거기에 보태, 아퀴나스 자신의 사상을 기록할 수 있었던 것도 책 덕분이었다. 아퀴나스의 기억, 그 시작과 끝에는 책이 있었다. '책장이 한장 한장 늘어가듯이' 부단히 채워졌던 그의 기억이 결국 책이라는 은유가 된 사실은 아퀴나스에 대한 찬사일 뿐 아니라 책에 대한 찬사이기도 했다.

책 중의 책이라는 성서를 거론하지 않더라도 중세 시대 책의 위상을 이해하기는 어렵지 않다. 삶의 불확실성 때문에 살아서 손자를 보는 것이 예외적이던 시대에, 책은 여러 세대의 경험을 담아냈다. 양피지에 쓰인 것, 즉 개개인의 기억에서 기록으로 옮겨진 기억은 무상함에서 벗어날 수 있었다. 일단 책으로 기록된 내용은 남들에게 읽히고 공개, 전달, 운반, 번역, 교환, 복사, 유포를 거치면서 어떤 의미에서 확실하게 보존되었다.

중세의 필사본과 인큐내뷸라incunabula(인쇄술이 발명된 1450년부터 1500년까지 나온 활자인쇄본을 가리키는 말—옮긴이)의 사례에서 우리는 책의 보존이 얼마나 중요했는지를 알 수 있다. 필경사들은 필사실에서 책의 내용과 제작 사이의 조화를 추구했다. 즉 신성한 글이 책의 형태로 영원히 남기를 희망했다. 책을 만들 때의 배려, 테두리 장식, 양피지의 질 등 모든 것이 인간의 유한성을 넘어 영원히 남을 '기록된 기억'이라는 목적에 부합하도록 했다. 책을 만들던 많은 수도원이 몇 피트(1피트는 약 30센티미터—옮긴이) 두께의 담으로 둘러싸였어도 종교개혁기에 쇠락하거나 불에 타거나 파괴되어 더 이상 존재하지 않는 반면, 외관상 훨씬 취약해 보이는 책은 별 탈 없이 도서관에 보존되었다는 사실을 생각해보면, 그러한 목적이 꼭 근거 없는 것만도 아니다.

책의 유포는 글의 확산뿐 아니라 이미지의 확산을 의미하기도 했다. 보통의 중세 사람들은 성인의 이미지·그림·프레스코화·우의적 판화 같은 시각적 표상에 의존해야 했고, 대성당은 문맹자를 위해 돌과 유리로 만든 성경이었다는 것이 오랜 통념이지만, 이런 견해는 특별히 상류 학자층을 위해 만들어진 책에 많은 그림이 등장하는 이유를 설명하지 못한다.[38] 미니아튀르miniature(중세의 사본에 나오는 삽화나 장식용 그림—옮긴이)나 가장자리 그림 등은 단순히 글을 대체하는 이상의 의미를 지녔다. 이 그림들의 목적은 '삽화illustration'라는 말의 어원이 의미하듯이, 글을 비춤illuminate으로써 쉽게 기억하도록 하는 것이었다. 600년에 마르세유의 세레노Serenus of Marseilles 주교가 신도들이 우상 숭배에 빠질 것을 걱정해 교회 안의 모든 성상을 파괴했을 때, 그레고리오 대교황Gregorius the Great은 그에게 기억이 청각과 시각이라는 두 가지 주요 관문을 갖고 있으며, 따라서 두 가지 방식(말과 이미지)으로 기억에 접근할 수 있다고 일깨워주었다. 그레고리오의 견해에 따르면, 교회와 책을 성인들의 조각상과 그림으로 장식하는 것은 정말로 필요한 일이었다.

그러나 고대와 중세에 책이 그저 인간 기억의 **대체물**, 즉 머리로 기억해야 할 것을 써서 기록함으로써 부담을 더는 수단으로 간주되었다고 생각하는 것은 잘못이다. 수도원의 전통에 따르면 책은 기억의 '보조물'로, 정확히 말해 기억하기 쉽도록 돕는 것이 목적이었다. 캐루서즈에 따르면, 이런 식의 쓰기와 기억의 관계는 오늘날과 다른 것이었다. 지금 우리는 '써놓을 때까지 기억해야 한다'고 하지만, 중세 사람들은 '더 잘 기억하기 위해 써놓아야 한다'고 생각했다. 고대에서 중세로 넘어가던 시기의 인물인 히에로니무스Hieronymus가 "정성들여 읽고 매일같이 명상한다면 내 마음에 주를 위한 도서관을 지을 수 있을 것"이라고 했을 때, 그가 지식을 모아두는 곳은 책이나 수도원의 도서관이 아니라 개인적 신앙 체험의 중심인 그의 마음이었다.[39] 책에 쓰인 것은 결국 인간의 기억 속으로 들어가게 마련이었다. 그레고리오 대교황이 대수도원장 에퀴티우스Equitius에 관해 쓴 이야기 속에 쓰기와 기억의 이런 관계가 아름답게 표현되어 있다. 에퀴티우스는 성경책으로 가득 찬 가죽 지갑을 양쪽에 매달고 돌아다니는 습관이 있었다. 그는 만나는 사람을 멈추고는 그들에게 "성경이라는 샘의 물꼬를 터서 기억의 초원을 적셔주었다"[40]고 한다. 거듭 말하지만, 그 물줄기는 책으로부터 기억으로 흘러들어갔던 것이다.

책으로 기록된 것은 대개 종교와 관련이 있었다. 시편, 복음서, 기도서 등 글로 써서 보존할 가치가 있던 것은 성서에서 비롯된 것이었다고 할 수 있다. 그 결과 책은 읽히든 쓰이든 간에, 그리스도교 도상圖像 속의 예언자나 복음전도사, 교부, 성인 들의 고유한 속성으로 자리 잡았다.[41]

식사 시간에 성경 낭독을 듣거나, 성서를 통해 갈증을 해소하며, 신의 말씀으로부터 삶의 자양분을 얻던 수도원의 관습은 자동적으로 기억에 대한 위胃의 은유를 낳았다. 신의 말씀을 음식처럼 여기던 관습은 구약성서에 그 기원을 두고 있다. 예언자 에스겔이 그의 소명을 계시받는 환상의 내용은 신이 두루마리를 내밀며 받아먹으라고 했다는 것이다.

> 그분이 내 앞에 두루마리를 펴 보이셨다. 그 앞뒤에 글이 적혀 있었는데, 비탄과 애도와 고뇌의 글이었다. 그분은 그것을 보이시고 이렇게 말씀하셨다. 받아먹어라. 너 사람아, 이 두루마리를 먹어라. 그리고 이스라엘 민족에게 가서 고하라. 내가 입을 벌리자 그분이 두루마리를 입에 넣어주시면서 말씀하셨다. 너 사람아, 내가 주는 이 두루마리로 네 배를 채우고 네 창자를 채워라. 그리하여 그것을 받아먹으니 마치 꿀처럼 입에 달았다.[42]

식사 시간에 성경을 읽는 관습은 글을 음미하고 곱씹던 전통의 일환이었다. 많은 중세의 사본들에는 마치 독자들에게 이 글을 먹으라고 재촉하기라도 하듯, 갉히고 씹히고 물어뜯기는 머리문자들이 그려져 있다.[43] 학문은 주어진 몫만큼 섭취하는 것이었고, 과식은 소화에 좋지 않았다. 이미 읽은 내용에 대해 묵상하는 일은 되새김질과도 같았다.

12~13세기에는 수도원의 전통과 더불어 스콜라학의 전통이 서서히 발전했다. 이제는 수도원이 아닌 초창기의 대학들을 통해 신학의 위상이 점차 높아지면서 책은 새로운 지위를 얻었다.[44] 신학의 대학 교육 과정은 평생 동안 책을 낭독하며 익힐 수 있던 수도원과는 달랐다. 시간은 제한되어 있었고, 학생들은 강의를 듣는 동안 원본 하나에 사본 여러 권이 필요했다. 13세기 들어, 작아진 서체와 얇아진 양피지 덕분에 휴대 가능한 단권의 성경이 나옴으로써 교수와 학생이 자신만의 사본을 갖고 다닐 수 있게 되었다. 신학 연구에서는 요약본이나 참고문헌, 주해서에 대한 필요성이 높아졌다. 1250년경 성서 색인에 이어 교부들의 저작에 대한 찾아보기가 만들어졌는데, 이는 읽기 위한 책이 아니라 무언가를 찾아보기 위한 책이었다. 외적 기억external memory의 이용을 돕는다는 책의 새로운 기능에 맞춰, 새로운 외양과 분류법이 필요해졌다. 성서 색인 이후, 내용 목록과 알파벳순의 찾아보기를 갖춘 책들이 최초로 등장했다. 단락마다 붙은 소제목, 난외에 적힌 핵심어, 빨갛고 파란색의 머리글자, 전후 참조, 참고문헌, 붉은 잉크로 눈에 띄게 쓴 고유명사 덕분에 특정 구절을 찾기가 쉬워졌다. 알파벳순의 책 배열이 점차 확산되면서 새로운 책 분류 체계가 탄생했다.

무언가를 즉시 찾아볼 수 있다는 '바로 찾기statim invenire'의 이점은 수도원의 전통과 갈등을 일으켰다. 위계질서와 연대기적 질서가 결합된 세계에서 알파벳순의 질서는 인정받기 힘들었다. 알파벳은 조화와 통일이라는 기존의 익숙한 원칙과 불협화음을 일으켰다. 읽기가 아닌 참고를 위한 책의 등장은 간헐적으로 이루어졌을 뿐, 수도원의 전통을 당장 바꿔놓지는 못했다. 정보 저장소로서 책은 일부 스콜라 사회에 국한된 것이었다. 연구용 책은 개인 장서로 책장에 수집되어 신학자들의 공식 초상화에 등장하는 정물이 되었고, 배경에 존재하던 이 책들은 중세 말기로 가면서 서서히 전경前景의 위치를 차지했다.

인간의 기억에 초점을 맞춘 전통적인 책의 여백은 스콜라 전통의 특징인 직접적 지시 대신, 읽은 것을 기억하는 데 도움이 되는 간접적 암시들로 채워져 있었다. 시과時課(하루 몇 차례 정해진 시각에 하는 기도—옮긴이)에 쓰는 기도서에는 주화, 보석을 비롯해 귀중한 물건들이 그려졌다. 꽃이나 벌집 그림도 있었는데, 이 꽃 저 꽃에서 꿀을 따다가 기억이라는 벌집에 저장하는 일이 바로 책읽기였다. 사냥하는 그림 역시 널리 쓰였는데, 이는 쿠인틸리아누스Quintilianus(로마 제정 초기의 수사학자—옮긴이)가 사용한 은유와도 관련 있다. 숙련된 기억이란 사냥감의 위치를 정확히 찾아내는 능숙한 사냥꾼과 같다는 것이다.[45] "기억한다는 것은 기억 속에 숨은 것의 뒤를 밟아 찾아내는 것"[46]이라는 알베르투스 마그누스Albertus Magnus(13세기 독일의 스콜라 학자—옮긴이)의 은유도 마찬가지다. 흔적은 발자국vestigia이고 기억이란 발자국을 찾는investigatio 과정이다. 1440년 헬데를란트의 공작부인이었던 카타리나 판 클레이프Catharina van Kleef를 위해 위트레흐트에서 제작한 기도서에 그려진 일련의 여백 장식은 텍스트를 기억해야 한다는 점을 표현한 시각적 은유들이다(그림 2.2, 2.3).

이러한 기도서들이 등장한 시기는 책에 대한 존중이 최고조에 이른

그림 2.2 1440년 카테리나 판 클레이프를 위해 위트레흐트에서 제작한 기도서는 시과의 각 '기도 시간'에 맞춰 총 8장으로 구성되어 있다. 메리 캐루서즈에 따르면(주 4 참조), 가장자리의 장식 그림은 기억의 은유와 관계있다. 위에 그려진 새장은 플라톤의 새장 은유를 암시한다.

그림 2.3 캐루서즈의 해석에 따르면, 이 가장자리 장식의 모티프는 낚싯바늘에 걸린 물고기처럼 하나의 이미지가 또 다른 이미지를 달고 오는 연상의 사슬이다. 각각의 물고기가 앞에 있는 물고기의 꼬리를 물고 있으므로, 텍스트에 낚싯바늘 몇 개만 드리워도 갖가지 물고기가 엮인 사슬 전체를 끌어올릴 수 있다는 것이다.

15세기 초반이었다. 그러나 인쇄술이 발명되기도 전인 1440년경에 이미 현저한 변화의 조짐이 나타났다. 늘어나는 수요에 맞추기 위해 교회와 수도원 밖에서 2류 필경사들이 제작한 저질의 책들이 등장한 것이다. 인쇄술이 발명되고 약 50년이 지난 15세기 말에 이르면, 개인 장서를 수집하는 것은 헛된 일로 비웃음을 사게 된다. 세바스티안 브란트Sebastian Brant가 쓴 《바보들의 배Das Narrenschiff》(1494) 첫째 장에는 오늘날 풍자만화에 등장할 법한 젠체하는 안경잡이 학자가 그림 설명에서처럼 '쓸모없는 책들'에 둘러싸인 장면이 나온다(그림 2.4). 중세에 그토록 열렬히 도상으로 표현되던 글에 대한 경외심은 무너지기 시작했다. 그러한 변화가 인쇄술 발명과 세속 문학의 확대에 기인한 것은 아닐지 몰라도, 그것들에 의해 가속화한 것만은 분명하다. 1500년에서 1600년에 이르는 동안 인구는 두 배 증가한 데 비해 책의 생산은 14배 증가했다. 희귀하고 특별한 물건이던 책은 대량으로 생산되는 물건으로 바뀌었다. 15세기 중엽 이후에는 대량 인쇄가 일반화하고 양피지보다 종이에 인쇄한 책이 더 많아졌다. 책은 귀한 물건에서 일상적이고 실용적인 도구로, 다른 실용품처럼 수명이 제한된 물건으로, 느리지만 확실하게 변해갔다.

그림 2.4 세바스티안 브란트의 《바보들의 배》(바젤, 1494) 중에서. 한 바보가 '쓸모없는 책들' 가운데서 학자인 체하고 있다.

17세기 초반에 이르면 책의 위상은 완전히 땅에 떨어진다. 로버트 버턴Robert Burton은 《우울의 해부Anatomy of Melancholy》(1621)에서 "이미 아는 바와 같이, 우리는 책의 대혼란 속에 빠지게 될 것이다. 책에 짓눌리고 책을 읽느라 눈이 아프고 책장을 넘기느라 손가락이 쑤신다"고 썼다. 그 결과 책은 전혀 다른 은유적 의미를 얻었다. 책은 더 이상 무상함을 막아내는 기억이나 영원함을 연상시키지 못하고, 유한한 것, 속세의 헛되고 무의미한 것들을 연상시키게 되었다. 책은 '바니타스vanitas'('헛되다'는 뜻의 라틴어로 인생의 무상함과 공허함을 상징한다—옮긴이)의 상징이 되었다.[47] '책이 놓인 정물화'라는 새로운 장르에서 책을 묘사하는 방식을 보면 추락한 책의 위

그림 2.5 마티아스 홀츠바르트(Mathias Holtzwart)는 책을 불변의 상징이자 변덕스런 운명으로부터 보호해주는 방패로 묘사했다.

상이 분명하게 드러난다. 낡아빠진 책, 쪼그라들어 더 이상 종이를 보호하지 못하는 가죽 표지, 닳아빠진 거위 깃펜, 모래시계 등은 책의 무상함을 강조한다.

17세기의 많은 정물화가 과일, 꽃, 사냥한 짐승과 마찬가지로 어지러운 책 더미를 무상함의 '토포스'로 표현하고 있다. 책, 모래시계, 꺼진 촛불, 넘어진 와인 잔 가운데에 해골이 놓이기도 했다. 류트와 바이올린이 놓인 것은 당시에 음악을 가장 덧없는 예술로 여겼기 때문이다. 무상하고 변덕스러운 온갖 것들에 둘러싸인 책은 고대나 중세 시대와는 정반대의 모습이었다.

오직 하나의 책만이 이러한 역전을 피할 수 있었다(그림 2.5). 18세기 초에 네덜란드의 경건주의 시인 얀 라위컨Jan Luyken은 이런 시구를 남겼다.

심장의 밀랍에 새긴 한 권의 책이
서고의 책장에 꽂힌 천 권의 책만큼 값지다[48]

이처럼 플라톤의 밀랍과 아리스토텔레스의 심장은 네덜란드의 경건주의와 결합했고, 책 중의 책이라는 성서가 그나마 기억과의 연관성을 잃지 않은 채로 남았다.

기억의 기술: 기억의 궁전

우리는 외적 기억의 시대에 살고 있다. 전문성의 필수조건이던 박학함은 서서히 '잠재적 박학함'이라 할 수 있는 그 무엇, 즉 외부에 기록된 정보를 이용해 상황에 맞게 즉각 판단할 수 있는 능력에 자리를 내주고 있다. 적어도 책이 주요한 외적 기억인 분야에서는 인공기억의 이용이 여전히 장부나 도서목록, 찾아보기 같은 전통적인 수단에 의존하기도 하지만, 검색 처리의 자동화는 점차 확대되고 있다. 잠재적 박학함의 최고봉은 컴퓨터의 데이터베이스 검색일 것이다. 안경이 눈의 연장이듯이, 많은 사람들에게 컴퓨터 하드디스크는 기억의 연장이 되었다.

외적 기억의 문화는 내부에서 외부로의 변화뿐 아니라 말하기 문화에서 쓰기 문화로의 변화 또한 의미한다. 이러한 변화는 정치와 법률 분야에서 가장 두드러진다. 이 두 분야는 그 기원과 전통이 말하기 문화와 밀접하지만 지금은 거의 전적으로 쓰기 문화에 속해 있다. 의회에서 '토론'이라고 하는 것은 사실상 일련의 읽기이며, 간간이 휴회하는 것도 의원들이 새로 읽을 자료를 건네받기 위해서이다. 법률 분야도 마찬가지다. 사회 정의 실현을 위한 법정 연설은 이제 시대착오적인 얘기가 되었다. 정작 중요한 것은 대부분 팩스나 전자우편, 공개적인 인터넷에서 다뤄진다.

한때 인간의 기억이 정보를 제공하는 최선의 수단인 적이 있었다. 그리스 시대의 말하기 문화 속에서 밀랍판이나 점토판은 기억 보조 수단에 지나지 않았고, 연설 내용의 대부분이 인간의 기억에 맡겨졌다. 좋은 기억력은 지속과 집중을 요하는 전문적 소양의 일부였다. 인간의 기억도 외적 기억 수단과 마찬가지로 업데이트나 추가, 일정한 체계화가 필요했다. 보이지는 않아도 공들여 관리할 필요가 있었기에 온갖 종류의 기술이 존재했다. 오늘날 우리가 외적 기억을 이용하기 위해 기술적인 절차를 거쳐야 하듯이, 그리스인들도 내적 기억에 접근하는 방법, 즉 '기억술mnemonics'이란 것을 갖고 있었다. 기억술은 순전히 실용적인 목적에서 시작해 '기억의 기술ars memoriae'로까지 발전했다.[49]

기억술의 창안자는 키오스의 시모니데스Simonides of Keos(기원전 6~기원전 5세기경 고대 그리스의 서정시인—옮긴이)로 여겨진다. 시모니데스가 스코파스라는 사람을 위한 연회에 시 낭송자로 초대받은 적이 있었다. 그는 낭송을 마치자마자 누군가 불러 밖으로 나갔고 그 사이 연회장의 지붕이 무너져 내렸다. 하객들은 돌덩이에 깔려 짓뭉개져서 누가 누군지 못 알아볼 지경이 되었다. 그러나 시모니데스가 누가 어느 위치에 앉아 있었는지를 기억해내어 가족들에게 시신을 인도할 수 있었다. 《웅변에 관하여》에서 이 일화를 소개한 키케로는 다음과 같이 썼다.

> 이 일을 통해 시모니데스가 추론한 바로는, 이러한 기억 능력을 훈련하려면 한 장소를 고른 뒤 기억하고자 하는 대상의 심상을 그 장소에 저장해야 한다는 것이다. 장소의 배열은 기억할 대상의 배열을 잊지 않게 해주고 대상의 심상은 그 대상 자체를 표상하므로, 장소와 심상은 각각 밀랍판과 거기에 쓴 글자로서 기능하게 된다.[50]

기억을 분명하고 이해하기 쉬운 구조를 가진 가상의 장소로 바꾸어, 기억하고자 하는 '심상'들로 채우는 것이 기억술의 기본 원리였다.[51] 사람들은 가상의 장소로 건물·가옥·사원·궁전 등을 떠올렸고, 기억해야 할 주제마다 어떤 표시나 로고를 만들어 가상의 복도와 방들을 지나쳐 가는 동안 해당 지점에 남겨두었다. 그리고 필요할 때 가상의 장소를 다시 지나가면 시각적 표상들이 주제를 환기시켜주었다.[52] 《애드 헤레니엄》에 이런 얘기가 나온다. 연설을 시작하는 변론가가 미리 준비한 가상의 집을 떠올리고 그 첫 번째 방문을 열자 침대에 누운 사람이 보인다.[53] 침대 옆에는 오른손에 컵, 왼손에 밀랍판을 든 한 남자가 서 있고 남자의 새끼손가락에 양의 고환이 매달려 있다. 그러자 곧바로 의뢰인에 대한 고발 내용이 선명하게 떠오른다. 즉 침대에 누워 있는 사람은 독살된 피해자이고 컵에는 독극물이 담겨 있다. 밀랍판은 그의 살해 동기, 즉 상속을 가리키며, 양의 고환testicle은 'testis(고환)'를 거쳐 목격자의 'testimony(증언)'를 상기시키는 말이 된다.[54]

대부분의 기억술 연구서에서는 불필요한 수고를 덜기 위해 실재하는 친숙한 건물을 가상의 장소로 택하도록 권하고 있다. 그 결과 기억술은 고대 그리스·로마, 고딕, 르네상스 시대에 걸쳐 당대의 건축을 반영하는 거울이 되었다. 또한 사람들이 주변에서 본 것을 '심상'으로 가져왔기 때문에 기억 체계를 통해 각 시대의 사고방식과 물적 환경을 엿볼 수도 있다. 일찌감치 흔적도 없이 사라졌을 법한 것들이 간직된 기억 체계도 있다. 호박琥珀 속에 보존된 곤충처럼, 기억 연구서에 인용된 단 한 구절만으로 전해 내려오는 시도 있다.

반달족이 로마를 점령하면서 고전 기억술도 종말을 고했다. 《애드 헤레니엄》이라는 오직 한 권의 기억 연구서만이 살아남아 중세의 필사실까지 전해졌지만, 그곳에서도 고전 기억술의 온전한 모습은 지켜지지 못했다. 모든 기억 체계는 철저히 기독교화 과정을 거쳤고, 기억의 궁전은 수도원

그림 2.6a, 2.6b 기억술이 기독교를 위해 사용되면서 고전 기억술의 궁전은 수도원과 대성당으로 바뀌었다. 그림 2.6a(왼쪽)에서는 수도원과 그 외부 건물이 기억의 '장소(loci)'로 쓰이고 있다. 그림 2.6b는 찬송가, 전례문 등 종교 관련물의 기억을 돕는 이미지 목록이다. 분류 목적상 다섯 번째 항목마다 손을, 열 번째마다 십자가를 그려놓았다. 물건은 강당, 도서관, 예배당 등 소속 장소별로 연결돼 있다. 이 두 삽화는 기억술 연구서인 롬베르흐(J. Romberch)의 《기억술 개론(Gongestorium Artificiose Memorie)》(베네치아, 1533)에 실려 있다.

이나 대성당으로 바뀌었다(그림 2.6a, 2.6b). 성상 파괴의 회오리 속에서 고전주의 이미지들은 파괴되고 골방 속에서 순결과 절제라는 덕목으로 교체되었다. 기억의 기술은 설교의 기술ars predicandi에 종속되었고, 기억은 기도문과 성인, 천국과 지옥과 연옥을 마음에 새기는 도구가 되었다. 기억술을 익힌 사람이 주로 설교자였다는 사실은 우연이 아니었다.

이탈리아 르네상스 시대에 교회를 가장 성가시게 한 기억 체계는 아이러니하게도, 도미니크 수도회의 수도사 조르다노 브루노Giordano Bruno가 고안한 것이었다. 브루노는 1576년 교단에서 도망쳐 나와 영국·프랑스·독일 등지를 떠돌면서 시대의 음지에서 활동한 선구적 지성으로, 헤르메스주의Hermetics, 16세기의 뉴에이지 운동, 자연과학과 카발라주의

Cabbalistics(중세 유대교의 신비주의—옮긴이)의 마법적 결합 사상, 점성술, 연금술, 강령술, 불을 이용한 점술 등의 대가였다. 헤르메스주의는 100~300년의 그리스 문헌을 모아놓은 책《헤르메스 전집Corpus hermeticum》에서 비롯되었다. 4세기 들어 이 책이 이집트 사제인 헤르메스 트리스메기스토스Hermes Trismegistus의 저서를 바탕으로 하고 있다는 믿음이 퍼지면서 헤르메스주의의 기원은 기독교 이전으로 거슬러 올라가게 되었다. 헤르메스주의는 르네상스 시대에 들어와 신플라톤주의와 결합하면서 강력하게 부흥했고, 브루노는 이 사상의 대표 인물이었다.

이 별난 **대가**가 고안한 기억 체계는 존재하는 만물이 기록된 회전하는 바퀴들로 이루어진 것이었다. 가장 멀리 있는 태양계에서부터 최종 원소에 이르기까지, 황도 12궁에서부터 광석과 광물에 이르기까지, 기하학과 음악에서부터 도자기의 발명과 불의 발견에 이르기까지, 달의 위상에서부터 집게나 빗 같은 도구들에 이르기까지, 한없이 작은 것에서 한없이 큰 것에 이르는 전 우주가 브루노의 기억 바퀴 안에서 회전했다.

브루노의 기억 체계는 그의 해설에도 불구하고 매우 이해하기 힘든 기억술의 산물 가운데 하나다. 예이츠 같은 뛰어난 인물도 그 '봉인'과 '봉인의 봉인'만 뜯었을 뿐 많은 부분을 설명하지 못한 채 남겨두어야 했다. 당시에는 널리 퍼져 있던 비의적occult 사고방식이 오늘날에는 제대로 복원하기 어려운 것인 듯하다. 브루노 기억 체계의 많은 부분은 마술이나 마법에 문외한인 사람들에게는 접근하기 힘든 신비의 봉인 아래 남아 있다. 그러나 바로 이런 점이 헤르메스주의의 시들지 않는 매력을 설명해주는지도 모른다. 헤르메스주의의 저류는 17세기 과학혁명 이후까지 영향력을 발휘했고 끊임없이 새롭게 해석되었다. 이러한 전통을 마지막으로 계승한 기념비적 업적이 플러드의 기억 극장이다.

플러드의 기억 극장

영국인 로버트 플러드Robert Fludd(1574~1637)를 특히 주목해야 하는 이유는, 그의 기억술이 교향곡의 마지막 악장처럼 고대와 중세의 주된 주제를 반복하고 있을 뿐만 아니라, 인간의 마음을 소우주로 표상해 기계론적으로 치우쳐간 후대의 기억 이론들에 영향을 미쳤기 때문이다. 다음 장에서 주로 다룰 로버트 훅도 젊은 시절에 헤르메스주의의 영향을 받았다. 이처럼 플러드는 중세와 근대를 이어주는 인물이다.[55]

플러드의 기억 체계는 천체라는 대우주와 인간의 마음이라는 소우주 사이의 조화를 반영하고 있다. 플러드의 저서《두 개의 우주, 대우주와 소우주, 즉 형이상학과 물리학, 또한 기술학과 역사학Utriusque cosmi maioris scilicet et minoris metaphysica, physica atque technica historia》(1619)에 실린 오늘날에도 유명한 한 판화에는 지각, 상상, 이성의 세 가지 정신 영역이 행성들의 궤도처럼 묘사돼 있다(그림 2.7). 플러드는 자신의 기억 체계에 대한 이해를 돕고자 이 같은 '천상'과 '지상'의 조화에 관한 생각을 두 개의 그림으로 표현했다. 첫 번째 그림은 12궁을 묘사한 것이고, 두 번째 그림은 기억의 은유로서 극장을 그린 것이다. 이 두 그림은 서로 마주 보는 쪽에 찍혀 있어서, 책을 덮으면 점성학적 하늘이 기억 극장을 덮게 되어 있다.

예이츠는 플러드의 기억 극장이 1층 높이의 무대, 양 측면의 객석, 무대를 에워싸는 2층 객석 등을 갖춘 대형 목조 구조물이었던 엘리자베스 시대의 '공설극장'을 모델로 하고 있다고 본다(그림 2.8). 극장 무대의 중앙

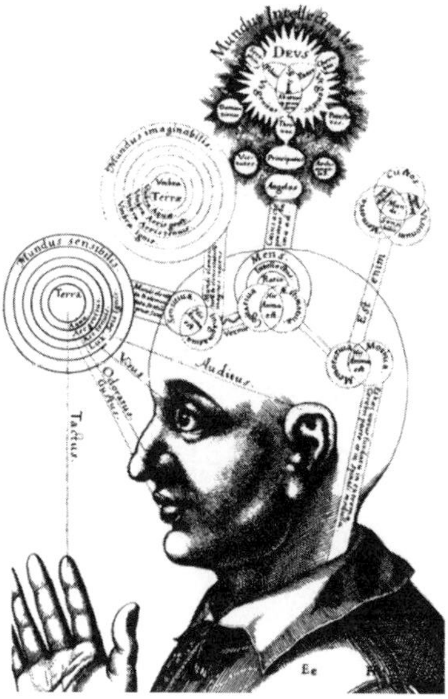

그림 2.7 고전주의와 중세적 전통에 영향을 받은 헤르메스주의자 로버트 플러드는 인간의 마음이 〔그림에서 각각 세 가지 '계(world)'와 연결된〕 세 부분으로 이루어진다고 보았다. 감각기관을 통해 들어온 것을 통합하는 '지각계'는 '상상계'와 함께 맨 앞쪽 뇌실과 연결돼 있다. 두 번째 뇌실은 '사고력'과 '판단력'의 자리다. 가운데 위쪽에 있는 이 뇌실은 신과 관련한 이성적 사고 원리인 '정신계'와 연결된다. '기억력'과 '운동력'은 마지막 뇌실에 자리한다. 신체의 운동계를 지배하는 운동력은 척수와 직접 연결된다. 각 뇌실마다 두 가지 능력이 자리하며, 두 능력이 겹치는 부분마다 '영혼이 여기 있다(hic anima est)'라고 적혀 있다.

부는 천장으로 덮을 수도 있었는데, 이 천장에는 천국을 묘사한 그림이 그려져 있었다. 플러드는 기억의 기술을 '원형의 기술ars rotunda'과 '사각형의 기술ars quadrata'로 구분했다. 원형의 기술은 덕·영혼·천사 같은 형이상학적 표상과, 사각형의 기술은 형이하학적 표상과 각각 관계된 것이었다. 플러드는 12궁 행성의 궤도에 기억할 상들을 저장할 사각형 극장과 원형 극장을 배치했다. 플러드에게 '극장'은 지금으로 치면 공연이 실제로 벌어지는 무대를 의미하는 것이었다. 극장의 앞쪽에는 기둥 다섯 개가 있는데, 맨 바깥쪽 기둥 둘은 둥글고 가운데 기둥은 육각형, 그 사이에 위치한 기둥 둘은 사각

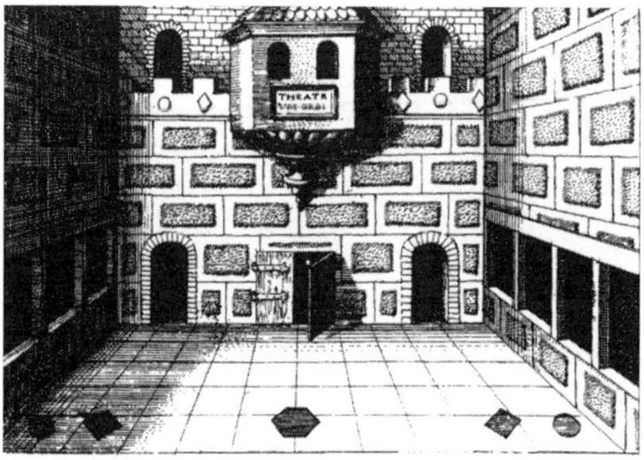

그림 2.8 플러드의 아르스 메모리아이(ars memoriae)에 나오는 인공기억 수단으로서 극장.

형이며, 각 기둥마다 고유한 색깔이 있다. 기둥과 출입문은 도합 10개의 '기억 장소'를 제공한다. 이 극장과 두 개의 '부수적인' 극장 그림에는 텅 빈 황량한 무대들이 그려져 있는데, 플러드가 기억에 생생하게 각인시키고자 제시한 장면들, 즉 메데이아Medeia(그리스 신화에 나오는 사랑과 질투에 눈먼 악녀—옮긴이)가 붉은 문 옆에서 남동생을 죽이는 장면, 메데이아가 마법의 약초를 모으는 장면 등을 떠올려보면, 무대는 한층 더 초현실적인 느낌을 준다. 이름이나 사물의 목록, 신화의 인물들, 덕과 죄의 목록 등 기억 대상은 기둥에 매달리거나 문에 못 박히는 식으로 무대에 배치되었다.

플러드는 지어낸 가공의 장소를 기억의 장소로 삼는 데 반대한다고 밝힌 바 있다. 예이츠도 플러드가 자의적으로 극장을 묘사한 것이 아니라 셰익스피어가 속한 극단의 본거지이자 그의 연극이 공연된 글로브 극장Globe Theatre을 묘사했다는 견해를 제시했다. 글로브 극장은 1613년 화재로 소실되었다가 그 자리에 재건되었는데, 원래의 극장과 거의 똑같았다고 한다. 그러나 두 극장이 정확히 어떻게 똑같았는지는 아무도 모른다. 새로 지은 글로브 극장도 1644년에 무너지고 말았기 때문이다. 현대에 들어 재건한 건물은 다른 극장들의 그림이나 무대연출서 같은 간접적인 자료를 바탕으로 지은 것이다. 플러드가 이 전설적 극장의 정확한 모습을 남겼을 가능성은 충분하며, 예이츠는 이를 '기막힌 가능성'이라 했다. 무너진 뒤 오랜 세월 동안 설계도나 스케치 한 장, 파편 한 조각 남아 있지 않은 극장이 비의적인 기억 체계 속에 환상처럼 박혀 있다가 3~4세기가 지난 지금 그곳을 둘러볼 수 있다는 이 가정은 그 신빙성에 관한 의심을 잠시 접어두게 할 만큼 매혹적이다. 사실이 아니라고 하기에는 매우 근사한 가설들도 있는 것이다. 플러드의 기억 극장은 이처럼 의외의 방식으로

그림 2.9 플러드는 기억술에 관해 쓴 장의 표제화에서 인간의 마음을 세 부분으로 나누었는데, 이는 양식화한 뇌실 묘사를 반영한 것이다. 맨 앞의 뇌실에 위치한 '상상의 눈'이 다섯 개의 '기억 장소'를 바라보고 있다. 가운데 그림은 헤르메스주의의 기원을 암시한다고 볼 수 있는 이집트의 오벨리스크, 왼쪽 그림은 바벨탑, 그리고 토비트(Tobit, 외경에 나오는 신앙심 깊은 유대인—옮긴이)와 천사, 오른쪽 그림은 폭풍 속의 배와 지옥으로 빨려 들어가는 사람들을 묘사한 최후의 심판이다. 오른쪽 그림은 지옥을 상기시키는 중세적 잔재로 보인다. 플러드는 이 이미지에 관해 설명하지 않았지만, 인상적이고 잊기 힘든 이 이미지가 기억술의 필요조건을 충족하는 것은 분명하다.

기억 체계의 보존 가치를 입증한다. 사실 모든 가상의 궁전, 수도원, 극장은 그 고안자가 의도한 것뿐 아니라 다소 우연히 배치된 온갖 것을 간직하고 있다. 피라미드의 묘실에서 수천 년 전의 미라와 석관뿐 아니라 당시의 꽃가루와 공기도 발견되는 것처럼 말이다.

오랜 기억술의 전통 속에 등장한 모든 기억 체계 가운데서도 플러드의 기억 체계는 극적이라고 할 만큼 단연 화려하다. 그러나 그가 만든 기억 극장의 무대에서 오늘날의 관객들이 볼 수 있는 것이라고는 유령이거나, 장미십자회Rosicruciang(17~18세기 유럽에서 활동한 반가톨릭적 기독교 비밀단체—옮긴이), 파라셀수스Paracelsus(16세기 스위스의 의학자, 화학자이자 연금술사—옮긴이)주의, 카발라주의, 신비주의 등 은밀한 세계의 기억들이어서 플러드의 기억 체계 대부분은 우리에게 불가해한 것이 되었다. 플러드가 택한 장소, 사용한 이미지, 기둥과 무대, 크고 작은 문 사이의 기하학적 관계, 무대 천장에 그려진 하늘이 표현하는 것 등 이 모든 것이 한때는 확고한 의미를 담고 있었으나, 3~4세기가 지나면서 믿을 만한 해석의 열쇠가 너무 많이 사라져버렸다(그림 2.9). 플러드의 기억 극장 일부는 헤르메스주의에 봉인된 채 남게 된 것이다.

지속되는 쓰기 은유

기억술이 낳은 기억 체계들은 기억의 내적 장소를 실제 장소로 표현하고자 한 시도였다. 기억해야 할 대상을 저장하고 꺼낸다는 가르침에 따라 기억은 저장소나 창고로 변하게 된다. 저장소 은유는 훗날 존 로크의 '기억의 보고storehouse of memory'부터 현대 심리학의 '장기기억 저장소long-term store'에까지 이른다. 저장소 은유는 그보다 오래된《테아이테토스》로부터 이어진 쓰기 은유와 별개의 길을 걸어온 것처럼 보이지만, 그렇게 보일 뿐이다. 사실 저장소 은유는 쓰기 은유의 지속성을 강조해왔다. 파피루스 두루마리를 보관한 칸막이장, 성경 사본을 넣은 지갑 등에서 보듯이 기록된 글은 때때로 저장 용기에 보관되었을 뿐 아니라 가상의 기억 장소에도 보관되었다. 모든 고전 기억술 연구서에는 기억할 상들의 '배치'를 밀랍판이든 파피루스든 어딘가에 쓰는 것으로 표현하고 있으며, 연설 중에 기억을 떠올리는 것은 글을 읽는 것에 비유되었다. 아우구스티누스가 말한 기억의 '공간들'에도 이 같은 관계가 나타나 있다. '설명하기 어렵고', '말로 표현하기 힘든' 그 공간들에서도 쓰기와 읽기는 분명히 계속되었다. 아우구스티누스는 망각에 관한 구절에서 '쓰여 있는' 모든 것을 '지우는' 것이 망각이라면, 어떻게 망각이 자신의 상을 기억 속에 '써놓을' 수 있었을까 놀라워한다.

이처럼 쓰기 은유는 뜻밖에도 전혀 다른 종류의 은유 속에 파편적으로 등장함으로써 불균형한 상황을 초래한다. 쓰기와 관련한 은유는 비록 공간적이라 할지라도 저장소로서 기억을 의미하지 않는 것이다. 이러한 불균형은 쓰기와 저장 사이의 본질적인 차이에 기인한다. 즉 쓰기는 추상화 과정을 수반하지만 저장은 그렇지 않다는 것이다. 쓰기에서는 '해석된' 경험, 즉 걸러내기와 관점을 거친 결과가 기록된다. 거리두기와 명료화에 기반을 두고 글로 쓴 것은 경험한 것과 똑같지 않다. 반면 저장하기는 물건을 있는 그대로 보관하는 것이다. 모으고 들여놓고 정리하기는 하지만, 저장에는 쓰기의 본질인 표현이라는 특징이 없다. 기억이란 경험 자체를 담아두는 것이라기보다 그에 대한 기록이므로, 쓰기가 저장소보다 더 설득력 있는 은유라고 할 수 있다.

인류 문화가 낳은 최초의 외적 기억 수단에서 가져온 이 은유의 묘한 매력은 좀더 최근의 은유들에서도 발견된다. 밀랍층과 밀랍 종이와 셀룰로이드 덮개로 이루어진 프로이트의 신비스런 글쓰기 판도 쓰기 은유였고, 기억흔적을 가리키는 '엔그램engram'이라는 말도 쓰기와 관련한 말이다. 자기 테이프에 기록되는 컴퓨터 메모리에 관한 설명은 많은 부분이 쓰기 은유로 이루어져 있다. 볼터J. D. Bolter의 표현을 빌리면, 컴퓨터는 "프로세서가 전자 메시지를 각인하고 나중에 다시 읽어내는 완전 자동화한 글쓰기 판"[56]이다. 데이터를 컴퓨터의 기억에 저장하려면 먼저 '읽어 들여야read in' 하고, 다시 불러내려면 '읽어내기read out' 과정을 거쳐야 한다. 새 정보를 옛 정보가 들어 있는 곳에 저장하는 일을 '덮어쓰기overwriting'라고 하며 데이터는 '컴퓨터가 읽을 수 있는machine-readable' 자료여야 한다. 정보는 텍스트와 무관하고 컴퓨터의 기능은 읽기와 무관하더라도 정보를 보조기억장치back-up memory에서 하드디스크로 '옮겨쓰기

write across'할 수도 있다. 오늘날 최첨단 인공기억에도 여전히 '메모리아memoria'의 이중적 의미(기억과 기록을 말함—옮긴이)가 남아 있는 것이다. 쓰기의 은유는 '팔랭프세스트palimpsest'(쓰여 있던 글자를 지우고 그 위에 다시 글자를 쓴 양피지—옮긴이)의 지속성을 보여준다. 먼저 쓴 글자가 겉보기에는 완전히 지워진 것 같아도 가까이 들여다보면 나중에 쓴 글자들 사이로 여전히 희미하게 읽히는 것처럼.

3

빛나는 볼로냐석

1677년 9월 15일 토요일이었다. 저녁식사를 마친 시간, 독일인 연금술사 요한 다니엘 크라프트Johann Daniel Crafft가 런던의 팰맬Pall Mall가에 있는 로버트 보일Robert Boyle의 거처에 들렀다. 크라프트는 이상한 신물질을 영국에 가져왔다며 보일과 왕립학회의 동료 학자들 앞에서 실연해 보이겠다고 제안했다. 그 이상한 물질이 궁금해진 보일은 동료 몇 명을 자신의 방에 불러모으고 크라프트에게 실연하게 했다. 보일은 그날 저녁 그들이 목도한 놀라운 현상을 짤막한 글로 묘사해놓았다.[1]

크라프트(보일은 그를 '아티스트'라 칭했다)는 먼저 커다란 상자를 열고 유리 용기 몇 개를 꺼냈다. 이 가운데 가장 큰 용기에 두 스푼가량의 액체가 담겨 있었는데, 그 액체는 마치 '벽돌가루를 넣어 불그스름해진 흙탕물' 같았다. 크라프트는 유리관과 작은 유리병에 액체를 조금씩 나눠 담았고, 유리병 하나에는 '헤이즐넛 알갱이' 크기의 물질을 넣었다. 크라프트의 태도로 보아 그것이 가장 중요한 물질인 듯했다. '호기심으로 가까이 몰

려든 관객들' 속에서 보일은 그 물질을 얼핏 보았을 뿐이었다. 크라프트는 준비를 마치자 창문을 닫고 촛불을 꺼달라고 했다.

어둠 속의 좌중은 흙탕물로 보이던 액체가 유리 안을 희미하게 밝히는 것을 알아차렸다. 그것은 '불에 벌겋게 달아오른 대포알' 같았다. 보일이 유리 용기를 흔들자 흔들리는 액체는 번쩍거리는 듯했고, 작은 유리관은 빛나는 기둥으로 변했다. 한편 유리병에 담긴 알갱이는 더더욱 밝게 빛났다. 크라프트는 그 물질을 아주 조금 떼어내어 잘게 부순 뒤 카펫에 흩뿌렸다. 흩어진 작은 조각들은 '터키산 카펫에 아무 문제도 일으키지 않고' 꽤 오랫동안 별처럼 반짝이며 빛났다.

더욱 진기한 현상이 벌어진 것은 그다음이었다.

크라프트는 보일에게 손을 내밀어보라고 한 뒤, 그 물질을 보일의 손등과 소맷부리에 대고 부드럽게 문질렀다. 보일은 피부가 미끈거리거나 빽빽한 느낌은 받지 않았지만 그의 손은 마치 체열이 오른 것처럼 강렬히 붉게 빛났다. 그가 손등에 입김을 불자 빛은 사라지는 듯하다가 곧 되살아났다. 어둠 속의 글쓰기 실험 역시 놀라운 광경이었다. 크라프트는 자신의 손가락 끝에 그 물질을 조금 묻힌 뒤 건네받은 종이에 글을 쓰기 시작했다. 잠시 후 종이 한가득 'DOMINI'('주님'을 뜻하는 라틴어—옮긴이)라고 대문자로 쓴 글자들이 나타났는데, 글자들이 어찌나 밝게 빛나는지 종이를 쥔 손가락도 분간할 수 있을 정도였다. 보일에 따르면, 그것은 '기이하고 아름답고 소름끼치는' 매혹적인 광경이었다고 한다.

이로써 실연은 끝이 났다. "크라프트는 새롭고 유익한 현상으로 사람들을 즐겁게 해준 데 대한 감사 인사를 받은 뒤 갈 길이 아득한 집으로 돌아가고자 밤늦게 자리를 떴다."[2]

인광체와 기억

보일이 이 기념비적 사건을 기록한 것은 그의 조수이자 실연을 직접 지켜본 로버트 훅의 요청에 따라서였다. 왕립학회의 실험관리자이던 훅은 당대 물리학계의 중심인물이었다. 그는 인광체의 최신 실험과 발견에 관한 일련의 보고서를 작성하면서 크라프트의 실연 내용도 포함시키기로 했다. 인광성 물질의 생성법에 대한 필사적인 연구가 진행 중이던 이탈리아, 독일, 영국에서는 과학자 집단들끼리 서신과 샘플 교환을 통해 진척 상황을 서로 주고받았다. 크라프트의 발견은 다량의 사람 소변을 오랫동안 증류해 얻은 것으로, 독일 연금술사 브란트가 처음 발견해 크라프트에게 제조법을 판 것이었다. 훅의 보고서에 자주 등장하는 또 다른 인광체는 '볼로냐석'이라는 발광석이다. 이탈리아 볼로냐 인근에서 발견된 이 광석은 불을 붙이면 어둠 속에서 빛을 발하는 '황화바륨barium sulphide'이라는 물질을 생성한다. 세 번째로는 독일 연금술사 발두인Balduin(또는 발트빈C. A. Baldwin)이 발견한 것으로, 칼슘을 질산에 용해시킨 뒤 증류하는 방법이었다.

17세기 과학자들은 인광체가 발하는 신비로운 빛에 매료되었다.[3] 연금술적 전통이 만들어낸 인광체와 그에 대한 설명은 대체로 신비스러운 분위기를 풍겼다. 인광체들은 태양과의 '동조'라는 공통점을 지닌 것으로 여겨졌다. 발두인이 왕립학회 서기 헨리 올덴버그Henry Oldenburg에게 보낸 글을 예로 들면, 그는 자신이 만든 인공 인광체에 "보이지 않는 현자의 불이 내재하고 있어서, 어떤 신비한 방법으로 가시적인 태양의 불을 끌어들였다가 어둠 속에서 그 빛을 뿜어낸다"[4]고 썼다. 젊은 시절 연금술을 연구했던 라이프니츠G. W. Leibniz(1646~1716)에게 인광체의 온화한 빛은 영혼의 평화를 상징했다.[5] 인광체는 최초의 발견 이후 한 세기가 지나도록 신비로운 현상으로 여겨졌다. 1771년 영국 더비의 화가 조지프 라이트Joseph Wright가 그린 그림에는 "현자의 돌을 찾던 연금술사가 인광체를 발견"하는 모습이 성스럽게 묘사돼 있다. 중세의 어두컴컴한 지하실, 증류기에서 인광체가 신비한 빛을 발하고 이를 발견한 연금술사가 경외심에 무릎을 꿇고 있다(그림 3.1).

크라프트의 유리관에서 반짝이던 빛, 터키산 카펫 위의 작은 별들, 보일의 빛나던 손, 빛을 발하던 'DOMINI'라는 글자, 이 모든 것이 실험 후에도 오랫동안 로버트 훅의 상상 속에서 계속 빛을 발했음이 분명하다. 5년 뒤인 1682년, 인광체는 훅의 연구에 다시 등장하는데, 뜻밖에도 인간의 기억에 관한 논문에서였다. 그것은 1682년 6월 21일 훅이 왕립학회에서 강연한 내용으로, 뒤에 〈기억에 관한 가설적 해석: 마음이 어떻게 인체 기관을 사용하는지 기계론적으로 이해할 수 있다An Hypothetical Explication of Memory: how the Organs made use of by the Mind in its Operation may be Mechanically understood〉라는 제목으로 출간되었다.[6] 훅은 이 논문에서 모든 기억 작용에 대해 전적으로 물질적인 해석이 가능하다고 주장했다. 그는 시각기억을 다룬 부분에서 인광체의 발견을 언급하며 빛의 인상을 받아들이고 저장하는 뇌의 능력에 대해 인광체 은유를 제시했다. 인광체의 경이로운 힘이 시각기억을 설명하기 위한 비유에 반영된 것이다.

훅에 따르면, 우리의 모든 감각은 감각기관을 통해 뇌에 전달된 인상을 보유하고 재생하는 뇌의 특정 물질과 연결돼 있다. 순전히 물리적인 방법으로 빛의 인상을 저장하는 물질이 인간의 뇌에 존재한다는 것이다. 훅은

그림 3.1 "현자의 돌을 찾던 연금술사가 인광체를 발견하다"(조지프 라이트, 1771년 작. 1795년 개작된 것으로 보임). 더비 미술관 소장. 니콜슨(B. Nicolson)의 《빛의 화가 조지프 라이트》(런던, 1968)에 실림.

이 가설에 신빙성을 부여하기 위해 발두인의 인광체나 볼로냐석 등을 인용했다. 훅의 주장은 이러한 인광체들도 빛의 인상을 수용·저장하고 어둠 속에서 발하는 능력이 있는데, 사람의 뇌에 빛 자극을 저장하는, 다시 말해 시각기억의 물리적 흔적을 형성하는 물질이 왜 없겠느냐는 것이었다. 훅은 이렇게 덧붙였다.

> **볼로냐석**Bolonian Stone[7]으로 만든 인광체 또는 백악과 초석으로 만든 발두인의 인광체를 통해 이를 설명할 수 있을지도 모른다. 이 물질들은 준비된 화학 과정을 통해 생성된 불과 혼합물의 힘으로 만들어졌기 때문에 빛의 인상을 쉽게 받아들이고 저장한다. 비록 긴 시간이 아니었다고는 해도 다른 대부분의 물체에서 이러한 특성을 입증할 만한 것이 아직 발견되지 않았지만, 놀랍도록 정교한 동물체 속에 예비된 자연의 화학을 통해 더욱 강력하고 효과적인 입증이 가능할지도 모른다. 동물체는 전지전능한 창조주에 의해 모든 것이 그렇게 돌아가게끔 질서가 정해지고 적응이 되어 있기 때문이다.

이 주장의 논리는 분명하다. 빛을 저장하고 다시 방출할 수 있는 물질을 화학적으로 만드는 것이 가능하다면, 뇌 안의 물질도 순전히 물리적 방법으로 빛의 인상을 받아들이고 재생할 수 있다는 것이다. 인광체 은유는 설득력 있는 내적 논리를 지녔다. 즉 볼로냐석의 빛은 우리 뇌가 ('자연의 화학' 덕분에) 완벽한 형태로 지닌 물질적 특성을 알려주고 있다는 것이다.

한편 인광체 은유는 훅을 둘러싼 과학적 환경에도 서광을 드리웠다. 강연이 있기 1년 전인 1681년, 훅은 로마의 물리학과 수학 아카데미에서 《인燐

또는 볼로냐석은 어떻게 어둠 속에서 빛나는가》라는 보고서를 받았다.[8] 훅 자신도 보일과 함께 '공압엔진Pneumatick Engine' 또는 진공펌프 실험을 통해 인광체가 진공상태에서도 빛을 발한다는 사실을 증명했다. 따라서 인광체의 빛은 연소로 말미암은 것이 아님이 분명했다. 붉게 달궈진 쇠가 그렇듯이 빛이란 대개 열을 동반하지만 인광체는 그렇지 않았다. 인광체 실연은 연구자 집단의 범위를 넘어 지인들, 하인, 여성, 어린이 앞에서 행하기에도 더할 나위 없이 적절했다.[9] 이 점은 귀한 과학 원료 구입에 필요한 자금을 모으는 데도 도움이 되었을 뿐 아니라 과학 문화의 대중화에도 일조했다. 크라프트나 훅, 보일의 실험, 그리고 그 뒤를 이은 여러 준대중적 실험들은 이 새로운 형태의 과학 연구를 장려하던 왕립학회 주도의 개방적 흐름 속에서 이루어졌다.[10] 그중에서도 인광체 실험이 대표적이었다 (그림 3.2).

인광체 실험에서 한 가지 골치 아픈 문제는 인광체를 만들어내기가 어렵고 따라서 매우 비싸다는 점이었다. 실험 샘플은 미세한 양으로 유통되었다. 이러한 희소성 때문에 인광체는 화폐 대용물이 되었고, 출세에 이용되기까지 했다. 1676년 왕립학회에 상당한 양의 인광체 샘플을 제공한 발두인은, 얼마 뒤 특별회원에 선출됨으로써 보상을 받았다. 샘플의 일부는 왕립학회의 후원자인 찰스 2세에게 바쳐졌다. 골린스키J. V. Golinski의 표현에 따르면, 인광체는 '명성을 사고파는 화폐'였고, 다양한 의미에서 '귀한 물질'이었다.[11]

훅이 사용한 인광체 은유는 자신과 같은 경험을 지닌, 즉 인광체 실험에 참가했거나 학회지에서 그 내용을 읽은 학자들에게 호소하는 것이었다. 볼로냐석을 통해 뇌 안의 물질이 지녔다는 특성을 구체적으로 그려볼

그림 3.2 코불드(Corbould)의 알레고리적 판화. 구를 손에 든 과학의 여신이, 렌즈로 인광체 조각에 열을 가하며 의기양양한 미소를 띤 젊은 화학자 쪽을 보고 있다. 증류기 앞에 앉은 노인은 낡은 연금술 시대와의 결별을 상징한다. 라이트의 그림(그림 3.1)과 비교해보면 인광체가 화학의 구조류와 신조류 양쪽에서 널리 쓰이는 상징임을 알 수 있다.

수 있게 한 것이다. 그러나 인광체에 대해 분명한 설명이 없던 것처럼, 시각기억에 대해서도 분명한 설명은 없었다. 우리 뇌가 어떻게 빛의 인상을 수용·저장·재생하는가 하는 문제는 볼로냐석이나 발두인의 인광체와 마찬가지로 풀리지 않는 수수께끼였다. 지금도 여전히 연금술의 신비를 간직하고 있으며 최첨단 과학기술에도 그 비밀을 드러내지 않고 있는 이 물질, 빛을 반사하지 않으면서 자체가 빛을 내는 물질, 왕에게 바쳐졌으며 화학자들에게는 가장 영예로운 발명품이었던 이 물질보다 시각기억의 작용에 더 적합한 은유가 존재할 수 있었을까? 혹은 이 특별한 은유를 통해 경이로운 인간 기억에 대한 외경심과 인광체에 내재한 경이로운 힘을 결부시켰다.

기억의 소우주

시각기억에 대해 인광체 은유를 사용한 혹의 글은 유추, 은유, 비교 등으로 가득했다. 은유에 대해 회의와 노골적인 반감을 지녔던, 당시 혹이 속한 지식인 사회에서 이는 논란거리가 되기에 충분했다. 왕립학회의 창립자들은 '담론 방식', 즉 실험을 설명하고 이론을 공식화하는 데 사용하는 언어의 종류에 대해 까다로운 기준을 마련해놓았다. 토머스 스프랫Thomas Sprat은《왕립학회의 역사History of the Royal Society》(1667)에서, 회원들이 "은유라는 잔재주"[12]를 부리지 않은 간단명료한 언어를 사용해야 한다고 썼다. 스프랫은 베이컨의 계승자로서 과학에서 비유적 표현의 사용을 질타했던 것이다. 한 해 앞서, 또 다른 회원 새뮤얼 파커Samuel Parker는 그보다 더한 주장을 내놓았다.[13] 과학 논문에서 비유적 언어 사용을 아예 금지하자는 주장이었다. 미사여구를 동원하긴 했지만 그는 결국 스프랫과 같은 이유를 들었다. 그는 "음란하고 현란한 은유의 환각이 이성의 침대로 기어들어와 음란한 포옹으로 이성을 모독할 뿐 아니라, 사물에 대한 진짜 개념과 인지 대신 바람처럼 가벼운 이미지를 마음속에 잉태시킨다"[14]며 은유에 대한 강한 혐오감을 표시했다. 저자가 비유적 표현을 사용하는 데는 나름의 불가피한 논리가 있음은 분명하다. 그러나 스프랫과 파커가 공히 표현하려 한 것은 '자연은 오직 축어적 언어로만 진실하게 반영된다'는 견해였다.

훅 자신도 모를 리 없었겠지만, 그의 논문은 왕립학회가 정한 간단명료하고 축어적인 글로 받아들여질 수 없었다. 그는 자신의 비유적 표현 사용에 대해 글 곳곳에서 언급했다. 기억 이론에 대한 강연 중에도 기억을 설명할 수 있는 언어의 종류에 관해 약간의 생각을 밝혔다. 훅의 기억 이론이 과학사적 맥락에서 주목할 만한 것이라면, 비유적 언어에 관한 그의 언급은 철학적 가치를 지닌다고 할 수 있다.

그런데 아무리 생각해도 로버트 훅이 인간의 기억에 관한 논문을 쓴 것은 이상한 일이 아닐 수 없다. 훅이 특별히 다재다능한 인물이긴 했지만 그의 연구 대부분은 과학과 기술 분야에서 이루어졌기 때문이다. 1664~1677년에 훅은 왕립학회에서 매주 실험을 행했다. 1666년 런던 대화재 이후 크리스토퍼 렌Christopher Wren을 도와 런던 재건에 나서기도 했고, 보일을 도와 과학 실험 도구에 관한 연구를 했으며, 현미경·망원경·추시계·회중시계 등을 제작하기도 했고, 지진·혜성·암호학·자기 작용에 관한 논문도 썼다. 그러나 무엇보다도 중요한 과학적 업적은 현미경 관찰 기록을 담은 저서 《미크로그라피아Micrographia》(1665)이다. 훅은 '세포'—그 모양이 벌집의 '봉방蜂房, cell'을 연상시킨다고 하여 붙은 이름—를 발견하기도 했다.

훅은 그레섬 칼리지에서 살았고, 그곳의 기하학 교수로 임용되기도 했다. 그는 대하기 까다로운 사람이라는 평판이 나 있었다. 리처드 월러Richard Waller는 《로버트 훅 유고집The Posthumous Works of Robert Hooke》

머리말에서 "우울하며 의심 많고 시샘 많은"[15] 사람이라고 훅을 묘사했다. 훅이 남긴 일기는 그런 인상을 확인시켜줄 뿐이다.[16] 후에 전기 작가인 마거릿 에스피나스Margaret 'Espinasse는 훅이 뉴턴, 헨리 올덴버그(훅이 '거짓말쟁이 놈'이라고 평한), 시계 제작자 윌리엄 클레멘트William Clement 등과 벌인 논쟁들을 분석하면서 불평분자라는 훅에 대한 평판이 부당하다는 결론을 얻었다.[17] 그러나 그와 관련한 논쟁이 그처럼 많았다는 사실은 생각해볼 여지가 있다. 굳이 훅을 옹호하자면, 왕립학회 특별회원이라는 지위가 그에게는 매우 어려운 자리였다고 할 수 있다. 훅은 코크 백작 로버트 보일의 후원 아래 연구 활동을 했으며, 다른 많은 특별회원이 영국 귀족 출신인 데 반해 출신 배경이 비천했다. 옥스퍼드 대학생 시절, 훅은 수도 없이 조교 일을 맡아 해야 하는 형편이었다. 또 훅이 '실험관리직'으로서 봉급을 받았다는 사실은 어떤 의미에서 많은 윗사람을 모셔야 했음을 의미한다. 섀핀S. Shapin에 따르면 훅은 "자율성이 결여된"[18] 인간으로 비쳐졌다고 한다. 훅은 비천한 사회적 지위에 반해, 창의력·과학적 재주·지적 탁월함 같은 비공식의 위계상으로는 중요한 위치라는 불행한 모순을 안고 있었다. 이러한 모순은 훅이 모욕적인 처우에 극히 민감했다는 사실과 결부되어, 훅의 인간관계에 불만 요인이 상존했음을 의미한다.

훅의 기억 이론은 시간과 시간 의식에 관한 이론에 수반된 것이었다.[19] 감각 인상은 그 본질상 일시적이므로 감각을 통해서는 시간을 인식할 수 없다는 것이 훅의 주장이었다. 지속성과 빈도의 인식은 기억 작용을 전제로 한다. 훅의 견해에 따르면, 특정한 시간의 지속은 그 기간 동안 기억되는 사건의 개수로 추정이 가능하다. 이 가설이 훅의 기억 이론을 이끌어냈다.

훅은 기억이 순전히 기계론적 용어로 설명 가능한 물질적 기관이라고 여겼다. 기억 능력이 물질적이라는 것은 고열이나 과음 같은 물리적 요인에 영향을 받는다는 사실로 증명된다. 기억 능력은 '머리 위로 무엇이 떨어지거나 머리를 강하게 맞는' 등의 외부적 힘에 의해 완전히 파괴될 수도 있다. 이런 경우 '비물질적'이라는 영혼도 기억에 대해 손을 쓸 수 없게 된다. 또한 훅은 기억을 생각의 '저장소'로 여기자고 제안했다. 이때 감각기관은 인상을 받아들여 저장소로 전달하는 '수집기나 운반기' 구실을 한다. 저장이라는 것은 사실상 영혼의 작용을 동시에 필요로 한다. 감각이 받아들인 인상들은 한데 저장되기 전에 영혼에 의해 특정한 형태와 움직임을 부여받는다. 훅은 이러한 영혼의 작용에 대해 '우리가 보통 주의注意라고 하는 것'이라고 설명했다. 인상은 이렇게 저장되었다가 영혼에 의해 사용된다.

훅은 영혼이 정확히 어디에 있느냐는 질문을 피하고 싶어 했다. 단지 '뇌 안 어딘가 특정 지점, 가장 중요한 위치를 점하고 있다'고만 생각했다. 그곳에서 영혼이 영향력을 행사하고 인상을 받아들이며 새로운 생각을 형성한다는 것이다. 훅에 따르면, 생각은 쇠사슬 고리처럼 형성된 순서대로 저장된다. 가장 최근에 형성된 생각은 사슬의 첫 고리이고 가장 오래된 생각은 마지막 고리이며, 새로운 생각이 형성될 때마다 생각의 사슬은 한 칸씩 과거로 옮겨진다. 기억은 한마디로 연쇄적인 체계를 이루고 있다.

> 뇌의 저장소에는 연속적인 생각들이 마치 쇠사슬처럼 고리지어 있고, 사슬이 시작되는 곳은 생각을 형성하는 영혼의 자리나 중심부로부터 가장 멀리 떨어져

있다. 또 사슬의 끝은 항상 중심부에 위치하는데, 이것이 늘 지금 현재의 생각으로 간주된다. 따라서 중심부에 위치한 현재의 생각과 다른 생각 사이에 존재하는 생각이 많을수록 영혼은 여기에 놓여 있는 시간을 더욱 잘 인식하게 된다.

시간을 지각하려면 영혼이 기억 기관과 생각의 사슬을 이용해야 한다. 즉 시간의 간격은 사슬의 길이로 알 수 있다. 이처럼 훅의 이론에서 시간은 공간적인 양으로 이해되었으며, 그리하여 시간과 기억은 '기하학과 측정법의 고려 아래' 놓이게 되었다.

감각기관마다 서로 다른 유형의 정보를 공급함에 따라 우리 뇌는 다양한 물질을 받아들인다. 훅은 시각기억의 물리적 기반을 설명하기 위해 인광체를 언급했으며, 청각 인상을 수용·저장하는 물질에 대해서는 '비트루비우스Vitruvius(기원전 1세기 로마의 건축가—옮긴이)가 고대 극장에 배치하라고 했던, 소리를 받아들여 강하게 증폭시키는 종이나 항아리 같은 것' 혹은 '자기 자신과 같은 톤에 공명하는' 유리 같은 것이라고 언급했다.

훅은 뇌에 저장된 생각들이 물리적으로 실재한다고 여겼으므로, 어느 정도의 속도로 생각이 형성되는지, 기억 속에는 얼마나 **많은** 생각이 저장되며 그 저장되는 **위치**는 어디인지 등 기억 이론에서 새로운 유형의 의문들을 제기했다. 전통적인 정신 이론에서 기억이란 공간에 실재하는 것이 아니었으므로 이런 식의 질문은 사리에 맞지 않았다. 아우구스티누스에 따르면, 기억은 **의사** 공간, 즉 "장소라고 하기에는 적절하지 않은 내적 장소"[20]였다. 기억이란 물리적 한계를 지닌 것이 아니었기에, 모든 인간이 한평생 헤아릴 수 없는 양의 기억을 갖는다는 사실로 기억할 공간이 부족하다고 할 수는 없었다. "그 누가 이 광대하고 무한한 성역의 깊이를 잴 수 있겠는가"[21]라던 아우구스티누스의 말처럼.

그러나 이런 식의 '해결책'을 받아들일 수 없던 훅은 기억의 정량화에 관한 의문을 의욕적으로 제기했다. 영혼이 생각을 형성하고 기억 속에 저장하는 속도는 사람마다 천양지차일 것이다. "1초 만에 네 가지 생각을 하는 사람이 있는가 하면, 2초에 한 가지 생각도 못하는 사람이 있다"는 것이다. 훅은 정상적인 정신 및 육체의 조건을 지닌, 생각이 '너무 빠르지도 너무 늦지도 않은' 사람의 기억에 저장되는 생각의 양을 추정했는데, 그의 계산에 따르면 이런 사람이 100년을 산다고 할 때 '1억 개의 분명한 생각'을 저장하게 된다고 한다. 이 계산 과정은 상세히 인용할 만하다.

> 100년은 3만 6525일, 3만 6525일은 87만 6600시간, 87만 6600시간은 31억 5576만 초. 영혼의 주의력 있는 활동을 전제로 할 때 1시간당 3600개, 즉 1초당 하나의 생각이 형성될 수 있다. 영혼이 100년이란 시간 내내 주의력 있게 생각을 형성하고 기억 기관에 저장할 수 있다면, 총 31억 5576만 개의 생각을 저장하게 될 것이다. 그러나 이 가운데 3분의 1에 해당하는 수면 시간 동안에는 영혼이 대체로 생각을 형성하지 못하거나 하더라도 불완전하고 잊어버리기 쉬우므로, 이를 감안하면 결국 21억 384만 개, 대략 21억 개라는 수치가 남는다. 이 3분의 2에 해당하는 남은 시간 중 유년기와 노년기, 질병과 부주의 등으로 잃어버린 시간을 따져보면, 이 가운데 또다시 3분의 2 정도는 아무 생각도 만들어내지 못하는 시간으로 볼 수 있다. 따라서 7억 개라는 수치가 남는다. 또 이 중에서 제대로 신중하게 저장된 생각이 얼마나 되는지 생각해본다면 그 수는 7분의 1을 넘지 못할 것이므로, 결국 사람이 100년을 산다고 해도 한평생 기억 속에 저장할 수 있는 생각은 족히 1억 개 정도로 추정된다. 즉 1년에 약

100만 개의 생각이 증가한다고 할 수 있다.

그러나 재고해본 결과, 훅은 1년에 100만 개, 하루에 2738개에 달하는 이 수치가 좀 지나치다는 생각이 들었다. 그래서 그는 측정 방법을 단순한 계산이 아닌 내관법內觀, introspection으로 바꾸었다. 우리가 지난 한 달 동안 얼마나 많은 생각을 저장했는지 곰곰이 생각해본다면, 하루에 200~300개, 적게는 100개 정도라는 사실을 알 수 있다는 것이다. 따라서 50세인 사람(당시 훅은 47세)은 200만 개가 채 못 되는 182만 6200개의 분명한 생각을 저장해두고 있다는 얘기가 된다. 훅은 이 정도가 현실적인 수치라는 결론을 내렸다.

훅은 처음에 나온 1억 개라는 수치도 물리적으로 불가능한 것은 아니라고 생각했다. 아주 적은 물질에서도 무한정한 수의 생물이 각각의 형태와 충분한 운동 공간을 확보할 수 있다는 것이었다. 현미경 연구의 개척자인 훅은 미시세계에 익숙했다. 몇 해 전 그는 빗물 속에서 머리카락 두께의 30분의 1보다 작은 '동물'을 관찰한 바 있었다.[22] 이는 1세제곱인치당 이러한 미세 생물이 '8조' 마리나 들어간다는 의미였다. 적어도 뇌에 공간이 부족할 일은 없어 보였다.

훅은 다시 기억에 대한 설명으로 돌아와, 저장된 생각이 영혼의 '도장이나 인장, 혹은 틀'을 지닌 '작은 상'이라고 말한다. 생각은 새로 생겨난 생각에 의해 계속 뒤쪽으로 밀려나면서 그 형태가 변하거나 아예 사라질 수도 있다. 영혼의 위치와 작용을 명확히 설명하기 위해 훅은 '생각의 사슬'보다 더 정교한 두 번째 은유를 제시했는데, '소우주로서 기억'이 바로 그것이다. 훅의 주장에 따르면, "영혼은 그 자체로 대우주의 상인 하나의 소우주를 이루며, 자신 안의 모든 것을 비추고 인지한다. 이는 대우주 속의 태양이 그러한 것과 같다". 영혼은 모든 곳을 비춤으로써 기억 속에 무엇이 있는지 아는 것이다.

인간의 마음을 소우주로 표현하는 것은 젊은 시절 훅에게 영향을 미친 헤르메스주의 전통에서는 흔한 일이었다. 그러나 훅은 '하늘에서와 같이 땅에서도'라는 원리를 따르면서도 온갖 광학적·천문학적 법칙을 기억 과정의 유추로 인용함으로써 개인적인 취향을 드러냈다. 예컨대 망각이 일어나는 것은 영혼이 발하는 빛이 다른 상들의 방해를 받기 때문이라면서 이를 월식 현상에 비유했다. 즉 지구가 태양과 달 사이를 지날 때는 태양빛이 달에 미치지 못하므로 상이 사라진 것처럼 보였다가 장애물이 제거되면 즉시 회복된다는 것이다. 또 영혼은 가까이 있는 상들을 더욱 강력하게 비추는데, 그 강도는 "광학 법칙과 마찬가지로 상과의 거리 제곱에 반비례한다". 시간이 지날수록 기억이 희미해지는 이유가 바로 이 때문이다.[23] 예외가 있다면, 아무리 오래된 일이라도 유난히 깊은 인상을 남기고 또렷이 기억되는 일이 있다는 것이다. 이에 대해 훅은 강렬한 인상은 계속해서 자주 재생되기 때문에 늘 영혼과 가까운 위치를 차지한다고 설명했다.

훅이 제시한 은유는 빛과 복사의 성질에 관한 당대의 사고방식을 정확히 반영하고 있으며, 주의에 관한 이론은 특히 그러하다. 이러한 사고방식은 데카르트의 《굴절광학La Dioptrique》[24]에서 영향을 받았다. 데카르트는 이 논문에서 빛을 투명한 매질에 의해 전달되는 압력으로 보았다.[25] 데카르트는 지팡이를 통해 '보는' 맹인의 비유를 들어 자신의 이론을 설명

그림 3.3 데카르트의 거리 지각 이론을 설명한 그림. 영혼은 사물이 관찰자와 가까울수록 초점거리가 더 가까워진다는 사실을 통해 거리를 지각한다. 그림에서 화살 N의 거리는 L, M과 이루는 각의 크기를 통해 지각된다.

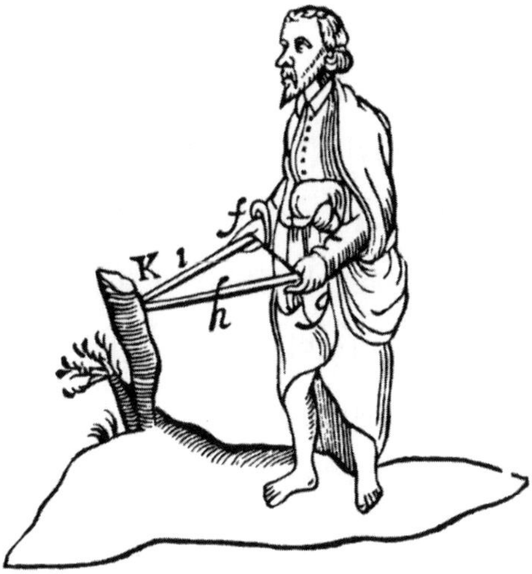

그림 3.4 데카르트의 거리 지각 유추를 표현한 그림에는 《굴절광학》에 나오는 맹인이 또 등장한다. 맹인은 지팡이 두 개로 만든 삼각형 밑변의 꼭지점 f, g와 사물이 이루는 각의 크기를 통해 사물이 얼마나 멀리 있는지를 '본다'.

했다. 맹인은 매개체인 지팡이에 전해지는 저항감을 통해 사물의 모양을 말할 수 있다. 이와 마찬가지로 빛도 투명한 '물질공간plenum'(물질로 충만한 공간. 데카르트는 모든 공간이 연속적인 물질로 가득 찬 상태라고 주장했다—옮긴이)을 매개로 시신경에 가해지는 압력이라는 것이다. 데카르트 사후 1664년에 출판된 《인간론Traité de l'homme》을 보면, 거리 지각에 대해서도 이와 비슷한 설명을 하고 있다(그림 3.3, 3.4).[26]

훅은 **물리학**과 관련한 물질공간 이론을 비롯해 많은 부분에서 데카르트의 영향을 받았을 뿐 아니라[27] **심리학**에 관한 견해 역시 데카르트의 시각 이론에서 그 단서를 가져왔다. 훅이 제시한 소우주 안에서 영혼은 "태양처럼 소우주 안 모든 곳을 비춤으로써, 마치 지팡이로 대상의 형체와 저항감과 반응을 느끼는 것처럼" 저장된 모든 생각들을 파악할 수 있다.

'지팡이를 사용하듯' 형체를 파악한다는 점 외에 심상과 영혼의 거리, 기억된 시기 등을 측정하는 문제에서도 훅은 데카르트를 따르고 있다. 그는 상에 반사된 빛이 태양 표면과 이루는 각을 통해 영혼이 어떻게 상과의 거리를 도출하는지 매우 상세히 설명하고 있다. 요컨대 기억의 소우주론에는 데카르트의 광학 법칙이 적용되었다. 훅은 널리 알려진 물리학 이론을 자신의 기억 이론에 매우 직접적으로 적용했다.

'주의'에 대한 은유가 당대의 최신 물리학에서 나온 데 반해, '유사연상類似聯想'에 대한 은유는 오랜 전통으로부터 나왔다. 훅에 따르면, 두 심상의 형태와 움직임에 어떠한 유사성이 있다면 두 심상 사이에는 '동조Sympathetick Agreement'가 나타날 수 있다고 한다. "악기의 현 하나를 울리면 그와 동음이거나 화음을 이루는 또 다른 현이 울려 소리가 더 증폭되고 더 강한 인상을 주는 것처럼"[28] 하나의 상이 또 다른 상을 환기시킬 수 있다는 것이다. 연금술에서 '공감sympathy'과 '반감antipathy'이라는 말은 물질들이 서로 조화로운 관계인지 대립적인 관계인지를 가리키는 말이었다. 영국의 물리학자 윌리엄 길버트William Gilbert는 《자석에 관하여De Magnete》(1600)라는 저서에서 자성 물질의 끌어당기고 밀어내는 힘을 설명하기 위해 이 두 개념을 사용했다. 자연의 힘을 심리적 언어로 표현하는 것은 심리적 언어가 풍부했던 연금술 전통에 부합하는 것이었다. 그러나 훅의 시대로 오면서 '공감'과 '반감'이란 말은 물리 현상을 설명하는 데 자주 쓰이면서 점차 물리적 의미로 변했고 그 은유적 성격은 거의 잊혀졌다. 그런데 훅이 유사연상을 '동조' 현상으로 설명하면서 '공감'이 다시 은유로 등장했다. 훅은 연상 작용을 **물리적인** 물체 사이의 인력과 비슷한 것으로 보았다. 이처럼 어떤 말들은 시간이 지나면서 축어적 의미와 비유적 의미 사이를 오락가락하기도 했다. 훅의 은유가 지닌 혼성적 특징을 통해 분명히 알 수 있는 것은, 그의 글이 연금술적 전통에서 기계론적 전통으로의 전환기를 예증한다는 사실이다.

300년도 더 지난 지금, 우리는 훅의 기억 이론이 많은 점에서 현대의 기억 이론을 예견하고 있음을 알 수 있다. 기억의 수와 지속 시간 측정의 관계, 저장과 재생의 분명한 구분, 기억 형성에서 주의의 적극적 역할 강조 등을 예로 들 수 있다. 또 '저장소'라는 은유는 '장기기억 저장소' '기억수명' '기억용량' 같은 학계 표준 용어 속에 남아 있다. 저장된 정보가 '쇠잔decay'의 결과로, 또는 다른 정보의 '간섭interference'으로 사라질 수 있다는 망각 이론의 두 가지 주요 가설도 이미 훅이 언급한 내용이다. 강렬한 인상은 시간의 경과와 무관하게 또렷이 기억된다는 사실에 관한 훅의 설명은, 어떤 흔적과 관련된 일을 기억할 때마다 그 흔적이 더 새로워지고 강화된다는 오늘날의 '흔적강화trace consolidation' 가설과 일치한다. 훅이 저장된 생각의 수를 공들여 계산한 것을 비웃는 사람이 있다면, 오늘날 뇌 안의 '비트bit'량을 어떻게 계산하는지 알 필요가 있다. 란다우어T. K. Landauer는 이 분야를 개관하는 논문에서 훅의 방법과 본질적으로 같은 방법을 사용했다.[29] 정보가 기억되는 **속도**를 될 수 있는 대로 정확히 측정해 일생 동안의 시간을 곱한 것이다. 란다우어는 자료를 읽고 기억하는 실험에 의거해 '장기기억의 저장 속도'를 1초당 1.2비트로 측정했는데(훅은 1초에 하나의 심상이 저장된다고 보았다), 이에 따르면 70세인 사람은 18억 비트의 정보를 저장하게 된다. 란다우어도 훅이 그랬듯이 살아온 시간의 3분의 1을 수면 시간으로 제했는데, '손실된 시간'에 대한 그의 생각은 훅과 놀라울 정도로 비슷하다. 그는 망각이 "새 정보가 옛 정보를 덮어쓰거나 가림"으로써 이루어진다는 모델을 제시했다.[30] 이 모델은 저장용량이나 비트량이 정해져 있음을 가정하고 있다. 새로 입력되는 각각의 정보는 "아직 비어 있는 자리를 채우거나 이미 채워진 자리를 '덮어쓴다'"[31]는 것이 란다우어의 주장이다. 훅의 이론이 기존의 심상과 새로운 심상 사이에 월식이 일어나는 우주 공간을 환기시킨다면, 란다우어는 컴퓨터의 저장용량에 관한 용어에서 영감을 얻었다. 훅과 란다우어는 서로 다른 분야의 용어를 사용해 망각 기제에 관한 동일한 가설을 전개한 것이다.

오직 비유로써만 이해할 수 있는 것

1682년 6월 훅의 왕립학회 강연을 들은 청중의 성향을 감안하면, 그의 〈기억에 관한 가설적 해석〉은 두 가지 논란거리가 있다. 첫 번째는 그의 기억 이론이 지닌 공공연한 유물론적 성향이다. 이날 회의록에는 훅의 논문에 대해 "영혼이 기계와 같음을 증명하려는 듯하다"[32]고 기록돼 있다. 훅이 강연에서 "그러한 의도는 전혀 없다"고 확언했다지만, 당대의 영적 기억 이론들과 같은 맥락에 있다고도 말하지 못했을 것이다. 훅의 강연이 있은 지 25년이 지나 훅의 유고집을 낸 리처드 월러조차 책의 후기에서 훅의 이론이 '지나치게 기계론적'이었다고 언급했다. "훅의 어떤 주장이나 담론 방식에 대해서도 옹호할 생각이 전혀 없지만, 그만하면 뛰어난 업적을 남겼다고 할 수 있다"[33]고 월러는 조심스럽게 덧붙였다. 월러는 왕립학회 서기라는 자신의 입장에 충실했던 것이다.

두 번째 논란거리는 훅이 '담론 방식'으로 허용한 풍부한 은유와 유추의 사용이다. 훅의 글은 내용보다도 왕립학회가 인정하는 진지하고 축어적인 방식에서 벗어났다는 점이 논쟁의 중심이 된 감이 있다. 훅은 두 가지 근거를 들어 자신을 변호했는데, 첫 번째는 정신 과정이란 본래 축어적으로 설명되지 않는다는 것이고, 두 번째는 시각적 이미지가 가설적 과정들 사이의 관계를 파악할 수 있게 해준다는 것이다. 이 두 주장에 관해서는 부연 설명이 필요하다.

17세기에 기억과 영혼의 철학적 위상은 인간의 불멸성에 대한 물음과 관련되었다. 그 결과 기억과 영혼의 물질적 기반에 대한 성찰 역시 종교적 중요성을 얻게 되었다. 데카르트의 이원론을 배경으로 논문을 쓴 훅은 영혼이 아닌 기억만을 물질적 도구로 다룰 만큼 신중했다. 훅에게 영혼은 비육체적·비공간적이었다. 그러나 훅과 동시대인들은 기억을 영혼 **내부**에 둠으로써 기억의 물질성까지도 부인했다. 예컨대 훅의 강연이 있기 몇 해 전, 신플라톤주의자인 헨리 모어Henry More는 "기억의 힘이 뇌 안의 어떠한 흔적이나 모양, 진동이나 움직임에 있지 않다"는 사실은 자명하며, "기억은 전적으로 영혼에 들어 있고 영혼이야말로 지각된 것들을 저장하는 유일한 저장소"라고 주장했다.[34] 훅은 모어의 주장에 답하는 과정에서 기억을 영혼의 **외부**에 위치시킨 듯하다.[35] 그렇게 함으로써 훅은 물질계를 설명할 때처럼 공간적·물질적 용어들로 기억 과정을 설명할 수 있었다.

따라서 훅에게는 개념상의 문제가 발생했다. 영혼 같은 비공간적 실재를 어떻게 공간적·물질적 기억과 관련해 '위치시킬' 것인가 하는 문제였다. 그래서 훅은 영혼의 정확한 위치를 말하기보다 그저 '뇌 어딘가에'라고 하거나, 저장소의 배분점, 기억 사슬의 출발점, 소우주의 중심부 등 늘 은유적 표현을 사용했다. 훅은 논문 후반으로 가면서 영혼과 기억의 관계에 관해 "사실 그대로를 이해하거나 설명하기란 불가능하며 오직 비유로써만 가능하다고 생각한다"고 쓰고 있다. 사실 영혼과 기억의 관계는 오직 비유를 통해 설명 가능하며, 따라서 은유는 그야말로 필요불가결한 것이다

훅은 당연한 일을 멋지게 해낸 셈이다. 훅의 노련한 논리적 수완을 제대로 평가하기 위해서는, 잠시 고개를 돌려 당시 보일 주변의 학계와 왕립학회에 나타난 기계론적 경향을 살펴볼 필요가 있다. 보일은 사실과 이론을 가급적 엄격하게 구분하자는 쪽이었다. **사실적**factual 담론은 '실제matters of fact', 즉 실험상의 결과이건 아니건 관찰 가능한 현상에 대한 진술이며, **이론적**theoretical 담론은 '실제'를 설명하는 가설을 말하는 것이었다. 이론적 담론에서 쓰는 용어들은 그 인식론적 위상이 불확실했다.[36] 따라서 추가적인 정의 없이 그저 '관념notion'으로 설명하는 것이 일반적이었다. 예컨대 진공펌프 실험에서 공기의 부피가 감소할수록 기압이 증가하는 현상을 관찰한 보일은 이 실험으로 증명된 공기의 탄성을 설명하기 위해 '공기의 용수철'이라는 표현을 썼다. '용수철'이라는 표현은 공기가 용수철 같은 구조의 입자로 이루어졌다는 이론에 또다시 쓰였다. 마치 모직물이 직물을 구성하는 섬유조직의 탄성 때문에 압축 가능한 것처럼, 공기 전체의 탄성을 설명하기 위해 압축된 미세한 용수철을 생각한 것이다. 그러나 입자들의 탄성은 어떻게 설명할 것인가 하는 의문에 보일이 답하지 않은 것은 다분히 의도적이었다. '관념'이란 되도록 직접적이고 눈에 보이는 듯이 생생하게 '실제'와 관련되어야 한다는 것이 그의 견해였기 때문이다. '공기의 용수철'처럼 비유적 설명은 그 조건을 만족시켰지만, '용수철'의 메커니즘에 대한 설명은 그렇지 못했다. 보일은 데카르트에게서 빌려온 시계 은유를 써서, 우리가 자연현상에서 지각하는 것은 시곗바

늘의 외관상 움직임일 뿐 움직임을 야기하는 메커니즘은 시계 속에 숨겨져 있다고 했다. 숙련된 시계공이 외관상으로 완전히 똑같은 시계 두 개를 만들 수 있다고 해도 두 시계의 움직임이 단일한 메커니즘을 공유하는 것은 아니므로, 시계의 메커니즘은 단지 추측을 통해서만 설명 가능하다는 것이다.

훅의 물리학 논문들은 가능한 한 이 같은 사고방식을 따르고 있다. 1666년에 쓴 것으로 추정되는 논문에서 훅은 가설적 메커니즘이 어떻게 '실제'와 연관될 수 있는지 명확히 설명했다.[37] 훅에 따르면, 훌륭한 실험가는 실험 전에 잠정적 가설을 세워두어야 하며 그럴 경우에만 실험 결과가 진정으로 유익한 가치를 지니게 된다. 또 충분히 광범위한 가설을 확보하기 위해 실험가는 생각할 수 있는 모든 '기계적이고 알기 쉬운 작동 방식'에 자연현상을 비유해보는 것이 좋다고 했다.[38]

다시 기억에 관한 논문으로 돌아오면, 훅이 여기서도 위와 같은 물리학 연구의 기준을 따르고 있다는 사실을 알 수 있다. 기억 과정에 대한 가설적 해석이 오직 기계적·시각적 유추를 통해 이해되는 '관념'이라는 생각은 〈기억에 관한 가설적 해석〉 도입부부터 등장한다. 가설을 세울 때 '기계적이고 알기 쉬운 작동 방식'에 비유하라는 제안도 마찬가지다. 훅은 이 내용을 사실상 동일한 표현으로 말하고 있다.

> 감각적인 형상으로 표현하는 것보다 이해하기 쉬운 방법은 없으므로, 관념에 대한 이해를 돕기 위해 나는 기계적이고 감각적인 형상과 그림을 만들어낼 것이다. 그것을 통해 이해하고 기억하고 판단하는 영혼의 모든 작용에 대해 내가 생각하는 바를 보여줄 것이다.

은유, 유추, 시각적 이미지는 훅이 이미 말했듯이 기억 과정을 이해하는 데 필수적이었을 뿐 아니라 물리학 연구에서와 같이 발견적 가치 또한 지녔다. 공명으로서 연상, 복사輻射로서 주의, 월식으로서 망각, 인광체로서 시각기억 등의 유추는 그야말로 막연한 관념으로 남을 수도 있었을 것들에 대해 상상의 여지를 부여했다. 훅은 이 같은 시각적 비유의 필요성에 호소하면서 은유와 유추를 자신의 이론적 담론에 포함시켰고, 그 때문에 왕립학회의 미심쩍은 눈길을 받았다.

이 정도만으로도 스스로의 원칙에 대한 변증법적 승리였지만, 훅은 여기서 멈추지 않았다. 훅은 자신이 기억을 '기하학과 측정법'의 영역에 포함시켰다고 주장했다. 현대 용어로 말하면 기억 과정을 수학적으로 다루었다는 얘기다. 그러나 자세히 살펴보면, 이 부분에서도 노련한 수완에 기대고 있음을 알 수 있다. 은유에 크기와 수를 슬쩍 끼워넣은 것이다. '정량화'를 가능하게 하는 것이 바로 비유적 설명이기 때문이다. 훅은 심상의 배열을 한없이 길어지는 사슬에 비유함으로써, 어떠한 심상과 사슬 시작점의 거리를 지속 시간의 척도로 삼을 수 있었다. 또 기억을 의사 태양계 안에 둠으로써 기억의 강도와 영혼과의 거리의 관계에 '역제곱 법칙'을 적용할 수 있었다. 이 두 가지 정량화는 전적으로 상상의 공간에서만 의미를 갖는다. 훅은 공간적인 은유를 사용해 정신 과정에 질서를 부여했다. 은유는 기억 속의 공간을 창조하기 위해 사용된 도구였으며, 은유가 아니었다면 기억 속의 공간에 대한 상상은 불가능했을 것이다.

한 물리학자의 기억

자기 책의 한 절 '잊힌 심리학적 예견'에서

훅을 언급한 그레이엄 리처즈Graham Richards를 제외하면, 심리학사가들은 대체로 훅의 기억 이론을 도외시했다.[39] 훅의 강연 주제를 생각해볼 때 이는 유감스러운 모순이 아닐 수 없다. 기계론적 심리학의 출발점은 18세기 중반의 하틀리D. Hartley나 라메트리J. O. de Lamettrie라는 것이 일반론이지만, 기계론적 심리학의 역사를 반세기 이상 앞당기는 것이 훅의 〈기억에 관한 가설적 해석〉이라고 할 수 있다. 그러나 훅의 뒤를 곧바로 계승한 사람은 없었다. 그의 이론은 "지적 풍토가 무르익지 않은 심리학 전前시대의 단 한 편의 이론으로 영예롭게 고립돼 있다"고 리처즈는 썼다.[40] 그러나 훅의 이론은 수세기 동안 끊임없이 각종 신기술과 결합돼온 이론화 유형의 예를 일찍이 제시했다. 즉 상의 저장과 재생을 위한 동시대 기술로부터 기억에 대한 은유를 구하는 심리학의 한 예를 보여준 것이다.

훅의 이론은 그가 처했던 사회적·과학적 환경을 반영한다는 점에서 과학사적으로도 흥미롭다. 소우주 은유는 훅이 지닌 태양 중심의 우주관에서 나왔고, 기억의 강도를 좌우하는 '법칙'은 천문학과 눈에 관한 훅의 연구에서 나왔으며, 심상의 수치 계산은 현미경 연구와 밀접한 관련이 있다. 시각기억에 관한 구절에서는 인광체 실험의 흥분을, 심상에 대한 분명한 옹호에서는 왕립학회의 은유 불신에 대한 반발을 읽을 수 있다. 시각화와 '정량화' 시도는 될 수 있는 대로 수학적 용어와 도표로 이론을 제시해야 한다는 왕립학회의 기준을 거스르고 있다. 한편 영혼과 기억의 관계에 대한 논의는 그의 종교적·형이상학적 배경(훅은 독실한 기독교인으로서 영혼이 비육체적이라고 믿었다)을 분명하게 보여준다.

17세기의 정물과 초상 화가들은 금박 입힌 구를 한쪽 구석에 걸어두고 이젤 뒤에 반쯤 가려진 자신의 모습을 한 번씩 비춰보곤 했다. 〈기억에 관한 가설적 해석〉은 정량화와 시각화에 경도된 과학자 자신의 개인적 세계를 반영한다. 혹은 자신의 기억 이론 속에 자신에게 영감과 자극을 준 것들의 소우주를 창조했던 것이다.

4
거대한 미궁

칠흑같이 어두운 구멍 속으로 사다리에 바짝 매달려 내려가야 하는데, 사다리가 얼마나 긴지는 아무도 모른다. 그러나 곧 끝없는 암흑 속으로 드리운 사다리가 이것 하나만이 아니라 여럿임이 눈에 들어온다. 단이 열다섯에서 스무 개쯤인 사다리가 한 사람이 서 있을 정도의 널빤지 위에 세워져 있고, 그 아래로 또 다른 구멍과 또 다른 사다리로 이어지고 있다.

—하인리히 하이네, 하르츠 산맥의 '카롤리네' 광산 체험 중에서[1]

장 클레르Jean Clair는 19세기 심리학에 관한 소론에서 어느 순간부터 영혼은 더 이상 신의 영역이 아니었다고 쓰고 있다.[2] 이러한 혁명적 변화 이후 목사와 성직자뿐 아니라, 예술가·의사·작가·협잡꾼·학자·심령술사·신경학자·두개골 측정학자·정신과 의사·점쟁이 등 말 그대로 아무나 영혼에 대해 말할 수 있게 되었고, 이들은 저마다 다른 영혼을 이야기했다. 마음에 대한 사고의 세속화는 각자의 표현과 이미지와 비유를 지닌 각양각색의 해석을 낳았다.

도상학적으로도 이러한 해석의 다양성을 찾아볼 수 있다. 19세기에 기억은 골상학자들의 두개골 지도의 한 부위로, 낭만주의 작품 속에서는 풍경이나 미궁으로, 무의식에 관한 논문에서는 갱도로, 시 구절에서는 깊은 바다로, 뇌 해부학 책에서는 신경학적 과정으로, 시각기억 이론에서는 사진기의 감광판으로 각각 나타났다. 19세기에 기억은 10~20년마다 변형을 겪은 것처럼 보인다.

대개의 심리학 교재들이 기억심리학의 시작을 헤르만 에빙하우스의 유명한 논문《기억에 관하여》[3]가 발표된 1885년으로 기술하고 있다. 에빙하우스는 이 논문을 통해 장기간에 걸친 일련의 실험 결과를 제시함으로써 기억에 관한 실험 연구의 선구자가 되었다. 그의 연구는 후대의 학자들이 실험 절차를 한층 정확히 하고, 자극 적용을 표준화하는 장치를 고안하고, 결과를 정량화하는 도식을 개발하는 데 영감을 불어넣었다. 20세기 기억심리학의 성격은 이렇게 결정되었고, 이러한 과학적 경향은 대학 실험실을 통해 현재까지 이어지고 있다.

실험적·계량적 연구는 기억 연구의 오랜 역사에서 보면 비교적 최근에 나타난 경향이지만, 1885년 이후 지배적인 위치에 오르면서 바람직하지 않은 결과를 가져왔다. 연구자들이 실험을 선택적 도구로 여기지 않게 되면서 과거의 연구들이 기억 연구의 역사에서 사라진 것이다. 실험 연구 이전의 연구가 '과학 이전'의 연구로 심리학사 부문에 소개되는 경우는 그나마 나은 편이고, 아예 다뤄지지 않는 경우가 더 많다. '과학적'이라 간주되는 동시대적 틀을 고수하는 사람들은 수많은 19세기 기억 이론을 생략함으로써 다양하고 흥미로운 아이디어를 간과하는 수가 있다.

1839년과 1877년은 기억과 망각 연구에서 혁명적인 해라고 할 수 있다. 쓰기 이후 가장 중요한 두 가지 인공기억이 이 두 시기에 발명되었기 때문이다. 사진은 1839년 이후 시각기억을 저장·재생하는 놀라운 기술로 숨 가쁘게 발전했고, 1877년 에디슨은 사진이 눈에 제공한 혜택을 축음기를 통해 귀에 제공했다. 기술은 이렇게 약 40년 간격을 두고 인간의 두 감각기관에 외적 기억을 만들어주었다. 초창기 기술은 미비해서 이미지와 소리를 오래 저장하지 못했지만, 얼마 지나지 않아 사진과 축음기는 정보의 저장과 재생에 효과적인 매체로, 인간의 기억만큼이나 한계를 모르는 인공기억으로 확고하게 자리 잡았다. 따라서 촉각, 후각, 미각 기억만이 고유한 인간의 기억으로 남았다.

의사들이 해부학 논문에서 카메라오브스쿠라camera obscura를 눈의 유추 대상으로 사용한 것처럼, 사진(정확히 말하면, 카메라오브스쿠라 안에 생긴 상을 저장하는 절차)은 기억에 대한 은유로 발전했다. 사진에 관한 초창기 논문에서 감광판은 '기억을 지닌 거울'로 묘사되었는데, 이 은유는 곧 새로운 형태로 바뀌었다. 인간의 뇌가 감광판의 신경적 등가물, 즉 시각 자극의 보이지 않는 흔적을 저장·재생하는 유기적 매체로 표현된 것이다.[4] 축음기의 경우도 마찬가지였다. 심리학자와 신경학자들은 소리를 안 들리는 상태로 저장했다가 다시 들리게 만드는 축음기의 원리를 보고 청각기억에 관한 이론을 구체화할 수 있었다. 즉 청각 자극의 흔적이 새겨지는 축음기의 석박錫箔(나중에는 밀랍으로 바뀜)에 뇌를 비유한 것이다.

이처럼 기억이 정보의 저장과 재생 메커니즘으로 표현되고 기계장치의 도움으로 연구되어 17세기의 데카르트와 훅의 기계론적 견해가 중단 없이 19세기의 기억 이론으로 이어진 것처럼 보이지만, 이는 오해다. 이 두 기계론 사이에 낭만주의 시대가 존재했기 때문이다. 짧지만 격렬했던 낭만주의 운동은 기계 구조 같은 결정론적 실재를 모델로 삼는 과학과 대립했다. 낭만주의 작가들은 기억에 대한 기계론적 은유를 모욕으로 여겼다. 기억 같은 섬세한 능력, 우리 마음의 요새, 우리의 사고와 감각과 지식이 자리한 곳은 유기적 은유로 표현되어야만 했다. 낭만주의자들은 자연의 성장과 변화에 착안한 비유를 사용했으며, 그와 대조되는 것을 표현할 때만 기계론적 은유를 사용했다.

그러나 기억에 대한 기계론적 은유와 낭만주의적 은유의 대조는 19세기 심리학에 나타난 수많은 대조 가운데 하나일 뿐이다. 카스파 다비트 프리드리히Caspar David Friedrich의 그림과 신경해부학자들의 수술대, 저 유명한 골상학자들의 진찰실과 축음기 실연, 은빛 반짝이던 최초의 은판 사진과 심리학 실험실의 '기억장치Gedächtnis-Apparate' 실험 등을 거치는 기억의 역사는 19세기 역사만큼이나 혼란스럽고도 역동적이었음이 분명하다.

기계론의 퇴조

데카르트적 세계는 역학적 법칙에 따라 톱니바퀴들이 맞물려 돌아가는 하나의 기계장치였다. 항성과 행성과 위성은 빛나는 톱니바퀴처럼, 시계의 작동과 같은 원리로 설명되는 궤도 위를 운행했다. 데카르트는 이러한 기계론적 원리가 사유하는 지성체인 인간 이외의 모든 것, 즉 산이나 물건 같은 무생물뿐 아니라 유기적 자연에까지 적용된다고 선언했다. 씨앗이 나무로 자라는 현상에도 시계 은유가 적용될 정도였다. 데카르트에 따르면 "나무가 씨앗에 따라 적절한 열매를 맺는 것은 시계가 톱니바퀴의 조합에 따라 시간을 알려주는 것만큼 자연스러운 일"[5]이었다.

철학사에서 데카르트라는 이름에는 동물을 단순히 기계와 같다고 보는 '동물기계론bête machine'이 뒤따른다.[6] 동물기계론에 따르면, 동물의 움직임은 기계적 과정이 만들어낸 결과에 지나지 않았다. 동물 영혼의 기계화에는 기억 또한 예외일 수 없었다. 그러나 외견상 기억의 작용으로 보이는 현상은 기계론이 지닌 문제였다. 데카르트와 교류하던 뉴캐슬의 후작 헨리 캐번디시Henry Cavendish는 지난 해 둥지를 틀었던 장소로 봄마다 되돌아오는 제비는 분명히 그 장소를 기억하며 따라서 기억을 갖고 있다면서 반론을 제기했다. 그러나 데카르트는 이를 무시했다. 시계가 언제 몇 시를 쳐야 할지 '기억한다'고 하지 않는 것처럼, 제비의 행동은 처음부터 그렇게 설계되고 적응한 행동이라는 것이다. 새들은 세심하게 만들어진 기계장치이며, "제비들이 시계처럼 정확히 봄에 되돌아오는 것은 틀림없는 사실"[7]이다.

동물의 기억을 기계장치로 격하하고 인간의 기억 역시 뇌의 물리적 과정에 따라 결정되는 도구로 표현하면서(훅의 기억 이론을 생각해보라), 기계론적 기억 이론은 영혼을 비물질적·신적인 것으로 여기는 기독교의 견해와 양립할 정도로 발전했다. 인간의 영혼마저 기계로 보게 되는 최종 단계는 데카르트와 훅보다 한 세기 뒤에야 나타났다.

프랑스의 의사이자 자유사상가인 쥘리앵 드 라메트리는 1747년 네덜란드의 레이던에서 《인간기계론L'Homme machine》[8]을 익명으로 출간했는데, 그럴 만한 이유가 있었다. 라메트리는 이 책에서 논쟁적인 방식으로 유물론을 노골적으로 옹호해 '무신론자'라는 낙인이 찍혔다. 실제 저자가 밝혀지자 라메트리는 네덜란드를 떠나 '어리석은 신학자들의 희생양'에게 기꺼이 도피처를 제공하던 프리드리히 대왕의 궁으로 거처를 옮겨야 했다. 우리가 라메트리에 대해 이 정도라도 아는 것은 1751년 그가 죽은 뒤 프리드리히 대왕이 쓴 추도문 덕분이다.

라메트리는 레이던에서 부르하버H. Boerhaave의 기계론적 성향의 의학을 공부했으며, 이미 그 전에 개인적 체험을 통해 데카르트적 심신이원론이 정신의 비중을 과대평가했다는 결론에 도달했다.[9] 프랑스 군대의 군의관으로서 전투에 참가한 라메트리는 고열을 동반한 병을 앓았는데, 이때 자기 자신의 지각을 관찰하면서 유물론적 신념을 다지게 되었다. 이 내용은 프리드리히 대왕이 우아한 바로크 문체로 쓴 추도사에 등장한다.

> 철학자에게 질병은 생리학의 학습장이다. 라메트리는 인간의 사고가 기계 구조가 만들어내는 결과에 지나지 않으며, 태엽 장치에 문제가 생기면 형이상학자들이 영혼이라 일컫는 부분에 심각한 영향을 미치는 것을 똑똑히 경험했다고 생각했다. 병이 회복되는 동안 이러한 생각으로 불타오른 그는 형이상학의 어둠 속에서 경험의 횃불을 용감하게 들어올렸다. 그는 해부학의 도움으로 이해라는 얇은 조직을 파헤치려 했고, 물질보다 본질이 우선시되는 곳에서 오직 기계론만을 발견했다.[10]

한 세기 전의 데카르트와 마찬가지로, 라메트리에게도 '기계론'은 시계장치를 의미했다. 인간은 "자신의 태엽을 스스로 감는 기계장치로, 이는 영구운동의 살아 있는 비유"[11]라는 것이다. 라메트리의 기계적인 인간은 데카르트의 기계적인 동물과 단지 그 복잡성에서 다를 뿐이다. 즉 "인간과 원숭이 또는 가장 영리한 동물의 차이는 크리스티안 하위헌스Christiaan Huygens의 진자시계와 쥘리앵 르루아Julien Leroy(18세기 프랑스의 왕실 시계공—옮긴이)의 시계의 차이"[12]라는 것이었다. 그의 이론에 따르면, 인간의 기억도 적절한 때 적절하게 작동하도록 맞춰진 태엽과 톱니바퀴 장치의 일부일 뿐이었다.

라메트리의 이론은 기계론의 정점이자 결론이었다. 라메트리 이전에는 누구도 감히 인간의 마음을 기계론의 영역에 포함시킬 엄두를 내지 못했고, 라메트리 이후 기계론적 접근법은 더 이상 신뢰받지 못했으며, 살아있는 유기체를 톱니바퀴 덩어리로 설명하는 것은 타당하지 못한 일로 여겨졌다. 18세기 말로 가면서 기류는 변했고, 시계 은유는 논문 속에서 점점 자취를 감추었다. 데카르트 시대의 연철鍊鐵시계가 18세기 후반의 세련된 은제 회중시계에 비해 어색하고 꼴사나운 것처럼, 기계적 유추도 새로운 기류 속에서 시대에 뒤떨어져 보였다. 프랑스의 과학자 생피에르H. B. de Saint-Pierre가 1784년 다음과 같은 글을 쓸 때도 데카르트의 시계 장치 나무를 염두에 두었을 것이다.

> 식물은 기계 같은 몸체를 가졌다고 여겨왔다. 그렇다면 나뭇잎만큼 가늘고 부드럽고 연약하면서도 비바람과 된서리와 불타는 태양을 줄곧 견뎌낼 수 있는 몸체를 한번 만들어보라. 서식지에 관계없이 식물을 지배, 보존, 재생하는 것은 생명체의 정기spirit이다. 생명체의 정기는 식물의 상처를 회복하고 새로운 외피로 덮어준다.[13]

이보다 더 선명한 대조를 찾기는 힘들 것이다. 낭만주의 시대에는 기계론의 시계 장치에 맞서는 유기적 자연의 원리인 '생명정기life spirit'가 있었다.

낭만주의: 기억의 풍경

과학사에서 낭만주의는 야상곡처럼 조용한 울림이 있다. 계몽주의 이후 대두해 19세기 후반 기계론이 부흥하기 전까지 이어진 낭만주의는 기술과 고전 과학에 대한 믿음 속에서 예기치 않게 울려퍼진 간주곡이었다. 1790년에서 1840년까지 약 50년 동안(사실 그 경계는 분명하지 않다), 실재reality는 그 투명함을 잃은 듯했고 예술과 과학과 철학은 자연과 인간과 영혼의 밤 그늘 속으로 흘러들어갔다. 대항운동으로서 온갖 특징을 지닌 낭만주의는 명쾌한 사고 대신 황홀경과 꿈으로, 논리 대신 환상으로, 분석 대신 조화와 통일로, 숙고 대신 직관으로, 깨어 있는 의식 대신 무의식으로, 그 앞뒤 시기에 과학을 지배했던 태도들을 부정했다. 호프만의 문학 작품이나 카스파르 다비트 프리드리히가 그린 밤 풍경은 낭만주의 시대의 상징이었다.

과학과 철학 영역에서는 독일 자연철학Naturphilosophie을 통해 불가분한 유기적 통일체로서 실재 개념이 형성되었다.[14] 기계론의 역학 법칙은 두 극 사이에 존재하는 자기력과 신비로운 힘에 둘러싸인 자석에 밀려났다. 물리학자 슈베르트G. H. Schubert는 《자연과학의 밤 풍경Ansichten von der Nachtseite der Naturwissenschaft》(1808)에서 자기력이 유기적 세계와 비유기적 세계 모두에 퍼져 있으면서 인간과 우주를 이어주는 숨은 힘이라고 설명했다.[15] 모든 곳에 존재하는 양극성 또는 자기량이자 종국에는 영감의 원천으로서 자기력은 점차 정신적인 의미를 띠게 되었다. 자기력의 최면에 빠지면 의식이 확장되어 눈을 감고도 읽고 내부 기관을 '보고' 신경에 퍼진 병을 고치는 등 기적을 행할 수 있다고 여겨졌다. 더 이상 기계로 받아들여지지 않는 우주 속에서 인간 영혼에 대한 기계적 유추는 부적절해 보였다. 1795년 콜리지S. T. Coleridge는 영혼을 유기적인 에올리언하프에 비유한 이런 글을 썼다. 개인의 영혼은 "저마다 다양하게 짜인 유기적인 하프"로서 경험이라는 바람이 건드리면 "생각 속으로 울린다".[16] 영혼은 자연에 의해 연주되는 자연의 일부분이다.

기억에 관한 낭만주의적 사고를 가장 잘 대변하는 인물 카를 구스타프 카루스Carl Gustav Carus(1789~1869)는 열정적인 풍경화가였다. 카루스는 친구이기도 한 카스파르 다비트 프리드리히와 함께 대표적인 독일의 낭만주의 풍경화가로 꼽힌다(그림 4.1). 두 사람은 1819년 발트 해의 뤼겐 섬에서 몇 주 동안 그림을 그리며 함께 지낸 적이 있었다. 풍경과 화가와 감상자의 관계에 대한 두 사람의 견해가 거의 일치해서, 카루스가 이 내용을 서간문 형식의 아홉 편의 에세이로 펴내기도 했다.[17] 프리드리히와 달리 카루스에게는 그림이 최우선 분야가 아니었다. 카루스는 물리학, 철학, 의학을 공부했고 산과학産科學을 전공한 뒤 드레스덴 대학교의 산과학 교수가 되었다. 심리학 분야에서도 카루스는 프로이트보다 먼저 무의식을 발견한 사람으로 알려져 있다.[18]

카루스의 저서, 그림, 서신은 낭만주의 시대의 학계와 예술계를 관류하던 사상들의 축도縮圖였다. 또 그의 업적들은 유기적 통일체라는 생각을 구현하고 있어서, 예컨대 풍경에 관한 글은 영혼에 관한 글이기도 했고

그림 4.1 카루스는 카스파르 다비트 프리드리히와 마찬가지로 그림의 주제로 죽음, 소멸, 폐허 등을 선호했다. 폐허가 된 오빈의 수도원 인근 눈 덮인 묘지를 그린 이 그림 〈오빈의 겨울 묘지〉는 낭만주의적 주제를 함축적으로 보여주며, 풍경에 관한 그의 글에 나오는 '겨울밤의 장막'이라는 표현을 상기시킨다. 라이프치히 미술관 소장.

반대로 심리학 강의 내용은 풍경에서 영감을 얻은 것이기도 했다. 자연과 유기체와 영혼에 관한 낭만주의적 관점에서 시계 장치 비유는 분해·교체되어 자취를 감추었다. 낭만주의적 은유와 유추는 끊임없이 자라나고 흘러가는 자연의 과정으로부터 나왔다. 카루스는 풍경에 관한 첫 번째 편지글에서, 과학이 식물의 조직과 세포 단계까지 분석한다고 해도 나뭇잎 한 장 만들어낼 만한 지식에도 이르지 못했다고 쓰고 있다.[19]

카루스의 심리학에 관한 글은 자연과 풍경의 비유를 사용하고 있다. 풍경에 관한 세 번째 편지글에서 그는 자연에서 일어나는 일과 영혼에서 일어나는 일 사이의 동질성을 다루었다. 식물의 순환, 뇌우, 계절의 변화 등 자연에서는 모든 것이 성장·완성·쇠퇴·소멸이라는 네 단계를 거친다. 우리 영혼도 잘 들여다보면 상상의 과정이 그와 같은 네 단계, 즉 상이 생기는 단계, 상이 완성된 평정의 단계, 희미해지는 단계, 마지막으로 사라지는 단계를 거친다는 것이다. 자연의 이러한 네 단계가 인간의 마음속에 반향을 일으켜, 변화하는 풍경 속에서 자연과 내적 자아는 하나가 된다. 그래서 봄날의 환한 아침 햇살은 우리의 기운을 북돋우고, 맑고 푸른 하늘과 여름 나무의 무성한 잎은 우리 마음을 평온하고 깨끗하게 만들며, 자연의 색이 바래고 굳는 가을은 우리를 우울하게 하고, '겨울밤의 장막'은 죽음의 느낌을 불러일으킨다는 것이다.[20]

카루스가 보기에, 카스파르 다비트 프리드리히야말로 자기 영혼의 풍경을 그림으로 표현한 최고의 거장이었다. 무덤과 석양은 그의 우울을, 수도원의 폐허는 그의 절망을, 황량한 북극의 벌판은 그의 외로움을 표현하고 있다는 것이다.[21] 카루스의 평가에는 (훗날 프로이트가 '동일화'와 '투사'라고 명명한) 두 가지 심리 기제가 암시되어 있다. "나는 나를 둘러싼 것과 하나가 되어야 한다, 구름과 바위를 나 자신과 동일시하며……"[22]라는 프리드리히의 말처럼, 그는 외부 세계와 내면의 자아가 조화를 이루어야만 그림을 그릴 수 있었다. 그의 그림을 보는 사람들 역시 그런 동일화를 느낄 수 있었다. 프리드리히는 외면과 내면이 서로를 투영할 때까지 자신의 열정과 꿈을 마음껏 풍경화에 쏟아부었다. 숲, 기울어가는 태양, 코앞의 칠흑 같은 어둠, 바위와 협곡, 끝없이 펼쳐진 바다, 안개, 폭풍우를 실은 구름, 비의 장막 등 풍경은 그의 영혼에 대한 은유였다. 폰 클라이스트M. Von Kleist는 사람들이 프리드리히의 그림 〈바닷가의 수도사Der Mönch am Meer〉를 "눈꺼풀이 없어진 사람들처럼"[23] 보았다고 기록했다. 사람들은 그림을 통해 자신들의 내면을 보았으며, 벽에 걸려 있던 것은 그들 자신의 영혼이었던 것이다.

카루스가 1829~1830년 겨울, 드레스덴에서 일련의 심리학 강연을 진행했는데, 그중 여덟 번째는 기억에 관한 것이었다.[24] 카루스에 따르면, 감각 표상은 빛이 거울에 투영되듯이 정신에 투영된 것이다. 기억이란 이처럼 끊임없이 변하는 표면 뒤에 존재하며 그것들을 보존하는 살아 있는 자석과도 같다.[25] 스쳐지나가는 경험들이 기억에 투영되는 방식을 설명하기 위해 카루스는 바위로 둘러싸인 맑고 잔잔한 물에 비치는 떠가는 구름의 비유를 사용했다.[26] 따라서 명징한 정신일수록 표상들이 더욱 분명하게 투영된다. 예컨대 리히텐베르크G. C. Lichtenberg(18세기 독일의 물리학자이자 계몽주의 사상가—옮긴이)의 명징한 정신은 '티에라델푸에고Tierra del Fuego(남미 남단의 군도—옮긴이) 원주민'의 흐리멍덩한 정신보다 대상을 명확히 반영한다.[27] 또한 흰 건물이나 항해하는 배가 흐릿한 색채나 희미한 형체보다 명확히 기억되는 것처럼, 기억 능력은 정신에 투영되는 대상이 얼마나 명징

한가에도 좌우된다.[28]

풍경 위에 떠 있는 태양처럼 의식은 기억 위에 자리하고 있다. ("이보다 더 나은 비유는 찾기 힘들 것이다."[29]) 태양이 강렬하게 비칠수록 더 멀리까지 조망할 수 있는 것처럼, 의식도 어둠과 그림자를 걷어냄으로써 기억 속의 표상을 조망하고 표상들의 새로운 조합을 형성할 수 있다. 거울의 은유에서처럼 이 부분 역시 개인적 차이를 내포하고 있다. 예컨대 가우스C. F. Gauss(19세기 독일의 수학자—옮긴이)나 케플러J. Kepler(17세기 독일의 천문학자—옮긴이)의 영혼 속에서 밝게 불타오른 태양은 셋 이상의 수를 그저 '많다'고 여긴 '북아메리카 야만인'의 어슴푸레한 영혼보다 훨씬 더 복잡한 수학적 표상을 볼 수 있게 했다는 것이다.[30]

카루스는 영혼의 본질을 사고thought로 보았다. 사고는 곧 호흡이자 영적인 삶의 맥박이었고, 사고에 대한 사고, 즉 반성reflection이야말로 가장 고결한 행위였다. 사고가 대상이자 도구가 되는 이러한 정신 기능은 마치 브라질 반딧불이를 해부할 때 그들의 빛을 이용하는 것과도 같다.[31] 그러나 수면 중일 때처럼 의식도 한동안 빛을 잃을 때가 있다. 이러한 어둑어둑함 속에서는 기억이 "냇물 위를 떠다니는 낙엽처럼"[32] 영혼 속을 표류하므로 표상들을 저장할 수 없다. 기억은 밤이건 낮이건 가변적이고 유동적이므로 진짜 기억의 원리가 무엇인지 말하기는 힘들다. 밀랍판에 찍히듯이 경험이 저장된다는 해묵은 플라톤적 견해는 카루스에게는 터무니없는 것이었다.[33] 기억의 '거대한 미궁' 속에서 일어나는 일은 그처럼 단순한 방식이 아니라, 차라리 우두머리 직조공이 재빠르게 실패를 이리저리 움직이면 실패와 연결된 무수한 실들이 따라잡을 수 없는 속도로 움직이는 방식에 가깝다는 것이다.[34]

카루스의 직조기 은유는 데카르트처럼 기계장치에 의존하지만, 두 은유 사이에는 본질적인 차이가 존재한다. 데카르트의 기계 유추가 투명한 역학 법칙과 확실하고 예측 가능한 결정론을 표현한다면, 카루스의 은유는 엄밀히 말해 기억의 불가해한 성격을 가리킨다. 너무 많은 실들이 너무 빨리 움직이므로, 경험이 어떻게 기억 속의 표상으로 짜이는지 파악할 수 없다는 것이다. 기억이란 그 작동 방식이 베일에 가려진 도구이다.

카루스가 이 불가해성을 유감스럽게 여기지 않았던 것은 아니다. 카루스는 내관이나 반성이 불가능한 정신의 어떤 영역을 위해 심리학적 공간을 마련해놓았다. "정신의 의식 영역을 이해하는 열쇠는 무의식의 영역에 있다"[35]는 그의 저서 《정신Psyche》의 첫 구절은 고전적인 구절이 되었다. 접근할 수 없다고 해서 불확실하다고 말할 수 없는 이 무의식은 생명력과 창조성, 의식적인 생활의 원천이다. 의식과 무의식은 물론 뚜렷하게 구분되지만, 그 경계는 낮과 밤의 경계와도 같다. 카루스는 최면 상태 같은 특수한 상황을 통해 마음속에 감춰진 이 정신 과정을 드러낼 수 있다고 생각했다.

심리학과 문학에서 무의식은 '황혼'이나 '깊은 곳'으로 표현되었다. 낭만주의적 영혼의 세계에서 '안으로inward'라는 말은 보통 '아래로downward'를 의미했다. 광산학자이자 시인 노발리스Novalis가 말한 갱도 아래 "금속 나무와 크리스털 식물이 자라는 지하 정원"[36]일 수 있었다. 또 하이네가 《북해Die Nordsee》에서 "나는 이 바다를 내 영혼처럼 사랑한다. 바다가 정말 나의 영혼처럼 느껴질 때도 있다. 바다 밑에 숨은 수생식물이 꽃을 피울 때만 수면 위로 올라왔다가 꽃이 지면 다시 깊은 바닷속으로 사라지듯이, 때로 눈부신 꽃의 이미지가 내 영혼의 수면 위로 떠올라 향기와 빛을 발하다가 다시 사라지곤 한다"[37]고 썼듯이 '깊은 바닷속'일 수도 있었다.

카루스가 '영혼의 밤시간die Nachtseite des Seelenlebens'이라고 일컬은 낭만주의적 성향, 즉 영혼의 어떤 방들은 늘 봉쇄돼 있어 그 안에 무엇이 있는지 절대 알 수 없다는 생각은 **모든** 정신 작용을 과학적으로 밝힐 수 없음을 뜻하는 것은 아니었다. 살짝 엿볼 수 있는 곳도 있었고, 활짝 열려 있는 곳도 있었으며, 직접적인 접근이 불가능해 보이는 곳에는 가정이라는 간접적 방법을 시도해볼 수도 있었다. 낭만주의 시대의 근본 원리는 '밖에서와 같이 안에서도'였다. 외면이 내면을 반영한다고 여긴 것이다.[38]

외면이 내면의 반영이라는 생각의 표현 방식에는 한계가 없었다. 사람들은 필체나 얼굴 생김새에서 성격을 읽었고, 손금에서 운명을 보았으며, 몸짓으로 감정을, 체형으로 기질을 파악했다. 18세기 말 스위스의 신학자 라바터J. K. Lavater는 사람의 얼굴이 내면의 조화 또는 죄악, 나아가 범죄 성향까지도 표현한다면서 다음과 같이 말했다. "병원이나 감옥에 있는 사람들의 얼굴을 속속들이 잘 아는 사람이라면 때때로 그들의 얼굴에서 방탕함이 찍어놓은 노예의 낙인을 발견하고 자기 눈을 의심하며 몸서리칠 것이다."[39] 라바터의 추종자이던 카루스는 인체 각 부분의 상징적인 의미를 통해 내면과 외면 사이에 존재하는 유사성을 표현했다. 즉 그 생김새와 비율이 어떠한 성격과 기질을 표현한다고 해석한 것이다.[40] 그중에서도 두개골의 구조를 매우 중요한 특징으로 보았다. 그는 독살범, 부친살해범, 이집트 파라오, 아프리카 흑인, 정신장애자, 그린란드인 등의 두개골과 더불어 루터, 칸트, 티트게C. A. Tiedge, 베토벤 같은 유명인의 두개골, 데드마스크, 석고상까지 수집해 두상학cranioscopy 도해서를 제작했다.

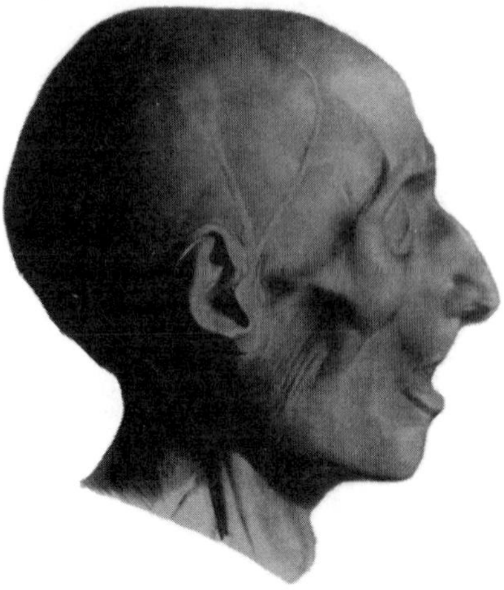

그림 4.2 카루스는 《새 두상학 도해서(Neuer Atlas der Cranioskopie)》(라이프치히, 1864)에 두개골의 구조와 지능·성격·기질 등 정신적 특성 간의 연관성을 연구하기 위한 시각 자료를 모아놓았다. 이 그림은 1804년 80세에 죽은 철학자 칸트의 데드마스크.

카루스는 흥미로운 두개골 측정과 해석을 통해 성격과 타고난 재능이 어떻게 외적인 비율로 반영되는지 밝혔다. 예컨대 뛰어난 분석력과 어울리는 칸트의 넓은 이마는 "순수 비판Pure Criticism의 창시자에게는 상대적으로 부족했던"[41] 감정의 자리인 두개골 중앙 부위와 현저한 대조를 이룬다고 해석했다(그림 4.2). 또 괴테의 얼굴에서는 13센티미터도 넘는 긴 이마와 "자비롭고 명석한 판단력"[42]을 가리키는 안와眼窩 주위의 섬세한 융기들을 높이 평가했다.

낭만주의 시대에 내면과 외면의 연관성은 인과적 의미보다는 상징적 의미를 지닌 조화라는 관점에서 논의되었다. 얼굴이나 두개골의 생김새 차이는 때때로 생리적 차이와 결부되다가 결국은 성격이나 천부적 재능의 차이와 결부되었지만, 감춰진 정신 과정과 외면의 직접적인 인과관계는 문제시되지 않았다. 따라서 낭만주의적 관점에서는 풍경이나 암석층도 관상학physiognomy의 해석 대상이 될 수 있었다. 이러한 배경으로 볼 때 카루스가 뇌와 두개골 연구의 경쟁 상대인 골상학과 연관되기를 원하지 않은 것도 이해할 만하다. 카루스는 두개골의 생김새가 뇌의 특성, 성격 및 재능의 차이와 직접적인 인과관계가 있다고 가정한 갈의 이론에 대해 두상학 도해서에서 여러 차례 불쾌감을 드러내고 있다. 신경학 발전사를 짚어보면 카루스와 갈의 두개골 이론을 가르는 분수령을 발견할 수 있다. 해석과 상징주의에 경도된 낭만주의적 과학관을 지녔던 카루스가 19세기 중반 이후 대체로 낭만주의 과학과 운명을 같이한 반면, 갈의 이론은 경험과 실험을 기반으로 한 신경학 발전상의 한 단계를 차지했다. 이는 기억 연구에서 필기용 테이블에서 해부용 테이블로의 이동을 의미했다.

뇌 기능의 국재화: 갈, 플루랑스, 브로카

뇌 기능의 국재화localization 연구는 18세기 말 두개골 해부 전문가인 빈의 의사 프란츠 요제프 갈Franz Joseph Gall(1758~1828)에 의해 이루어졌다.[43] 갈은 대뇌피질 표면과 척수 중심부에 있는 '회백질grey matter'과 이 두 부위를 연결하는 '백질white matter'을 최초로 구분했다. 또 척수와 이어진 신경섬유가 뇌의 맨 아래쪽에서 서로 교차하여 뇌의 좌우 반구가 서로 반대쪽 신체를 지배한다는 사실을 알아냈으며, 새로운 해부 기술을 발전시켰다. 무엇보다 그의 능력은 두개골 비교해부학에서 두드러졌다. 갈은 서로 다른 시대의 동물과 인간의 뇌 연구를 바탕으로 대뇌피질의 크기와 정신 기능의 수준을 연계하는 데까지 나아감으로써 뇌와 마음의 관계를 구체화할 수 있었다. 언어, 기억, 사고 능력은 온전한 대뇌피질의 양과 직접적인 연관성을 갖는 것으로 드러났다.[44]

만약 갈이 이 정도 발견에서 그쳤다면 그의 업적은 존경받을 만한 과학사적 업적으로 남았을 것이라고 팬처R. E. Fancher는 말한다.[45] 그러나 불행히도 갈은 논쟁의 여지가 없는 연구 성과의 일부를 슈푸르츠하임J. C. Spurzheim이 훗날 '골상학'이라 일컬은 이론에 편입시킴으로써 좋지 못한 평판을 얻게 되었다. 골상학에 따르면 모든 정신 기능은 그에 부응하는 '기관'을 뇌 속에 지니며, 각 뇌 기관의 크기는 해당 정신 기능의 발전 정도에 비례한다. 갈은 학창시절 암기 능력이 뛰어난 학생들의 눈이 다소 튀어나왔다는 사실을 떠올리고,[46] 그 이유가 뇌 앞쪽, 즉 안와 바로 뒤쪽에 있는 암기 기능을 담당하는 기관이 불룩하게 튀어나왔기 때문이라고 생각했다. 두개골 바로 아래의 대뇌피질에서 대부분의 기능을 담당하므로, 돌출하거나 굽은 두개골 표면의 모습이 마음을 투영한다고 해석하게 된 것이다. 예컨대 수학에 특출한 재능이 있다면 그에 해당하는 뇌 기관이 팽창해 그 부위의 돌출을 야기하고, 숙련된 손을 가진 골상학자들은 이 수학적 혹, 즉 비범함을 감추고 있는 돌출부를 감지할 수 있었다.

이처럼 두개골의 울퉁불퉁한 지형이 뇌 기관과 연관된다는 견해는 마음에 관한 과학 역사상 가장 야심찬 계획으로 이어졌다. 갈의 추종자인 네덜란드 의사 야코뷔스 도르니크Jacobus Doornik는 두개골에 관한 갈의 이론이 지도 제작법과 매우 비슷하다면서 다음과 같이 말했다. "두개골은 하나의 지도가 되었다. 마치 지도 위에 작은 세계가 묘사되듯이, 인간도 두개골 위의 여러 지역과 지방 들로 구현된다. 이제 우리는 지구 위를 여행하듯 두개골 위를 여행하며 인간의 지각, 욕망, 성향, 정신적 능력의 소재지를 탐사하고 발견한다."[47] 이렇게 해서 갈은 '우리 내부의 신세계'를 발견한 콜럼버스가 되었고, 이 발견들은 지도 위에 기록되고 두개골 수집실에 축적되었다. 가장 유명한 두개골 수집가였던 갈의 수집실은 정신 나간 집안과 단체들의 관대한 기증 덕분에 급속도로 규모가 불어났지만, 당대인들은 소름끼치는 '머리사냥꾼Kopfjägerei' 때문에 겁에 질리기도 했다. 에스테르하지N. J. Esterházy(하이든을 후원한 헝가리의 귀족—옮긴이) 공도 머리가 없어진 하이든의 유해를 인도받지 않았던가?(하이든의 두개골은 골상학자들에게 도굴당했다가 되돌아온 일화가 있음—옮긴이) 갈이 남긴 서신에도 자기가 들어서면 다들 머리를 움켜쥔다고 불평한 구절이 있다.

갈은 '뇌 기관'의 발달 상태와 기질 및 재능 유형을 연관시키려 시체 해부 연구는 물론이고, 살아 있는 사람의 두개골도 관찰했다. 이를 위해 갈은 "평범한 부랑아들에게 먹을 것과 돈을 좀 주겠다며 집으로 초대해 서로에 관해 숨김없이 털어놓게 한 뒤, 최고의 대식가·최고의 사기꾼·최고의 익살꾼 등을 조사해 자신의 가설을 검증해보기도 했다".[48] 그리하여 갈은 성적 능력에서부터 성실성, 허영심, 언어적 감수성, 음악성, 종교성, 확고부동성에 이르기까지 27가지 정신 능력의 유형을 정리했다. 이 모든 '내적' 특성은 외적으로도 해부학적 징후를 나타내므로 "이 징후를 읽어낼 수 있다면 마음의 축을 발견할 수 있다"[49]는 것이었다.

1805년 3월, 갈은 제자이자 동료인 슈푸르츠하임과 함께 '골상학 여행'을 시작해 3년 가까이 강연을 하며 유럽의 절반을 돌아다녔다.[50] 이때까지 갈은 자신의 이론을 책으로 낸 적이 없었지만(1808년에 첫 출판이 이루어짐), 이미 갈의 강연을 바탕으로 한 다양한 관련서가 나와 있었다. 갈은 기억이 저마다 해당 뇌 기관을 가진 일련의 개별 기능들로, 안와 바로 위·아래쪽에 서로 가까이 모여 있다고 보았다. 갈에 따르면, 기억은 사실에 대한 기억에서부터 공간, 수, 언어, 이름, 사람에 대한 기억까지 여섯 가지 형태로 분류된다.[51] 사실에 대한 기억은 코 바로 위쪽에서 이루어지는데, 이 부위의 융기는 사실에 대한 기억이 매우 발달했음을 가리킨다. 그래서 기억력이 뛰어난 동물로 소문난 코끼리의 코도 굵직하게 융기해 있다는 것이었다. 사실에 대한 기억 바로 양 옆에서 이루어지는 공간에 대한 기억은 공간 지각을 가능하게 하는 능력으로 군 사령관이나 엔지니어, 천문학자, 풍경화가 등에게 중요하다. 수에 대한 기억은 안와 가장자리에서 이루어지므로, 이것이 특히 발달할 경우 눈이 돌출하고 가운데로 약간 몰리게 돼 "다소 사팔뜨기 같다는 느낌을 준다. 오랜 세월 장사와 계산을 업으로 살아온 **유대인**에게서 특히 이러한 특징을 발견할 수 있다".[52] 미분법을 창안한 라이프니츠에게는 이 가설이 얼마나 훌륭하게 적용될지 궁금했던 갈은 자신을 관찰해 답을 찾았다. "속으로 어려운 계산을 할 때 사팔뜨기가 되는 것은 거의 매번 관찰되는 사실이다. 바로 내 앞에 있는 라이프니츠의 초상화를 보면 그도 정말 사팔뜨기다."[53]

1813년 갈과 슈푸르츠하임의 불화로 그들의 동료 관계는 끝이 났다.[54] 당시 슈푸르츠하임은 자신이 찾아낸 10여 가지 능력 유형을 보탠 대중화한 두개골 이론을 가지고 신대륙으로 건너가 돈벌이가 되는 강연을 하며 두개골 연구의 실용화라는 새 장을 열었다. 골상학은 슈푸르츠하임에 의해 배우자감이나 직업 선택의 도구로, 결국에는 성격검사로까지 발전했다(그림 4.3). 하지만 이미 골상학은 심리학 이론의 풍자만화로 전락했다. 정통 과학으로부터 인정받지 못한 갈과 그 제자들은 과학에 문외한인 청중 앞에서 강연하기 시작했고, 골상학 이론은 점차 적지 않은 속임수로 얼룩지기 시작했다.[55] 갈이 사망한 1828년까지 그의 이론은 학계에서 별 지지를 얻지 못했다. 갈의 두개골은 제자의 손을 거쳐 훗날 파리 인류박물관에 제19216번 소장품으로 소장되었다.

한편 프랑스의 기성 과학계는 갈의 골상학에 대한 상당한 반대 세력을 형성하고 있었다. 가장 잘 알려진 골상학의 적수는 피에르 플루랑스Pierre Flourens(1794~1867)였다. 플루랑스는 갈과 마찬가지로 뛰어난 뇌 해부학자

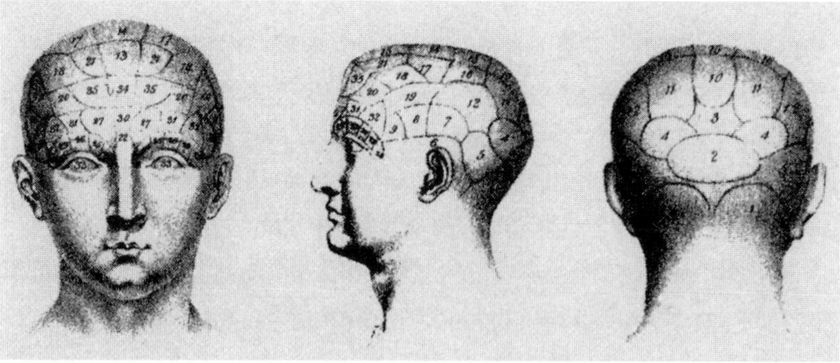

그림 4.3 갈의 뇌와 두개골 이론은 슈푸르츠하임에 의해 대중화했다. 슈푸르츠하임은 이론을 더 확대해 '골상학'이라는 이름으로 대중에게 소개했다. 그는 도해에 대단한 정성을 쏟았는데, 위의 두개골 지도 그림은 그의 저서 《골상학, 또는 마음과 그 발현 및 몸과의 관계에 대한 이론(Phrenology, or, the Doctrine of the Mind; and of the Relations between its Manifestations and the Body)》(런던, 1825)에 실린 권두화.

였고 특히 비교해부학에 재능을 보였지만, 이 두 사람의 차이는 갈이 쓸모없는 것으로 여긴 반면 플루랑스는 완벽하게 숙달했던 외과적 적출술에 있었다. 플루랑스는 뇌 조직을 아주 얇게 절제하는 기술이 뛰어나 조류의 뇌를 대상으로도 시술할 수 있을 정도였다. 플루랑스는 수술 후 동물들의 행동을 관찰하면서 뇌 기능의 일반적인 분포를 조사했다. 그의 적출술은 뇌 연구에 실험이라는 분야를 도입했지만, 한동안은 동물을 대상으로만 뇌 절제 실험이 시행되었다.

플루랑스의 발견 가운데 하나는 개의 소뇌 조직을 점점 더 많이 절제했을 때 나타나는 행동에 관한 것이었다. 시술 결과, 개가 앞으로 가려고 하면 뒤로 넘어지고 왼쪽으로 가려고 하면 오른쪽으로 몸이 움직이는 등 지시대로 움직이는 능력을 점점 잃었다. 감각 자극을 처리하는 데는 문제가 없었지만 운동계의 조절 기능이 사라진 것이다. 비둘기의 피질 전체를 절제한 또 다른 실험에서는 비둘기가 시각과 청각 자극에 반응하지 않을 뿐 아니라 자발적인 움직임도 보이지 않는 결과가 나왔다. 플루랑스는 이런 종류의 실험을 통해 뇌 기능이 뇌 구조 전체에 걸쳐 분포하므로 개별적 기능을 지닌 부위를 말할 수 없다는 결론을 내렸다.[56] 또 말하기, 사고, 기억 같은 고등 기능도 뇌 전체에 고루 분산해 있다고 주장했다. 이러한 결론은 인간의 정신이 조화롭고 불가분한 통일체로서 뇌 안에 통합적으로 존재한다는 플루랑스의 철학적 신념과도 근사하게 맞아떨어졌다. 그는 골상학에 반기를 든 자신의 이론을 데카르트에게 헌정했고, 그 결과 1808년 갈을 퇴짜 놓은 프랑스 학사원의 회원이 되었다.

갈의 방대한 관찰과 발견 가운데 플루랑스의 이론으로는 설명되지 않는 한 가지 사례가 있는데, 이것이 결국 국재설局在說의 부분적인 부활로 이어진다. 그것은 왼쪽 눈 바로 밑을 칼에 찔려 뇌에 손상을 입은 군인의 사례로, 이 군인은 사물이나 사람의 이름을 제대로 말하지 못했다. 갈은 이를 좌측 전두엽 손상으로 말미암은 부분적 실어증이라고 진단했다. 실어증에 대해서는 이미 오래전부터 알려졌고 뇌의 손상과 관련 있음도 논의가 이루어졌으나, 특정 부위와 관련지은 것은 처음이었다. 그러나 이 견해는 플루랑스 이후의 프랑스 신경학계에서 인정받지 못했다. 언어를 담당하는 부위가 따로 존재한다는 견해는 의사이자 물리학자인 갈의 제자 부이요J.-B. Bouillaud와 부이요의 사위인 신경학자 오베르탱E. Aubertin에게 계승되었고, 결국 오베르탱의 뒤를 이은 파리의 신경학자 피에르 폴 브로카Pierre-Paul Broca(1824~1880)가 이 부위(뒷날 '브로카 영역'으로 명명)를 증명했다.[57]

브로카는 콜럼버스가 그랬던 것처럼 일생일대의 발견을 하고도 당시에는 자신이 정확히 무엇을 발견했는지 알지 못했다. 1861년의 파리 인류학협회 회의에서 브로카가 회원들에게 제시한 뇌는 좌측 전두엽에 비둘기

알 만한 구멍이 있고 가장자리가 너덜너덜해진 상태였다. 상처 입은 부위의 뇌 조직이 감염되어 사라진 것이 분명했다. 그 밖의 부위는 멀쩡한 이 뇌는, 브로카가 전날 르보르뉴Leborgne라는 제화공의 시신에서 떼어온 것이었다. 모든 질문에 '탕tan'이라고만 대답해서 '탕'으로 불린 이 환자는 신경학사에도 이 별명으로만 남게 되었다.

탕은 죽기 전까지 21년 동안 말하는 능력에 문제가 있었는데, 좌측 전두엽 부위에 입은 외상과 관련 있을 거라는 추측은 있었지만 정확히 어떻게 연관되는지는 분명하지 않았다. 탕은 무의미한 소리는 낼 수 있었으므로 발화기관의 근육이나 신경과 관련된 문제는 아니었다. 또한 들은 것을 이해할 수도 있었기에 브로카가 '단어 기억'이라고 일컬은 능력은 잃지 않고 있었다. 그렇다면 탕의 뇌에서 사라진 것은 무엇이었을까? 브로카는 '발화發話에 필요한 운동 기억'에 문제가 생겼다고 주장했다. 언어 중추가 좌측 전두엽의 세 번째 뇌이랑 아래에 존재한다는 결론은 다른 실어증 환자 부검 결과 더욱 확실해졌다. 이 부위는 갈의 연구 사례인 군인이 외상을 입은 부위와도 가까운 위치였다. 파리 인류박물관에서 갈이 '그럼 그렇지' 하고 손뼉을 치고도 남을 일이었다.

이렇게 해서 브로카는 1861년, 표현성 실어증expressive aphasia의 신경상 부위를 발견했다. 그 뒤 20년 동안 편재된 뇌 기능 영역에 대한 일련의 발견이 이어졌다. 이 가운데 일부는 새로운 기술에 힘입은 것이었다.[58] 독일의 생리학자 프리치G. Fritsch와 히치히E. Hitzig는 대뇌피질의 전기자극 방법을 토대로 감각과 운동 중추를 발견했다. 그 밖에 뇌 신경세포의 경로를 연구해 중요한 관계를 지도화한 사람도 있다. 원숭이 뇌의 적출 실험으로 후두엽에 있는 시각 중추가 발견되었고 얼마 뒤 청각 중추도 확인되었다. 투사 영역이 연합 영역에 연결된다는 가설은 적출 실험과 시체 해부 실험을 통해 입증되었다. 베르니케K. Wernicke는 발화의 운동 기제와 언어의 의미 표현 사이의 관계를 이론적으로 더 파고들어, 후에 '베르니케 실어증'으로 명명된 실어증의 한 형태를 밝혀냈다. 이 모든 진전을 거친 1875년의 뇌는 1800년의 뇌, 심지어 1850년의 뇌와 전혀 다른 모습이 되었다. 갈이 지나치게 구체적이고 자의적으로 정신 기능의 국재화를 시도했고, 플루랑스는 복잡 다양한 뇌 구조에 뇌 기능을 너무 보편적으로 분산시켰다면, 1875년의 신경학자들은 상당히 정확한 뇌 지도를 갖게 되었다. 신경학 지도상에서는 미지의 땅이었던 여백이 기지의 땅에 둘러싸이면서 점점 축소되어갔다.

정신생리학

이상의 진전이 기억 이론에서 갖는 의미는 무엇이었을까? 표현성 실어증, 수용성 실어증receptive aphasia(베르니케 실어증), 실행증apraxia(행위상실증), 실서증agraphia(쓰기언어상실증) 등의 다양한 병리 연구는 기억이 각각 고유한 신경 부위를 지닌 기능들에 따라 이루어진다고 여기게 만들었다. 발화와 관련한 운동 기억, 언어의 의미 기억, 사물 기억 등은 분명 서로 다른 부위에 위치하지만, 이들이 어떤 방식으로 뇌의 처리 과정에서 연결되는지, 또 그것이 정확히 어떠한 과정인지에 대해서는 19세기 후반의 뇌 과학도 데카르트나 훅의 시대보다 더 밝혀낸 것이 없었다. 기억의 물리적 기반에 대한 당대의 지배적인 생각은 사실상 매우 보편적인 것이었다. 프랑스의 철학자이자 심리학자인 푸예A. Fouillée는 기억흔적 형성에 관한 가설을 세 가지 범주로 정리했다.[59] 첫 번째는 경험이 뇌에 진동 형태의 지속적인 **운동**을 유발한다는 가설이고, 두 번째는 기억흔적의 형성이 뇌세포 **구조**의 영속적인 변화에 기인한다는 가설, 세 번째는 동일한 패턴의 흥분excitation이 반복됨으로써 어떠한 **성향**disposition이 생긴다는 가설이다.

기억의 신경학적 기반에 관한 가장 진전된 이론은 '정신생리학mental physiology'이라는 기치 아래 모인 일군의 이론가들에게서 찾아볼 수 있다. 1860년대에 시작돼 20년 동안 유행한 이러한 연구 경향은 국재화 연구에 풍성한 결실을 가져다주었다. 그 가운데 가장 잘 알려진 사람은 '정신생리학'이라는 용어를 만든 영국인 윌리엄 카펜터William Carpenter와 헨리 모즐리Henry Maudsley로, 두 사람 모두 의사였다. '정신생리학자'는 정신기능을 물질적으로 해석할 수 있다고 생각한 사람들이었다.[60]

'정신생리학' 분야에 지대한 영향을 끼친 사람은 생리학자 에발트 헤링Ewald Hering이다. 헤링은 1870년 오스트리아 과학아카데미에서 행한 기억에 관한 강연에서 두 가지 주장을 폈는데,[61] 하나는 '기억'이 유기적 물질 일반에 나타나는 특성이라는 것이고, 다른 하나는 유전적 특성이건 획득한 특성이건 모두 유기체 안에 '기억'되어 후대에까지 전해진다는 것이었다. 두 번째 주장은 라마르크J. B. Lamarck의 유전 이론(획득형질이 유전된다는 주장을 말함—옮긴이)과 더불어 불신을 사게 되었지만, 첫 번째 주장은 기억 이론에서 자주 거론되는 가설로 발전했다. 헤링은 유기적 물질이 자극을 저장·재생하기 쉽게 만들어져 있다고 주장했다. 근육이 단련되면 단련될수록 점점 불어나 동작의 반복이 점점 쉬워지듯이, 세포 단계에서도 특정 조건의 재생을 쉽게 하고 그 조건을 어떠한 성향으로 '기억'하게 하는 일종의 촉진 작용이 일어난다는 것이다. 헤링에 따르면, 이것이 바로 유기적 물질의 보편적 특성이며, 인간의 기억은 좀더 특별한 경우에 속한다. 뇌에서 일어나는 정신 기능이란 운동신경계를 통해 움직임이 발생하는 것과 같은 방식으로 이루어진다. 지각, 사고, 이미지의 기억과 재생이 우리 뇌를 구성하는 유기적 물질의 기능이라는 것이다.

이 가설은 '정신생리학계'로부터 상당한 지지를 이끌어냈다. 영국의 모즐리와 카펜터, 프랑스의 리보 등이 내놓은 기억의 신경학적 기반에 관한 견해는 헤링의 '유기적' 기억 이론과 사실상 동일했다. 이들의 견해를 표준화하면 다음과 같다. 경험의 처리 과정은 뇌의 신경 활동으로 이루어진다. 이 활동은 사실상 전기의 원리와 같은 것으로, 흥분 작용이 옮겨감에 따라 신경세포 사이에 자극이 전달된다. 자극을 점점 더 많이 받아들일수록 신경세포는 활성화에 점점 더 민감해진다. 신경세포들의 경로는 신경 회로를 형성하고, 바로 이 신경 회로들이 기억의 생리학적 토대를 이룬다. 동일한 경로가 재활성화하면 원래의 경험이 환기된다. 재생reproduction이 뇌 외부에서 오는 자극의 결과라면 재인recognition은 뇌 자체의 자극이 기억을 불러내는 것이라고 할 수 있다. 이처럼 기억이란 뇌세포가 지닌 순전히 생리학적 성향의 의식적 측면일 뿐이다.[62] 기억은 이전 경험에 의해 생긴 흔적의 재활성화라는 생리학적 해석에 이의를 다는 정신생리학자는 없었다.

이 이론은 연상에 대한 해석으로 이어졌다. 생리학자이기도 한 윌리엄 제임스William James는 인간의 뇌가 '중앙 전화국의 거대한 교환기' 같다고 주장했다. 즉 뇌가 서로 다른 부위의 작용 사이에 소통이 이루어지게 하는 도구라는 것이다.[63] 제임스는 이에 앞서 발표한 글에서도, 신경세포망의 작용에서 어떻게 유사연상과 인접연상의 원리를 이끌어낼 수 있는지에 관해 위의 기계론적 은유에 부응하는 개략적인 설명을 했다.[64] 동시에 또는 엇비슷한 시점에 발생한 두 신경 과정의 경우, 어느 한 과정이 다시 일어날 때 다른 한 과정을 활성화하는 경향이 있다는 것이다. 제임스는 신경조직의 전기적 흐름이나 흥분의 가중summation 같은 요소를 염두에 두고 물리적인 연상 법칙을 구체화했다. 신경충동이 특정한 경로를 택할 가능성은 신경충동이 이전에 그 경로를 택한 횟수와 활성화의 강도에 따라 결정된다는 것이다. 자극과 반응이 순전히 물리적으로 이루어지는 우리 뇌의 '교환기'는 '교환원'이 필요 없다. 즉 모든 연결이 중개자 없이 자동으로 이루어지는 것이다.

푸에 역시 인접연상에 대해 이에 상응하는 물리적 해석을 내렸다. 신경 경로를 기차선로가 어떤 부분에서 점점 좁아지고 합쳐졌다가 다시 갈려져 나가는 것에 비유한 것이다. 두 개의 표상이 기억 속에서 서로 연관되는 것은 이 상들의 기반을 이루는 신경 경로가 "철도 신호원이 기차의 진로를 결정하는 지점에 해당하는"[65] 지점에서 합쳐지기 때문이다. 이 구절과 관련한 래드G. T. Ladd의 다음 질문은 가벼운 듯하지만 심오하다. "그렇다면, **그러한** 생각의 기차 경로를 결정하는 마음의 '전철원轉轍員'에 관해서는 아무 언급도 없단 말인가?"[66]

이 같은 해석은 뇌와 기억 사이의 매우 긴밀한 관계를 전제로 한다. 그러나 기억 과정이 곧 뇌의 작용이라는 인식은 정신생리학 이외의 분야에서는 일반적인 인식이 아니었다. 인간의 기억이 뇌의 처리 과정과 직접적으로 연결된다는 주장에 대해 다양한 반론이 제기되었다. 이러한 가설이 재생을 설명해준다는 주장에 대해서도 마찬가지였다. 꽤 탄탄해 보이는 정신생리학적 기억 이론도 논쟁을 피할 수는 없었다. 답하기 난처한 경험적 문제는, 예컨대 신경 요소들의 변화가 갖는 정확한 본질에 관한 것이었다. 그러한 변화는 얼마나 오래 유지되는가? 그러한 고정적 구조 변화를 유지하기에는 뇌세포가 너무 가소적plastic이지 않은가? 그보다 좀 더 철학적인 관점의 반론은 기억의 자의성에 초점을 맞춘 것이었다. 외견상 자유로워 보이는 기억 대상의 선택이 어떻게 전기적 흐름의 결정된 경로와 연결될 수 있는가? 원래의 흥분 패턴이 반복되면 왜 처음처럼 지각이나 사고가 아닌 기억으로서 경험되는가? 이전과 동일한 흥분의 반복이라는 인식은 어디서 비롯되는가? 의식도 뇌 어딘가에서 일어나는 흥분을 기반으로 하는 것인가? 기억의 생리학적 해석은 경험적 관점이나 철학적 관점에서 보면 문제투성이였다. '정신생리학자'들은 이론을 그럴듯하게 만들기 위해 모든 경험적·개념적 수단을 동원해야 했다. 그 수단 가운데 하나가 은유였다.

축음기와 기억

소리를 저장했다가 다시 듣는다는 상상은 일찍이 16세기부터 무궁무진하게 펼쳐졌다. 라블레F. Rabelais의 《팡타그뤼엘Pantagruel》(1533)에서는 겨울 전쟁터의 소리들이 얼음 속에 얼어붙어 있다가 봄이 되어 얼음이 녹자 다시 들린다는 얘기가 나온다.[67] 그리고 100년 뒤 소렐C. Sorel의 남태평양 가상 여행기에서는 멀리 떨어져 있는 사람들끼리 스펀지에 음성을 담아 보내는 얘기가 나온다. 스펀지를 귀에 대고 비틀어 짜면 소리를 들을 수 있다는 것이다(그림 4.4).[68] 그러나 현실에서 소리를 지속시킬 수 있는 방법은 매우 제한적이었다. 훅이 언급한 비트루비우스의 건축물이나 소리의 파동을 모으는 울림통sounding bowl 등이 소

그림 4.4 소렐의 《진정한 편지(Le Courrier véritable)》(1632)의 내용을 그린 19세기 판화. 스펀지를 비틀어 짜서 거기에 흡수된 말을 듣는 장면.

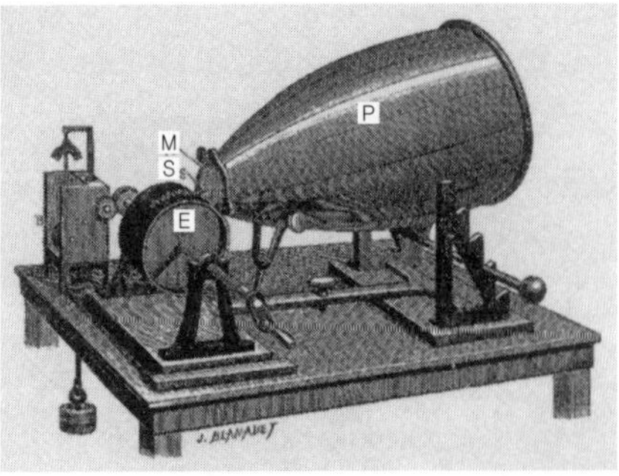

그림 4.5 스코트가 발명한 '포노토그라프'. 나팔(P)이 포착한 소리는 막(M)과 막에 달린 털(S)을 거쳐 유연을 입힌 원통(E)에 기록되었다.

리를 증폭시킬 수는 있었지만, 공명과 반향을 원리로 하는 이 장치들은 청각 자극을 저장하는 것이 아니라 '연장'시킬 뿐이었다.

축음기를 향한 첫걸음은 1857년 프랑스의 레옹 스코트Leon Scott에 의해 이루어졌다. 전하는 얘기로 그는 생리학 관련서를 읽고 사람의 귀 해부도에서 착안해 한 장치를 고안했다. 이 '포노토그라프phonautograph' 또는 자동소리기록기는 귀에 해당하는 나팔과 고막에 해당하는 막을 갖추고 있었다(그림 4.5). 유연油煙을 입힌 유리 원통이 규칙적으로 회전하고 막 가운데 달린 빳빳한 털이 원통 위에 자국을 남기는 원리였다. 그렇게 해서 진동은 파형 운동으로 변환되었고 소리는 시각적인 흔적으로 남게 되었다. 그러나 이 흔적이 다시 소리로 변환될 수는 없었다. 즉 기록은 가능하나 재생은 불가능한 장치였다. 1857년 스코트는 '포노토그라프'에 대한 특허를 획득했고, 이후 축음기 기술은 한동안 답보 상태였다.

1877년 4월 18일, 파리에 살던 시인이자 화가이며 발명가인 샤를 크로스Charles Cros는 '청각 현상의 기록 재생 과정 해설'이라고 적힌 봉투를 파리 과학아카데미로 보냈다.[69] 그리고 그해 말 에디슨의 발명 소식을 들은 크로스는 한시바삐 봉투의 내용을 출판해줄 것을 과학아카데미에 요청했다.[70] 에디슨이 특허를 낸 원리를 크로스가 먼저 발견한 것임은 봉투에 든 해설로 미루어 분명한 사실이었다. 크로스가 제시한 원리는, 미세한 바늘이 유연을 입힌 원통의 막에 진동의 흔적을 기록하면(여기까지는 포노토그라프의 원리와 비슷함) 이 바늘의 횡적인 움직임을 전환해 내구적 소재의 원반disk에 홈으로 새기는 것이었다. 이렇게 90도로 전환된 흔적은 원반의 홈으로 새겨졌고, 이 원반을 바늘 아래 놓고 돌리면 진동이 다시 막을 통해 들렸다.

그림 4.6 에디슨이 발명한 축음기의 정면도. 홀더(A와 B)를 가로지르는 나사형 축이 손잡이(D)를 돌리면 서서히 횡으로 움직이고, 플라이휠(E)이 회전 속도를 일정하게 유지시킨다. 나사형 축의 움직임에 맞춰 석박을 입힌 원통(C)에 홈이 새겨진다. 마우스피스(F)가 달린 손잡이는 원통 위에 얹혀 있다. 옆에서 보면 마우스피스의 단면이 보인다.

크로스는 자신의 아이디어를 과학아카데미에 맡긴 뒤 이 같은 장비를 만들어줄 사람을 찾아다녔지만 성사되지 않았고 마침내 1877년 말, 불행히도 미국의 발명가에게 선수를 빼앗기고 말았다. 미국의 에디슨은 특허권의 든든한 보호 아래 크로스와 똑같은 아이디어를 기계장치로 만들어낸 것이다. 에디슨의 아이디어는 크로스의 것과 비교했을 때 한 가지 점에서 단순화한 것이었는데(크로스의 경우 먼저 흔적이 기록된 뒤 홈으로 바뀌었지만, 에디슨은 바늘이 직접 홈을 새기게 만들었다), 이 점이 기계에 대한 이론적 설명과 실제 기계의 차이였을 것이다. 1878년 〈네이처〉에 실린 그림 4.6과 4.7을 통해 이 기계의 작동 원리를 알 수 있다.

그림 4.7 에디슨이 발명한 축음기의 마우스피스 측면도. 마우스피스에 울리는 소리가 막(A)을 진동시키면 이 진동이 바늘(P)을 통해 석박에 새겨진다. 녹음 준비가 된 축음기의 음반 시작 부분에 입을 갖다 대고 "원통이 일정 속도로 회전하는 동안 **석박에다 말을 해보면**" 소리의 진동이 석박에 울퉁불퉁한 홈을 만들어 영구 보존된다. 소리를 재생하려면 바늘을 치운 뒤 원통을 되감아놓고 바늘을 홈에 다시 놓는다. 바늘 밑에서 석박이 다시 회전하면서 바늘을 통해 소리가 막으로 전달된다. "즉 석박이 아까 기록한 진동음을 냄으로써 **당신이 한 말을 되들려줄 것이다.**"

그림 4.8 1878년 3월 11일 파리 과학아카데미에서 열린 에디슨 축음기의 실연 장면.

에디슨은 조수 존 크루시John Kruesi가 제작한 축음기 원형으로 전설적인 최초의 축음기 실연을 했다. 에디슨이 축음기의 마우스피스에 대고 〈메리에게는 어린 양이 있었네Mary had a little lamb〉라는 동요 몇 소절을 부른 잠시 뒤, 그 소리가 재생되어 들렸다(크루시는 "세상에, 기계가 말을 하다니!"라고 외쳤다). '말하는 기계Talking-Machine'로 알려진 이 장치는 처음에는 단지 말한 것을 기록하는 장치일 뿐이었다. 에디슨은 이 최초의 축음기를 스스로 실연해 보였다. 1877년 12월 22일자 〈사이언티픽 아메리칸〉에 이런 얘기가 나온다. 에디슨이 편집실 탁자 위에 '단순하게 생긴 소형 장치'를 올려놓고[71] 손잡이를 돌리자 "기계가 우리 안부를 확인하고는 자기(축음기)가 마음에 드는지 묻고 **자기는** 별 문제없다고 말한 뒤 공손하게 작별 인사를 했다".[72] 1878년 봄, 에디슨은 이 놀라운 발명품을 세계 각지에서 실연해 보일 것을 대리인에게 지시했고, 이 뉴스는 과학기술계 너머에까지 퍼졌다. 1878년 3월 11일 파리 과학아카데미에서 열린 실연은 소리를 저장한다는 생각이 얼마나 당시의 통념에 어긋났는지를 보여준 것으로 유명하다(그림 4.8). 에디슨의 대리인이 좌중 앞에서 "존경하는 과학아카데미 회원 여러분께 축음기를 소개합니다"라고 말한 뒤 축음기로 이 말을 재생하자, 물리학자이자 의사인 부이요(앞에서 얘기한 갈의 제자)가 벌떡 일어나더니 대리인을 '사기꾼'으로 몰아세우며 그가 복화술을 썼다고 외쳤다. 이어진 실연도 부이요의 주장을 꺾지 못했다. 한 달 뒤 〈르뷔 시앙티피크Revue Scientifique〉에는 부이요가 실험실에서 이루어진 반복 실험으로도 축음기가 실제로 말을 재생한다는 사실을 확신하지 못했다는 기사가 실렸다. 부이요는 그 가운데 두 번은 발화된 말이 재생될 때 발화자의 입술이 미세하게 움직이는 것을 목격했다고 했다. 그는 개인적인 실험을 통해 입을 눈에 띄게 움직이지 않고도 콧구멍을 이용해 소리를 낼 수 있음을 알게 되었으며, 따라서 축음기에 대한 그의 의심은 전혀 해결되지 못했다. 기사에 따르면 부이요는 될 수 있는 대로 엄격한 조치 아래 반복 실험할 것을 주장했다.[73]

그림 4.9 1889년 파리 만국박람회 과학기술 전시장에서 고무관으로 축음기 소리를 듣는 사람들.

기록을 영구 보존한다는 것은 축음기의 경우에도 힘든 문제였다. 최초의 사진이 빛에 노출되면 바랜 것처럼, 축음기도 녹음한 것을 재생하면 흔적이 금세 닳아버렸다. 재생할 때 바늘에 홈이 닳아서 몇 번만 재생해도 기록이 지워지고 말았던 것이다. 흔적이 남을 만큼 부드러우면서도 그 흔적을 지속시킬 만큼 견고한 밀랍이 도입(1887)된 뒤에야 축음기는 확실한 소리 저장기로 발전할 수 있었다. 1889년에 열린 파리 만국박람회에서 축음기는 선풍적인 인기를 모았다(그림 4.9).

축음기는 단순한 기계장치였지만 소리를 저장할 수 있다는 사실은 깊은 인상을 주었다. 〈네이처〉는 "청각에서의 세기적 경이"[74]라고 표현했고 〈사이언티픽 아메리칸〉은 "최신 기계의 경이로운 성과에 아무리 익숙한 사람이라도, 이 낯선 장치의 원리를 아무리 새겨들은 사람이라도, 이 기계가 말하는 것을 들으면 자신의 감각에 속고 있다는 생각을 하지 않을 수 없다"[75]고 썼다. 이 장치는 사람들에게 황홀한 전망을 열어주었다. 소리는 시간과 공간을 넘어 전달 가능한 것이 되었고, 가장 덧없는 예술이었던 음악은 하룻밤 사이에 재생 가능한 예술로 변했다. 〈사이언티픽 아메리칸〉의 한 기사를 빌리면, 유명 가수의 목소리가 가수의 죽음과 함께 사라지는 일도 더 이상 없을 것이었다. 재판정에서는 증인이 스스로 한 증언과 대질심문을 당할 수도 있었다. 유언자는 자신의 유언장을 직접 낭독할 수 있으므로 유언자의 정신 상태를 의심할 필요도 없어졌다. 당시에는 이미 입체경 사진을 스크린에 투사해 사람들에게 보여주는 일이 가능했는데, "거기에다가 축음기로 목소리까지 입히면, 그것이 환각이라는 사실을 더더욱 믿지 못하게 될 것"[76]이라고도 했다. 이때까지 반복 불가능하던 것, 찰나적이던 것들이 축음기에 의해 보존 가능해졌다. 사진과 마찬가지로, 에디슨의 발명품은 불멸성을 가져다주지는 못했지만 적어도 일회성의 한계를 극복하게 해준 도구였다.

의식을 지닌 축음기로서 뇌

소리의 저장과 재생, 즉 소리의 기억과 관련한 축음기가 청각기억 이론에 사용되는 것은 시간 문제였다. 최초의 축음기 실연이 있고, 또 유명 언론에 기사가 나가고 얼마 지나지 않아 그 일은 이루어졌다. 애플비J. Appleby는 저서 《음성 기억Phonetical Memory》(1880)에서 축음기와 청각기억의 유사성을 논했다.[77] 같은 해 델뵈프J. Delbœuf 역시 축음기를 '고착의 놀라운 사례'로 칭송하며, 과거에 녹음한

것을 언제든 재생할 수 있는 '축음기판을 모아놓은 앨범'으로 기억을 정의했다.[78]

축음기와 기억의 관계에 대한 가장 상세한 분석은 프랑스의 심리학자이자 철학자인 장 마리 귀요Jean-Marie Guyau가 1880년 발표한 것이다.[79] 귀요는 일련의 일반적인 관찰에 입각해 축음기를 기억의 은유로 제시했다. 과학에서 유추는 중요한 역할을 한다. 은유가 때때로 중요한 발견을 낳기도 한다. 아직은 불완전한 과학인 심리학에서는 정신 기능을 이해하기 위해 은유가 절대적으로 필요하다. 어떤 것을 **알** 수 있기 전에는 그것에 대해 **상상할** 수 있어야 한다. 귀요는 인간의 뇌가 비교적 조잡한 인공물에 비유돼왔다고 생각했다. 예컨대 스펜서H. Spencer는 뇌를 무궁무진한 곡조를 연주하는 피아노에 비유했고, 텐H. Taine은 기억을 클리셰clichés (19세기 인쇄공들이 활자판에 쉽게 끼워넣을 수 있도록 미리 만들어놓은 연판. 이후 진부한 표현이나 생각이라는 뜻으로 쓰임—옮긴이)를 이용한 인쇄 작업에 비유했다. 이러한 은유는 멈춰 있는 뇌를 설명할 뿐, 이미 만들어진 복사물이 아닌 잠재적인 상들을 지닌 기억의 역동적인 면을 제대로 표현하지 못한다. 게다가 저장에 대해서만 설명할 뿐 재생에 관한 설명은 없다. 이 두 가지 문제점을 해결한 것이 축음기 은유였다. 축음기에 대고 말을 하면 소리의 파동이 흔적으로 변환되는 식의 처리 과정이 뇌에서도 일어난다는 것이다. 즉 청각 인상이 뇌세포에 신경 흐름의 토대가 되는 '보이지 않는 홈'을 새겨놓으면, 나중에 발생한 자극은 이 경로를 따름으로써 토대를 형성한 원래의 지각을 재생한다. 축음기의 바늘이 이미 만들어진 홈을 지나갈 때 저장된 음파가 발생하는 것과 같은 현상이다. 귀요는 "축음기의 막이 의식을 갖고 있다면, 우리가 어떤 곡을 재생할 때 자기가 그 곡을 기억한다고 말할 것이다. 또 우리가 그저 기계의 작동 결과로만 여기는 것을 경이로운 능력으로 여길지도 모른다"[80]고 썼다. 이 가상의 축음기는 새로운 인상과 이미 저장된 인상을 구분할 수도 있을 것이다. 새로운 홈을 새길 때보다 이미 새겨진 홈에서 바늘이 저항을 덜 받기 때문이다. 익숙한 기억이 쉽게 떠오르는 것은 바늘이 익숙한 홈을 지나기 쉬운 것과 같다. 애쓰지 않아도 상이 연속적으로 이어지는 '공상'은 뇌의 신경 흐름이 마찰 없는 경로를 따름으로써 일어나는 내성적 경험이라고 할 수 있다.

귀요에 따르면, 새로운 인상과 이미 저장된 인상의 차이야말로 축음기와 기억 사이의 놀라운 유사성을 말해준다고 한다. 즉 축음기도 기억도 저장된 소리의 풍부함을 온전히 재생하지 못한다는 것이다. 기억되거나 녹음된 인간의 목소리는 불완전하고 비현실적인 데가 있다. 축음기가 자신의 소리를 들을 수 있다면 실제 목소리와 재생된 목소리의 차이를 금방 깨달을 것이다. 진동수에 따라 저장된 소리의 성질이 급변하는 점은 또 다른 유사성이다. 축음기의 손잡이를 빨리 돌릴수록 소리가 더 날카로워지거나 높아지는 것은 희미하던 생각이 점점 예리해지는 주의의 작용과 비슷하지 않은가? 또 이것이 뇌세포의 진동수와 관련된 것은 아닐까?

물론 차이점도 있다. 축음기는 그 움직임이 의식으로 전환되는 일은 없다. 축음기 음반의 흔적은 '본질상 귀머거리'[81]다. 의식으로의 전환이야말로 우리 뇌에서만 쉼 없이 일어나는 신비이다. 축음기 은유가 육체와 정신의 신비를 풀지는 못했지만 그 신비가 생각만큼 놀라운 것만은 아닐지도 모른다고 귀요는 쓰고 있다. 어쨌든 우리가 축음기의 소리를 듣는다는 것은 소리의 진동을 의식으로 받아들인다는 것이므로 분명 움직임이 의식으로 전환될 수 있다는 것이다. 더군다나 이 움직임은 듣는 사람 외부의 것이므로, 뇌가 자체의 진동을 지각으로 전환하는 일은 더욱 간단할 것이라면서 귀요는 이렇게 말한다. "이런 관점에서 볼 때 뇌를 완전한 축음기, 즉 의식을 가진 축음기로 설명하는 것이 말도 안 되거나 이상한 일은 아닌 것 같다."[82]

익히 보았듯이, 진일보한 기술이 나오면 이것이 별다른 이의 없이 심리학 이론에 흡수되는 패턴이 반복되고 있다. 인상적이고 대중적인 영향력을 지닌 기술이라면 더욱 그렇다. 축음기는 물론이고, 이러한 기술은 존재 증명의 역할을 했다. 기계가 청각 자극을 재생 가능한 잠재적 흔적으로 바꿀 수 있다면 우리 뇌도 그렇게 할 수 있다는 것이다. 1682년 로버트 훅이 고대 극장의 반향이나 유리와 현의 공명에 의지했다면, 1880년의 귀요와 델뵈프는 소리의 저장과 재생에 관한 이론적으로 명쾌하고 차별화한 기술에 의지할 수 있었다. 미혼J. A. Michon은 귀요 같은 기능주의자들에게 은유 사용은 한마디로 필수적인 문제였다고 지적했다. "마음의 복잡한 기능적 관계들을 설명하고자 했던 기능주의자들은 대개 물리적 구조물을 설명하는 길 외에 선택의 여지가 없었다. 기능주의적 설명에 최소한의 도움이라도 되는 어떤 물리적 구조물도 가능했다. 기능주의자들은 활용 가능한 가장 복잡한 정보처리 구조물에 주목했고, 귀요에게 그것은 축음기였다."[83]

귀요는 기억을 축음기로 해석하는 가운데 기억 과정을 분석함은 물론, 기억 과정과 뇌의 관계까지 밝히고자 했다. 바늘의 진동은 뇌세포 안의 진동에, 홈의 경로는 연상 경로에, 석박 위의 흔적은 잠재적 신경 경로에 각각 해당했고, 이는 '정신생리학'의 전통에도 부합했다. 그러나 이 전통은 곧 종말을 고했다. 귀요의 논문이 발표된 1880년은 젊은 철학 교수 헤르만 에빙하우스가 기억과 뇌의 관계가 더는 아무 의미도 갖지 못하는 일련의 복잡한 기억 실험을 마친 해였다. 에빙하우스의 실험은 단 몇 년 만에 기억 연구를 전혀 새로운 방향으로 몰고 갔다.

헤르만 에빙하우스: 기억의 정량화

기억심리학의 시작을 에빙하우스의 《기억에 관하여》가 출간된 1885년으로 보는 견해에는 논쟁의 여지가 있다. 기억심리학을 기억에 대한 '실험' 연구로 봐야 할 이유가 없다. 게다가 실험 연구는 에빙하우스 이전에도 있었다. 1740년 제그너J. A. Segner는 잔상의 지속 시간을 측정하는 독창적인 실험을 수행했다.[84] 그는 달아오른 숯을 바퀴(오늘날에는 '제그너의 바퀴'라 일컬음)에 달아 어둠 속에서 회전시켰는데, 숯이 만들어내는 밝은 자취는 바퀴의 회전이 빨라질수록 점점 더 길어졌다. 제그너는 흔적이 완전한 원을 이룰 때까지 회전 속도를 높인 뒤, 이 원둘레와 바퀴의 회전수에서 오늘날 '영상기억iconic memory'(자극이 사라진 뒤에 남는 시각 인상—옮긴이)이라고 하는 기억의 지속 시간을 계산했다. 기억 과정에 관한 실험 연구도 독일의 생리학자 베버E. H. Weber가 에빙하우스보다 먼저 수행했다. 1834년 베버는 촉각 자극에 관한 신경 감응 연구에 실험 연구를 도입했다. 그는 뾰족한 물건으로 피험자의 피부를 두 차례 건드린 뒤 피험자가 얼마나 정확히 그 간격을 파악하는지, 다양한 간격을 제시한 결과를 기록했다.[85] 비록 에빙하우스가 실험적 기억 연구의 시초는 아니라 하더라도(자신이 그렇게 주장한 적도 없다), 실험 '프로그램'을 처음 만들고 행한 사람임에는 틀림없다.

에빙하우스(1850~1909)는 처음에는 역사를 공부하다가 철학 분야로 옮겨[86] 1873년 '무의식' 개념에 관한 논문으로 박사학위를 받았다.[87] 카루스가 사망한 해인 1869년 철학자 에두아르트 폰 하르트만Eduard Von Hartmann은 유기적 자연과 인간 정신에 나타나는 무의식적 과정에 대한 반세기 동안의 논문을 정리해 《무의식의 철학Philosophie des Unbewussten》을 펴냈다.[88] 하르트만은 의식으로 알 수 있는 모든 과정은 의식으로 알 수 없는, 따라서 무의식의 영역에 존재하는 것이 분명한 복잡다단한 과정을 전제로 한다고 주장했다. 재인같이 단순명쾌해 보이는 작용도 실은 감춰진 정신 작용을 관장하는 '거대 기관'의 결과라는 것이다.[89] 하르트만에 따르면, 의식이란 결과를 인식하는 것이지 과정 자체가 아니다.[90] 카루스의 문학적·철학적 전통에 지대한 영향을 받은 하르트만의 이러한 견해에 에빙하우스는 지극히 비판적이었다. 에빙하우스는 심리학을 자연과학으로 여겼다. 거의 모든 정신 과정이 눈에 보이지 않는 곳에서 일어난다는 주장은 계량적 연구의 출발점으로는 그다지 유익하지 못했을 것이다.

에빙하우스는 1875~1878년 프랑스와 영국에 머무르는 동안, 기억을 과학적으로 접근할 수 있겠다고 생각하게 된 발견을 한다. 런던의 헌책방에서 그는 자극과 감각의 관계에 대한 실험 목록이 담긴 페히너G. T. Fechner의 《정신물리학원론Elemente der Psychophysik》(1860)을 발견했다. 페히너는 물리적 자극의 세기와 감각적 강도의 관계를 양적인 법칙으로 표현하는 데 성공한 사람이었다. 에빙하우스는 기억 과정에 관해서도 그와 같은 결과를 얻고자 했다.

심리학이 과학의 지위를 얻으려면 인간의 마음속에서 "엄밀한 과학적 연구, 실험, 측정의 강력한 지렛대"가 적용될 수 있는 지점을 찾아내야 한다고 에빙하우스는 생각했다.[91] 그의 기억 연구는 두 가지 요소를 고려했는데, 하나는 자극의 제시와 재생 사이의 **시간**, 또 하나는 제시된 것을 외우는 데 필요한 제시의 **반복** 횟수였다. 예전에 외웠으나 부분적으로 잊어버린 시를 두 번째 외울 때는 더 수월하다는 사실을 우리는 경험으로 알고 있다. 그러나 처음 외울 때와 두 번째 외울 때의 시간 간격이 길어질수록 수월함이 감소하는 경향이 있다. 이러한 관계를 계량화하려면, 시의 암송은 적절한 방법이 아니다. 피험자의 연상 작용에 따라 어떤 것이 다른 것보다 더 쉽게 기억되기 때문이다. 순수한 기억 법칙을 얻으려면 균질적인 실험 재료로 정확도를 기해야 한다. 이를 위해 에빙하우스는 'bif', 'lep'처럼 두 자음 사이에 하나의 모음을 끼워넣은 2300개 이상의 음절을 카드에 기록했다.[92] 에빙하우스는 이 음절들을 여덟 개, 열두 개 또는 그 이상의 단위로 무작위 배열하여 최대한 균질적인 자극을 만들었다고 확신했고, 적나라한 기억의 메커니즘을 발견할 수 있으리라 낙관했다. 벰S. Bem의 표현을 빌리면, 연상의 여지를 제거함으로써 "매번 백지 상태의 기억에서 시작한다"[93]는 것이었다.

단 한 명의 실험자(에빙하우스)와 단 한 명의 피험자(에빙하우스)로 몇 년 동안 계속된 이 실험은 일정한 패턴을 갖추었다. 에빙하우스는 카드를 뒤섞고 미리 정한 개수만큼 뽑은 뒤 뽑은 카드의 음절들을 공책에 썼다. 그리고 일정한 속도로 그 음절들을 읽되, 음절들을 완벽하게 재생할 수 있을 때까지 반복해서 읽었다. 정해진 시간(20분에서 6일, 때로는 31일까지 다양했다)이 지난 뒤 그는 그 음절 목록을 다시 외웠고 다 외울 때까지 반복하는 횟수가 처음보다 얼마나 줄었는지 확인했다. 이런 방법으로 파지retention(기억의 보유)에 대한 계량화가 가능했다. 에빙하우스는 수백 번에 걸친 실험 결과를 종합해 그 유명한 '망각 곡선'을 탄생시켰다. 최초의 학습과 재학습

사이의 간격이 클수록 더 잘 잊어버리게 된다는 일반적인 주장을, 시간을 축으로 감소율이 다양하게 표시된 곡선으로 바꿔놓은 것이다. 망각 곡선은 처음 20분 동안 급격히 곤두박질치다가 한 시간이 지나면 점점 줄다가 하루가 지나면 완만하고 거의 평평한 수준으로 변한다. 에빙하우스는 비슷한 실험을 통해, 학습 속도와 무의미 음절 수의 관계, 파지와 반복 횟수의 관계, 분산 학습과 '벼락치기'의 차이 등을 조사했다. 바이런의 시 '돈 후안Don Juan'의 여섯 연구聯句를 사용해 운율이 풍부한 재료의 경우는 얼마나 더 외우기 쉬운지도 조사했다.[94] 그리고 각각을 수학적 곡선이나 공식으로 표현했다.

1880년 작성한 에빙하우스의 첫 실험 보고서는 출판되지 못했다.[95] 그는 베를린 대학교의 교수가 된 뒤 1883년에 실험을 반복했고, 드디어 1885년 기념비적인 저작을 발표했다. 책 머리말에는 후대의 심리학자들이 규범으로 삼을 통계와 실험 원칙을 밝힌 광범위한 방법론적 연구가 실렸다. 비평가들은 이 노작의 대담함을 높이 샀지만 실험 결과는 신통치 않은 것으로 여겼다. 〈마인드〉의 한 비평가는 에빙하우스의 **법칙**이 "세상을 놀라게 할 만한 성과는 아닌 것 같다"[96]고 평했다. 이 연구의 가치는 무엇보다도 기억 같은 '고등' 정신 과정조차도 실험 연구가 가능함을 증명한 데 있다는 것이 중론이었다. 한편 일부 심리학자는 이 새로운 연구를 획기적이고 혁명적인 사건으로 여겼다. 분트W. Wundt의 제자 티치너E. B. Titchener는 에빙하우스의 무의미 음절이 "아리스토텔레스 이후 심리학 역사상 가장 주목할 만한 진전"[97]이라고 평했다.

에빙하우스가 제시한 기억의 정신물리학psychophysics이 파지와 망각의 관계를 측정하고 정량화하는 데 성공함으로써 기억 연구의 새로운 장을 열었다면, 그곳을 개척하는 일은 다른 이들의 몫이었다. 뮐러G. E. Müller와 그의 조수들은 괴팅겐 대학교의 심리학 실험실에서 연상의 형성, 재료의 순서가 학습에 미치는 영향, 분산 반복 학습의 효과 등에 초점을 맞춘 일련의 긴 실험을 수행했다. 뮐러는 아내의 도움으로, 먼저 학습한 것이 나중에 학습한 것 때문에 혼란을 일으킨다는 역향억제retroactive inhibition 현상을 발견하기도 했다. 뮐러 부인은 처음 기억한 내용이 두 번째 학습 뒤에 가물가물해진다고 투덜거렸다.[98] 소르본 대학교의 또 다른 실험실에서는 무의미 음절을 완전한 문장 등 유의미한 재료로 바꾼 실험이 이루어졌고, 사람들은 교육상 실용적인 실험 결과에 주목했다.[99] 기억 연구는 곧바로 개인차(성격·재능·지능·성·연령 등의 차이) 심리학과 관련되면서 수많은 비교 연구를 낳았다. 에빙하우스의 선구적 연구가 나온 직후부터 기억 연구는 주제로나 지역적으로나 급속하게 확장되었다.

방법과 기술 차원에서도 확장이 이루어졌다. 《기억에 관하여》가 에빙하우스 개인의 기억에 관한 연구였다면 후대 연구자들은 연구자 개인과 연구 과제를 분리했다. 기억심리학 1세대에서 실험자와 피험자의 역할은 분리되었다.[100] 실험 조건도 기계화했다. 공책 한 권과 회중시계 하나 외에 다른 보조 도구 없이 실험한 에빙하우스와 달리, 후대에는 실험 기술의 인상적인 발전이 이루어졌다. 20세기로의 전환기 무렵, 심리학 실험 도구 제작사에서 나온 카탈로그에는 각종 기억장치와 기억측정기 Mnemometers 그림이 실려 있었다(그림 4.10). 표준화한 자극을 제시하는 이러한 장치에는 뮐러, 필체커A. Pilzecker, 비르트W. Wirth, 아흐N. Ach, 란슈부르크P. Ranschburg 등 유명 기억심리학자의 이름이 붙었다. 이 장치들은 메트로놈, 크로노스코프 등 실험심리학 초창기의 첨단 기술 장치와 함께 사용되곤 했다. 학습해야 할 실험 재료는 음반이나 원통, 두루마리 종이 등에 기록되어 10분의 1초 단위까지 정해진 속도로 회전하고 눌리고 피험자의 눈앞을 지나갔다. 피험자의 반응은 다시 10분의 1초 단위까지 기록된 뒤 정밀한 통계 장치를 통해 그래프나 표로 정리되었다. 이러한 도구는 기억심리학이 자연과학의 모양새를 갖추는 데 일조했다. 실험과 계량화라는 원칙은 정확한 측정을 가능하게 하는 도구를 통해 실현되었다. 에빙하우스가 희망했듯이 '엄밀한 과학적 연구의 강력한 지렛대'가 적용된 곳은 기억이었다. 《기억에 관하여》 이후 10~15년 동안 이루어진 기억 연구의 특성은 현재까지도 변함없이 이어지고 있다.

그림 4.10 1903년 에른스트 치머만(Ernst Zimmermann)의 카탈로그에 나온 회전 장치. 뮐러와 필체커가 고안한 이 기억 연구 장치는 시계 같은 메커니즘으로, 단어 자극 목록이 부착된 원통이 돌아가게 되어 있다. 회전 속도는 회전 날개로 조절되며, 회전 횟수는 카운터에 기록된다. 창에 나타나는 단어 쌍을 피험자에게 외우게 한 뒤, 왼쪽이나 오른쪽 창을 닫음으로써 단어 사이의 연상 학습을 실험할 수 있다.

에빙하우스가 제시한 기억의 정량화가 광범위한 영향력을 갖게 됨에 따라, 기억 연구에서 은유의 영향력이 감소하거나 아예 대체된 것이 아닌가 하는 생각을 할 수도 있을 것이다. 《기억에 관하여》를 훑어보면 곡선·표·공식 등이 이미지의 자리를 대체한 것처럼 보이는데, 에빙하우스는 바로 그런 인상을 강화하기 위해 최선을 다했다. 서론 부분에서 그는 심리학자들이 '각인된 심상', '잘 다져진 경로' 같은 여러 가지 은유를 사용하는 데 익숙하지만, 이러한 은유의 공통점은 불충분하다는 점이라고 썼다. 에빙하우스는 될 수 있는 대로 은유를 사용한 설명을 피하고, 순진하게도 '객관적 태도das thatsächliche Verhalten'[101]라고 자칭한 기준을 지키려 했다. 그는 이 책의 방법론적 부분과 실험 부분에서는 이 기준을 잘 지켰지만, 이론 부분에서는 자신도 모르게 익숙한 은유를 사용하고 말았다. 분명한 '설명'이 필요한 곳에 이르자 비유적 표현이 불가피했던 것이다. 예를 들면 에빙하우스는 연상을 일련의 요소를 하나로 꿴 '실'로 보았고 요소 사이의 거리에 따라 실의 '강도'가 다르다고 표현했다.[102] 그는 흔적의 기록이라는 은유도 사용했을 뿐 아니라 일련의 심상이 반복 학습으로 '점점 더 깊이 파고들어온다'고 했으며, 망각을 흔적이 '바래거나' '흩어진' 결과라고 표현하기도 했다.[103] 에빙하우스의 연구는 사실상 플라톤의 밀랍판 은유를 내포하며, 마셜J. C. Marshall과 프라이어D. M. Fryer에 따르면 전통적인 '도장 찍기' 모델을 계량적으로 형식화한 것이다.[104]

단어 자극을 제시하는 장치, 엄격하게 작성한 실험계획서, 반응의 꼼꼼한 기록, 글보다 표가 더 많은 보고서 등으로 그려지는 세기 전환기의 기억 실험실은 낭만주의 전성기의 문학적인 논문들과 뚜렷한 대조를 이룬다. 숲과 강물, 계곡과 고원, 창공과 빛나는 호수로 가득 찬 풍경으로 설명하던 19세기 초반의 기억과, 기억측정기 같은 장치로 연구한 같은 세기 후반의 기억 사이에는 아무런 공통점도 존재하지 않았다. 카루스의 저작과 에빙하우스의 저작은 전혀 딴 세계의 것으로 보였다. 이러한 대조는 에빙하우스와 19세기의 다른 기억 이론가 사이에도 존재한다. 언어 관련 신경 중추를 찾으려던 브로카의 노력은 '단어 기억'과 '발화와 관련한 운동 기제에 대한 기억' 사이의 구분을 낳았지만, 이러한 구분은 에빙하우스가 주창한 기억의 정량화 속에서 아무런 의미도 갖지 못했다. 청각기억이 뇌의 처리 과정과 연결되는 방식을 시각적으로 비유하고자 축음기를 제시한 귀요의 시도도 에빙하우스의 관점에서 보면 적절하지 못했다. 실험 연구에서 중요한 것은 기억과 신경세포의 관계가 아니라 측정된 수치였기 때문이다. 이렇게 보면 에빙하우스의 연구가 19세기의 끝에서 다양한 낭만주의적·문학적·신경학적 전통을 오로지 형식적인 기억 법칙 하나로 통일한 것 같지만, 이런 생각은 오도된 것이다. 이들 전통은 예술·철학·정신의학 분야에서, 때로는 심리학 분야에서도 저마다 명맥을 이어갔다. 그렇다면 현재 많은 심리학 교재에서 보듯이, 실험과 정량화에 적절한 재료를 학습·재학습하는 단순화한 연구를 기억 연구의 시작으로 보는 주장 역시 오도된 것이다. 에빙하우스의 연구는 무엇보다도 한 시대의 마무리였을 뿐이다.

5

기억을 지닌 거울

미스터 다게르! 당신은 반도 모른다네

당신이 어떤 인상을 주는지[1]

인간의 눈은 막으로 둘러싸이고 뼈로 된 반원형 구멍 속에 놓인 촉촉한 구球이다. 수정체 앞쪽의 결막, 홍채, 각막과 그 반대편의 공막, 망막, 맥락막이 투명한 벽으로 나뉘고 액체로 가득 찬 세 개의 방 주위를 팽팽히 둘러싼 채 시각이라는 기적을 만들어낸다. 복잡한 굴절과 축소 과정에서 빛을 받아들여 뇌가 처리할 수 있는 형태로 만드는 것이다. 빛이 일단 망막(망막은 극히 미세한 세포층 10겹으로 이루어져 있으며 사실상 뇌 조직의 일부)에 닿으면, 광화학적 과정에 의해 신경세포의 점화 패턴으로 전환되면서 '영상'이 신경 신호로 바뀌게 된다. 이처럼 본다는 행위는 시각에서 시작해 전기적 자극으로 끝난다. 다윈은 눈을 "지극히 완벽하고 복잡한 기관"으로 분류했다. 다윈조차 인간의 눈이 맹목적 진화 과정의 결과라고는 상상하기 힘

들었다.[2]

눈은 오래전부터 광학적 장치와 보조 수단에 둘러싸여 있었다. 유리를 연마해 돋보기와 안경을 만든 것은 중세 때였다. 현미경과 망원경의 렌즈를 통해 눈은 새로운 영역을 꿰뚫어보았고, 프리즘은 빛을 굴절시켜 색색의 무지개도 만들어냈다. 색유리를 통해 원하는 빛깔의 세상을 볼 수도 있었다. 평면거울은 시각 상을 더욱 생생하게 보여주었고, 볼록거울과 오목거울은 시각 상을 변형시켰으며, 실린더 거울은 괴상하게 왜곡된 상을 알아볼 수 있는 형태로 복구시켰다. 1800년경에 이르러서는 상을 키우고 줄이고 늘리고 색을 입히는 등 시각 경험을 자유자재로 조작하는 일이 가능해졌다.

시각 이외의 감각에는 렌즈 같은 보조 수단이 없다. 청각 자극을 강화하는 일만이 가능할 뿐 미각·후각·촉각은 있는 그대로 사용할 수밖에 없다. 냄새를 더 잘 맡게 해주는 안경, 맛을 두 배로 느끼게 해주는 거울, 촉각을 변화시키는 색유리, 평범한 냄새를 향기로운 스펙트럼으로 확산시키는 프리즘 같은 것은 없다.

고등 정신작용에 대한 비유를 보면, 눈이 어떤 감각기관보다 중요시됨을 알 수 있다. 고대에 지성은 곧 '자연의 빛'이었다. '반짝이는' 생각이 떠오를 때 '빛이 보인다'고 하지 않는가. 많은 언어에서 '시각'이란 말은 '이해'라는 부차적 의미를 갖는다. 우리는 이성의 빛이라든가 반짝이는 지성이라는 표현을 쓴다. 문학작품의 한 전형에서 보듯이, 보는 사람seer(선지자, 현인이라는 뜻이 있음—옮긴이)은 비록 맹인일지라도 현명하다. 문자 그대로 '안쪽을 본다'는 의미의 내관introspection도 준시각적 과정이다. 눈은 '마음의 눈'이라는 내적인 짝을 가진 유일한 감각기관이다.

라일G. Ryle은 이러한 은유에 대해 '의사 시각para-optics'이라는 표현을 썼다. 이러한 은유는 의식을 준감각적 상들이 투영되는 유령 극장의 이미지로 만들었다.[3] 시각기억에 관한 이론은 늘 의사 시각적 성격을 띠었다. 망막에 맺히는 상과 시각기억의 저장 사이의 관계에 관한 가설은 혹의 인광체나 각종 광학장치처럼 물리학적으로 알려진 광학적 과정에 착안한 것이었다. 라메트리는 시각기억에 관해 1747년에 펴낸 책에서, 뇌를 "눈에 그려진 대상이 환등기 같은 것에 의해 투영되는 수질medullary('피질'에 반대되는 안쪽 층을 말함—옮긴이) 스크린"[4]에 비유했다. 그리고 한 세기 뒤 사진의 발명으로 상을 저장하는 혁신적인 기술이 탄생했다. 19세기 중반 이래 광화학과 카메라 제작의 발전에 따라 선명한 사진이 나오면서, 시각기억에 관한 논문에는 온갖 종류의 사진 은유가 등장했다. 인간의 뇌는 빛에 민감한 감광판으로, 기억은 스냅사진으로 가득 찬 앨범으로, 의식은 다게레오타입·탈보타입·암브로타입·칼로타입kalotype의 사진들이 줄지어 전시된 갤러리로 점점 변해갔다. 1895년 영화촬영술이 발명되기 전까지 사진은 의사 시각에 관한 지배적인 은유였다. 그럼, 사진의 시작에서부터 이야기를 시작해보자.

카메라오브스쿠라

'카메라오브스쿠라'의 형태를 쉽게 설명하자면 한쪽 벽에 구멍을 낸 암실이라고 할 수 있다. 밝은 곳에서 구멍을 통해 들어온 광선이 외부의 상을 맞은편 벽에 투영하는 것이다. 투영된 상은 위아래와 좌우가 뒤바뀐다. 빛의 형태와 강도를 대폭 축소하는 카메라오브스쿠라는 천체 관측에 유용한 도구였다(그림 5.1). 카메라오브스쿠라

그림 5.1 천체 관측 도구로 사용된 카메라오브스쿠라.

로 1544년 1월 24일의 일식을 관찰한 겜마 프리시우스Gemma Frisius의 저작에 최초의 카메라오브스쿠라 그림이 남아 있다. 1560년경 만들어진 카메라오브스쿠라의 형태(빛을 모으고 빛의 양을 조절하는 렌즈와 조리개가 달린 형태)는 18세기까지 거의 그대로 유지되었다. 렌즈와 조리개 덕분에 카메라오브스쿠라는 휴대할 수 있는 크기로 줄어들었다. 상이 거울을 지나 간유리ground glass에 투영되는 형태의, 가장 작은 크기의 카메라오브스쿠라는 최초의 사진기와 매우 유사했다.

17세기 초에는 역사학자 마이어A. Maier가 '세계상世界像의 기계화'[5]라고 적절히 표현한 변화가 일어났다. 해부학 서적에는 근육·관절·장기 등에 대한 유추 대상으로 펌프와 도르래 같은 기계장치들이 등장했고, 그런 가운데 카메라오브스쿠라는 눈에 대한 유추 대상이 되었다(그림 5.2). 케플러는 눈이 '본' 것이 눈 뒤쪽의 망막에 뒤집힌 상으로 나타난다는 사실을 이미 알고 있었다. 데카르트도 《굴절광학》에서 카메라오브스쿠라와 눈을 비교 설명했다. 벽에 난 구멍은 동공에, 유리 렌즈는 유리체액vitreous humor에, 흰 영사막은 망막에 각각 해당한다는 것이었다. 데카르트는 최근 사망한 사람이나 황소 같은 대형 포유류의 눈으로 이러한 사실을 확인할 수 있다고 썼다. 눈의 뒤쪽 막을 제거하고 종이로 덮은 뒤 어두운 방에서 그 눈에만 빛을 쏘이면 마침내 ("감탄하거나 즐거워하지 않을 수 없으리라"는 데카르트의 표현대로) 망막에 나타나는 멋진 상을 볼 수 있으며, 서서히 눈에 압력을 가하면 상을 자유자재로 늘리거나 줄일 수 있다는 것이었다. 시각 처리에 관한 데카르트의 삽화에는, 빛이 차단된 카메라오브스쿠라 안의 관찰자가 망막에 나타난 상에 열중한 모습이 묘사돼 있다(그림 5.3).

시각 경로가 눈 안에서 교차하면서 상의 상하좌우가 뒤바뀌는 문제(그림 5.4)는 데카르트에게는 그리 큰 문제가 아니었다. 데카르트의 지각 이론에서는 시각 자극도, 시신경에 의한 '상'의 처리도 운동의 패턴이었기 때문이다. 데카르트의 《인간론》에 나오는 양안 시각에 대한 삽화를 보면, 세워진 화살(ABC)이 양쪽 눈에 역전된 상으로 투영되고 있다(그림 5.5). 이 투영된 상은 영혼이 깃드는 자리인 송과선pineal gland으로 이어지는 신경을 진동시킨다. 양쪽 눈의 신경은

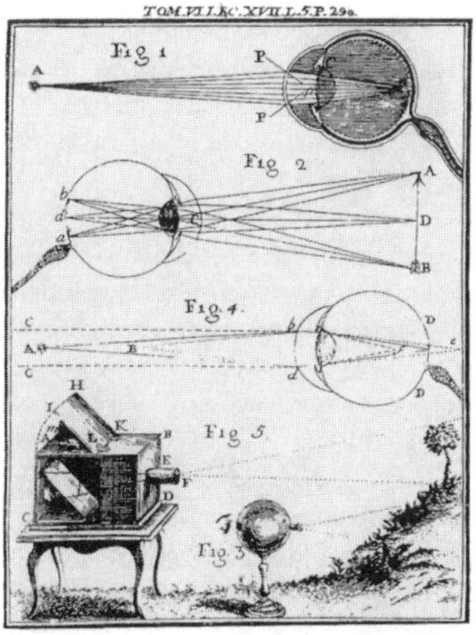

그림 5.2. 우리 눈의 시각 처리에 대한 유추 대상이 된 카메라오브스쿠라.

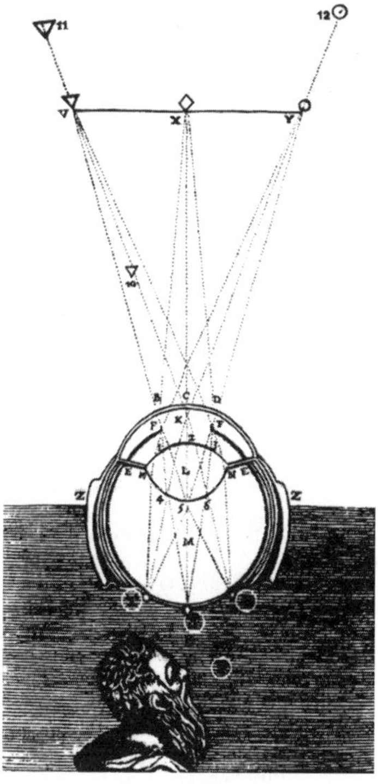

그림 5.3 눈을 카메라오브스쿠라에 비유한 데카르트의 설명을 표현한 그림.

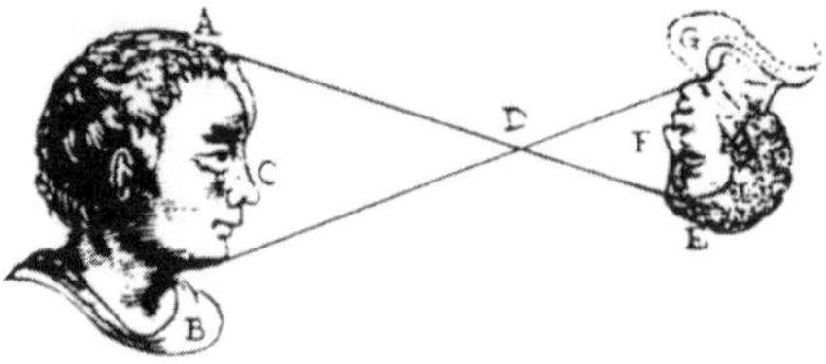

그림 5.4 시각 상의 기하학적 비례는 유지되면서 상하좌우가 역전되는 원리를 설명한 그림.

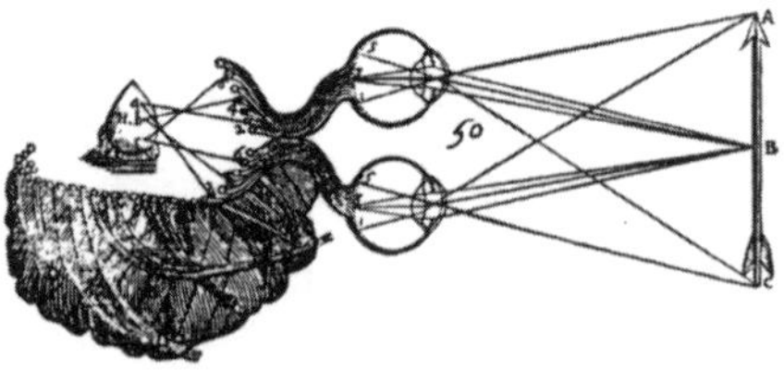

그림 5.5 데카르트의 양안 시각 이론을 설명한 그림. 시각 경로가 눈에서 교차하지만 신경 역시 눈 뒤쪽에서 교차하므로(따라서 상이 다시 역전됨), 뇌의 송과선에는 화살의 똑바른 상 'abc'가 나타난다.

송과선 안의 단일 지점으로 이어질 뿐 아니라 송과선과 교차 연결돼 있어서, 양쪽 눈의 상이 합쳐졌다가 다시 정상적인 상으로 송과선에 도달한다. 그리하여 영혼이 받아들이는 것은 'abc'로 축소되었으나 똑바로 선 화살의 상이다. 올바른 공간 지각이 유지되면서 시각 경험이 축소된다는 이러한 설명은 카메라오브스쿠라의 상 역전 문제에 대한 정교한 신경심리학적 해답이었다.[6]

데카르트 이후인 18세기에는 이 문제가 기술적으로 해결되었다. 거울과 프리즘 덕택에 카메라오브스쿠라는 뒤집히지 않은 상을 갖게 되었고, 평평한 탁자에 상을 투영하는 카메라오브스쿠라까지 나왔다(그림 5.6). 유리와 프리즘만으로 바깥세상을 관찰할 수 있게 된 것이다. 이 도구는 강굽이 지역이나 시장 광장의 외벽에 설치되어 암실 밖에서 일어나는 일들을 묵묵히, 그리고 충실히 보고했다. 특설 돔 지붕에 설치된 카메라오브스쿠라는 잠망경처럼 회전하는 '눈'이 달려 관광객들의 흥미를 끌기도 했다. 카메라오브스쿠라는 (환등기와 더불어) 18세기 광학이 낳은 경이였다. 당시의 여행 관련 기사와 간행물은 첫눈에 카메라오브스쿠라에 매혹된 사람들의 얘기를 증언한다. 1747년 런던의 광학 도구 거래상이었던 존 커프John Cuff는 자신의 개업 광고 서두에 카메라오브스쿠라를 기리는 다음의 시구를 싣기도 했다. "그대 진기한 기계여, 누가 그대에게 가르쳤단 말인가/그처럼 신성한 기술로 자연을 모사하는 법을."[7]

그림 5.6 카메라오브스쿠라의 상이 거울과 프리즘을 통해 평평한 탁자 위에 투영되는 원리를 표현한 18세기 판화. 렌즈가 외벽에 설치된 사실에 주목할 것.

카메라오브스쿠라는 오락적 도구로서만이 아니라 광학 법칙의 실연에도 사용되었다. 과학자들은 실험 장비를 갖춘 방에 카메라오브스쿠라를 설치해두곤 했다. 로테르담의 바타비아 실험철학학회는 금속도 녹일 만큼 뜨거운 대형 유리, 위트레흐트 대성당의 시곗바늘이 보일 만큼 성능 좋은 망원경을 비롯해 놀라운 첨단 장비를 소장하고 있었지만, 방문자 대부분은 카메라오브스쿠라를 소장품 가운데 으뜸으로 쳤다. 1839년의 한 방문자는 카메라오브스쿠라의 실연을 이렇게 기록했다. 학회의 서기가 블라인드를 내리고 벽에 설치한 원형 유리로부터 조금 떨어진 곳에 백지 한 장을 갖다 대자, 다리와 배와 가옥들이 "오직 일광에 의해 실제 색상 그대로 백지 위에 그려졌다."[8]

카메라오브스쿠라는 대부분 실용적인 목적으로 쓰였다. 화가와 제도공은 풍경화의 윤곽과 도시의 전경을 기록하는 데 이 도구를 사용했다. 베네치아의 후원자 알가로티F. Algarotti 백작에 따르면, 카메라오브스쿠라는 과학자의 현미경, 천문학자의 망원경과 마찬가지로 자연 그대로를 표현하려는 화가의 필수품이었다.[9] 간단히 접히는 상자 수준의 카메라오브스쿠라도 있었지만, 편안한 텐트 모양의 카메라오브스쿠라는 화가가 그 안에서 간유리에 나타난 상을 여유 있게 스케치할 수도 있었다. 그 결과 '사진 같은 정밀함'을 갖춘 그림과 렌즈 사용에 따른 전형적 투시도법의 그림이 탄생했다.

카메라오브스쿠라에 나타난 작은 상의 색채와 움직임은 마치 영화와 같았다. 카메라오브스쿠라 안의 상이 그 어떤 그림보다 사실에 더 가까웠던 점이라면 바로 이 움직임이었다. 17세기의 작가 뢰르숑J. Leurechon은 이렇게 썼다. "뭐니 뭐니 해도 움직이는 새와 사람과 동물, 바람에 흔들리는 초목의 떨림을 바라보는 즐거움이 있었다. 그 모든 게 거꾸로 보인다고 해도, 크기가 줄었다고 해도, 이 아름다운 그림은 어떤 화가도 그림으로 표현하지 못한 것, 이리저리 끊임없이 이어지는 움직임을 정교하게 표현하고 있다."[10] 그러나 이런 움직임이 오래 지속되지 못한다는 문제가 있었다. 어둠 속에 투영된 작은 영화는 오래가지 못했다. 빛이 한 줄기라도 새어 들어오면 상이 지워졌고, 날이 저물면 상이 어둠 속으로 사라졌다. 그 어떤 움직임도 보존되지 못했다. 정지화면을 기록하려면 오직 공들여 따라 그리는 수밖에 없었다. 카메라오브스쿠라는 기억 능력이 없었다.

이 지점에서 광학 분야가 부딪힌 난관은 인간의 지각을 연구하던 사람들이 맞닥뜨린 것과 기술적으로만 다를 뿐 사실상 같은 문제였다. 상이 눈을 통해 망막에 투영되기까지 과정은 데카르트가 규명할 수 있었지만, 그다음 과정은 어떤 것인지, 무엇보다 최종적으로 그 상이 어떻게 기억되는지는 여전히 수수께끼로 남아 있었다. 인간의 마음이 시시각각 변하는 망막상에 지속성을 부여한다는 것은 틀림없는 사실이었지만, 그것이 어떤 메커니즘을 따르는지 알아내기란 불가능한 일이었다.

카메라오브스쿠라가 상을 저장할 수 없다는 점은 결점으로 여겨지지 않았다. 그것이 결점이 된 것은 바로 사진의 발명 때문이었다. 1839년 이전만 해도 상의 일회성은 자연법칙의 불가피한 결과로 보였다. 18세기 과학소설 가운데 상이 저장된다고 가상한 유일한 작품이 있다. 프랑스 작가 티페뉴 드 라 로슈C. F. Tiphaigne de la Roche가 쓴 《지팡티Giphantie》에는 상의 저장을 가능케 하는 놀라운 물질에 대한 예언적 묘사가 등장한다. 천 조각을 이 물질에 담갔다가 저장해야 할 대상 앞에 노출시키면 된다는 것이다.

> 먼저 이 캔버스는 거울과 같은 효과가 있다. 즉 빛에 의해 상이 전달되는 모든 물체가 그 위에 비춰진다. 그러나 유리로는 불가능한 일이 점성 물질을 묻힌 이 캔버스로는 가능한데, 그것은 바로 상을 보유하는 일이다. 거울은 대상을 정확하게 비추되 아무것도 저장하지 못하지만, 이 캔버스는 대상을 정확하게 비춤은 물론 저장까지 할 수 있다. 캔버스에 비춰지자마자 만들어진 상의 흔적은 그 즉시 어두운 장소로 보내진다. 한 시간 뒤 이 신비한 물질이 다 마르면, 어떤 화가도 모방할 수 없고 시간이 지나도 변치 않는 더없이 귀중한 그림이 탄생한다. 그 순수한 근원, 빛나는 물체들로부터 우리는 무언가 다른 질료로부터 추출된, 시간이 흘러도 변치 않는 색채를 얻는다.[11]

1760년작 《지팡티》의 상을 저장하는 거울이라는 꿈이 실현된 것은 그로부터 80년이 지나서였다.

사진: 화학적 기억

사진은 광학과 화학의 결합이 낳은 산물이었

다. 카메라오브스쿠라는 색채와 움직임과 상이라는 순전히 광학적인 방법으로 얻을 수 있는 모든 것을 제공했지만, 상을 저장하려면 빛에 민감한 물질을 이용한 화학적 처리가 필요했다. 17세기의 연금술사들은 인광성 물질로 실험을 했다. 로버트 훅이 왕립학회에 보고한 실험과 실연은 빛을 저장하는 물질의 생성에 초점을 맞춘 국제적 연구 프로그램의 일환이었다.

1727년 독일인 의사 슐체J. H. Schulze는 상처 소독에 쓰던 질산은을 이용해 '빛나는 돌'을 만들려 했다. 그러나 슐체가 만든 백악과 질산은의 혼합물은 그의 기대와는 다른 결과를 낳았다. 이 혼합물은 빛에 노출되면 어둡게 변했는데, 바로 그 어둡게 변한 부분이 보존되었다.[12] 슐체는 동료 크라프트가 행한 인광체 실험만큼이나 놀라운 실험에 착수했다. 그는 투명한 병에 은을 함유한 초석산과 백악의 혼합물을 채우고 오려낸 글자를 병에 붙인 뒤 빛 속에 한동안 놓아두었다. 혼합물은 서서히 어둡게 변했지만 글자에 가려진 부분은 밝게 남았다. 이렇게 해서 용액 속에 빛나는 글자가 나타났고, 병을 흔들어 섞으면 글자는 도로 사라졌다. 거꾸로 밝은 색 혼합물 속에 어두운 글자를 만드는 실험도 가능했다. 이로써 슐체는 최초의 음화(네거티브)-양화(포지티브) 처리를 실연한 사람이 되었다.[13]

질산은을 이용한 실험은 영국에서도 있었다. 1802년 도기 제조업자의 아들 토머스 웨지우드Thomas Wedgwood와 화학 교수 험프리 데이비Humphrey Davy는 질산은에 적신 종이 위에 상을 기록하는 방법을 제시했다.[14] 상의 윤곽선은 종이 위에 알아볼 만한 선명도로 남았지만, 이 '실루엣사진shadowgraph'은 상이 빛에 노출되지 않는 조건에서만 보존이 가능했다. 어두운 곳이나 촛불을 비추는 정도에서는 상이 보존되었으나 완전한 일광에서는 보존된 상이 오래가지 못했다. 단 몇 분 만에 종이가 어둡게 변하면서 상이 사라진 것이다. 다시 말해 이 방법은 노출에는 성공했지만 상의 정착까지는 이르지 못했다. 사진 발명에서 상의 정착이라는 결정적인 진전은 프랑스에서 이루어졌다.

1802년 웨지우드와 데이비가 남긴 기록을 보면, 카메라오브스쿠라의 상을 저장하려고 해도 빛의 강도가 너무 약해 불가능하다고 쓰고 있다. 종이에 희미한 흔적도 남길 수 없을 만큼 상이 선명하지 못하다는 것이다. 프랑스 혁명 후 몰락한 귀족 가문 출신의 조제프 니엡스Joseph Niépce는 감광도가 더 높아 상을 더욱 빨리 흡수할 뿐 아니라 좀더 쉽게 정착시킬 수 있는 물질을 사용했다. '유대 역청bitumen of Judea'이라는 이 물질은 사해에서 얻은 것으로 햇빛 속에서 굳는 성질이 있었다. 니엡스는 유리판에 유대 역청을 아주 얇게 바르고 그 위에 기름으로 투명하게 만든 그림을 덮은 뒤 빛에 노출시켰다. 그런 다음 빛이 투과하지 못해 굳지 않은 부분을 테레빈유와 라벤더유를 혼합한 용해제로 씻어내자, 남은 부분은 단단하고 보존 가능한 역청으로 이루어진 그림의 사본이 되었다. 니엡스는 이를 두고 태양이 그린 그림이라 하여 '엘리오그라피héliographie'라고 했다.

엘리오그라피의 놀라운 성과에 고무된 니엡스는 1822년 이후 같은 방법으로 카메라오브스쿠라의 상을 기록하고자 했다. 그러나 그의 시도는 성공하지 못했다. 약한 빛의 강도와 흐릿한 렌즈 때문에 엄청나게 긴 노출 시간이 필요했다. 그러나 실패로 끝난 시도 가운데 한 번의 시도가 역사상 '최초의 사진'으로 기록되는 결과를 낳았다. 니엡스가 생 루 드 바렌의 가족 소유지 르 그라의 작업실 창가에 카메라를 놓고 안뜰의 풍경을

그림 5.7 1826년이나 1827년 작으로 추정되는 니엡스의 이 노출 결과는 '최초의 사진'이 되었다. 8시간에 달하는 노출 끝에 '불가능한' 이미지가 만들어졌다. 마주 보는 양쪽 벽이 햇빛을 모아주고 오후의 태양이 오전의 그림자를 지워냈던 것이다.

담은 것이다(그림 5.7).

니엡스가 카메라오브스쿠라에 초보적인 기억력을 부여했는지는 모르지만, 확실하고도 유용한 사진 처리법 문제는 여전히 남아 있었다. 이것을 해결한 사람이 루이 다게르Louis Daguerre이다. 다게르는 환각 효과를 즐겨 쓰던 풍경화가였다.[15] 그는 파리에 디오라마 극장을 세웠다. 이 극장에는 양면에 그림이 그려진, 14~22미터에 달하는 스크린이 걸려 있고, 광선을 조작해 이 거대한 눈속임 장치를 변화시키면 알프스의 낮 풍경이 매혹적인 밤 풍경으로 변하면서 관객의 탄성을 자아냈다. 자신의 작업에 카메라오브스쿠라를 이용하던 다게르는 광학기계 상인에게서 니엡스에 관해 듣게 되었다. 이렇게 해서 두 사람은 법적인 계약관계를 맺고 자료를 교환하는 공동연구에 들어갔다. 1833년 니엡스가 죽은 뒤, 다게르는 연구를 계속하며 치열한 실험의 시기로 돌입했다.

1833~1837년에 다게르는 1802년 웨지우드와 데이비를 괴롭혔던 문제, 즉 노출까지는 성공했으나 상을 정착시키지 못하는 문제에 직면했다. 은도금한 동판 위의 상이 빛을 쐬면 요오드화은의 바랜 색깔로 변했다. 다게르가 니엡스의 방법을 발전시켜 얻은 결과는 감광화, 현상, 정착이라는 사진의 세 가지 기본 과정을 연상시킨다. 그 첫 번째는 요오드의 증기를 이용해 판에 요오드화은 층을 만든 것이었다. 그다음으로 다게르는 노출시킨 판에 수은 증기를 쐬면 다시 상이 보인다는 사실을 우연히 발견했다. 덜 노출시킨 판을 수은 접시가 든 찬장에 두었는데 저절로 현상되었던 것이다. 마지막으로 1837년에는 조리용 소금을 녹인 물로 사진을 정착시킬 수 있다는 사실을 발견했다. 이렇게 해서 사진 처리법을 완성한 다게르는 '다게레오타입'이라는 자신의 발명품으로 빛을 보기 시작했다.[16]

1838년 말 다게르의 발명에 대한 소문이 파리를 휩쓸었고, 1839년 1월 6일자 〈가제트 드 프랑스〉에 이에 대한 최초의 신문기사가 실렸다. 고슈로H. Gaucheraud라는 필자가 다게르를 방문해 목격한 것을 기록한 이 기사는 놀라움과 감격에 휩싸여 있다.

> 다게르 씨가 빈 동판을 자신이 만든 장치 안에 넣는다. 그리고 3분이 지나 동판을 꺼내면 (여름에는 3분이지만, 가을이나 겨울에는 태양광이 약하므로 몇 분 더 필요하다) 장치가 가리키는 곳의 물체가 담긴 황홀한 그림이 거기에 찍혀 있다. 그리고 잠깐 씻어내는 과정만 거치면 드디어 보게 된다. 단 몇 분 만에 만들어졌지만 아무리 강렬한 햇빛에도 끄떡없을 만큼 영구 정착한 사진을.[17]

고슈로는 독자의 이해를 돕고자 카메라오브스쿠라 안에 투영된 상을 그림이나 판화처럼 영구 저장하는 방법을 다게르가 발견했다고 설명했다. 그러나 다게르의 사진은 카메라오브스쿠라와 달리 움직임을 재생하지 못했다(그림 5.8). 고슈로의 기사에 따르면, 대로변을 찍은 사진 속에서 멈춰 있던 마차 앞의 말은 머리를 움직였기 때문에 목이 없는 모습으로 나타났다. 정물 사진이나 도시의 풍경 사진이야말로 다게레오타입의 절정을 보여주었고, 오래지 않아 여행객들이 세계 곳곳의 유적과 도시와 풍경을 사진에 담아 파리로 돌아올 수 있게 되었다. "연필과 붓이 보여주는 진실이란 다게레오타입이 보여주는 진실과 얼마나 거리가 먼가"[18]라던 고슈로의 예견은 점점 분명한 사실로 드러났다.

프랑스 정부는 하원의원이던 천문학자 아라고F. Arago의 제안으로, 다게르의 사진 처리법을 정부가 공표하는 대신 다게르에게 연금을 지급하기로 했다. 다게레오타입은 파리 과학아카데미의 경축 회기 중인 1839년 8월 19일 공표되었다. 사진 처리법이 세상에 알려지자 일반인들의 실연이 이어졌다. 다게르는 다게레오타입을 만드는 장비 세트(카메라, 화학약품, 감광판, 현상용 상자)와 설명서를 판매해 만족할 만한 수입을 올리게 되었다. 1840년에는 최초의 다게레오타입 전문 사진사들이 주요 도시에 스튜디오를 열었다. 그리고 몇 년 안에 모든 대륙에서 이런 사진사들이 활동하게 되었다.

특히 신대륙으로의 전파 과정을 보면 다게레오타입의 전례 없이 빠른 전파 실상을 엿볼 수 있다. 사진 역사학자 태프트R. Taft가 거의 날짜 단위로 기록한 다게레오타입의 대서양 횡단 역사[19]에 따르면, 다게레오타입이 미국에 도입된 것은 오늘날 전신 발명자로 주로 알려진 새뮤얼 모스

그림 5.8 파리의 탕플 대로를 찍은 다게레오타입(1838). 햇빛 속의 두 벽을 찍은 니엡스의 사진처럼 이 사진도 세부적으로 보면 비현실적이다. 다게르는 사람과 탈것으로 분주한 파리의 대로에 카메라를 갖다댔지만 사진 속의 대로는 음산할 만큼 한적하다. 대상의 움직임이 감광판에 어떠한 흔적도 남길 수 없을 만큼 빨랐던 것이다. 신발을 닦기 위해 몇 분 동안 멈춰 섰던 한 사람만이 사진에 잡혔을 뿐(아래 이미지를 보라) 움직이던 사람은 사진에 잡히지 않았다. 훗날 사진이 '거짓말을 할 수도 있다'는 의문을 둘러싼 논쟁이 있었지만, 니엡스와 다게르의 최초의 사진을 보면 그러한 의문이 다소 순진하다는 것을 알 수 있다.

Samuel F. B. Morse의 노력에 힘입은 바 크다.

모스는 초상화가이자 뉴욕 대학교 미술 교수였다. 1839년 봄, 전자기를 이용한 전신 장치에 대한 프랑스 특허 문제로 파리에 머무르던 모스는 새로운 사진 처리법에 관한 얘기를 듣고 다게르에게 한 가지 제안을 했다. 다게레오타입에 관해 알려주면 그 대가로 자신의 전신 장치를 보여주겠다는 것이었다. 다게르는 제안을 받아들여 모스를 자신의 디오라마 극장으로 초대했고, 모스는 다게르가 만든 사진의 질에 놀라고 말았다. 모스 역시 카메라오브스쿠라의 상을 저장하려고 노력했지만 다양한 음영만을 남기는 데 그친 터였다. 그런데 다게르는 모스가 상상조차 못한 선명도의 사진을 보여주었다. 모스는 1839년 3월 〈뉴욕 옵서버〉에 보낸 편지에서 그 은판 가운데 하나(탕플 대로를 찍은 것으로 보임)에 대해 설명하고 있다.

> 세부 묘사가 얼마나 정교한지 상상도 못할 것이다. 어떤 그림도, 어떤 판화도 범접할 엄두를 내지 못할 것이다. 예를 들면 멀리 떨어진 광고판의 선과 글자를 알아볼 수 있을 정도다. 비록 육안으로 읽을 수는 없더라도, 확대경을 갖다 대고 보면 완전하고 또렷한 글자 하나하나를 읽을 수 있다. 이런 식으로 건물 벽이나 도로의 갈라진 작은 틈도 볼 수 있다.[20]

다게르는 조그만 거미를 찍어 크게 확대하기도 했다. 누구도 생각지 못한 '미세한 유기체'의 존재를 세상에 드러낸 것이다. 모스는 육안으로 볼 수 없는 영역을 현미경이 제시했듯이, 현미경이 보여주지 못하는 새로운 영역을 과학자들이 탐구해야 할 것이라고 예언했다.

다게르는 모스에게 사진 처리법의 세부 사항까지는 알려주지 않았다.

뉴욕으로 돌아온 모스는 다른 지역과 마찬가지로, 공표일인 8월 19일까지 기다려야 했다. 공표 후 며칠 만에 영국 신문들이 다게레오타입의 기술 설명서를 소개했고, 최초의 대서양 횡단 증기화물선인 브리티시퀸 호에 실려 이 신문이 포츠머스에서 뉴욕으로 전해졌다. 신문이 도착한 1839년 9월 20일 직후 여러 신문이 다게레오타입의 설명서를 찍어냈다. 모스는 자신의 실험 도구를 제작하던 (전신기 제작도 돕던) 프로시G. W. Prosch에게 다게르의 카메라를 제작하게 했고 드디어 9월 말 다게레오타입 사진을 찍는 데 성공했다.

모스의 실험에 열성적으로 동참한 사람은 그의 동료인 화학과 생리학 교수 존 윌리엄 드레이퍼John William Draper였다. 빛의 특성 연구의 개척자라 할 수 있는 드레이퍼는 다게르의 발견이 있기 훨씬 전에 빛이 요오드에 미치는 영향을 실험한 바 있었다. 또 1840년에는 훗날 공동 발견자의 이름을 따 '모저 상Moser image'이라 일컫는 현상을 발견하기도 했다. 모저 상이란, 광택이 있는 차가운 금속에 물체를 올려놓고 입김을 불어 액체를 증발시킨 뒤 물체를 치우면 금속 위에는 아무것도 보이지 않지만, 다시 한 번 입김을 불면 마치 물체가 여전히 거기 있는 것처럼 물체의 윤곽이 나타나는 현상이다. 드레이퍼는 화학자라는 배경에 힘입어 다게르의 처리법을 한층 더 발전시킬 수 있었다. 그는 담배상자와 안경알 같은 간단한 도구만으로도 고무적인 결과를 얻었다. 그리고 1840년 여름에는 현존하는 가장 오래된 다게레오타입 초상사진을 만들어냈다.[21]

공동연구를 하기로 결정한 모스와 드레이퍼는 1840년, 대학교 꼭대기 층에 유리 스튜디오를 만들었다. 1840년 봄, 드레이퍼는 다게레오타입으로 찍은 최초의 달 사진 하나를 만들어냈고, 여행용 카메라의 편의를 위해 확대 촬영 기술도 발전시켰다. 모스는 다게레오타입을 상업화하는 데 더 주력했다. 이때까지 모스는 전신에서 전혀 수입을 얻지 못했고, 1840년부터는 초상사진을 찍어주거나 다게레오타입 사진사를 교육하는 일로 수입을 올렸다. 모스는 감광판을 파리에 주문하느라 매년 수백 달러(19세기 중반의 달러화임)나 되는 돈을 쏟아부었다. 미국의 사진 발전이 적어도 유럽에 뒤처지지 않은 데는 모스와 드레이퍼의 공이 컸다. 최초의 다게레오타입 사진전이 열린 것은 브리티시퀸 호가 도착한 지 1년도 지나지 않아서였다. 그로부터 10년이 지난 1850년, 미국에는 2000명쯤의 다게레오타입 전문 사진사가 활동했다.[22] 단 몇 달러만 내면 누구라도 인물사진을 찍을 수 있게 되었다.

사진의 발명자를 누구라고 꼬집어 말할 수 없다는 사실은 주목할 만하다. 다게르가 실험에 몰두하던 1830년, 영국의 윌리엄 폭스 탤벗William Fox Talbot도 자기 집 정원의 화초를 근접 촬영하는 데 성공했다. 이 '실루엣사진' 또는 '그림자'는 선명하기는 했지만 고정되지 못했다. 탤벗도 다게르와 마찬가지로 상의 정착에 어려움을 겪었다. '실루엣사진'을 편지 봉투에 담아 보내면 봉투를 열자마자 눈앞에서 그림자가 사라졌다. 결국 1839년, 탤벗은 17세기에 훅이 인광체와 기억에 관한 논문을 발표한 바로 그 왕립학회의 포럼에서 자신의 '탈보타입'을 발표했다.[23]

높은 선명도에 영묘한 은빛으로 반짝이던 다게레오타입 사진에도 단점이 없지 않았다. 다게레오타입은 성가시게 빛이 반사되는 문제뿐 아니라 네거티브가 없는 포지티브 사진이라 복제할 수 없다는 문제도 있었다. 후자의 문제점은 1841년 개발된 '칼로타입'으로 해결되었다. 칼로타입은 네거티브를 만들어 그로부터 포지티브를 얻어내는 방법이었다.[24]

다게르와 탤벗의 방법이 널리 퍼진 후 새로운 발견이 봇물 터지듯 잇따랐다. 렌즈와 조리개가 발전했고, 감광화 작업은 더욱 정교해졌다. 실내 촬영 기술도 극적으로 발전했고, 사진 확대 기술과 다게레오타입 사진의 복제 기술도 개발되었다. 1847년, 조제프 니엡스의 먼 친척뻘인 니엡스 드 생 빅토르C. F. A. Niépce de Saint-Victor는 종이 대신 유리판에 음화를 제작하는 데 성공했다. 휘트스톤C. Wheatstone은 자신이 발명한 '입체경'에 약간 다른 각도에서 찍은 두 장의 사진을 사용했다. 그는 두 사진을 나란히 비춰 심도 있는 환각을 만들어냈다.[25] 사진 발명 후 25년 동안 다게르와 탤벗의 방법에 기초한 특허가 줄을 이었다.

그림 5.9 존 윌리엄 드레이퍼의 인물사진으로 보는 암브로타입의 원리. 오른쪽은 흰색 바탕 위에, 오른쪽은 검정색 벨벳 위에 놓은 경우.

다게르가 사망한 해인 1851년, 영국의 조각가 프레데릭 아처Frederick Archer는 다게레오타입의 종국을 알리는 새로운 처리법을 내놓았다. 아처는 면화 가공 과정에서 생기는 물질로 끈적끈적하다는 뜻의 그리스어 어원을 가진 콜로디온collodion을 사용했다. 콜로디온 감광판은 감광도가 엄청나게 높아서 다게르나 탤벗의 방법보다 훨씬 더 선명한 사진을 만들어냈고, 노출시킨 콜로디온 네거티브 이미지 뒤에 검정색 벨벳을 대면 네거티브를 포지티브로 보이게 할 수 있었다. '암브로타입'이라 일컫는 이 값싼 기술은 다게레오타입을 시장에서 몰아냈다. 이때부터 인물사진은 간단히 '암브로타이피ambrotypie'로 통했다(그림 5.9). 숨 가빴던 사진 도입기는 콜로디온의 등장으로 이렇게 마무리되었다.

사진이 세상에 나온 것은 그림이라는 우회로를 통해서였다. 다게르가 그랬듯이, 많은 1세대 사진사들은 화가라는 배경을 지녔다. 탤벗과 모스도 아마추어 화가였으며, 사진이 발명되기 전에는 카메라오브스쿠라를 이용해 그림을 그렸다. 사진사들은 자신을 기술자라기보다 예술가라고 생각했기에 화가의 언어와 관습에 따랐다. 그래서 사진사들은 창이 북쪽으로 난 스튜디오에서 일했고 고객에게 포즈를 취하게 했으며, 정물화·누드·역사화 같은 고전적인 장르를 추구했고 살롱에서 사진전을 열었다.[26] 적어도 대중의 눈에는 사진과 그림이 워낙 비슷해 보였기 때문에, 사진사들은 자신들을 광고하려 단체 사진의 포즈를 취하는 시간이 개인 사진보다 오래 걸리지 않는다는 점을 강조하기도 했다.[27] 또 도미에H. Daumier 같은 캐리커처 화가는 사진사를 '얼치기 예술가artiste manqué'로 즐겨 묘사했다.

사진 발명가들과 최초의 사진사들은 사진이 그림이나 카메라오브스쿠라의 상과 본질적으로 다르다는 점을 강조했다. 사진이 그처럼 놀라운 발명이었던 이유는 비길 데 없는 정확성, 자동화한 처리 과정, 덧없이 사라지던 것들에 영속성을 부여한 점 등 세 가지 특성 때문이었다.

세세한 부분까지 정확하게 재현한다는 점이라면 일찍이 고슈로의 신문기사(1839년 1월 6일)에서부터 언급되었다. 고슈로도 모스처럼, 다게르에게서 확대경을 건네받고 사진의 세부 묘사가 육안으로 보는 것 그 이상임을 확인했다. 아라고 역시 이 점에 감탄했고, 사진 공표일 연설에서 사진의 '수학적' 정확성을 칭송해 마지않았다. 이러한 정확성은 훗날 사진의 '해상도'라 일컫게 되는 중립적인 성질 그 이상의 것, 즉 묘사의 사실성을 가리키는 것이었다. 사진에서 사실성이라는 척도는 다른 시각예술 장르에서처럼 상대적 개념이 아닌 절대적 개념이었다. 판화가 어느 정도 사실에 충실했다면 사진은 그야말로 사실 표현 자체, 또는 진실의 시각화였다. 여행자들의 사진이 결국은 "연필과 붓이 보여주는 진실이란 다게레오타입이 보여주는 진실과 얼마나 거리가 먼가"를 입증할 것이라던 고슈로의 말은 그에 대한 명쾌한 요약이었다.

사진이 진실의 구현이라는 말은 사진의 선명함이나 정확성만을 의미하지 않았다. 다게르와 탤벗은 그들의 첫 번째 저서에서, 사진을 통해 자연이 **스스로를** 재현할 수 있게 되었다고 했다. 예술가의 개입이 불필요해졌다는 뜻이다. 탤벗은 자신의 발명을 "예술가의 연필 없이도 자연이 스스로를 그릴 수 있게 만든 방법"[28]으로 정의하고 이를 보고서의 부제로 썼다. 사진에는 기존의 시각예술에는 없는 자동성이라는 특성이 있었다. 그림은 단 하나의 세부 묘사도 먼저 화가의 눈과 마음을 거쳐야 했지만, 사진은 직접 재현되었다. 즉 묘사라기보다 기록이라고 할 수 있었다.

사진의 기계적인 특성은 훗날 시각예술로서 사진의 열등함을 주장하는 이들에게 빌미가 되기도 했지만, 19세기 중반에는 외부 세계에 대한 반半자동적 기록이 신기술의 위업으로 간주되었다. 탤벗이 왕립학회에 제출한 실험 보고서에는, 카메라오브스쿠라의 뒷벽에 인화지를 대고 난쟁이 화가가 그린 것 같은 근사한 세밀화miniature를 얻어낸 방법이 설명돼 있다.[29] 1835년 여름, 탤벗은 자신의 시골집을 찍은 일련의 사진을 완성하고 이 집이 **스스로를 그린 사상 최초의 집일 것**[30]이라고 덧붙였다.

비길 데 없는 정확성과 반자동성보다 훨씬 더 놀랄 만한 사진의 세 번째 특성은 일회적인 순간을 잡아내 기록한다는 점이었다. 사진을 처음 접한 당대인들의 묘사를 보면 '마법', '요술' 같은 말로 놀라움을 표하고 있다. 또 사진사는 어두운 방에서 마술을 부려 찰나적인 것을 잡아내는 마법사처럼 보였다. 다게르가 사진을 만드는 데 수은 증기를 사용했다는 사실(수은은 빠른 속도로 증발하는 성질이 있다)도 신비로움의 효과를 더했다.

탤벗은 이러한 '그림자 고정 기술'에 관해 설명하면서 빛과 그림자의 움직임이 기록된다는 사실에 대한 놀라움을 시적으로 표현했다. 그는 이 엄청난 기술적 성취에 흥분해 있었다.

> 더없이 무상하고 모든 찰나적인 것의 상징인 그림자라 해도 '자연의 마술'로 주문을 걸어 어느 한순간에 영원히 묶어둘 수 있다. ……이렇게 우리는 찰나적인 그림자를 종이 위에 정지시키고, 단 1분이면 정착시킬 수 있다. 바로 그 그림자를 낳은 태양광 속에서도 변하지 않을 만큼 확고하게.[31]

이후 한 세기 반이 지날 때까지도 이러한 탤벗의 경탄에 누구나 공감했다. 해시계(당시에는 흔했다)를 따라 움직이는 그림자는 시간의 경과 또는 한 자리에 고정될 수 없는 무언가를 의미했기 때문이다.

사진이 도입된 지 20년 뒤쯤, 미국의 의사이자 아마추어 사진사 올리버 웬들 홈스Oliver Wendell Holmes가 시각 상의 저장이 얼마나 놀라운 일인지 다시금 상기시켰다. 그는 거울 속의 상을 잡아내 저장하는 다게레오타입이 마취제 클로로포름의 발명보다, 수백 킬로미터 떨어진 곳을 직접 이어주는 전신 발명보다 더 놀라운 발명이라고 썼다. 예로부터 거울에 비친 상은 환영이나 변화에 관한 은유였다. 사진은 그렇게 순간순간 변하는 대상을 붙잡아 영속성을 부여했다. 즉 사진은 "기억을 지닌 거울"[32]이었다.

감광판으로서 기억

1839년 가을, 일상생활을 스케치한 네덜란드 작가 니콜라스 베이츠Nicolaas Beets의 산문집 《카메라오브스쿠라》가 출간되었다. 이 책은 '작자 미상'의 인용문으로 시작하는데, 여기서 카메라오브스쿠라는 영혼에 대한 은유로 쓰였다.

> 회상, 기억, 상상이 만드는 그림자와 유령들은 카메라오브스쿠라 속에 나타나듯 우리 영혼 속에 나타난다. 그 가운데 어떤 것은 너무 인상적이고 매혹적이어서 복사를 해두거나 여기저기 수정, 채색, 배열해 작은 그림으로 만들어두고 싶을 정도다.[33]

이어서 인용문은 이렇게 만든 그림에 사실성을 기대해서는 안 된다고 경고한다. "왜냐하면 기억의 코를 상상의 얼굴에 갖다 얹는 일도 부지기수일 테고, 얼굴 표정이란 것이 워낙 다양해서 같은 얼굴이 수십 명의 얼굴처럼 보일 수도 있기 때문"이라는 것이다.

오늘날 '실제 인물과 어떠한 유사성도……'처럼 관용적으로 쓰이는 경고를 농담조로 표현한 이 은유는 또 다른 중요한 의미를 담고 있다. 여기서 카메라오브스쿠라가 연상시키는 것은 기억의 가변성과 조작 가능성이다. 감각의 통로로 들어와 영혼의 스크린에 남는 것은 희미하고 대략적인 윤곽이며, 기억이 그것을 다시 채색하고 배열하는 것이다.

사진이 세상에 알려진 바로 그해, 위와 같은 글이 나온 사실은 묘한 우연의 일치가 아닐 수 없다. 1839년 이후로 최첨단 광학 도구는 더는 카메라오브스쿠라가 아닌 사진기였고, 사진기를 통해 시각 경험의 처리에 대한 새로운 유추가 가능해졌다. 카메라오브스쿠라는 눈에서 일어나는 시각 처리의 물리적 모델이 된 광학 도구였다. 카메라오브스쿠라 은유는 (베이츠의 글에서처럼) 시각 상의 변화는 설명해주었지만 영속적인 저장을 설명하지는 못했다. 한편 화학적인 사진 처리법은 시각 자극이 망막에 투영된 **다음에** 일어나는 일, 즉 시각 자극이 뇌에서 기억으로 처리되는 과정에 대한 유추에 안성맞춤이었다. 사진이 '기억을 지닌 거울'이라는 웬들 홈스의 은유는 심리학 이론에서는 앞뒤가 바뀌게 된다. 1839년 이후로는 인간의 기억이 시각 경험을 저장·재생하는 사진 감광판이었다.

아무래도 사진과 직접 관련이 있는 연구자들이 주로 사진 은유를 사용했으리라는 추측은 틀리지 않다. 뒤에서 다룰 프랜시스 골턴Francis Galton의 기억 이론이 그 좋은 예이고, 앞서 언급한 미국 사진의 선구자 드레이퍼도 기억 관련 논문에서 사진 은유를 사용했다. 드레이퍼는 화학자인 동시에 저명한 생리학자였으며, 그가 1856년 출간한 인체 생리학 연구서는 곧바로 교과서의 반열에 올랐다.[34]

드레이퍼는 인간의 신경계가 '인상의 흔적'[35]을 보유하는 능력이 있다고 보았다. 수많은 뉴런으로부터 자극을 취합하는 신경세포, 즉 신경절세포가 '인상'을 저장하고 비교하는데, 이러한 과정이 기억으로 이어진다는 것이다. 이렇게 기억된 것은 절대 지워지지 않는다. 즉 아무리 희미한 인상이라도 모든 자극은 흔적을 남긴다. 근본적으로 지워지지 않는다는 점에서 사진은 인상적인 은유였다. 드레이퍼는 "벽에 생긴 그림자는 반드시 영속적인, 단 적절한 처리를 통해 다시 보이게 할 수 있는 흔적을 남긴다. 모든 종류의 사진이 정도 차이가 있을 뿐 그것을 예증한다"[36]고 썼다. 드레이퍼는 '모저 상'을 기억흔적에 대한 설득력 있는 유추 대상으로 보았고, 신경절세포에서 일어나는 일도 그와 유사하다는 결론 아래 이렇게 주장했다. "무기물의 표면상에도 그처럼 인상이 저장된다면, 합목적적으로 구성된 신경절에서는 더 말할 나위도 없지 않겠는가!"[37]

드레이퍼에 따르면, 뇌에 저장된 이러한 기억흔적은 관찰된 상의 형태와는 아무 유사성도 없다고 한다. 다시 말해 기억흔적은 부호의 형태로 저장된다는 것이다. 드레이퍼는 이러한 부호를 설명하는 데도 은유를 사용했다. 그는 동료이자 같은 스튜디오를 사용하던 모스의 업적을 인용해, 관찰된 상의 모습과 신경상 흔적의 관계가 "전신국에 전달된 서신의 글자와 그것을 보고 멀리 떨어진 전신국에 보내는 전신 신호"[38]의 관계와 같다고 썼다.

드레이퍼는 나중에 쓴 글에서 뇌와 사진의 유비 관계를 구체적으로 기술했다.

> 모든 감각 인상이 영속적인 흔적을 남긴다는 사실은 사진에서의 지속, 출현, 소멸과 일치한다. 멕시코에서 촬영한 풍경과 건축물이 그 뒤 뉴욕에서 몇 달 동안의 현상을 거쳐 제대로 된 형태와 음영을 모두 갖춘 상으로 나타나는 것을 지켜보았다. 사진은 아무것도 잊어버리지 않았다.[39]

사진이 "아무것도 잊어버리지 않는다"는 사실은 사진에 관한 수많은 은유의 주된 골자이다. 사진을 시각적 재현에 대한 유추로 사용할 때는 기억의 **불변성**이 유독 강조된다. 우리의 기억이 아무것도 잊지 않으며, 시각 경험의 완전하고 영원한 기록을 보유한다는 것이다. 드레이퍼는 인간의 마음을 '모든 경험의 실루엣'이 전시된 '고요한 갤러리'로 보았다. 낮

시간 동안 우리는 이 거대한 갤러리의 존재를 알아차리지 못하고 우리의 주의는 감각이 느끼는 것에만 사로잡혀 있지만, 우리가 잠들 때나 고열에 시달릴 때, 지독한 공포를 느낄 때, '엄숙한 죽음의 순간에' 이 실루엣들은 다시 살아 움직인다. 그리고 우리 내부로 향한 정신이 "보아놓은 임브로타입(이것이야말로 진정 바래지 않는 사진이기 때문이다) 사진을 훑어보고 우연인 것처럼 꿈의 파노라마로 조합해낸다."[40] 우아하고도 단호한 이 은유가 상기시키는 바가 있다면, 암브로타입은 뒤에 검은 벨벳을 대야 비로소 상을 드러내는 사진이라는 점이다.[41]

여러 언어권의 학자들이 생리학적 기억 이론을 설명하기 위해 저마다 사진 은유를 사용했다. 파리 살페트리에르 병원 소속 신경학자 뤼이J. Luys는 우리의 신경에는 진동을 야기한 감각 자극이 사라진 뒤에도 이 진동을 보유하는 능력이 있다고 보았으며, 이를 '유기적 인광성'이라고 표현했다. 인광성 물질이 빛의 파동 형태를 띠는 에테르의 진동을 보존한다는 사실을 당시의 최신 물리학이 밝혀낸 데 따른 것이다. 뤼이는 같은 지역에 살던 니엡스 드 생 빅토르가 1857년 과학아카데미에 제출한 연구를 인용했다. 빛이 '잠재적 진동'으로서 종이에 저장·보존되었다가 일정한 화학적 처리에 의해 원래 상을 드러낸다는 내용의 연구였다. 햇빛에 노출된 감광판이 태양의 '잠재적 상'을 지니고 있다가 현상을 거친 뒤 '태양의 잃어버린 **기억**'[42]을 드러낸다는 것이었다. 뤼이가 보기에, 콜로디온이라는 물질로 이런 사진을 쉽게 만들어낸다는 사실은 빛의 진동이 남긴 흔적을 저장하는 무기물이 존재한다는 증거로서 충분했다. 유기물인 신경계의 경우도 마찬가지로, 감각 인상을 진동의 형태로 저장했다가 후에 재생한다고 볼 수 있는 것이었다.

독일의 의사 쿠스마울A. Kussmaul 역시 자신의 이론을 설명하기 위해 사진 은유를 사용했다. 감각 인상이 남긴 흔적을 '태양이 은판 위에 만드는 보이지 않는 상'[43]에 비유할 수 있다는 것이었다. 벨기에의 심리생리학자 델뵈프도 뇌를 감광판에 비유하고, '감광'이나 '정착' 같은 기술적 과정에 해당하는 유기적 기억 과정이 있다고 보았다.[44] 영국 의사 카펜터는 영영 잊어버린 것 같던 기억이 어떤 상황에서 다시 떠오르곤 하는 현상을 사진이 설명해준다고 했다. "감광지 위에 남겨진 보이지 않는 상이 특정한 화학적 처리를 거쳐 사진으로 현상되는 것 같은"[45] 현상이라는 것이었다. 예일 대학교 래드 교수도 뤼이와 마찬가지로, 니엡스 드 생 빅토르의 현상 처리와 콜로디온 감광판의 사용을 언급하며 사진 은유를 사용했다.[46]

뇌의 작용과 결부된 또 다른 기술로 천연색 사진술이 있었다. 1861년 물리학자인 제임스 클러크 맥스웰James Clerk Maxwell은 세 가지 단색 상을 이용해 천연색 상을 만드는 방법을 영국 왕립연구소에 공개했다.[47] 맥스웰은 검은 벨벳을 배경으로 천연색 나비 리본을 빨강, 초록, 파랑 세 가지 색 필터를 통해 세 번 촬영했다. 그렇게 유리에 찍힌 네거티브와 포지티브 이미지를, 이번에는 환등기 석 대를 이용해 상이 서로 겹치도록 투사했다. 그 결과 세 가지 포지티브가 합쳐져 리본 본래의 색을 재생해냈다. 맥스웰은 3원색에 감응하는 세 종류의 시신경세포가 존재한다고 말한 1800년경 토머스 영Thomas Young의 색채 이론에 따라, 세 가지 단색 사진이 "토머스 영이 말한 세 가지 신경세포에 의해 각각 관찰된"[48] 천연색 리본의 일부분에 해당한다고 생각했다. 인간의 뇌가 천연색 스펙트럼을 세 종류로 나눴다가 다시 합친다는 맥스웰의 생각은 모든 색이 저마다 다른 신경세포를 필요로 하지 않는다는 점에서 경제성 원리를 중시한 가설이었다. 맥스웰의 환등기 투사는 직접 실험이 불가능했던 신경학적 가설에 대해 깔끔한 물리적 유추를 제공했다.

그러나 기술적 은유를 바라보는 견해 사이에는 적지 않은 차이도 존재했는데, '정신생리학계' 학자들 사이에서조차 그러했다. 1880년 의사이자 콜레주 드 프랑스 심리학연구소의 초대 소장이었던 테오뒬 리보Théodule Ribot는 기억의 물리적 유추에 반대하는 입장이었다. 리보는 "일반적으로 **기억**이라는 말은 어떠한 상황을 저장하고, 재생하고, 과거에 국한시킨다는 세 가지 의미를 지닌다"고 했다. 앞의 두 가지 의미가 없으면 기억은 성립하지 않는다. 그러나 세 번째 의미가 없다면 "객관적인 의미의 기억은 성립하지 않지만 주관적 의미에서는 성립한다"[49]는 것이었다. 리보는 사진 은유가 저장은 설명하지만 재생은 설명하지 못하는 단점이 있다고 보았다.

> 우리는 기억에 대한 유추 대상을 비유기적 현상 속에서 찾았다. 그중에서도 특히 빛이 얼마 동안 보이지 않는 진동 상태로 종이 위에 저장되었다가 적절한 현상 처리만 하면 다시 나타나는 성질에 주목했다. ……그러나 이러한 사실은 기억을 실질적으로 설명하기에는 너무 막연한 비유라고 생각한다. 기억의 첫째 조건인 저장은 설명할 수 있지만 단지 그것뿐이다. 사진에서 재생이란 외부의 개입에 의존하는 매우 수동적인 것이어서 자연스런 기억의 재생과는 어떠한 유사성도 없다. 따라서 우리가 기억 연구에서 잊지 말아야 할 것은 물리적 원리가 아닌 생물의 원리를 다뤄야 한다는 점과 기억의 원리는 오직 유기물의 특성 속에서 찾아야 한다는 점이다.[50]

사진 은유에 대한 비판은 정신생리학계 '외부'에서도 나왔다. 독일의 후버J. N. Huber는 드레이퍼와 쿠스마울의 은유를 비판함으로써 생리학적 기억 이론에 대한 이견을 제시했다.[51] 후버에 따르면, 물질도 인상을 저장할 수 있지만 기억의 특성은 저장된 인상을 재생하는 데 있다는 것이다. 이는 리보의 생각과 비슷하지만 그가 말하고자 한 것은 좀 달랐다. 사진 은유를 사용하는 사람들이 '의식'의 존재를 전제로 하고 있다는 데 문제가 있었다. "정신 과정이 남긴 물질적 흔적을 반영하는 거울로서 의식이 존재한다고 할 때"[52] 그 흔적은 오직 의식 속에서만 재생될 수 있다. 이유는 단순하다. "인상은 스스로를 볼 수 없기 때문이다." 인상이 어떻게 의식 속에서 재생되는지 생리학으로 설명할 수 있다고 해도, 그 표상이 어떻게 '과거의 것'으로 판단되는가 하는 문제가 남는다. 사진 은유로는 기억과 순수한 상상이 구분되지 않는 것이다. 이는 실질적인 문제를 덮어버릴 수도 있는 은유의 위험성을 보여준다. 후버는 쿠스마울이 말하는 식의 은유가 기억에 대해 아무것도 설명하지 못할 뿐 아니라 사실상 잘못된 설명이라고 여겼다.[53] 후버는 '거울로서 의식'에 관해 서술하기에 앞서, 독자들에게 '비유'와 '진짜 통찰'을 혼동해서는 안 된다고 강조했다.

드레이퍼, 래드, 쿠스마울 등 '정신생리학계' 학자들은 진일보한 과학기술로부터 기억의 은유를 가져왔다. 그들은 사진의 빛 처리와 신경 처리 가설을 하나하나 비교하는 글을 쓰면서 그 설득력을 확신했을 것이다. 수용 매체의 감응, 흔적의 잠재성, 시각 상의 신경 부호로의 전환, 곧바로 또는 오랜 뒤에도 가능한 현상 처리로서 재생 등 사진의 온갖 요소가 생리학적 기억 이론에 부합했기에, 이들은 대부분 눈에 보이지 않는 기억 과정을 눈에 보이듯이 일관되게 표현할 수 있었다. 게다가 사진은 대중적 영향력이 엄청난 기술이었다. 드레이퍼의《종교와 과학 사이의 갈등사 History of the Conflict between Religion and Science》처럼 폭넓은 독자층을 겨냥한 책에 등장한 사진 은유는 시각기억에 관한 새로운 이론의 대중화를 촉진했다. '정신생리학자'들은 사진 은유로써 과학계 너머의 청중들에게까지 강연한 셈이 됐다.

조금 거슬러 올라가 사진 은유를 혹의 인광체 은유와 비교해본다면, 누구나 그 유사성을 알아차릴 수 있을 것이다. 먼저 둘 다 당대의 신기술에서 나온 비유였다는 점이다. 인광체의 빛이 눈부시고 황홀했듯이, 19세기 중엽에는 사진이 신비로운 현상이었다. 그 속성과 배경이 아무리 달라도 인광체와 사진이 지닌 대중적 영향력은 다르지 않았다. 두 번째 유사성은 둘 다 존재 증명에 이용되었다는 점이다. 혹이 인광체를 언급한 것은 빛의 인상을 저장하는 물질을 보여줌으로써 인간의 뇌가 시각기억을 저장·재생하는 방식도 순전히 물질적으로 설명된다는 것을 입증하기 위해서였다. 마찬가지로, 감광판 위의 시각적 표상이 저장·재생된다는 사실은 시각 자극이 적절한 매체에 식별할 수 없는 잠재적 흔적을 남긴다는 것을 증명했다. 무기물의 표면에도 인상이 저장된다면 특히 합목적적으로 구성된 신경절세포에서는 말할 것도 없다는 게 드레이퍼의 추론이었다. 인공적 인광성과 뇌에서 일어나는 '자연의 화학'의 관계에 대한 혹의 추론도 마찬가지였다.

유사성만 있는 것이 아니라 분명한 차이도 존재한다. 인광체가 물질이 빛의 인상을 보유할 수 있음을 보여주는 데 그쳤다면, 19세기에는 광학과 화학 이론에 힘입어 빛 자극이 어떻게 저장·재생되는지도 누구나 알 수 있었다. 17세기의 인광체는 시각기억 그 자체만큼이나 신비로운 대상이었지만 19세기의 사진은 충분히 이해할 수 있는 기술이었다. 게다가 사진은 훨씬 더 정교한 기술이었다. 인광체는 획일적인 빛을 저장하지만 감광판은 빛의 분포, 색깔, 초점, 농도까지 저장했다.

1851~1875년은 훅의 시대에 비해 기억의 신경 기반에 대해 많은 것이 알려진 시기였다. 신경 전달의 전기적 특성은 생리학자들에게 익숙한 지식이었고, 촉진facilitation 작용에 대한 인식도 어렴풋이 형성돼 있었다. 기억의 신경 단위들이 진동 상태에 있다는 가정(뤼이의 가설)에 따라, 감광판상의 진동은 실제 신경 과정에 더욱 적합한 비유가 되었다. 사실 뤼이가 보기에, 다른 매체에서도 동일한 과정이 발견될지는 미지수였다. 그런데 점점 정교해지는 기술 발전 덕분에 한층 더 정확하고 설득력 있는 증거가 뒷받침되었다.

그러나 리보와 후버의 글에 따르면, 유추가 정교해질수록 문제점 역시 따르게 마련이다. 비유 대상 사이의 유사성이 더 뚜렷해질수록 그 차이도 분명해진다는 것이다. 빛 자극이 감광판을 변화시키듯이 감각 자극이 뇌의 물리적 변화를 야기한다는 가설의 경우, 그렇다면 사진의 현상 과정은 어떤 신경 과정에 해당하는가 하는 의문을 낳는다. 사진의 생생한 표현이야말로 이론상의 차이를 분명히 드러낸다. 생리학적 기억 이론에 대한 철학적 이견들도 이 문제를 지적하고 있다. 후버는 사진 은유를 통해 호문쿨루스homunculus(뇌 속에 작은 인간이 존재해 인간의 마음과 행동을 결정한다고 보는 심리 현상의 설명 틀. 9장 참조—옮긴이) 문제를 시각화할 수 있었다. 즉 인상도 사진도 스스로를 볼 수는 없는 것이다. 흔적에는 그것을 해석할 의식의 존재가 필요하다.

기억의 화상 통계

모든 사진 은유가 '정신생리학' 영역에서만 나온 것도 아니고, 늘 생리학적 기억과 관련되었던 것도 아니다. 서로 다른 시각 인상으로부터 보편적 인상을 만들어내는 능력 같은 특수한 기억 과정에 대해서도 사진 은유가 쓰였다.

1877년 영국의 과학자 프랜시스 골턴은 교정국으로부터 범죄 유형과 얼굴 생김새의 연관성을 연구해달라는 제의를 받았다.[54] 범죄생리학 분야에서는 이미 그러한 연관성이 존재한다고 보고 있었다. 골턴은 수많은 범죄자의 인물사진과 그들이 저지른 범죄 정보를 건네받았다. 그는 범죄 유형을 (1) 살인 및 과실치사, (2) 사기 및 위조, (3) 성범죄 등 세 집단으로 나누었다. 그런 다음 자연스럽게 얼굴이 분류되기를 기대하며 사진을 가 분류했지만, 이는 정량 분석 방법으로 적절하지 않았다. 범죄 유형별 평균값을 내는 적당한 방법을 찾던 골턴은 환등기 두 대로 두 개의 상을 합칠 때 나타나는 효과를 떠올렸다. 상이 합쳐지면 양자의 공통 요소는 선명해지고 어느 한쪽만 지닌 요소는 희미해지는 효과였다. 골턴은 다양한 사진을 대상으로 이 효과를 이용해보기로 했다. 그는 일련의 사진을 **동일한** 감광판에 촬영하되 일반적인 노출 시간을 사진 수대로 나눠서 촬영했다. 그 결과 사진들의 '평균 상pictorial average'이 나왔다. 공통적인 특징은 사진으로 남고 개별적인 특징은 노출 부족으로 사라진 결과였다. 예컨대 콧수염이 난 사람의 사진이 한 장뿐이라면 합성사진에서는 콧수염이 거의 드러나지 않았지만, 모두에게 콧수염이 있다면 사진에는 '평균적인' 콧수염이 나타났다. 합성사진은 평균값을 제시했을 뿐 아니라 '편차'라는 척도도 제시했다. 사진들이 보이는 편차에 따라 윤곽선의 선명도가 결정되었다.

즉 서로 닮은 얼굴일수록 합성사진은 선명해졌다. 이에 골턴은 '화상 통계 pictorial statistics'라는 표현을 썼다.

1879년 사진 합성법이 발표되자 온갖 응용이 뒤따랐다.[55] 결핵환자들의 합성사진에서부터 남자와 여자, 동일인의 과거와 현재, 가족구성원, 박사 스무 명의 합성사진에 이르기까지, 합성사진의 수많은 산물은 사진 잡지뿐 아니라 과학 잡지에도 실렸다. 골턴은 그 가운데 일련의 사진을 골라 자기 저서의 권두화로 싣기도 했다.[56] (그림 5.10 참조.)

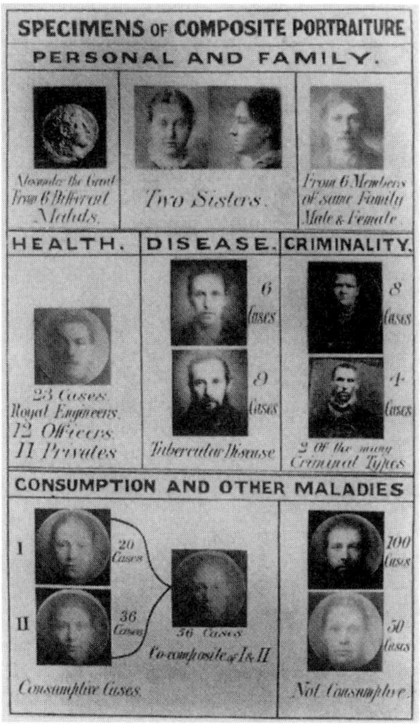

그림 5.10 '합성사진'의 사례. 골턴이 쓴 《인간의 재능과 그 계발에 대한 연구》(런던, 1883)의 권두화.

정신 장애자들은 합성사진이 만들어지지 않았다. 골턴에 따르면, 그들의 생김새가 워낙 불규칙해서 합성사진이 나올 수 없다는 것이었다. 흥미로운 응용 사례 가운데 하나는 알렉산드로스 대왕이나 클레오파트라 같은 역사적 인물의 초상 합성이었다. 동전 등에 그려진 서로 다른 다섯 점의 클레오파트라 초상으로 합성 초상을 만든 결과, 절세미인이라는 그녀의 명성은 확증되지 못했다. 골턴은 클레오파트라의 얼굴이 영국인 일반의 취향(아마 골턴의 취향)에는 '끔찍할 뿐'이라고 썼다.

범죄자들의 얼굴을 통계화한 골턴의 시도는 일단은 성공한 듯했다. 그러나 정말 범죄 유형별로 확연한 생김새의 차이가 존재할까 하는 의구심이 뒤따랐다. 예컨대 살인범의 평균적 얼굴은 절도범의 평균적 얼굴과 다르

그림 5.11 프랜시스 골턴이 만든 범죄자 합성사진.

게 생겼지만, 골턴이 말했듯이 이 평균적 얼굴은 "보편적인 영국인의 얼굴은 분명 아니었다"(그림 5.11).

골턴은 전형적인 살인범이나 사기범의 얼굴 같은 것은 없다고 생각했다. 범주 안의 편차가 너무 컸다. "각각의 얼굴은 충분히 악해 보이지만 저마다 다른 식으로 악해 보이기 때문에, 합성사진으로 만들면 개성은 사라지고 특색 없는 생김새만 남았다."[57] 어떤 특색 있는 얼굴도 '이상적인'(이런 표현이 가능하다면) 범죄자 유형이 될 수 없었다. 따라서 골턴은 당대의 선입견에 반기를 들었다. 그랬던 그도 범죄자의 평균적 얼굴이 단호하고 총명하고 정직해 보이는 영국군 공병대 군인의 보편적인 얼굴과 비교되는 것에는 반대하지 않았다.

합성사진은 롬브로소C. Lombroso와 그 제자들의 범죄학, 인류학의 인종차 연구에 응용되었고,[58] 미의 속성에 관한 철학적 연구에도 쓰였다. 골턴 자신은 이 기술을 기억 이론에 사용했다. 영국 경험론과 그에 접목된 심리학의 오랜 난제는 보편적 인상이나 추상적 개념이 어떻게 만들어지는가 하는 것이었다. 우리는 개를 보고 마음속에 개의 인상을 새김으로써 특정한 개에 대한 시각기억을 형성한다. 그렇다면 '개'라는 보편 개념은 어떻게 생기는 것일까? 보편 개념과 일치하는 실재는 없다. 즉 '보편적 개'란 존재하지 않는다. 골턴은 이 문제를 풀려고 노력했다. 왕립연구소 강연에서 골턴은 합성사진을 기억의 신경적 기반에 대한 은유로 제시했다.[59] 골턴은 "기억의 생리학적 원리는 개략하자면 아주 단순하다"고 했다.

> 감각 인상에 의해 흥분된 뇌의 신경 단위는 쉽게 말하면 예민해져서 그와 비슷한 흥분 상태에 다시 빠지기 쉬워진다. 먼젓번과 다른 원인으로 흥분이 발생하면 그 결과로 기억이 생기고, 하나의 원인이 서로 다른 신경 단위를 동시에 흥분시킨다면 그 결과는 뒤섞인 기억으로 나타날 것이다.

따라서 기억의 물리적 기반은 뇌의 신경 단위들이 감각 자극의 패턴을 수용할 때마다 그와 비슷한 패턴까지 쉽게 수용하도록 변한다는 사실에서 찾을 수 있다. 그리하여 동일한 패턴이 서로 다른 신경 단위를 흥분시키는 경우 '뒤섞인 기억'이 만들어진다. 별개의 인상들로부터 공통 요소를 뽑아내는 기억 능력은 뇌가 합성사진의 감광판 같은 기능을 하기에 가능하다. 합성사진이 그렇듯이, 시각기억에서도 공통적인 특징은 더 선명해진다. 어느 정도 전형적인 '개'의 이미지는 이렇게 형성된다. 말하자면 개들이 지닌 개별적인 특징이 기억에 의해 수정 작업을 거치는 것이다. 시각기억의 저변에 합성 흔적이 존재한다는 사실은 심리학적 수준에서도 증명된다고 골턴은 주장했다. 때때로 혼동을 일으키는 기억은 서로 비슷한 기억들이라는 것이다. 산과 호수의 사진을 볼 때 우리는 예전에 본 동일한 이미지를 어렴풋이 떠올린다. 우리 뇌가 기억을 결합해 그 부류의 전형적 형태를 만들어내는 것은 분명하다. 속도가 너무 빨라 직접적인 연구가 불가능한 정신 작용에 관해 이렇게라도 설명할 수 있는 것은, 우리가 사진의 특성에 관해 느긋하게 연구할 수 있어서라고 골턴은 말했다.

골턴은《인간의 재능과 그 계발에 대한 연구》에서 자신의 은유를 좀더 보충했다. 보편 개념이 그 구성요소의 수에 따라 결정되기보다는 구성요소들이 얼마나 강한 인상을 남기는가에 달려 있지 않느냐는 반론이 가능했기 때문이다. 이에 대해 골턴은 합성사진도 마찬가지라고 설명했다. 사진 가운데 하나가 튀는 윤곽선을 가지고 있으면 그것이 최종 합성사진의 불균형한 부분으로 나타났던 것이다. "두 경우는 매우 유사해 보인다. 나는 튀는 사진의 경우 약간 초점을 흐리게 해 문제를 해결했다"고 골턴은 말했다.

골턴의 이 말은 합성사진 은유가 실험을 통한 발견 도구로서 그리 생산적이지 못했음을 알려준다. 골턴의 은유는 이미 심리학에서 알려진 현상을 시각적으로 재현해 보였을 뿐, 알려지지 않은 심리적 과정에 대해서는 아무런 예측도 하지 못했다. 골턴은 보편 개념이 유난히 강한 인상에 의해 결정되기도 한다는 생각이 분명해진 뒤에야 비로소 사진에서도 그와 비슷한 점이 있음을 깨달은 것이다. 기술의 특성을 통해 새로운 심리 현상을 발견할 수 있어야만 은유는 발견적 가치가 있다. 그러나 골턴의 은유는 그렇지 못했다. 골턴의 연구 성과는 이론적 수준에서 좀더 오래 살아남았다. 다양한 기억이 공통의 신경적 기반을 지님에 따라 뇌가 수많은 '합성 흔적'을 갖게 된다는 그의 가설을 재발견한 것은 1970년대 기억심리학이었다. '합성 흔적' 개념은 홀로그램 은유에서 두드러지게 부활했고 사진술의 맥락에서 또 한 번 부활했다.

사진 같은 기억: 계산 천재와 맹인 체스 선수

골턴이 특

정한 사진 기술을 역시 특정한 기억 작용의 비유로 제시했다면, 프랑스의 심리학자 알프레드 비네Alfred Binet의 연구는 기억 속의 시각적 표상이 사진처럼 실재와 정확히 일치하느냐 하는 좀더 일반적인 의문을 다루었다. 우리가 보통 '사진 같은 기억'이라고 일컫는 시각기억 유형은 초창기의 사진과 관련이 있다. 1868년 모즐리는 방금 읽은 글을 외워 거꾸로 읽는 능력을 지닌 사람을 언급하면서 "사진처럼 인상을 복사해 마음의 눈으로 읽는"[60] 시각기억의 일종이라고 설명했다. '사진 같은 기억'이라는 은유는 1922년에야 도입된 '직관상 기억eidetic memory'이라는 전문 용어보다 훨씬 더 오래된 것이다.[61] 비네는 에네기L. Henneguy와 함께 수학 천재와 체스 선수의 사고 과정에 관한 연구를 수행해, 그 결과를 1894년 《계산 천재와 체스 선수에 관한 심리학Psychologie des grands calculateurs et joueurs d'échecs》[62]으로 발표했다.

1892년 자크 이노디Jacques Inaudi라는 스물네 살의 암산 천재가 소르본 대학교에 모습을 드러냈다. 비천한 집안에서 태어나 양치기를 하며 어린 시절을 보낸 이노디는 여섯 살 무렵 계산하는 일에 열중하기 시작해 일곱 살에는 다섯 자릿수의 곱셈을 암산으로 해냈다. 한동안 시장과 저잣거리에서 재능을 발휘하던 그는 한 극단 단장의 보호 아래 대극장 순회공연에 따라다니게 되었다. 이노디가 열세 살 때 그를 검진한 브로카는 이노디의 비교적 큰 두상과 울퉁불퉁한 두개골에 주목했다. 11년 뒤인 1892년에 샤르코J.-M. Charcot도 이노디를 검사했지만 얼굴이 약간 비대칭인 점을 빼고는 두드러진 특징을 찾지 못했다. 베일에 싸인 그의 내면을 알아내는 일은 소르본 대학교 심리학연구소장 비네의 몫이었다.

이노디에게 먼저 그의 성장 배경과 현재의 삶에 관해 질문했다. 비네와 젊은 수학 천재의 인터뷰는 다소 이질적인 내용을 밝혀냈다. 그가 가난한 집안에서 태어났다는 것, 그의 형제도 암산 기술을 터득하려 했지만 헛수고였다는 것, 그가 가냘픈 체격에 양손잡이라는 것, 청각과 시각이 정상이라는 것, 차분하고 다소 게으른 성격이라는 것, 주로 카드놀이와 당구로 소일한다는 것, 많이 먹고 오래 잔다는 것, 숫자가 나오는 꿈만 기억한다는 것, 필체가 어른스럽지 못하다는 것 등이었다. 성적으로 잘 발달한 사실까지도 알 수 있었다. 주목할 만한 점은 그가 실제적인 일에 대해서는 대체로 무관심하고 유난히 잘 잊어버린다는 사실이었다. 즉 "그의 마음에는 광활한 미개척지가 존재했다". 비네는 이 점이 그의 놀라운 수학 능력의 필수조건일 것이라고 생각했다. "암산 또는 엄청난 수들을 동원하려면 적지 않은 빈 공간이 필요하기"[63] 때문이었다.

이노디의 수학 능력은 실로 놀라웠다. 그는 스물한 자릿수끼리의 뺄셈을 바로 해냈고, 아홉 자릿수의 제곱근을 계산했으며, 2년 48일 12시간이 몇 초인지 순식간에 계산했다. 질문과 답만이 아니라 중간 과정의 수까지 모두 기억하는 그의 기억 용량은 엄청난 것임에 분명했다. 마지막 질문이 끝난 뒤 이노디는 그동안의 모든 질문과 답, 그러니까 모두 200개가 넘는 수를 완벽하게 다시 기억해냈다.

비네는 이노디의 다른 기억 능력도 똑같이 발달했는지 조사했다. 일반적으로 개별 문자에 대한 기억력은 개별 숫자에 대한 기억력과 동일하며, 일반적인 기억범위memory span(문자나 숫자를 한번 들은 뒤 올바른 순서로 재생할 수 있는 항목의 최대 길이—옮긴이)는 일곱 항목 정도다. 그런데 이노디는 다섯 개 문자밖에 재생하지 못했다. 반면 그의 숫자 기억범위는 마흔둘이라는 놀라운 수준이었다. 전화번호를 마흔두 자리까지 외운다고 생각해보라. 이노디는 그렇게 할 수 있었고, 반복해 들으면 100자리 이상도 기억했다. 초두효과primacy effect와 최신효과recency effect도 발견되었다. 일련의 숫자 가운데 40~70번째 숫자를 재생하는 일이 처음이나 마지막 부분의 재생보다 쉽지 않았기 때문이다. 이노디의 능력은 숫자를 소리로 들을 때에만 발휘되었다. 실험자가 질문을 큰소리로 천천히 읽으면 이노디는 그 숫자를 나직이 되뇌었는데, 비네가 계산 중에 소리를 못 내게 하자 두 배의 시간이 걸렸다. 이노디는 순전히 시각적으로 제시되는 질문, 즉 칠판이나 종이에 적힌 질문은 풀지 못했다.

비네의 연구소에서 보고한 또 다른 천재로 페리클레스 디아만디Pericles Diamandi라는 그리스 사람이 있다. 실험 결과 그는 이노디와 전혀 다른 유형의 기억을 가진 것으로 드러났다. 이노디가 숫자를 '들었다'면 디아만디는 '보았다'. 그는 '사진 같은 기억'을 지닌 것으로 보였다. 비네는 몇 가지 예리한 실험을 통해 디아만디의 기억력에 이 은유가 정말 들어맞는지 알아보았다.

정말 사진 같은 방식으로 정보를 저장할 수 있다면 숫자의 색깔까지 기억하는 일도 어렵지 않을 것이라고 비네는 생각했다. 그는 디아만디에게 가로·세로 다섯 개씩 격자 모양으로 배열한 검정색 숫자 스물다섯 개를 외우게 했다. 외우는 데 걸린 시간은 평균 3분이었다. 이번에는 여섯 가지 색상으로 이루어진 숫자를 외우게 하자, 평균 8분이 소요되었다. 마지막으로 스물다섯 가지 색상으로 이루어진 숫자를 외우는 데는 평균 8분이 걸렸다. 색에 대한 기억이 숫자에 대한 기억과 별개임을 보여주는 결과였다. 디아만디가 보는 마음속 사진이 천연색 사진이 아님은 확실했다.[64] 이는 숫자부터 기억한 다음에 색깔을 기억했다는 디아만디 자신의

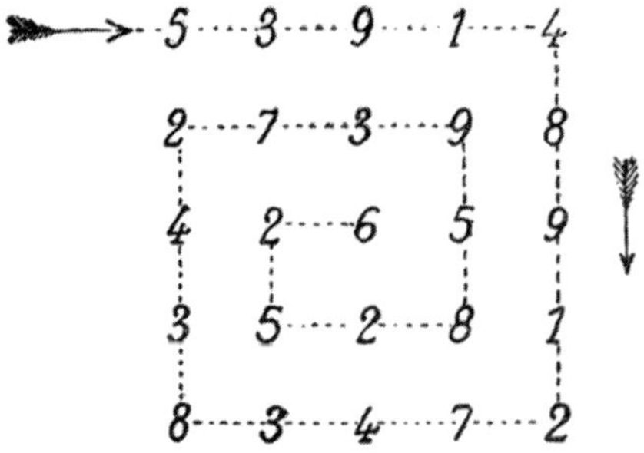

그림 5.12 격자 모양으로 배열된 숫자 스물다섯 개. 비네는 이를 수학 천재들의 기억 연구에 활용했다.

설명과도 부합했다.

사진 같은 기억이라는 은유에 관한 실험은 한 발 더 나아갔다. 디아만디가 정말 마음속의 사진을 본다면 왼쪽에서 오른쪽으로(정상적으로 읽는 방향) 보는 것만큼 오른쪽에서 왼쪽으로 보기도 쉬울 것이다. 그러나 실제로 디아만디는 왼쪽에서 오른쪽으로의 재생 속도가 오른쪽에서 왼쪽으로의 재생 속도보다 세 배 더 빨랐다.

사진 같은 기억이라는 은유는 수학 천재의 사고와 기억 과정에서는 분명하게 증명되지 않았다. 그러나 새로운 실험을 통해 청각기억과 시각기억의 차이에 관해서는 이 은유가 신빙성이 있음이 드러났다. 비네는 이노디와 디아만디 두 사람 모두 격자 모양으로 배열된 숫자 스물다섯 개를 외우도록 했다. 이노디에게는 숫자를 한 줄 한 줄 읽어주고 디아만디에게는 숫자가 쓰인 종이를 제시했다. 숫자를 다 외우는 데 걸린 시간은 디아만디가 3분, 이노디는 그보다 훨씬 빠른 45초였다. 숫자를 줄 단위로 재생하게 했을 때 두 사람은 비슷한 속도를 보였지만, 나선형으로 재생하게 했을 때(그림 5.12)는 디아만디가 훨씬 빨랐다. 이노디가 80초 걸린 데 비해 디아만디는 36초밖에 걸리지 않았다.

실험 결과에 대한 비네의 해석은 논리 정연했다. 청각적 제시의 경우 숫자는 시간에 따라 배열된다. 일직선상에 순서대로 늘어선 것처럼 일차원적인 배열이다. 한편 시각적 제시는 숫자가 이차원적으로 배열된다. 디아만디가 숫자를 외우는 데 좀더 오래 걸린 것은 이 때문이다. 그러나 나

선형으로 재생할 때에는 이차원적인 배열이 필요하다. 이노디는 우선 일직선상의 숫자를 나선형으로 전환해야 했기에 재생 시간이 더 오래 걸린 것이다. 시각 위주의 기억이 사진 같은 기억과 그리 비슷하지 않을지는 모르지만, 청각 위주의 기억 과정에 비하면 시각기억 과정이 사진을 보는 것과 확실히 비슷하다는 것이 비네의 결론이었다.

비네는 맹인 체스 선수의 사고와 기억 연구에서도 비슷한 결론을 얻었다. 머릿속으로 동시에 열 게임을 하고 그것을 그대로 재생해내는 능력을 지닌 맹인 체스 선수도 디아만디와 마찬가지였다. 즉 비네가 가정한 것처럼 실재를 그대로 반영하는 '내면의 거울' 같은 것은 없었다. 조사 결과 대부분의 맹인 체스 선수가 '보는' 심상이란 실재가 지극히 추상화한 것임이 밝혀졌다. 또 이러한 추상화 과정에서는 체스 선수의 전문 지식이 결정적 구실을 했다. 체스판 배열은 개별 말들의 집합이 아니라, 음악가가 화음을 기억하듯이 체스 선수에게 의미 있는 패턴으로 기억되었다. 체스 선수에게는 게임의 전개 과정이 의미를 지니므로 게임을 기억하는 일이 전혀 어렵지 않았다. 체스 선수가 아닌 사람이 게임을 기억하는 일은 글자를 모르는 사람이 부호의 나열 같은 문장을 기억하는 것만큼 어려운 일일 것이다. 기억 심상이 추상화한 것이라는 사실은 맹인 체스 선수가 게임에서 의미 있는 부분만을 '본다'는 사실에서도 분명히 알 수 있다. 말의 색깔이나 정확한 모양은 추상화 과정에서 아무 의미도 없다. 시텐펠드 Sittenfeld라는 체스 선수가 그린 그림은 많은 맹인 체스 선수들에게서 보고된 심상을 특징적으로 보여준다. 그는 체스판 배열을 일종의 '힘의 장 force field', 즉 잠재적인 움직임의 패턴으로 기억했다(그림 5.13). 이러한 기억 심상은 잘 발달된 시공간적 기억을 바탕으로 정확하고 숙련된 선택이

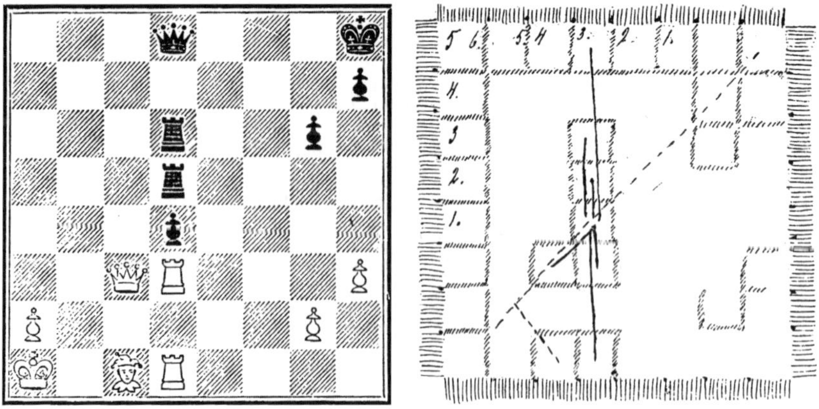

그림 5.13 체스판 배열(왼쪽)과 맹인 체스 선수 시텐펠드가 그린 체스판 배열의 심적 표상(오른쪽).

이루어진 결과였다. 비네에 따르면 심상과 실재의 관계는 초상화와 사진의 관계와 비슷했다.

다음은 수학 천재와 체스 선수의 사고와 기억에 관한 비네의 연구서 마지막 부분이다.

> 최대한 세세한 부분까지 조사했는데도 우리는 지적 활동의 복잡성을 정확히 이해하지 못했다. 맹인들의 체스 게임에는 모든 것, 즉 직관력·끈기·배짱은 물론이고 집중력·박학함·시각기억 등 수많은 능력이 함축돼 있다. 체스 선수의 머릿속을 들여다볼 수 있다면 감각, 심상, 움직임, 열정, 부단히 변화하는 의식의 파노라마로 들끓는 세계를 보게 될 것이다. 우리가 아무리 주의를 기울여 이를 설명한다 해도 지극히 단순화한 도식에 지나지 않는다.[65]

계산 속도, 기억범위, 색깔과 숫자의 재생, 체스 패턴의 기억 등 이 모든 현상은 실험이나 이론상의 편의를 위해서는 서로 분리할 수 있을지 몰라도 인간의 의식 속에서는 불가분한 관계로 이어져 있다.

고정불변의 흔적, 얼어붙은 상

우리가 정신 과정을 아무리 정교하게 설명한들 사실상 '지극히 단순화한 도식'에 불과하다는 비네의 말은, 기술적 은유의 경우에는 더더욱 설득력을 지닌다. 수학 천재를 연구하기 몇 년 전, 비네는 골턴의 '합성사진' 은유를 비판했다.[66] 비네는 서로 다른 인상이 감광판 위에서 순전히 기계적으로 혼합되어 보편적 표상을 만들어내듯 인간의 기억이 작용한다는 생각에 설득력이 없음을 깨달았다. 인간의 눈이 골턴의 장치에서 렌즈에 해당하고 거기에 시각 상이 주어진다 하더라도, 그것만으로 우리 뇌에서 합성사진에 해당하는 것이 만들어질 리 없다는 것이다. 인상의 형성은 우리의 주의·감정·흥미·선입견 등에 좌우되는데, 합성사진에서는 그러한 요소가 전혀 고려되지 않는다면서 비네는 보편 개념 형성을 설명하는 데 골턴의 광학기계는 적합한 은유가 아니라는 결론을 내렸다.

인상들이 기억 과정에서 겪는 '변화'를 설명하고자 한 변형된 사진 은유에 비네의 비판이 집중된 사실은 아이러니한 측면이 없지 않다. 대부분의 사진 은유가 고정불변의 상이 기억된다는 주장에 머무르고 있을 때, 시각 상이 점차 섞여 '평균' 상을 만들어낸다는 골턴의 은유는 비록 기계적인 유추라 해도 적어도 **움직임**을 의미했기 때문이다. 카메라오브스쿠라로부터 이어진 사진의 발전과 그것이 기억심리학에 남긴 자취를 돌아볼 때, 카메라오브스쿠라의 움직이는 상이 변화와 왜곡을 나타내는 은유였다면 사진의 상은 고정불변의 기록을 나타내는 은유였다는 점이야말로 가장 현저한 대조를 이룬다. 사진의 출현과 더불어 상은 그 두 가지 의미로 고착되었다.

19세기 중엽 광학 기술과 감광 물질의 발전 덕분에 신경학자와 심리학자는 망막에 시각 상이 맺힐 때부터 뇌 안쪽에서 시각기억이 만들어지기까지의 과정을 유추할 수 있었다. 그러나 한편으로는 기억 심상의 불변성까지도 받아들여야 했다. 카메라오브스쿠라 해설자 힐데브란트Hildebrand가 말한 것처럼 마음속에 생기는 그림자와 환영을 다듬고 색칠한다는 비유는 카메라오브스쿠라에만 해당하는 것이다. 사진 은유는 우리의 기억을 정확하고 영속적인 실재의 복사물로 규정했다. 물론 사진 은유에는 대단히 매력적인 점도 있다. 사진은 그림과 달리 반자동적인 과정으로 이루어졌기 때문에, 카메라만 있으면 더 이상의 개입 없이도 풍경이건 누드건 정물이건 알아서 저장되었다. 렌즈로 들어온 시각 자극은 스스로 감광판에 흔적을 남겼다. 카메라오브스쿠라에서는 새로 나타나는 모든 상이 이전의 상을 지웠지만, 사진에서는 흔적이 눈에 보이지 않게 부호화한 형태로 저장되었다가 감광판을 현상하면 다시 눈에 보이는 상으로 나타났다. 감광판에 저장된 상은 아리스토텔레스가 말한 '에이콘eikon'의 흔적처럼 '있는지 없는지도 모르는' 잠재적인 흔적으로 남았다. 신경학자와 심리학자가 이 은유를 거부할 수 없었던 것도 당연하다. 뇌를 복사물이 아닌 잠재적 인상을 저장하는 도구로 바꿔놓기에 더할 나위 없는 은유였기 때문이다. 그 과정에서 심상이 고정되고, 가변적인 경험이 부동의 신경흔적으로 얼어붙는다는 점은 피할 수 없는 결과로 받아들였다.

기억된 상이 움직임을 회복하기 시작한 것은 20세기로 들어설 무렵이었다. 그것이 어떤 기술 덕에 가능했는지는 누구나 추측할 수 있을 것이다. 앙리 베르그송Henri Bergson의 설명을 빌려보자.

행진하는 군인들의 움직임을 기록하기 위한 효과적인 방법은 일련의 스냅사진을 찍어 매우 빠른 속도로 차례를 바꿔가며 영사막에 투사하는 것이다. 이것이 바로 영화촬영술이다. 고정 자세의 군인 사진으로 행진하는 군대의 움직임을 재구성할 수도 있다. 그러나 오로지 사진만으로 그렇게 해야 한다면 아무리 여러 번 사진을 쳐다본들 움직임을 볼 수는 없다. 움직임 없는 사진 옆에 또 움직임 없는 사진만 보일 뿐 한없이 쳐다본다 해도 결코 움직임을 만들어낼 수는 없다. 사진을 움직이게 하려면 어딘가에 움직임이 있어야 한다. 그 움직임은 바로 영화 장치에 존재한다. 한 장면에서 배우들이 계속 움직일 수 있는 것은 영화 필름이 돌아가면서 각 장면에 딸린 서로 다른 사진이 끊어지지 않고 계속 바뀌기 때문이다. 즉 배우의 연속적인 행동은 보이지 않는 곳에서 돌아가는 필름에 의지한다. ……영화란 이렇게 만들어진다. 그리고 우리의 인식 역시 마찬가지다.[67]

뤼미에르Lumière 형제의 발견은 상을 저장할 뿐만 아니라 그 상들이 움직이는, 기억에 대한 은유를 제공했다. 결국 인간의 기억이란 카메라오브스쿠라와 사진의 신비로운 결합이자, 멈춤과 움직임의 결합인 영화와 같은 것이 아닐까?

6

디지털화한 기억

사진과 축음기 발명 이후 컴퓨터만큼 인간의 상상력을 사로잡은 신기술은 없었다. 컴퓨터가 처음 사용된 것은 제2차 세계대전 중이었다. 처음 등장할 때부터 컴퓨터는 수학자와 철학자, 그리고 인간의 사고와 기계 작용 사이의 관련성을 연구하는 심리학자들에게 영감을 제공했다. 1950년대 이래 지식의 처리 과정에 초점을 둔 인지과학 분야의 지배적인 은유는 컴퓨터였고, 그 지위는 1980년대 중반까지 이어졌다.

그런데 전후의 심리학은 그 스타일과 방법 면에서 20세기 초반의 심리학보다는 오히려 19세기 후반의 심리학과 더 비슷해 보인다.[1] 이 두 시기 동안의 은유 사용을 살펴보면 더욱 분명해진다. 앞에서도 보았듯이, 19세기 심리학자들이 인공기억과 통신 분야의 주요 발견을 자신들의 기억 이론에 응용했다면, 제2차 세계대전 이전 몇 십 년 동안은 양상이 달랐다. 양차 대전 사이에 나타난 심리학 이론의 유형은 그 이전과도, 이후와도 구분되는 것이었다.

겐트너D. Gentner와 그루딘J. Grudin의 통계를 보면, 이 시기 심리학 이론과 저술에서 은유 사용이 감소했음을 알 수 있다.[2] 겐트너와 그루딘은 1894년, 1905년, 1915년 그리고 1925~1985년에 발행된 〈심리학 리뷰Psychological Review〉의 각 권 첫 호를 대상으로 정신 과정의 은유를 사용한 횟수를 조사했다. 그 결과, 그들이 분류한 세 시기(1894~1905년, 1925~1945년, 1955~1985년) 가운데 두 번째 시기에 은유 사용이 현저하게 감소한 것으로 나타났다. 그들은 이를 행동주의behaviorism의 영향으로 보았다. 관찰할 수 없는 정신 과정을 논하는 것이 금기시되면서 은유의 필요성이 감소했다는 것이다. 다만 자극과 반응의 관계를 설명하기에 적절한 전화교환기 은유는 행동주의자들 사이에서도 꽤 자주 사용되었다. 그 밖에 이 시기의 다른 기술적 발명은 자극-반응 심리학에서 별다른 의미를 갖지 못했다.

그러나 이러한 분석으로 행동주의에서 은유 비중이 무시할 만한 수준이라고 단정해서는 안 된다. 빈도와 다양성은 감소했는지 몰라도, 학습과 기억에 관한 은유 등 사용한 은유만 놓고 본다면 행동주의 이론에서 핵심적인 위치에 있으니 말이다. 정확히 말해 신행동주의(전통적 행동주의와 마찬가지로 외적 행동에 초점을 둔 연구이긴 하지만, 그 행동을 설명하는 데 관찰할 수 없는 과정의 언급도 허용함)에서 사용한 은유는 컴퓨터의 도래를 예견했다. 행동주의의 은유는 인지혁명cognitive revolution을 설명할 때 흔히 묘사하는 것처럼 인지심리학의 은유와 상반된 것이라기보다는 오히려 그 전조라고 할 수 있다.

행동의 메커니즘

1920~1930년대에도 톨먼E. C. Tolman과 헐C. L. Hull 등의 신행동주의자들은 은유를 자유롭게 사용했다.[3] 톨먼과 헐은

특히 공간적인 표현을 선호했다. 헐이 자신의 생각을 전기기계적electro-mechanical 시스템으로 표현했다면, 톨먼은 주로 지도와 도해로 정리했다. 톨먼은 "나는 내가 주장하는 바를 도해로 바꿔놓아야만 마음이 편하다"[4]고 말하기도 했다. 톨먼은 주로 미로와 지도라는 한 쌍의 은유에서 영감을 얻었다. 미로는 (주로 쥐를 대상으로 한) 학습 연구에 널리 쓰이던 도구였으며, 인간을 대상으로 한 실험에서는 더 복잡한 변형들이 쓰이기도 했다(그림 6.1). 한편 지도는 학습으로 얻은 공간적 지식에 대한 기억을 표현한 것으로, '광범위하고 포괄적인' 것일 수도 있고 '협소하고 부분적인' 것일 수도 있었다. 톨먼에 따르면, "신경계를 총괄하는 중심은 구식 전화교환기보다는 관제실control room에 훨씬 더 가까운 것"이었다.[5] 전화교환기는 관제실처럼 수신한 신호를 처리하고 비교하는 일 없이 그저 '일대일 스위치를 통해 반응을 내보낼' 뿐이기 때문이다.

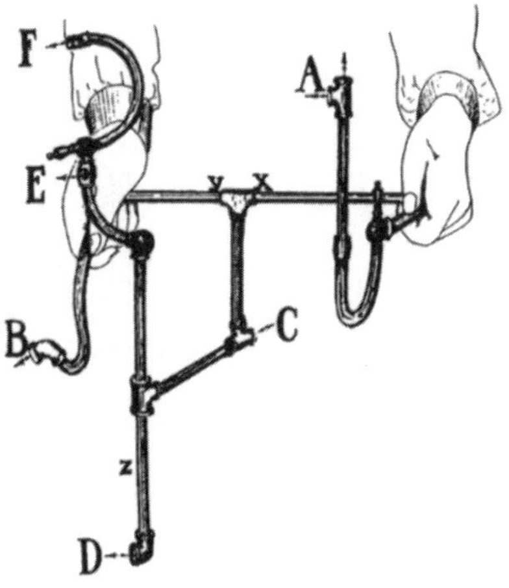

그림 6.1 운동 기능의 학습 연구에 사용한, 구리관으로 만든 입체 미로. 피험자는 A지점에서 출발한 쇠공이 미리 지정된 출구로 나오도록 조종해야 한다.

미로와 지도 은유는 톨먼의 연구팀에게 연구 프로그램의 역할을 했다. 즉 모든 문제를 미로로 도식화한 다음 그 함의를 연구했다.[6] 원래는 학습과 기억 이론을 정리할 목적으로 고안한 지도 은유가 연구 과정을 포괄하게 되면서, 결국 과학 연구 과정은 일종의 지도 제작cartography 과정이 되었다. 톨먼은 "우리가 보기에 과학이 제시할 수 있는 것은 지도와 그림으로 실재를 표현하는 것일 뿐"[7]이라며, 이는 "위대한 신이 만들어놓은 이 세계라는 미로"[8]에서 길을 찾아나가는 방법 가운데 하나라고 말했다.

톨먼과 동시대 사람인 헐은 공학 교육을 받은 사람이었다. 학창시절에 그는 핸들을 돌리면 삼단논법의 결론을 내놓는 '논리 기계'를 만들었고,[9] 1920년대에는 상관계수 계산 장치를 고안하기도 했다(현재 스미소니언 연구소에 보존). 당시 헐은 자신의 지식 일지(1927년 8월의 '아이디어 북')에 "순전히 물질적·기계론적 관점에서 보면 아무리 고등한 지적·성찰적 행동이나 사고도 조절 가능하다"[10]고 썼다. 헐에 따르면 '정신적인 일'을 수행하는 그의 기계장치는 '정신적 기계'였다. 한때 헐은 예일 대학교에 자신의 발명품을 소장할 '정신적 기계' 박물관을 세울 생각도 했다(그러나 실현되지는 않았다).

1926년 헐은 인간의 사고 과정을 모사한 기계가 원칙적으로 가능하다는 '로봇 연구'의 핵심적 견해를 밝혔다. 그러한 기계를 만듦으로써 사고 과정에 대한 정밀한 분석이 가능하다는 것이었다. 헐은 "사고의 본질을 분석하고 추상적인 관계를 밝히기 위해서는 그와 같은 기계장치의 본질을 연구하는 것이 최선의 방법일 수도 있다"[11]고 했다. 이처럼 시뮬레이션 연구의 타당성을 일찌감치 표방한 뒤 조건화conditioning 과정에 대한 기계적·전기화학적 유추 모델을 만들었다.[12] 1930년대 헐의 연구팀은 이러한 유추 모델을 더욱 정교화했다. 헐의 논문 가운데 하나는 다음과 같은 소견으로 끝을 맺고 있다. 더욱 복잡한 반응을 복제하는 일이 가능하다면, "많은 심리학자들이 마음의 특성이라고 여기는 폭넓은 적응행동을 구현하는 기계장치를 고안할 길이 열릴 것이다. '정신적 기계'라는 개념이 결코 역설적이지 않은 미래가 곧 올지도 모른다".[13] 분명한 사실은 헐이 이처럼 확고한 낙관론을 뒷받침할 근거를 자신의 유추 모델들에서 찾았다는 점이다. 그림 6.2는 유기체의 학습과 망각을 모사한 '정신적 기계'의 배선도이다.

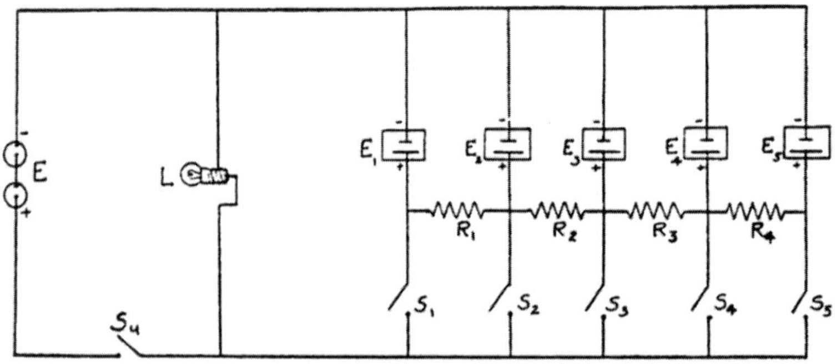

그림 6.2 조건반응의 전기화학적 모델. 배터리 E는 전구 L에 연결돼 있다. 축전지 E_1~E_5는 저항기 R_1~R_4에 의해 서로 차단되었다. 버튼 Su는 무조건 자극을 나타내는 것으로 Su를 눌러야 회로가 완성돼 전구에 불이 들어온다(무조건 반응). 실험자는 조건화를 조장하기 위해 Su와 더불어 S_1~S_4 가운데 하나를 누른다. 예컨대 S_2를 누르면 L에 불이 들어오는 것은 물론 축전지 E_2도 일부 충전된다. 이 두 버튼을 다시 눌러 두 가지 자극이 동시에 일어나면 E_2가 좀더 충전되고 결국 S_2만으로도 L에 불이 들어오게 할 수 있으므로 조건화가 성립한다. S_2의 증가하는 힘은 L의 밝기 증가로 나타나며 '학습곡선'을 이룬다.
축전지의 힘이 저항을 넘어서 인접한 축전지까지 충전하는 현상은 '과잉조건화(overconditioning)'에 해당한다. 두 버튼을 동시에 눌렀을 때 전구가 좀더 밝은 것은 서로 다른 자극의 결합 효과인 '가중(summation)' 때문이다. 사라졌던 조건반응이 얼마 뒤 다시 나타나는 '자발적 회복(spontaneous recovery)' 현상까지도 찾아볼 수 있다. 축전지가 다 소모된 것처럼 보여도 좀 쉬고 나면 다시 반응을 나타낸다. 끝으로, 배터리가 사용되건 사용되지 않건 서서히 떨어져가는 현상은 '망각'에 해당한다.

헐과 공저자들은 이러한 모델을 만듦으로써 심리학을 '신비주의'의 속박에서 해방시키는 데 기여한다고 생각했다.[14] 그들은 '영혼, 정신, 자아, 마음, 의식, 통찰'의 관점에서 행동을 설명하는 것을 신비주의적 사고로 규정했다. 그리하여 기계론적 모델은 점차 신비주의자들을 심리학의 변방으로 몰아냈다. 심성론적mentalistic 언어에 맞서 싸우던 이들은 '정신적 기계'의 기술적 발전에 큰 기대를 걸었다. 그리고 확실한 판단이 선 것은 기계의 발전이 증기기계, 전동기, 인쇄기 등의 발명에까지 이르렀을 때였다. 이들은 "현대의 산업이 점점 더 높은 수준의 자동화 기계를 끊임없이 요구하는 가운데 우리가 말하는 초자동화한 유형의 기계가 중요한 위치를 차지할 것"[15]이라면서 기술 발전에 대한 믿음을 보였다. 이 말은 하나의 예언이 되었다.

헐은 앞선 저서에서 자신의 전기화학적 모델에 깔린 논리를 한층 명확히 설명했다. 그 설명이 적절한 것이었다면 "정말로 지능, 통찰, 의도라는 특질을 나타내며 그 점에서는 말 그대로 정신적인"[16] 기계를 만드는 일은 분명 가능했다. 그러나 심리학 이론과 기계, 또는 이론적 설명과 기계 설계 사이의 더욱 긴밀한 결합은 이루어지지 못했다. 훌륭한 심리학자라도 기술자로서는 부족했다.

은유는 톨먼과 헐 모두에게 직접적인 연구 이외의 영역에서도 질서를 부여하는 틀 구실을 했다. 잘 만든 시뮬레이션이 하위 기제에 명령을 전달하는 위계 구조를 이루고 있듯이, 과학 이론도 현실의 위계 구조를 반영하는 법칙의 연역적 위계 구조를 이루고 있었다. 헐이 자신의 연구팀에 부여한 체계조차 기계의 위계 구조로부터 영향을 받은 듯했다.[17] 연구팀의 최상위 서열은 정예이론가('명제수립가postulate maker') 집단이었다. 이들은 그다음 서열인 '추론가deducer'나 '논리연구가logic-grinder' 집단에 업무를 인계했다. 이들 수학자와 논리학자는 이론적 가정으로부터 될 수 있는 대로 많은 가설을 이끌어내야 했다. 최하위 서열인 '실험가' 집단은 주로 대학원생으로 구성되어 가설의 실험에 종사했다. 톨먼 쪽의 연구원들은 그나마 지도 제작자라는 지위를 부여받았지만, 헐의 연구원들은 과학이라는 산업의 쉴 새 없이 돌아가는 기계 속의 톱니바퀴에 불과했다.

헐이 정신 과정에 대한 기계적 모델을 개발한 유일한 학자는 아니었다. 이미 제1차 세계대전 이전에 행동주의자 메이어M. Meyer가 과학적 심리학의 확고한 기반을 다지는 전략으로서 학습과 망각에 대한 기계적 유추의 개발을 장려했다. 메이어는 그러한 유추가 "유령 따위가 아닌 오직 역학적 원리에 따라 학습과 망각이 가능한 '유기체'를 만들 수 있음을 증명한다"[18]고 생각했다. 1930년대에 신행동주의적 성향의 학자들이 저마다 내놓은 기계적 모델은 모두 동일한 배경을 지녔다.[19] 그 배경은 심성론적 언어에 대한 반감, 이론과 기계 설계를 될 수 있는 대로 일치시키고자 하는 소망이었다.

이 두 배경으로 볼 때, 신행동주의는 1950년대 이후에야 영향력을 갖게 된 컴퓨터 은유와 본질적으로 두 가지 공통점을 지닌다. 그러므로 컴퓨터가 행동주의에 반기를 들고 나온 심리학 조류의 지배적 은유가 된 상황은 변칙적으로 보인다. 왜 컴퓨터는 행동주의와 스스럼없이 결합하지 못했을까? 결국 컴퓨터는 헐이 꿈꾸던 '초자동성'을 실현하지 않았던가? 이 의문에 답하려면 컴퓨터의 역사적 배경에 관해 몇 가지 언급할 필요가 있다.

전자두뇌

컴퓨터의 역사는 이론과 기술, 아이디어와 기계장치가 긴밀하게 연계된 역사이다. 컴퓨터는 두 갈래로 이어진 발전을 하나로 수렴한다. 그 한 갈래는 17세기의 시계공·자동기계 및 인조인간 설계자에서 야금술과 마이크로공학의 기술 혁신을 거쳐, 전송장비 발명을 지나, 오늘날 전자공학·미시물리학에 이르는 발전이다. 다른 한 갈래는 수학과 논리학, 철학과 언어학의 역사 속에서 이어져온 것이다. 버넌 프랫Vernon Pratt은 인공지능의 역사가 라이프니츠, 찰스 배비지Charles Babbage, 앨런 튜링Alan Turing이라는 이름과 관련한 세 가지 '프로젝트'의 연속이라고 표현했다. 세 사람 모두 기술적 발전과 개념적 발전 양쪽에 기여했다는 사실은 우연의 일치가 아닐 것이다.[20]

16세기 말 응용수학에 대한 관심이 급증한 것은 실용적인 문제 때문이었다. 해외 무역으로 말미암아 믿을 만한 항해법이 필요했고 특히 지리상의 경도를 정하는 일이 시급했다. 네이피어J. Napier, 파스칼B. Pascal, 라이프니츠, 보일, 하위헌스, 훅 등 내로라하는 인물들이 이 문제에 매달렸으나 무위로 돌아갔고, 결국 해리슨J. Harrison이 만든 정밀한 크로노미터chronometer(경도 측정에 사용되는 초정밀 시계—옮긴이)의 도움으로 정확한 항해를 할 수 있게 된 것은 18세기 말에 이르러서였다. 지도 제작 분야에서는 투사법이 발견되면서 수학의 발전을 촉진했다. 환율, 부기, 금융, 보험, 이자 계산 등 상업적 업무 증대는 수학적 작업을 확대·분화했다. 천문학 분야에서는 관측 장비의 발전 덕분에 처리해야 할 관측 자료가 폭발적으로 증가했다. 돈, 거리, 화물, 측정값, 무게, 시간 등 계산해야 할 것이 점점 더 많아지는 이러한 상황은 한층 효율적인 수학적 방법을 요구하게 되었다. 16세기에 프랑스의 비에트F. Viète는 최초로 기지량과 미지량을 나타내는 문자를 사용했다. 비에트는 숫자와 기하학적 양을 문자로 나타냄으로써, 대수학에 '기호'라는 결정적 특성을 부여했다. 또 다른 중요한 실용적 혁신으로 시몬 스테빈Simon Stevin이 1585년 고안한 십진법과 네이피어가 1614년 창안한 로그logarithm가 있다. 로그가 처음 응용된 곳은 복리複利 계산이었다.

이러한 사회적 요구는 수학의 발전뿐 아니라 계산 보조기기의 발전도 촉진했다. 네이피어는 상아로 만든 막대에 곱셈과 나눗셈용 숫자를 새겨 그 유명한 '계산막대'를 만들었다. 계산자slide rule 역시 네이피어의 아이디어에 기초해 발명되었다. 네이피어는 부기, 항해, 천문학을 위한 로그 표를 만들기도 했다. 계산기 제작을 처음 시도한 때가 바로 이 시기라고 할 수 있다. 최초의 계산기를 만든 이가 파스칼이 아니라 (히브리어 교수이자 뛰어난 수학자였던) 독일의 빌헬름 시카르트Wilhelm Schickard라는 설은 오늘날 과학사가들 사이에서 합의된 의견이다.[21] 시카르트는 1623년(파스칼이 태어난 해) 케플러에게 보낸 서신에서 자신이 만든 장치를 '계산 시계'라고 표현했다. 네이피어의 계산막대를 변형한 여섯 개의 숫자 막대가 톱니바퀴에 의해 움직이는 이 장치의 내부가 시계처럼 보이기 때문이었다. 이 장치는 기본적인 사칙연산을 수행할 수 있었고 덧셈과 뺄셈의 '받아올림'과 '받아내림' 기능까지 갖추었지만, 불행히도 1624년 화재로 소실되고 말았다. 시카르트의 기계에 비하면 파스칼이 세금 징수원인 부친의 노고를 덜고자 만든 계산기 '파스칼린Pascaline'은 몹시 투박했다. 주행거리계 원리와 마찬가지로 톱니바퀴가 한 방향으로만 회전했기 때문에, 다시 숫자를 빼야 하는 번거로운 수고가 뒤따랐다. 파스칼의 계산기가 처음 나오자마자 세상을 떠들썩하게 하고 특허를 받기도 전에 해적판이 나온 것은 실제로 더 편리한 계산기였기 때문이 아니라 단지 계산을 반자동적으로 할 수 있게 되었다는 생각 때문이었다.

잠재적 가능성만 놓고 본다면, 1670~1672년에 고트프리트 라이프니츠가 고안한 계산기가 훨씬 대단했다. 이 계산기는 오늘날 '라이프니츠의 계층통Leibniz's Wheel'으로 알려진 메커니즘 덕분에 곱셈도 가능했다. 또 타자기에 달린 것과 같은 캐리지carriage로 소수점 이하까지 계산할 수 있다는 점도 새로웠다. 그러나 이 모든 것이 원리에 그쳤다. 라이프니츠의 도구 제작자가 실용화할 수 있는 견본을 만들지 못했기 때문이다. 사실

17~18세기에 나온 어떤 계산기도 계산자와 산술표를 함께 사용하면 상대가 되지 못했다.

라이프니츠의 계산기가 프랫의 표현대로 '막연한 발상'[22]에 그쳤다면, 자동 계산의 철학적 원리에서는 라이프니츠의 기여가 적지 않았다. 인간의 추론과 기계의 추론의 관계에 대한 라이프니츠의 이론에서 추동력이 된 것은, 논리의 수학화를 통해 추론의 기계화가 가능하다는 생각이었다. 계산기가 **숫자**의 표상을 다루듯이, 추론 과정의 계산기 역시 사고의 표상을 기계적으로 다룰 수 있다는 것이다. 라이프니츠의 '추론 계산법calculus ratiocinator'은 이를테면 '프로그램' 같은 것이었다. 계산 처리에 적합한 **사고**의 표상을 모색하던 라이프니츠는 '보편 문자characteristica universalis', 즉 자연 언어의 결함이 제거된 이상적인 보편 언어 역할을 할 개념 틀을 만들고자 했다. 철학자이자 외교관이었던 라이프니츠에게는 어떤 의견 차이도 수학적으로 표현하고 계산을 통해 해결할 수 있는 것이었다.

이미 라이프니츠 이전에, 이 보편 언어의 꿈에 고취된 영국의 존 윌킨스John Wilkins가 모든 기술적·과학적·일상적 지식을 백과사전식으로 한데 묶은 구체적인 인공언어를 제안했다.[23] 윌킨스는 바벨탑의 저주에서 벗어나려는 영웅적인 노력 속에서 개념의 보편 분류를 시작했다. 그는 먼저 개념을 40가지 유형으로 나누고, 각 유형을 다시 9가지 부류로 나눈 뒤 또다시 색깔·무게 등을 기준으로 하여 9가지 '특징'으로 분류했다. 분류한 각각에는 고유의 문자코드를 부여했다. 윌킨스의 제안은 모호하지 않은 언어의 이상을 추구한 왕립학회의 후원 아래 나온 것이었다. 윌킨스의 피후견인이자 자신도 '철학적 대수학philosophical algebra'을 모색 중이던 로버트 훅이 특히 윌킨스의 제안에 관심을 보였다. 훅은 회중시계에 관한 글을 윌킨스의 인공언어로 써서 발표하기도 했다.[24] 혹은 라이프니츠에게 보낸 서신에서 윌킨스와 '보편 문자'에 대한 생각을 정기적으로 교환한다고 밝히기도 했다.[25]

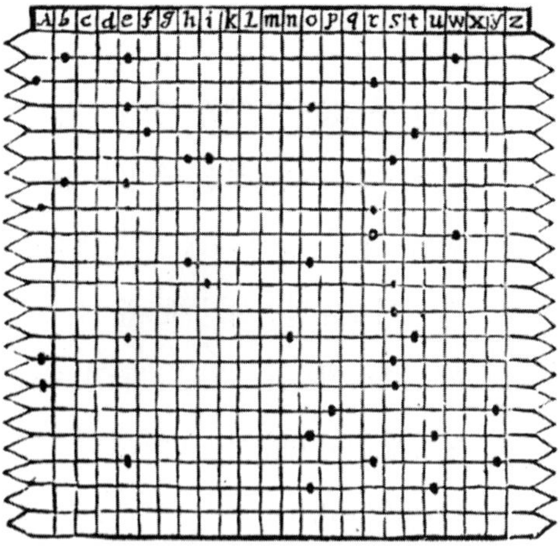

그림 6.3 윌킨스의 암호 작성과 해독 방법. 수신자는 매듭지어진 실, 즉 암호화한 메시지를 일직선으로 펼쳐 읽어야 했다. 매듭의 위치는 상단의 문자를 가리키며, '심부름꾼을 조심하라. 당신을 염탐하려는 첩자다'라는 메시지를 담고 있다. 윌킨스의 《머큐리 혹은 은밀하고 신속한 전령(Mercury: Or the Secret and Swift Messenger)》(런던, 1641)에 실린 삽화.

부호로 쓰이는 인공언어는 비밀 언어에 대한 시도로 이어졌다. 윌킨스는 일찍이 1641년에 암호에 관한 논문(부제가 '떨어져 있는 벗과 은밀하고도 신속하게 생각을 교환하는 방법에 관하여'였다)을 통해, 온갖 종류의 독창적인 암호 작성과 해독 방법을 제시한 바 있다(그림 6.3).[26] 윌킨스는 메시지의 내용과 형식은 서로 별개이며, 암호화한 메시지는 무의미하고 형식적인 기호의 집합으로 보여야 한다(해독법에 의해서만 의미 있어야 한다)고 강조했다. 그가 말한 대로 내용과 외적 형태 사이, 의미와 부호 사이의 구분은 암호법에서 가장 뚜렷하게 나타났다. 이런 점에서 17세기의 암호법은 라이프니츠 추론의 형식화 발상과 비슷한 것이었다.

형식논리학이 기계에 의한 기호 처리 기술과 연계된 것은 19세기가 되어서였다. 이러한 진전은 케임브리지 대학교 수학 교수이자 1816년부터 왕립학회 특별회원이고 암호법의 열성적 연구자인 찰스 배비지(1792~1871)와 무관하지 않다.

배비지의 포부는 "종류와 길이 제한 없이 이어지는 일반 기호를 결합할 수 있는" 기계를 만드는 것이었다. 이는 배비지의 친구인 러브레이스Lovelace 백작부인 에이다 바이런Ada Byron이 배비지가 만든 해석기Analytical Engine에 대해 쓴 글에 나오는 얘기다.[27] '해석'이란 배비지 주변 학계에서 발전시킨 새로운 대수학과 관련한 용어로, 이 대수학은 논리학·수학·기하학 법칙을 포괄하는 일반적인 기호 체계라고 할 수 있었다. 이렇게 해서 대수학은 바이런의 표현을 빌리면, '조작operation의 과학'이 되었다. 배비지의 해석기는 기계에 의한 조작을 실현하고자 고안된 것이었다.

그러나 해석기도 원리에 그치고 말았다. 배비지도 라이프니츠와 마찬가지로 실용화할 수 있는 기계 견본을 만들어내지 못했다. 그 이유로 19세기의 기술적 한계가 오랫동안 거론되었다. 그런데 최근 런던 과학박물관에서 배비지의 미분기Difference Engine 일부를 19세기 초에도 가능했던 기술과 정밀도(2000분의 1인치!)에 따라 원안(배비지가 해석기 전에 고안한 기계)대로 만들어냈다.[28] 결국 배비지가 기계를 만들지 못한 것은 (정부의 천문학적 기부에도 불구하고) 고질적인 자금 부족과 자신의 까다로운 성미 탓이었다. 그는 완벽한 결과에 조금이라도 미치지 못하면 전혀 받아들이지 않았다.

비록 해석기가 설계도 형태로만 남았다고는 해도, 개념상으로나 기술상으로는 혁신적인 것이었다. 해석기는 방직 산업에서 아이디어를 빌려왔다. '공장mill'이라는 중앙처리장치가 입력된 숫자를 처리하면, 그 결과는 '창고storehouse'에 저장되었다가 디스크disc 형태로 볼 수 있게 돼 있었다. 배비지는 계산 명령을 처리하는 방법으로 일종의 자동연주카드처럼 구멍이 뚫린 카드를 기계에 통과시켰는데, 이 방법 역시 방직 산업에서 빌려온 것이었다. 프랑스의 조제프 마리 자카르Joseph-Marie Jacquard

가 방직 기계를 돌리는 데 이와 같은 카드를 사용했다. 자카르는 각각 1000여 개의 구멍이 뚫린 카드 2400장으로 조절되는 직조기를 설계해 자신의 발명품을 실연했고, 그렇게 해서 흑백의 실크로 짠 자신의 초상화도 만들었다(그림 6.4). 배비지 역시 그런 초상화를 갖고 있었는데 명령이 순전히 기계적으로 처리된다는 점에 매료되었다. 그리하여 해석기를 고안하면서 특별한 '조작 카드operation card'를 개발해, 조작(이를테면 '실행run')이 반복되거나 하나의 조작에서 또 다른 조작이 이루어지도록(이를테면 '서브루틴sub-routine') 했다. 러브레이스 백작부인에게 해석기는 수학적 직조기 같았다. "자카르의 직조기가 꽃과 잎사귀 무늬를 짜내듯이 해석기는 대수적 무늬를 짜낸다"[29]는 것이다.

그림 6.4 프로그램화가 가능한 직조기를 발명한 조제프 마리 자카르의 실크 초상화.

해석기는 수만 처리한 것이 아니라 양, 음 같은 기호도 처리할 수 있었다. 해석기의 요체는 수의 계산보다 **기호**의 처리에 있었다. 배비지와 동시대 사람 가운데 이 점을 누구보다 제대로 간파한 사람이 바로 러브레이스 백작부인이었다. 그녀의 주장에 따르면, 내적 관계가 어떤 규칙에 따라 설명되는 모든 영역은 '조작의 과학'에 속하며 따라서 해석기로 처리하기에 적합했다. 예컨대 음악에서 음표들의 관계가 어떤 규칙으로 설명된다

그림 6.5 제번스의 '논리 피아노'. 술어 입력키 C가 눌려 있다. 제번스의 《과학 원리(The Principles of Science)》(런던, 1874) 권두화.

면 해석기로 '정교하고 과학적인 곡'을 작곡할 수도 있다는 것이다.[30]

배비지가 해석기 연구에 매달려 있던 시기에, 논리학 분야에서도 형식화에 일조하는 진전이 있었다. 수학자 불G. Boole은 《사고의 법칙Laws of Thought》이라는 저서를 통해 '인간 지성의 수학'을 논하면서 대수적 표현을 집합과 명제의 관계로 설명했다.[31] 각각의 요소가 어떠한 집합에 포함되거나 포함되지 않는다는 것을 근본 원리로 하는 체계에서, 각 명제는 1과 0의 두 '진릿값truth value'(프레게G. Frege의 용어) 가운데 하나의 진릿값을 갖게 된다. 이렇게 해서 논리학은 이진법적 성격을 띠게 되었다. 조금 다르긴 해도 속성과 집합에 대해 같은 생각을 한 논리학자 제번스W. S. Jevons의 원리도 있었다. 제번스는 타당하지 않은 결과를 집합에서 제외한다는 생각에 기초해 삼단논법의 형식화를 진전시켰다.[32] 이 방법을 기계화함으로써 제번스가 '논리 피아노logical piano'라고 일컬은 기계가 탄생했다. 제번스는 1869년 시계공에게 의뢰해 조건 입력키가 달린 직립형 피아노 형태의 장치를 만들었다. 논리 피아노는 **그리고**and와 **또는**or 같은 논리 연산자를 입력하는 '연산키'와 명제의 주어와 술어를 입력하는 '용어키'를 갖추었고,[33] 정교한 축軸 시스템을 통해 타당하지 않은 결론은 모두 제거하고 타당한 결론만을 창에 제시했다(그림 6.5).

배비지 해석기의 기계적인 기호 처리, 삼단논법을 형식화한 불의 이진법 논리, 제번스의 논리 피아노(이 모두 빅토리아 시대의 지식과 기술의 집성체)는 이미 두 세기 전에 나온 라이프니츠 이론의 연장이었다. 이렇게 오랫동안 아이디어로만 존재하던 것을 기계로 표현할 수 있게 된 것은 또 한 세기쯤 흐른 뒤였다.

배비지 이후, 기술 혁신은 이어졌지만 개념적으로는 침체를 겪었다. 많은 톱니바퀴와 축으로 이루어진 19세기의 톱니바퀴형 계산기는 견고하되 경직된 구조 때문에 복잡성이라는 측면에서 한계가 있었다. 이러한 시계 장치는 1930년대가 되어서야 마침내 효율적인 장치로 대체되었다. 벨 전화 회사 연구소는 한동안 전화 산업에서 사용하던 계전기로 실험을 했다. 전기 스위치(애초에는 부품 간의 연결고리였으나 나중에는 아예 그 부품을 대체함)를 이용한 계산기는 모든 기술적 문제를 해결했을 뿐만 아니라 뜻하지 않게 불의 아이디어까지 부활시켰다. '온·오프' 스위치 덕분에 계산기는 이진법적 장치가 되었다. 이러한 진전으로 기계의 계산 용량이 급증했지만, 기계가 **기호**를 처리할 수 있다는 배비지와 러브레이스의 중요한 개념적 통찰은 뒷전으로 밀려났다. 그런데 이 통찰을 연구의 중심부로 되돌려놓았을 뿐 아니라 정밀한 수학 공식으로 만든 사람이 바로 튜링이다.

케임브리지 대학교에서 수학을 공부한 앨런 튜링(1912~1954)이 25세 되던 해에 처음 발표한 수리논리학 논문은 일생의 주요 업적이 되었다.[34] 이 논문에서 그는 명확한 과정으로 풀 수 없는 특수한 수학적 문제가 있음을 증명했다. 수학과 논리학 기초 분야에 기여하고자 한 그의 증명은 컴퓨터 이론의 핵심이 될 요소('명확한 과정'에 대한 튜링의 정의)를 포함하고 있었다. 튜링은 증명 방식을 가상 기계의 작동 방식과 연관지었다. 이 가상 기계는 정해지지 않은 길이의 종이테이프를 (타자기에서처럼) 헤드에 통과시키는 방식으로 되어 있다. 네모 칸으로 분할된 종이테이프에는 각 칸마다 유한집합 기호 가운데 하나가 표시되어 있거나 비어 있으며, 헤드가 각 칸을 '읽고' 기호를 삭제 또는 인쇄한 뒤 종이테이프를 한 칸 앞이나 뒤로 움직인다. 튜링은 이러한 방식을 통해 이진법적 기호로 기록되는 어떤 프로그램도 원리상 실행 가능하다는 것을 증명했다. 명확한 단계적 과정으로 표현되는 어떤 작동도 일련의 기호 명령으로서 기계적으로 처리할 수 있다는 것이다. 여기에는 기계 자체의 작동도 포함된다. 어떤 특수한 기계의 프로그램도 처리할 수 있는 기계를 튜링은 '보편 기계universal machine'라고 했다.

오늘날 '튜링 기계'라고 일컫는 이 기계는 순전히 가상의 기계였으며, 당시로서는 오늘날의 컴퓨터 같은 기계로 여겨질 리 만무했다. 제2차 세계대전이 끝날 때까지도 '컴퓨터'는 대학이나 기업에서 일하는 전문적인 계산 인력을 가리키는 말이었다. 튜링의 기념비적인 가상 기계는 자동기호처리기계의 이론적 가능성을 발견하게 해준 것은 물론 철학과 심리학에도 중대한 영향을 끼쳤다.

오늘날과 같은 컴퓨터(기호 처리를 위한 프로그램이 저장된 자동전자기계)는 제2차 세계대전을 거치면서 전례 없이 급성장했다. 추축국(제2차 세계대전 당시 연합국에 대항한 국가)의 군대가 사용한 '에니그마Enigma'라는 통신용 장비는 지역 사령관들이 라디오를 통해 들은 암호 메시지를 해독하는 장비였다.[35] 에니그마는 타자기처럼 생겼지만 타이핑한 메시지가 전기기계 신호로 바뀐다는 점에서 타자기와 달랐다. 암호해독 코드는 매일 바뀌었으며, 나중에는 심지어 8시간마다 바뀌기도 했다. 전쟁 초기 에니그마를 간신히 손에 넣은 영국은 버킹엄셔 주 블레츨리 파크에 있는 영국암호학교에 일군의 수학자·논리학자·기술자 들을 모아놓고 '울트라Ultra'라는 암호해독 프로젝트를 수행했다. 1939년 가을부터는 튜링도 이 프로젝트의 일원이었다.[36]

울트라 프로젝트 기간 동안 나온 많은 자료가 아직까지 기밀로 남아 있지만, 두 장의 종이테이프를 광전자식으로 '읽고' 비교하는 기계의 개발에 튜링이 중요한 몫을 했음은 다 알려진 사실이다. 종이테이프 한 장에는 데이터가, 다른 한 장에는 비교 기능을 하는 패턴이 기록되었으며, 초당 2000개의 부호를 '읽는' 이 기계는 텔레타이프(전신타자기)와 연결돼 있었다. 기계의 처리 속도가 매우 빨라서 짧은 시간 안에 수많은 암호를 해독할 수 있었다. 이 기계에는 '콜로서스COLOSSUS'라는 이름이 붙었다.[37]

같은 기간, 미국의 기술자들은 컴퓨터 개발에 매달렸다. 영국처럼 암호해독의 필요성 때문이 아니라, 포병용 탄도계산표의 수요가 증가한 때문이었다. 탄도는 포의 무게, 발사각도, 풍속 등의 요인에 좌우되었다. 이러한 요인을 미분방정식 체계로 나타낼 수 있고, 포의 유형별로 이러한 요인을 종합한 탄도계산표가 작성되었다. 전쟁이 발발하자 수많은 '컴퓨터'가 양성되었고, 이 인력의 대부분을 차지한 여자 수학도들이 탄도계산표 작성 임무를 맡았다. 그러나 탄도계산표 공급이 수요에 훨씬 못 미친 데다 탄도계산표가 점점 더 복잡해지자(예를 들면 비행기의 측면을 겨냥한 탄도계산표도 있었다), 미 국방부는 펜실베이니아의 무어 공대에서 새로운 전자식 컴퓨터를 개발하는 것을 지원하기로 했다. 단 전쟁 보급용으로 비슷한 종류의 기계를 하나 더 만드는 조건이었다. 그 결과 탄생한 것이 '에니악Electronic Numerator Integrator Analyser and Computer, ENIAC이다. 에니악은 에어제트로 식혀야 하는 진공관 1만 8000개, 저항기 7만 개, 수동 조작 스위치 6000개를 지닌 거대한 기계였다. 이러한 에니악의 프로그래밍은 '머리를 돌게 만들 정도로'[38] 복잡한 일이었다. 너무 늦게 완성되는 바람에 제2차 세계대전에서는 제구실을 못했지만, 에니악은 곧 수소폭탄의 폭발 모델을 계산하는 데 사용되었다.[39]

1942년 미국을 방문한 튜링은 에니악의 개발 고문이던 존 폰 노이만John Von Neumann을 만났고, 영국으로 돌아와 '자동계산장치Automatic Computing Engine, ACE' 개발과, 뒤이어 '맨체스터자동디지털기계Manchester Automatic Digital Machine, MADAM'의 개발을 계속했다. 진짜 컴퓨터들에 둘러싸인 튜링의 머릿속에서는 컴퓨터의 작동과 정신 과정의 관계에 대한 생각이 구체화하기 시작했다. 튜링에게 컴퓨터와 심리학의 연결고리는 바로 뇌였다. 당시 인간의 뇌는 점점 유기적인 기계로 묘사되었다.

생리학자들은 세기가 바뀔 무렵부터 수분 함량과 산소 등 '내적 환경'의 변화를 조절하는 유기체의 작용에 관심을 갖기 시작했다. 어느 정도 추상화한다면, 유기체의 조절 작용은 복잡한 기계의 작동 메커니즘과 일치했다. 조절 메커니즘 사이의 상호작용을 연구하던 수학자 노버트 위너Norbert Wiener는 '항해술'을 뜻하는 그리스어 'kybernetike'에서 온 '사이버네틱스cybernetics(인공두뇌학)'라는 용어를 도입했다. 유기체와 기계의 작동 메커니즘의 유사성은 1945년 위너와 생리학자인 로젠블루스A. Rosenblueth의 사이버네틱스 연구에서 드러났다. 이는 위너가 제2차 세계대전 초에 대공포를 만들다가 생각해낸 음양의 피드백 개념을 이용해 심장박동 조절을 연구한 것이다.

신경생리학 분야에서는 이미 기술 분야와 연계되어 있었다. 유기체가 자극을 구분하는 것은 서서히 진행되는 네트워크의 자기조직화를 기반으로 한다. 자극을 구분하는 능력이 향상되면서 네트워크는 '학습'을 하게 되고 그에 따라 기억을 갖는 것이다. 1943년 헐의 제자인 신경생리학자 워런 매컬럭Warren McCulloch은 네트워크의 특성에 관한 논문을 발표했다. 논문의 공저자는 18세의 수학자 월터 피츠Walter Pitts였다.[40] 이들은 네트워크의 자극 전달이 갖는 '온·오프'의 성격을 형식화하기 위해 1938년 섀넌C. E. Shannon이 전화의 스위치 회로망을 설명하면서 했듯이,[41] 불의 이진법 논리를 사용했다. 또 하나 이 논문에서 주목할 것은 신경 네트워크와 튜링 기계를 비교한 부분이다. 이들이 말하는 네트워크(정확히 말하면, 네트워크의 '작용'을 추상적인 수학 모델로 나타낸 것)는 튜링 기계처럼 어떠한 기능을 계산 처리할 수 있었다. 즉 네트워크를 기호처리기계로 볼 수 있다는 의미였다.

제2차 세계대전 직후 사이버네틱스, 신경 네트워크 이론, 컴퓨터의 발전은 인간의 두뇌가 튜링 기계와 같다는 (또는 컴퓨터가 전자두뇌라는) 견해로 수렴되었다. 1947년 봄, 위너의 방문을 받고 그와 사이버네틱스의 원리를 토론한 튜링은 그해 9월, 고전이 된 〈마인드〉 게재 논문 〈계산 기계와 지능Computing machinery and intelligence〉[42]의 예비 논문격인 〈지능화한 기계Intelligent Machinery〉를 썼다. '어떻게 하면 기계가 지능화한 행동을 보여줄 수 있는가'에 관한 이 논문에서 주요 원리가 된 것은 뇌 유추였다. 유아의 대뇌피질에 잠재되어 있던 능력(튜링에 따르면 '조직되지 않은 기계')이 경험과 교육을 통해 실현되는 것처럼 컴퓨터에도 적절한 형태의 교육이 이루어질 수 있다는 것이다.

전기 모델로 신경 작용을 모사하는 일이 원칙적으로는 가능하다고 해도 이 방법은 튜링이 보기에 유추가 적용되기 힘든 것이었다. 말하자면 "바퀴 대신에, 다리 달린 자동차에 온갖 공을 들이는 것과 같다"는 것이다. 차라리 **정보**의 차원에 초점을 맞춰야 했다. "전자계산기계에 사용하는 전기회로는 신경의 필수적 특성을 지닌 것처럼 보인다. 곳곳으로 정보를 보낼 수 있고 정보를 저장할 수도 있으니 말이다."[43]

배비지에게 정보의 저장이 해석기의 '창고'에서 이루어졌다면, 튜링에게는 컴퓨터의 '메모리'에서 이루어지는 것이다. 튜링의 글에 인용부호와 함께 등장한 '메모리'는 처음에는 은유였지만 나중에는 인용부호 없이 쓰이게 되었다.

심리학과 컴퓨터

'지능화한 기계'에 대한 튜링의 생각은 1920년대에 신행동주의자 헐이 내세운 '정신적 기계'를 상기시킨다. 튜링의 생각이 헐 같은 연구자들의 생각과 연장선에 놓여 있음은 분명한 사실이며, 컴퓨터가 행동주의의 지배적 은유가 되는 것은 극히 자연스러운 일이다. 그러나 이미 앞에서 말했다시피 그런 일은 일어나지 않았다. 여기에는 부연 설명이 필요하다.

여러 면에서 튜링은 1940년대의 헐이었다(또는 헐이 1920년대의 튜링이었다). 우선 두 사람 모두 '사고'에 대한 행동주의적 정의를 사용했다. 1950년에 나온 '튜링 테스트'는 인터뷰에서 기계가 사람과 구분되지 않는 반응을 보여준다면 그 기계는 '사고한다'고 보아야 한다는 견해를 바탕으로 하고 있다.[44] 외적 반응을 기반으로 하는 사고의 조작적 정의는 행동주의 전통에 부합하는 것이다. 또한 튜링과 헐은 설명과 그 시뮬레이션의 관계에 대해서도 생각을 같이했다. 헐은 행동에 대한 설명이 기계적 모델로 전환될 수 있다는 원칙에 따라 그 원칙 안에서 심성론적 이론에 맞서는 최선의 방편을 찾았다. 튜링도 자신의 '지능화한 기계'가 반심성론적 심리학에 기여한다고 생각했다. 세 번째 공통점은 두 사람 모두 인간의 신경계, 특히 뇌에서 기계와 심리학의 연결고리를 찾았다는 점이다. 헐은 신경계를 기계로 정확히 모사함으로써 '진정한 정신적 기계'를 만들 수 있다고 확신했으며, 튜링 역시 뇌를 유기적 컴퓨터로 여겼다.

그러나 차이점도 존재했다. 둘의 차이점이야말로 왜 인공지능이 행동주의의 자연스러운 계승자가 되지 못했는지를 설명해준다. 첫째, 컴퓨터는 본래 '논리적' 기계였다. 컴퓨터가 탄생한 기반이자 라이프니츠, 배비지, 튜링의 연구가 이루어진 분야는 추론의 형식화에 중점을 둔 수학과 수리논리학 분야였다. 따라서 컴퓨터는 거의 자동적으로 체스 게임이나 정리 증명 같은 사고 과정과 관련되었다. 이러한 고등 정신 과정은 행동주의의 연구 대상이 아니었다.

두 번째로 헐과 튜링(행동주의와 인공지능) 사이의 차이는 뇌-기계 유추가 각기 어떤 수준에서 이루어졌는가에 있다. 헐에게는 기계 모델이 인간 신경계의 유사물이었다. 자극에 대한 외적 반응이 동일한 패턴을 보이기(기계 모델과 유기체가 동일한 **행동**을 보이기) 때문이었다. 한편 튜링에게는 인간의 뇌가 기계였다. 인간의 뇌가 특수한 튜링 기계, 즉 컴퓨터 같은 **논리적** 특성을 지닌 체계라는 것이다. 뇌와 기계가 보이는 반응의 유사성은, 헐에게는 '정신적 기계'의 본질이었지만 튜링에게는 파생된 결과였다. 튜링이 컴퓨터의 정보처리와 저장 능력을 강조한 것도 우연이 아니었다. 심리학에 컴퓨터 은유가 도입된 주된 이유는 바로 이런 점 때문이었고, 따라서 심리학이 나아간 방향은 행동주의가 아닌 인지심리학이었다.

기초적 인지와 기억 모델

인지심리학의 발생에 관한 글을 보면, 행동주의와 조작주의operationalism(명확한 조작적 절차를 통해 정의할 수 있는 개념만이 의미 있다고 보는 견해—옮긴이)에서 지적 자양분을 얻은 많은 학자들이 1950년대 말로 가면서 고등 기능에 관한 심리학 쪽으로 방향을 전환했다고 적고 있다. 고등 기능에 관한 이론의 핵심은 '정보처리' 개념이었다.[45] 인공지능 이론가인 뉴얼A. Newell과 사이먼H. Simon은 윌리엄 제임스 이후 제2차 세계대전까지 심리학이 '행동주의, 무의미 음절, 쥐'[46]의 지배를 받았다고 표현했다. 대부분의 기억 이론이 변별 가능한 반응의 습득이라고 이해한 '학습'을 다루었으며, 기억 과정 같은 고등 기능에 관심을 보인 행동주의 학자는 거의 없었다. 영국과 유럽의 기억심리학계는 그 정도가 덜했다고 하지만, 많은 연구가 학습 과정과 자극-반응의 기능적 관련성에 중점을 둔 것도 사실이었다. 기억 이론이 인지주의적으로 변한 것은 컴퓨터 프로그램으로 기억 과정을 모사하고 그 결과를 심리학 실험 결과와 비교할 수 있게 되면서부터였다.

초창기에 나온 유익한 기억 과정 모사 프로그램으로는 파이겐바움E. A. Feigenbaum의 '기초적 인지와 기억 모델Elementary Perceiver and Memorizer, EPAM'을 들 수 있다.[47] 파이겐바움의 논문 제목 〈언어 학습 행동의 시뮬레이션〉은 행동주의 학습 이론을 연상시키지만 논문 내용은 명백히 인지주의적이었다. 논문의 목적은 '인간의 기초적인 상징 학습 과정에 대한 정보처리 모델'을 제시하는 것이었다. EPAM은 신경학이나 생리학적 설명이 없는 **심리학적** 모델로서 인간의 뇌를 '정보를 시험·비교·분석·재배치·저장하는 내적 프로그램'을 갖춘 '정보처리 장치'라는 일반 용어로 설명했다. EPAM의 기본 단위, 즉 '정보기호'는 비트bit의 패턴으로 외부에서 들어온 정보가 우리 뇌에서 갖는 표상에 해당한다.

EPAM에 대한 실험은 무의미 음절 쌍을 기억하는 것이었다. 그리고 간단한 변형 실험은 자극 음절과 반응 음절의 연합 학습이었다. 이와 같은 학습 유형에서 나타나기 쉬운 현상은 (a) 명백한 오답보다는 무응답이 더 많다는 것, (b) 두 번째 목록의 학습이 첫 번째 목록의 재생을 어렵게 만든다는 것(역향억제 현상), (c) 올바르게 재생된 연합은 간혹 잊어버리더라도 나중에 다시 재생할 수 있다는 것(동요oscillation 현상) 등이다.

파이겐바움은 EPAM을 통해 음절의 구분, 기억, 연합을 좀더 기초적인 정보처리 과정으로 환원하려 했다. 자극 음절이 주어지면, 이를 지각하는 EPAM의 하위 시스템이 이 정보를 기하학적으로 분리된 내적 음절로 부호화했다. 예를 들면, 'D'에 대해 '수직선/폐회로'로 표현하는 식이었다. 그리하여 새로운 음절과 이미 저장된 음절을 구분하는 데 문제없을 만큼 최소화한 표현이 메모리에 저장되었다. 각각의 자극 음절에는 그 짝 음절을 최소화한 단서도 함께 저장되었다. 연합의 결과가 잘못되면(예컨대 '수직선/폐회로'는 'P'에도 해당하는 표현이다) 표현상의 정보를 늘려 교정했다. 이와 같은 계속되는 교정 끝에 EPAM은 목록을 완벽하게 학습해냈다.

'RAND 7090' 컴퓨터 시스템에서 운용된 EPAM은 인간을 대상으로 한 무의미 음절 학습 실험에서도 관찰되는 몇 가지 특성을 보였다. 학습 단계에서는 (2~3개로 이루어진) 최소화한 표현 때문에 때때로 잘못된 연합을 내놓기도 하지만, 나중에는 올바르게 재생한다는 점(동요 현상), 그리고 일정한 목록을 완벽하게 학습했다 해도 새로운 자료가 추가되면 그전에 올바르게 답한 것도 다시 틀릴 수 있다는 점(역향억제 현상) 등이 그것이었다.

파이겐바움은 EPAM이 두 가지 중요한 가치를 지닌 것으로 보았다. 첫 번째는 일부러 계획하지 않았는데도 프로그램의 어떤 '행동'이 기초적 과정을 만들어낸다는 점이다. EPAM의 설계 이론에 따르면 동요 현상이나 역향억제 현상은 최소 부호화와 인출 특정화에 기인한 예기치 않은 결과였다. 두 번째는 EPAM이 망각에 대한 대안적 가설을 제시한다는 점이다. 망각이란 기억흔적이 시간이 지남에 따라 생리학적으로 쇠잔하거나 '컴퓨터 메모리처럼 옛 정보에 새 정보를 덮어쓰기'[48]함으로써 사라지는 것이라는 생각이 일반적이었다. 그런데 EPAM이 보여준 '망각'은 끊임없이 확장되는 네트워크 속에서 연합 관계가 끊어져 인출 명령을 수행할 수 없게 되는 것이다. 이러한 망각은 쇠잔이나 '덮어쓰기' 결과로 일어나는 망각과 달리 일시적이며, 인출 단서를 바꿈으로써 재생 가능할 수도 있다. EPAM은 이처럼 아무 정보도 잃지 않고 망각이 일어날 수 있다는 역설적 사실을 설명해준다.

EPAM 프로그램은 훗날 기억 시뮬레이션의 핵심이 될 세 요소를 갖추었다. 첫 번째는 신경생리학적 조건의 언급 없이 정보라는 개념을 사용한 점이다. 정보처리의 물리적 기반이 무엇이냐 하는 점은 이 시뮬레이션에서 아무 의미도 없었다. 두 번째는 '상징적 표상'의 변형이 정보의 조작을 의미한다는 점이다. 분석, 비교, 시험, 저장, 재생 등 입력과 출력 사이의 모든 과정이 '정보기호'의 패턴으로 수행되었다. 세 번째는 역향억제나 연상 같은 잘 알려진 기억 과정이 프로그램 작동으로 나타난 점이다. 무엇보다 흥미로운 점은 계획하지 않은 '행동'이다. 이러한 행동은 계획한 과정 사이의 상호작용 결과로 해석되었다.

생리학자들은 EPAM을 원형으로 하는 접근법을 통해 인지주의적 방법으로 눈을 돌렸고, 따라서 기존의 행동주의적 방법과 이론에서 멀어져갔다. 그 대표적인 사례로 밀러G. A. Miller, 걸랜터E. Galanter, 프리브램이 자신들의 저서 《행동의 계획과 구조Plans and the Structure of Behavior》[49]에서 기억에 할애한 장을 들 수 있다. 머리말에서 1958년 접한 인공지능 프로젝트의 도움을 받았다고 밝힌("우리는 뉴얼, 쇼, 사이먼의 성공에 고무되었다") 저자들은 이 책에서 '심리학에 사이버네틱스적 사고'를 적용했다. 따라서 그들은 무언가를 기억에 각인시키려는 뇌 속의 '상징적 처리 과정'에 초점을 맞추었다. 그들은 기억 과정을 '계획', 즉 "컴퓨터 프로그램의 루틴과 서브루틴 같은 위계 체계로 전달되는 인지적 전략들"의 집합으로 보았다. 그들은 정신 과정이라는 측면을 강조함으로써 "내부에서 일어나는 상징적 처리 과정에 대해 생각하지 못하게 하는"[50] 행동주의의 빈곤함과 대비시켰다.

이러한 견해는 컴퓨터 은유에서 영감을 얻는 연구 풍토를 조성했다. 한때 신행동주의자 헐이 사고 과정의 시뮬레이션이야말로 심리학 이론이 지향하는 이상이라고 선언한 사실도 과학계의 기억에서 잊혔다. 행동주의자에게 심성론에 맞서는 수단이던 시뮬레이션이 인지주의에서는 행동 **저변의** 정신 과정에 관한 가설을 수립하게 하는 자극제가 된 사실은 심리학사의 아이러니가 아닐 수 없다. 컴퓨터 덕분에 정신이나 의식 같은 말들이 심리학 용어의 지위를 되찾았다.

컴퓨터 은유

기억심리학에서 컴퓨터는 처음부터 단순한 은유 이상의 의미를 지녔다. 컴퓨터는 '덮어쓰기'나 '보조기억장치' 같은 구체적 은유를 제공하는 동시에 그 은유에 의미를 부여하는 배경 구실도 했다. 마틴과 하레의 표현을 빌리면, 컴퓨터는 광범위한 '의미장意味場', 즉 은유에 의해 기억의 의미장과 연결됨으로써 활성화하는 다양한 연상의 네트워크였다.[51] 이러한 관계에서 나온 발견적 수확은 철학적인 동시에 이론적이다.

컴퓨터 은유는 데카르트와 흄이라는 이름과 관련한 두 가지 해묵은 문제의 해결책으로 제시되었다. 그 첫 번째는 육체-정신 관계의 문제이다. 에스테스W. K. Estes는 기억을 두 가지 수준으로 설명할 수 있다고 했다.[52] 하나는 자극이 제시·처리·저장될 때 작동하는 **물리적** 과정의 수준으로, 이러한 기억의 신경적 기반은 컴퓨터의 경우 '하드웨어'로 지칭되는 과정과 구조, 즉 전기적 자극이 칩을 통과하는 경로, 분자의 자기화와 비자기화 등에 해당한다. 두 번째는 제시된 정보의 선택·비교·재생과 관련한 **심리적** 과정의 수준이다. 이 과정은 '상징적 표상의 계산computation'[53] 과정으로 볼 수 있으며, '읽어들이기' '매칭' '읽어내기' 같은 '소프트웨어'의 작용과 상응한다. 이러한 에스테스의 설명은 정신-뇌의 관계가 프로그램-기계의 관계와 비슷하다는 보든M. A. Boden 등이 옹호한 명제의 특수한 사례라고 할 수 있다. 보든은 육체와 정신의 관계에 대한 이러한 새로운 관점이 "데카르트의 오래된 형이상학적 문제를 대체로 해결했다"[54]고 보았다.

컴퓨터 은유가 해결책을 제시했다고 하는 두 번째 철학적 문제는 데닛

D. C. Dennett이 '흄의 문제'라고 명명한, 표상의 지위에 관한 것이다.[55] 흄의 인식론에서 사용한 표상이란 '인상'과 '관념'이었는데, 현명하게도 흄은 이러한 표상에 수반되는 별도의 '자아'를 가정하지 않았다. 그러한 자아를 가정하면 순환의 문제에 휘말리기 때문이었다. 즉 표상의 조작은 또 다른 표상을 전제로 하는 일이기에 결국 무한 퇴행으로 이어진다. 따라서 흄은 감독자 없이 표상이 "스스로 생각한다"고 주장할 수밖에 없었다. 흄은 연상의 원리, 즉 (데닛이 형식화한 것처럼) "의식의 흐름에서 각각의 생각이 다음 생각을 이끌어내면서 연속되는"[56] 메커니즘에서 해결책을 찾았다. 그러나 연상의 원리가 더는 충분한 설명이 될 수 없는 오늘날, 철학자나 심리학자는 어떻게 퇴행에 휘말리지 않고 표상을 다룰 수 있을 것인가 하는 딜레마에 빠졌다. 데닛에 따르면, 이 딜레마는 "인공지능과 데이터 구조라는 개념이 출현하면서" 해결되었다. 데닛이 보기에 데이터 구조는 "숨쉬며 살아 있는 본보기는 아니지만 적어도 덜그럭거리며 작동하는, 스스로를 이해한다고 볼 수 있는 표상의 본보기"[57]였다.

프로그래머가 컴퓨터에게 특정한 임무, 예컨대 체스 게임 같은 것을 실행하게 만들려면, 먼저 컴퓨터의 동작을 여러 하위 체계로 나누어 각각 부분적인 임무를 맡길 것이다. 이 하위 체계는 또다시 지능을 덜 요하는 좀더 간단한 임무 체계로 쪼개질 수 있다. 인간의 마음도 컴퓨터 프로그램의 루틴과 서브루틴 같은 식으로, 지능 수준이 각기 다른 기능의 위계 구조를 이루고 있다고 생각해볼 수 있다. 이 가운데 최하위 단계를 데닛은 '백치군army of idiots'이라고 일컬었다.[58] 데닛은 그저 신경세포의 발화 여부만 결정하는 단순한 온·오프 구조인 이 백치군을 통해, 피할 수 없던 순환의 문제가 해결되었다고 생각했다. 아무런 지능도 필요 없는 최하위 구조 덕에 전체가 체스를 하고 생각하고 판단할 수 있다는 것이다. 데닛에 따르면, 호문쿨루스는 점점 더 낮은 지능의 호문쿨루스에게 일을 인계하면서 점점 부담을 덜게 된다고 한다.[59]

바스B. J. Baars에 따르면, 행동주의 시대에 표상 개념은 순환의 문제 때문에 외면당했다. 정작 설명이 필요한 모든 것을 그대로 되풀이할 뿐인 스키너B. F. Skinner의 '내적 인간inner man'의 이미지는 뇌 작용을 묘사한 유명한 그림 속에서, 관제실에 앉아 들어오는 모든 정보를 평가하고 반응을 지시하는 소형 인간으로 그려졌다. 이것은 단연 설득력 있는 귀류법reductio ad absurdum(간접증명법)이어서 표상이 심리학 이론에 자리 잡기 힘들게 만들었다. 그러나 컴퓨터가 등장하면서 표상에 대한 논쟁이 무의미해졌다는 것이 바스의 견해다. "세상의 어떤 부분을 컴퓨터 부호로 표상화하는 일이 대수롭지 않아지면서 호문쿨루스 이론은 어리석은 얘기가 되었다"[60]는 것이다.

정신-육체 문제에 해결책을 제시하고 표상을 되살리는 등 철학적 수준에서 볼 때 컴퓨터는 심리학 일반에서, 그리고 결과적으로는 기억심리학에서도 명백한 발견적 가치를 지녔다. 인지혁명은 기억 이론의 엄청난 증가를 가져왔다. 그렇다면 컴퓨터 은유가 구체적인 이론 차원에서도 발견적 가치를 지니는지 살펴볼 필요가 있다.

컴퓨터 은유를 통해 우리는 인간의 기억(진화로 만들어진 도구)에도 프로그램이 있다는 생각을 하게 되었지만, '신이라는 프로그래머Divine Hacker'는 그 프로그램의 설명서를 주지 않았다. 이 설명서를 찾아내는 일이 바로 인지심리학의 몫이었다. 우리 기억 프로그램의 구조를 알아내는 데는 우리 자신이 데이터의 저장, 조작, 재생을 위해 고안한 프로그램과 시스템의 도움을 받을 수도 있다. 이런 관점에서 보면 기억 과정을 모사한 컴퓨터 프로그램이 이론의 구실을 할 수도 있다. 1957년 허버트 사이먼은 "10년 안에 대부분의 심리학 이론이 컴퓨터 프로그램의 형태를 갖추게 될 것"[61]이라고 예언했다. 그로부터 10년, 15년, 20년 뒤의 기억 이론을 살펴보면 그 예언이 빗나갔음을 알 수 있다. 전문지에 실린 기억 연구 보고서는 대체로 서론·실험·결과·논의라는 정형화한 전통적 형식을 유지하고 있으며, 다소 차별화한 인공지능 이론 분야를 제외하면 시뮬레이션 프로그램으로 이론을 전개한 기억심리학자는 많지 않았다. 그런 식의 이론이 나오기는 했지만, '심상'의 속성을 상사적analogous 또는 명제적propositional으로 규정한 경쟁 이론도 설득력 있는 시뮬레이션을 만들어낼 수 있는 것으로 드러나면서, 어느 쪽이 더 낫다고 말할 수 없었다. 일반적으로 시뮬레이션은 엄숙한 선언 단계를 벗어나지 못했다.

분명한 것은, 컴퓨터 은유의 영향력이 주로 이론적 '용어' 수준에서 두드러진다는 사실이다. '정보처리체계로서 인간'이라는 은유를 통해 기억 관련 용어와 컴퓨터 관련 용어 사이의 교환이 일어난 것은 1960년대였다. '입력' '읽어들이기' '부호화encoding' '보조기억장치' '작업기억' '저장' '주소address' '매칭' '덮어쓰기' '검색' '인출retrieval' '읽어내기' 같은 전문 용어가 일반적인 어휘가 된 것이다. 이 용어들은 심리학 이론에서는 가설적 기억 과정, 인공지능 이론에서는 컴퓨터의 정보 저장 메커니즘 및 구조와 관련되었다. 이러한 의미의 공유는 심리학 용어와 컴퓨터 용어 사이의 균형 잡힌 교환 속에서 이루어졌다. '인출' 같은 용어는 컴퓨터 과학이 기억심리학에서 차용한 것이고, '주소' '부호화' 같은 용어는 인공지능 분야에서 심리학으로 건너간 것이다. '위치주소location-address'와 '내용주소content-address'의 구분도 원래 심리학에는 없었고 인공지능 분야의 개념 구분이었다.[62] 용어가 왔다 갔다 하는 경우도 있다. 컴퓨터에서 온 '보조기억장치'가 기억 이론에서 정보의 일시적 저장을 가리키게 된 경우를 들 수 있다. '보조기억장치'의 '기억'이라는 말은 원래 심리학에서 온 것이므로 심리학은 예전에 빌려준 말을 되돌려 받은 셈이다.

흔히 컴퓨터 은유의 영향으로 여겨지는 이론적 쇄신은 기억이 대상을 조직화한다는 데 주목하게 된 점이다. 기억 대상은 감각기관에 등록되고부터 영구 저장되기까지 컴퓨터의 입력이 부호화하는 과정에 상응하는 변형을 겪는다. 에스테스에 따르면, 사진이나 축음기 같은 종전의 은유도 선택적 주의를 고려하긴 했지만 기억 대상이 불변하는 흔적으로 저장된다고 보았다. 그러나 컴퓨터 은유에서는 "경험의 복사물이 아니라 다양한 차원의 가치와 속성에 따라 부호화한 표상이 저장"[63]된다. 유입되는 정보를 걸러내고 부호화함으로써 표상화한다는 것이다.

로프터스E. F. Loftus 역시 컴퓨터 은유의 영향을 받았다.[64] 로프터스는 '컴퓨터화하는 기억Computerizing memory'이라는 장에서 기억과 망각의 원리를 도식화하면서, 컴퓨터 메모리의 처리 과정과 구조를 최대한 인간의 기억에 투사하고 있다. 로프터스도 에스테스처럼 기억의 유연성을 표현하는 데 컴퓨터가 가장 적절한 은유라고 생각했다("기억의 유연성을 가장 정교하게 보여주는 모델").[65] 로프터스가 작성한 긴 비교 목록을 보면, 비교적 적은 양의 데이터를 즉시 처리하는 구조인 '코어core'는 감각등록기sensory register에, '가상 코어virtual core'는 단기기억에, 자기디스크에 저장된 데이터베이스는 장기기억에, 백업은 기억의 잉여 정보에, 파일 구조와 색인은 장기기억의 조직 원리에, 전기신호화한 정보는 작업기억의 일시적인 저장에, 화학적 부호화는 장기기억에의 최종적 저장에, 옛 파일을 새 버전으로 바꾸는 것은 기억의 변형과 각각 비교하고 있다.

기억을 정보처리체계로 보는 글을 검토해보면 컴퓨터 은유가 두 가지 기능을 해왔음을 알 수 있다. 먼저 컴퓨터는 기억심리학에 가설적 과정을 채워넣을 보편적 틀을 부여했다. 이론의 골격, 즉 무언가를 채워넣을 '포맷'을 제공했다. 두 번째로 컴퓨터 은유는 새로운 용어와 비유의 공급자 구실을 했다. 즉 기억심리학에 '컴퓨터 언어'를 도입한 것이다. 컴퓨터 은유는 다양한 계통의 연구자들에게 정확한 의미의 '공통어'를 제공했는데, 기억의 처리 구조를 순서도flow chart로 나타내는, 인공지능 분야에서 온 관습에 의해 그러한 인상은 더욱 강화되었다.

이 두 가지 기능 덕분에 기억을 연구하는 학자들 사이에는 보편적인 방향성이 생겨났다. 다양한 분야의 결과물을 동질적인 언어로 표현하는 보편적 이론 구조에 편입시킬 수 있게 된 것이다. 그러나 이러한 보편성을 과대평가해서도 안 될 것이다. 컴퓨터 은유는 생각해낼 수 있는 어떤 발견도 '세부 조정minor tuning'만 거치면 적용될 것 같은 지나친 융통성 때문에 비난받기도 했다.[66] 게다가 컴퓨터 은유는 구체적인 기억 과정과 구조의 수준에서 볼 때 적지 않은 논쟁의 여지가 있었다. 그 예로 배덜리A. D. Baddeley가 시공간적 정보처리를 가능케 하는 기억 과정을 설명하기 위해 제시한 '스케치패드sketchpad' 은유에 관한 논쟁을 살펴보자.[67] '스케치패드'에 나타나는 표상의 지배적 속성이 시각적이냐 공간적이냐 하는 문제에 초점을 맞춘 이 논쟁은 일련의 실험으로 이어졌다. 그 가운데는 피험자들이 시각적 요인과 공간적 요인 중 상대적으로 더 가까운 쪽을 판단하도록 하는 블라인드 테스트도 있었다. 이 논쟁의 경과와 결과는 중요치 않다. 중요한 것은 "스케치패드는 작업기억의 구성요소이다"[68] 같은 컴퓨터 은유 안에서 좀더 세부적인 논쟁이 제기될 수 있고, 그것이 컴퓨터와 직접적인 관련이 없을 수도 있다는 점이다.

컴퓨터 은유가 구체적인 기억 과정에 대한 실험 가능한 가설로서 생산성이 떨어진다는 점은, 기억 이론의 증가가 다른 요인에도 기인함을 의미한다. 일반 인지심리학과 마찬가지로 기억심리학도 바스가 "믿을 만한 실험을 통한 설득"[69]이라고 한 요인에 크게 힘입은 듯하다. 1960년대 이래, 고등의 인지 과정에 대한 관심이 행동주의의 헤게모니로부터 되살아나면서 실험상의 기술적·방법론적 기교가 급증했다. 반응시간 측정과 자극제시 방법도 상당히 정교해졌다. 낡은 '심리계시법mental chronometry' 대신 반응시간 측정법이 정신 과정의 (지속기간 대신) **본질**을 나타내는 지표로 점점 더 많이 사용되었다. 단기기억의 인출 과정과 감각등록기 가설, 심상의 회전 실험, 의미기억 구조 등에서 보듯이 많은 기억 이론이 주로 방법론적·기술적 고안에 힘입은 것으로 보인다. 에스테스는 이를 "은유와 방법의 합류"[70]라고 표현했다. 요컨대 컴퓨터 은유를 기억심리학 이론의 융성을 가져온 유일한, 또는 주된 원인으로 보는 것은 잘못이다.

컴퓨터 역설

컴퓨터의 원리는 컴퓨터보다 먼저 나왔다. 계산기를 상징 처리 도구로 보고 수학적 과정을 두 진릿값이라는 논리적 언어로 표현한다는 생각은 최초의 컴퓨터가 나오기 100년도 전에 이미 구체화한 생각이었다. 인간 정신의 은유로서 컴퓨터의 본질은 이미 배비지의 해석기에서 표현되었고, 러브레이스 백작부인에 의해 설명되었다. 그렇다면 왜 인지혁명은 컴퓨터가 만들어지고 나서야 일어났을까? 왜 컴퓨터 **이론**은 **기계**가 개발되고 난 뒤에야 영향력을 갖게 되었을까? 이러한 역사적 전도는 무엇 때문일까? 다시 말해 기계는 이론이 주지 못한 무엇을 제공한 것일까?

그 답은 '실연demonstration'이다. 일련의 알고리즘에 따라 이론적으로 수학적 명제를 증명해 보이는 것과 기계가 직접 이를 해내는 것은 전적으로 다른 문제다. 기계가 인간의 개입 없이 프로그램 공식에 따라 종전까지 인간의 사고와 창의성으로 이루어지던 일을 수행해냈다는 사실이 컴퓨터의 원리만으로는 결코 얻지 못할 심리적 효과를 창출했다.[71] 이런 점에서 최초의 컴퓨터는 안드로이드android, 즉 글을 쓰고 피아노를 치던 18세기의 자동기계 같은 대상이었다. 컴퓨터의 놀라운 기능이 이를 가능케 한 이론적 원리에 대한 호기심을 이끌어냈다.

1950~1960년대에 컴퓨터는 주로 논리적·합리적 임무를 수행했는데, 그 최초의 성공은 증명이론이나 체스 같은 영역에서 이루어졌다. 따라서 추론이나 문제 해결 같은 '고등한' 심리 과정이 우선적으로 컴퓨터 은유의 영향 아래 놓이게 된 것은 자명한 이치였다. 예컨대 뉴얼과 사이먼의 프로그램 같은 사고 과정의 시뮬레이션은 아르키메데스Archimedes의 점, 즉 인간의 마음에 자연과학적 방법을 확실히 적용할 수 있는 기준점과 같았다.

컴퓨터를 심리학적 은유로, 시뮬레이션을 과학적 도구로 본 초창기의 열광은 1970년대 들어 서서히 실재론에 밀려났다. 인공지능과 인지과학의 초창기에 쏟아져나온 컴퓨터 시뮬레이션은 의도하지 않은, 오히려 의도에 반하는 결과를 불러왔다. 심리 과정, 심지어 '고등한 심리 과정'조차 시뮬레이션에서 가정한 것보다도 훨씬 적은 선형적·합리적 경로를 지닌 과정으로 변질되고 말았다. 사고와 추론은 모자이크 같은 과정으로 변했으며, 그 속에서는 직관과 상상이 통계적으로 올바른 논리적 추론과 동등한 구실을 했다. 가드너는 이러한 결과를 '컴퓨터 역설'이라고 했다. 정신 과정을 모사하려는 지나친 시도가 컴퓨터와 정신 과정의 공통점보다 차이점을 더 두드러지게 만들었다는 것이다.[72]

컴퓨터 역설은 기억에서 가장 첨예하게 드러난다. 먼저 컴퓨터 메모리는 지나치게 성능이 좋다. 그 무과실성이 가장 큰 결점일 정도이다. 그러나 인간의 기억은 필요에 따라 속임수를 부리기도 하는 도구이다. 인간의 기억은 왜곡하고 걸러내고 변형하며 어떤 것에 더 각별한 주의를 기울인다. 인간의 기억은 컴퓨터의 기억과 달리 명령을 거스르기도 한다. 어떤 것은 간직하고 어떤 것은 버리라는 지시에 따르지 않는 우리의 기억은 체스 노테봄의 표현대로 제멋대로인 개와 같다. 전통적인 컴퓨터 회로가 단계별로 명령을 내리는 중앙처리체계 아래 작동한다면, 인간의 뇌는 동시적인 수많은 자극에 의해 작동하는 것처럼 보인다. 기억은 자극-저장-재생의 선형 과정이라기보다는 냄새, 감정, 움직임, 소리, 지각 등 동시적으로 일어나는 연합들의 진동하는 네트워크라고 할 수 있다. 컴퓨터가 한 번에 하나의 키를 눌러 음악을 연주하는 식이라면(그럼에도 놀라울 정도로 빠르지만), 인간의 기억은 한꺼번에 모든 키를 눌러 음악을 연주하는 식이다.

컴퓨터 역설은 시각기억 이론 쪽에서 가장 두드러졌다. 1980년대까지, 상을 '인식하는' 방식의 컴퓨터 메모리를 만들려는 시도는 대부분 실패로 끝났다. 전통적인 폰 노이만식 구조의 직렬 디지털 방식 컴퓨터는 광도光度의 패턴을 디지털 코드로 변환함으로써 상을 저장했다. 이러한 방법은 저장 공간을 너무 많이 차지해 상의 조작에 엄청난 시간이 소요되었다. 제시된 상을 저장된 상과 비교하는 데도 너무 많은 시간이 걸려서, 육안으로 알아본 공통점도 그새 잊어버릴 정도였다. 누군가와 반시간이나 대화하고 나서 겨우 그 사람의 얼굴을 알아본다면 매우 무례한 일일 것이다. 또한 컴퓨터는 상을 처리하고 재생하는 데 인간의 기억과는 다른 정확도를 요한다. 우리는 아들이 고개를 한쪽으로 쳐들고 있건 선박 여행으로 심하게 그을린 얼굴로 돌아왔건 아들의 얼굴을 알아볼 수 있다. 우리의 기억이 가장 엇비슷한 부합을 만들어내기 때문이다. 컴퓨터가 이 같은 즉흥적 능력을 갖게 된 것은 1970년대 들어서였다. 그리고 바로 이 시기에 또 다른 새로운 은유가 모습을 드러냈다. 많은 양의 시각 정보를 신속하고 효율적으로 처리할 수 있는 새로운 기술이, 더 이상 돌파구를 찾을 수 없던 기억심리학자들의 호기심을 자극했다.

7

홀로그램 같은 기억

홀로그램을 처음 접한 사람은 그 효과에 당황하게 된다. 멀리서 보면 희끄무레한 그림이 벽에 걸려 있는 것처럼 보이는데, 가까이 다가가면 갑자기 그림 뒤쪽으로 심도가 느껴지기 때문이다. 잘 만든 홀로그램은 누구에게나 그림 뒤쪽을 보고 싶게 만든다. 홀로그램을 보는 것은 마치 조명을 받은 벽감alcove(실내 벽의 일부를 오목하게 파놓은 부분—옮긴이) 속에 떠 있는 상을 보는 것과 같다. 이 상은 다양한 각도에서 볼 수 있으며, 거기에 정말 3차원의 물체가 떠 있기라도 한 것처럼 보는 각도에 따라 상이 다르게 보인다. 홀로그래피holography란 사실상 사진에 새로운 차원을 더한 것이라고 할 수 있다. 입체경도 심도 효과를 내기는 하지만, 다른 각도에서 찍은 두 장의 일반 사진으로 만들어낸 입체경의 심도 효과는 특정한 거리에서 볼 경우에만 느낄 수 있다. 전경과 후경이 보는 사람의 초점에 따라 움직이므로, 다양한 각도에서 심도를 느낄 수 없다. 그러나 홀로그램은 다르다. 홀로그램 전시장의 관람객들을 보면, 그 효과가 말 그대로 입이 떡 벌어지게 만드는 것임을 알 수 있다. 홀로그램에 넋을 잃은 사람들의 모습은 마치 19세기에 최초의 사진을 본 사람이 저러했지 싶다. 평면에 입체상을 저장한다는 것이 '불가능해' 보이기에, 홀로그램은 물질 대신 빛으로 만든, 초현실로 향하는 창문처럼 보인다. 홀로그램의 효과는 신비롭고도 황홀하다.

레이저광을 이용한 사진

1948년 영국의 물리학자 데니스 가보르Dennis Gabor는 전자현미경으로 찍은 사진의 해상도를 높이는 방법에 관한 글을 〈네이처〉에 발표했다.[1] 여기서 그는 두 광선의 간섭 패턴으로부터 물체의 상이 재생됨을 증명해 보였다. 빛의 작용은 파동 모델로 설명했다. 빛의 파동 사이에 일어나는 간섭 현상이 물결의 파동 사이에 일어나는 현상과 여러모로 일치했기 때문이다. 파장이 동일한 두 파동이 만날 경우, 마루-마루, 골-골, 마루-골의 결합 형태에 따라 파동은 서로를 강화하거나 상쇄한다. 이러한 간섭 패턴으로부터 각 파동의 본래 패턴을 얻어낼 수도 있다. 연못에 조약돌 한 움큼을 던졌을 때 일어나는 현상은 이와 관련해 자주 거론되는 비유이다. 돌을 던진 직후 연못의 수면을 얼어붙게 할 수 있다면, 수면의 일부분만 가지고도 수면 전체의 구조를 알아낼 수 있다(그림 7.1).

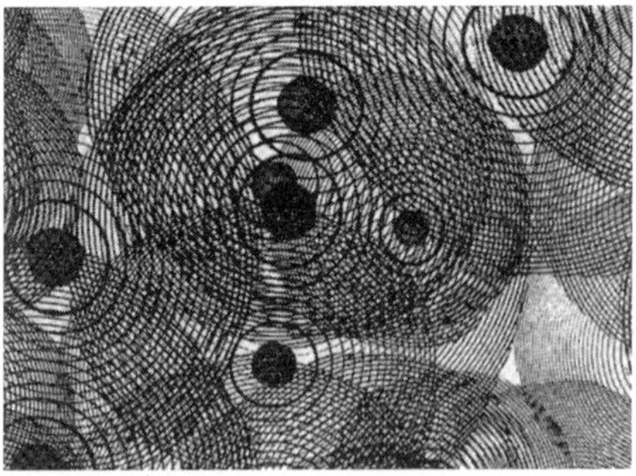
그림 7.1 홀로그램 판에 기록된 간섭 패턴을 확대한 사진.

가보르는 두 광선 사이에 간섭을 일으킴으로써 이 효과를 이용했다.

이때 두 광선이란 필름에 직접 전달되는 참조광reference beam과 피사체에 반사되어 필름에 전달되는 물체광object beam이었다. 일반적인 사진을 찍을 때는 피사체에 반사되는 빛 한 종류만이 감광판에 저장되지만, 홀로그래피에서 피사체의 정보는 간섭 패턴의 형태로 필름에 저장된다(그림 7.2). 가보르는 이 필름에 '전체whole'를 뜻하는 그리스어 '홀로스holos'에서 가져온 **홀로그램**hologram이라는 이름을 붙였다. 저장된 패턴이 상 '전체'를 재생하는 데 필요한 모든 정보를 담고 있기 때문이다. 가보르는 이 발견으로 1971년 노벨상을 수상했다.

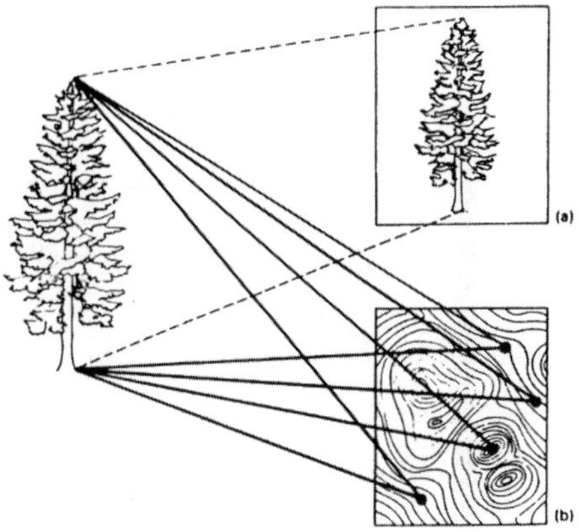

그림 7.2 사진(a)과 홀로그램(b)의 차이를 보여주는 그림. 사진에는 피사체의 각 지점이 상의 특정 지점으로 나타나지만, 홀로그램 감광판에는 피사체의 각 지점이 다양한 위치에 나타난다.

제대로 된 참조광을 위해서는 단색광(동일한 파장)이자 간섭성이 우수한(동일한 파장이 끊기지 않고 연속되는) 광선을 쏘는 광원이 필요하다. 가보르는 그의 첫 실험에서 1000분의 3밀리미터 크기의 구멍으로 빛을 쏘는 고압 수은 램프를 사용했다(그림 7.3). 그 결과 초점이 맞지 않는 조그만 홀로그램을 겨우 만들어낼 수 있었다. 1960년 레이저 발명에 이어 1963년 물리학자인 리스E. N. Leith와 우파트닉스J. Upatnieks의 기술 개발이 이루어진 후에야 강력한 참조광이 가능해졌다. 또렷한 입체상을 지닌 최초의 홀로그램이라고 할 만한 것은 1964년에야 만들어졌다. 홀로그램을 만드는 가장 간단한 방법(그림 7.4 참조)은 레이저광을 회절기diffractor를 이용해 둘로 분광하는 것이다. 갈라져나온 광선 가운데 하나는 감광판에 직접 전달되고

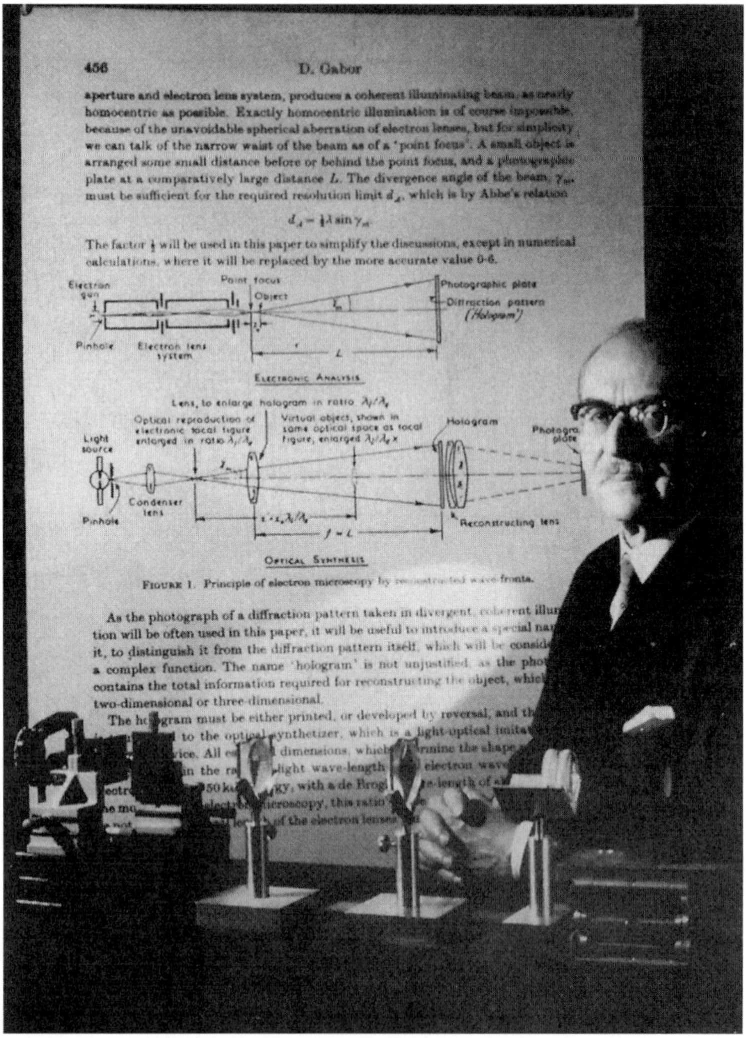

그림 7.3 홀로그래피를 발명한 물리학자 데니스 가보르의 사진. 가보르 뒤에는 홀로그래피에 관한 최초의 논문 한 쪽이 확대돼 걸려 있고 앞에는 논문에서 설명한 실험 장비가 있다.

다른 하나는 피사체를 거쳐 전달된다.

오늘날 무수한 홀로그램 제작 방법이 존재하지만, 그 모든 방법이 기억 이론에서 의미를 갖는 것은 아니다. 홀로그램 관련 기억 이론은 주로 1960년대와 1970년대의 홀로그램 기술과 연관된 것이기 때문이다. 이 시기부터 홀로그램이 지녀온 공통적인 특징은 다음과 같다. (1) 분산 저장 방식 덕분에 홀로그램 감광판은 쉽게 손상되지 않는다. 비록 감광판의 크기에 따라 세부적 정확도나 보는 각도의 다양성이 감소하기는 하지만, 홀로그램의 일부분만 가지고도 상 전체를 재생할 수 있다. (2) 홀로그램에는 엄청난 양의 정보가 저장된다. 서로 다른 참조광을 이용해 하나의 감광판에 수천 개의 상을 저장할 수 있고, '각자의' 참조광을 조사함으로써 각각의 상을 재생할 수도 있다. 홀로그램은 '백색소음white noise'이 거의 발생하지 않는다(정보 이론은 음향학에서 유래했다).

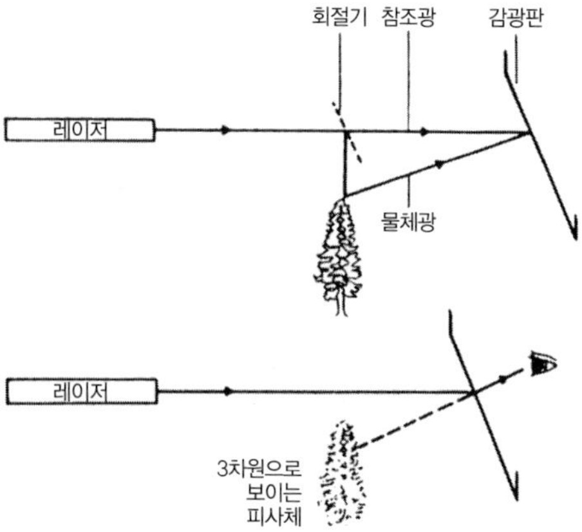

그림 7.4 홀로그램 제작 과정(위)과 홀로그램 재생 과정(아래). 피사체에 반사된 빛이 감광판에 곧바로 전달되는 빛과 간섭을 일으켜 이 간섭 패턴이 저장되고, 현상된 감광판에 참조광을 조사(照射)하면 원래 피사체가 있던 자리에 입체상이 나타난다.

그 밖에 변형된 홀로그래피는 다음과 같은 성질도 보여준다. (3) 두 피사체를 동시에 촬영할 경우, 두 물체광 가운데 어느 하나가 다른 하나의 참조광 기능을 할 수 있다. 이때 한 피사체를 조사하면 '허깨비상ghost image'이 함께 나타난다. 약간 흐릿하면서 더 투명한 다른 한 피사체의 상이 보이는 것이다. (4) 한 피사체가 예컨대 'AUTOMAT' 같은 특정 단어이고 다른 피사체는 밝은 빛의 점일 경우, 단어 'AUTOMAT'을 재생하면 빛의 점으로 나타난다.[2] 한 쪽의 텍스트를 조사할 경우 'AUTOMAT'이라는 단어가 들어간 위치마다 빛의 점이 나타난다. 홀로그램은 1677년 보일의 기록에 나오는 어둠 속에서 빛나는 'DOMINI'라는 글자처럼 감탄과 외경심을 불러일으켰다.

은유로서 홀로그램

1963년 네덜란드의 물리학자 피터르 야코뷔스 판 헤이르던Pieter Jacobus Van Heerden은 훅과 드레이퍼가 각각 1682년과 1856년에 했던 일을 했다. 빛 자극의 조작과 저장에 관한 최신 기술을 기억 작용에 대한 비유로서 제시한 것이다. 그리하여 홀로그래피는 인광체와 사진의 뒤를 이어 시각기억의 은유로 떠올랐다.

판 헤이르던은 1945년 핵물리학에 관한 논문으로 박사학위를 받았다.[3] 그는 훗날 노벨상을 수상한 물리학자 니콜라스 블룸베르헌Nicolaas Bloembergen의 소개로 하버드 대학교 물리학부에 초빙되어, 1953년 제너럴일렉트릭GE의 연구직을 맡을 때까지 5년 동안 체류했다.[4] 1962년에는 케임브리지의 폴라로이드사 연구소에 합류해 수정의 광학적 특성을 연구했고, 거기서 1982년 은퇴할 때까지 지냈다.

하버드 대학교 체류 시절은 판 헤이르던에게 엄청난 자극제가 된 시기였다. 그는 인공지능과 정보 이론에 관한 강연을 들었으며, 폰 노이만, 도널드 매카이Donald Mackay, 클로드 섀넌의 논문에서 매우 각별한 인상을 받았다. 에니악 제작에 참여한 폰 노이만(6장 참조)은 컴퓨터를 '전자두뇌', 그러니까 원칙적으로는 신경계의 모든 과정을 모사할 수 있는 정보처리 체계로 본 사람이었다. 그러나 폰 노이만의 전자두뇌 이론은 그의 사후에야 발표되었다.[5] 본래 영국인인 매카이는 제2차 세계대전 중 레이더를 연구했고, 1951년 록펠러 장학생으로 미국으로 건너가 같은 해 〈인공물의 정신적 행동Mind-like behaviour in artefacts〉[6]이라는 논문을 발표했다. 마지막으로, 정보이론가인 섀넌은 제2차 세계대전 직후 전화의 스위치 회로망을 설명하면서 이진법 논리를 사용한 사람이다(6장 참조). 판 헤이르던의 홀로그램 유추에서 이들 세 이론가의 영향을 발견할 수 있다.

판 헤이르던은 인공적인 정보처리체계로 지능을 구현할 수 있다는 생각을 폰 노이만과 매카이에게서 가져왔다. 또 이러한 정보처리체계의 작용은 섀넌이 구체화한 이진법 원리에 따라 설명했다. 그러나 광학을 전공한 판 헤이르던은 컴퓨터가 최상의 유추 대상이라는 생각이 들지 않았다. 따라서 빛 자극의 저장과 재생에 대한 그의 연구는 그때까지 인공지능 분야에서 거들떠보지 않던 유추 대상을 제시하게 되었다.

판 헤이르던은 홀로그래피 유추에서, 인간의 기억이 인공기억에 비해 그토록 효율적일 수 있는 두 가지 특성인 즉시적 연상과 엄청난 저장용량에 초점을 맞추었다.[7] 판 헤이르던은 홀로그래피를 통해 기억이 '연상 작용'으로 이루어질 수 있음을 보여주었다. 연상기억은 정보가 색인으로 정리된다고 볼 수 없는 경우에 중요성을 갖는다. 시각적 패턴의 저장을 그 예로 들 수 있다. 판 헤이르던은 저장된 시각적 패턴의 표상이 그와 동시에 저장된 정보의 '허깨비상'을 자동 환기한다고 추론했다. 이런 식의 기억에는 색인이 필요 없다. 파동들 사이에 간섭이 일어나고 그러한 파동으로 재생 매체에 영속적인 변화가 일어나는 모든 현상에 대해, 이러한 3차원 저장 이론이 적용된다고 판 헤이르던은 주장했다. 홀로그램 원리가 뇌에 적용될 가능성을 열어놓은 것이다. 뇌의 정보 저장이 홀로그램의 광학적 저장과 같다는 그의 주장은, 전기적 자극이 뇌의 신경망 속에서 스스로를 재생하고 그 자극의 결과로 신경망의 구조가 변한다는 것을 골자로 하고 있다. 판 헤이르던은 자신의 유추가 뵈를R. L. Beurle이 이미 제기한 가설, 즉 뇌의 정보 저장이 뇌에서 일어나는 파동 간의 상호작용을 기반으로 한다는 가설[8]을 뒷받침한다고 주장했다.

홀로그램은 연상기억뿐 아니라 뇌의 엄청난 저장용량에 대한 유추도 제공했다. 판 헤이르던의 계산에 따르면, 인간이 살아가면서 초당 1비트의 정보를 저장한다고 할 때 정보의 총 저장량은 뇌세포 수에 맞먹는 약 10^9비트에 달한다고 한다. 따라서 인공 체계가 인간의 뇌를 따라잡으려면 새로운 정보를 처리함에 (이미 저장된 정보와의 비교도 계속 이루어지면서) 초당 약 3×10^{10}의 이항연산을 해내야 한다. 이러한 인공 체계가 기술적으로 불가능함을 말해주는 결과였다. "아무리 궁리해도 이는 불가능해 보인다. 우리 뇌 속에서 그와 같은 일이 벌어지는 것은 불가해한 일이 아닐 수 없으며, 이를 기계로 실현한다는 것은 불가능한 일임이 틀림없다"[9]고 한 판 헤이르던에게 예상 밖의 해결책을 던져준 것이 바로 홀로그램 은유였다. 그는 이렇게 썼다. 홀로그램과의 유사성이 제시되면서, "지능 이론이 요구하는 이 '불가능한' 작용을 가능하게 할 방법이 광학적인 정보 저장과 처리에 있다는 생각은 점점 분명해졌다. 사실 뇌의 처리 과정은 물리적으로 광학적 처리 과정과 매우 비슷하다. 이러한 가정을 아주 진지하게 고려해볼 필요가 있다. 그와 같이 놀라운 일을 해낼 만한 다른 알려진 방법이 없기 때문이다."[10]

심리학에의 도입

판 헤이르던이 홀로그램 관련 논문 두 편을 발

표한 〈응용광학Applied Optics〉은 저명하지만 전문적인 잡지여서, 인공지능 이론가와 심리학자들에게 주목받지 못했다. 판 헤이르던은 심리학계의 폭발적인 관심을 기대했지만 돌아온 것은 장기간의 무반응이었다. 거의 10년이 지나서야 처음으로 그의 선구적 연구에 대한 언급이 드문드문 나타나기 시작했다. 이는 그동안 기억심리학에 홀로그램 유추를 도입해 온 또 다른 한 사람 덕분이었다.

심리학자들의 관심을 이끌어낸 홀로그램 유추 관련 논문은 1969년 〈사이언티픽 아메리칸〉에 실린 칼 프리브램의 논문이었다.[11] 당시 스탠퍼드 대학교 의대의 신경외과 의사이던 프리브램은 원숭이를 대상으로 수많은 실험을 진행 중이었다. 프리브램은 시각적 인식을 학습하는 원숭이들의 두뇌 활동을 기록했다. 프리브램이 논문에서 강조한 것은 뇌가 놀라울 정도로 손상에 강하다는 사실이었다. 신경학 임상실험 중에 때때로 뇌 조직 일부를 제거하더라도 행동에 큰 영향을 미치지 않으며, 뇌의 좌우 반구를 연결하는 뇌량을 잘라내도 알아차릴 만한 영향은 끼치지 않았다. 분할뇌 실험처럼 상대적으로 복잡한 실험에서만 온전한 뇌와의 분명한 차이를 나타냈다. 이는 뇌의 예비 능력이 충분하다는 의미이며, 정보가 뇌에 분산 저장된다는 가정으로 이어질 수 있었다. 그렇다면 분산된 정보가 어떻게 재구성되는 것일까?

프리브램에 따르면, "문제 해결의 실마리는 당시 간섭성이 우수한 레이저광으로 처음 만들어지고 있던 홀로그램에서 나왔다." 프리브램은 〈사이언티픽 아메리칸〉에 실린 레이저 홀로그램 관련 논문[12]을 참조해 홀로그램을 정보의 분산 저장과 재생 모델로 제시했다.[13] 프리브램은 신경 구조 전반이 활성화하면 어떻게 해서 홀로그램의 간섭 현상처럼 수학적으로 분석 가능한 간섭 패턴이 생기는지, 홀로그램은 어떻게 해서 손상에 강한지, 학습 결과로서 시냅스 변화가 어떻게 부호로 간주되는지 등을 설명했다. 요컨대 홀로그램은 신경학적 지식으로 뒷받침되며 실험으로 검증도 가능한 명확한 유추였다. 프리브램 자신의 실험이 그 시작이었다.

되짚어보면, 프리브램의 논문이 그보다 앞선 판 헤이르던의 업적을 가려버린 이유를 찾아내기는 어렵지 않다. 무엇보다 프리브램의 연구는 1920년대부터 시작돼 끊임없는 실험을 양산한 신경심리학의 해묵은 논쟁, 즉 기억흔적의 국재설과 관련되었기 때문이다. 그 논쟁에서 홀로그램 유추는 새로운 것이었는지 몰라도, 프리브램이 쓴 용어는 심리학계에 친숙한 것들이었다. 프리브램은 구체적 행동, 학습 효과, 병변 반응, 시냅스 변화, EEG(뇌파) 기록, 신경 연결, 시각 투사 영역, 억제, 활성화 등의 용어를 사용함으로써 심리학자들이 홀로그램을 기존의 지식 틀로 수용하는데 도움을 주었다. 판 헤이르던이 홀로그램을 **정보 이론**의 맥락에서 제시했다면(그러나 이에 귀 기울인 정보 이론가는 없었다), 프리브램은 **신경학적** 견지에서 홀로그램을 제시했다.

수사적 관점에서도 이유를 찾을 수 있다. 프리브램은 판 헤이르던에 비해 많은 것을 심리학계에 제시했다. 그의 논문에는 원숭이 실험 개요도, 뇌 지도, 신경 경로도 등 12개의 삽화가 있었다. 글과 그림의 결합은 전문화한 신경심리학계를 훨씬 넘어선 독자층을 창출했다. 이들 역시 홀로그램 유추가 수년 동안 진행된 연구 프로그램에 포함되었으며, 이제 막 중요하고도 새로운 통찰을 제공하려는 시점에 왔다는 것을 알고 있었다. 기억의 신경심리학이 "이제껏 알려진 가장 정교한 정보 저장 원리"(프리브램의 표현)와 손잡게 되었음을 시사한 프리브램의 논문은, 선진적인 실험과 급속한 발전이 이루어지는 최첨단 과학을 배경으로 한다는 인상을 주었음이 분명하다.

푸리에 홀로그램으로서 뇌

프리브램은 이 논문의 후속 작업을 통해 기억심리학 분야로의 홀로그램 유추 도입을 가속화했다. 길지 않은 기간 동안 프리브램은 수많은 공저자와 함께 일련의 많은 논문을 다양한 잡지에 발표했다.[14] 신경조직망과 관련한 유추에서 중요하게 다룬 것은 주로 푸리에 홀로그램이었다. 푸리에 홀로그램은 입력 단계에서 광학 자극의 패턴에 대해 볼록렌즈로 푸리에 변환(18세기 프랑스의 수학자 푸리에가 제안한 원리로서, 어떠한 복잡한 함수도 제한된 수의 단순한 함수들의 선형조합으로 표현할 수 있다는 것—옮긴이)을 행하는 방식이다. 이런 식의 변환을 합성곱convolution이라고도 한다. 변환 단계에 있던 패턴은 출력 단계에서 두 번째 볼록렌즈에 의한 푸리에 변환을 거친다(상관작용correlation). 여기서 변환 단계라고 하는 것이 바로 기억에 해당한다. 변환 단계의 패턴이 "광학 체계의 '기억'"[15]이다. 프리브램은 인간의 뇌도 신경충동에 대해 푸리에 변환을 행하는, 즉 홀로그래피의 첫 번째 렌즈의 신경적 등가물 구실을 하는 구조라고 주장했다. 이 변환의 결과가 홀로그램 필름에 해당하는 신경 구조에 저장되었다가 출력 단계에서 두 번째 푸리에 변환에 의해 다시 상으로 변한다는 것이다. 입력 패턴이 저장 패턴 가운데 하나와 비슷한 경우 홀로그램 광학 체계에서 밝은 점이 나타나듯이, 우리 뇌에서도 뉴런의 작은 발화가 일어난다. 인공 체계는 예컨대 지문이나 서명을 알아보듯이 패턴을 인식하고, 우리 신경계는 프리브램의 표현에 따르면 '있는 그대로'를 인식한다.[16]

홀로그램 유추는 자극 수용의 결과로 뇌에 다소 영속적인 변화가 생긴다는 사실을 전제로 한다. 프리브램에 따르면 뉴런의 민감도는 활성화의 총량에 따라 변한다. '노출'에 해당하는 신경 과정이 자극 전도율을 높인다는 것이다. 이러한 촉진 효과는 제시된 패턴이 특정한 수준의 민감도를 야기한 본래 패턴과 얼마나 비슷한가에 달려 있다. 수용 뉴런의 세포막에서 일어나는 변화는 홀로그램적 해석에 상응하는 변화라고 할 수 있다. 예컨대 무척추동물의 뉴런 활동을 측정한 결과, 쌍으로 된 입력 패턴을 반복적으로 수용한 세포가 결국은 두 패턴 가운데 하나만 제시되어도 쌍으로 된 패턴을 출력한다는 사실이 입증된 바 있다. 한 쌍의 패턴 가운데 어느 하나의 입력으로 다른 하나의 입력 효과까지 낸다고 할 수 있다. 궁핍한 환경과 풍요로운 환경에서 자란 쥐들의 대뇌피질을 비교한 실험 결과는 신경 구조가 경험에 따라 변할 수 있음을 보여주었다. 풍요로운 환경에서 자란 쥐는 시간이 지남에 따라 시냅스 후막postsynaptic membrane이 두꺼워지는 특징적인 패턴을 보였다.

홀로그래피에는 '사진'의 두 단계가 존재한다. 바로 기록('노출') 단계와 상의 재생('조사') 단계이다. 프리브램은 노출의 최종 형태에 해당하는 신경적 등가물이 대뇌피질의 연합 영역에 생긴다고 보았다. 이를 입증하는 해부학적 관련성과 신경상의 기능이 이미 실험을 통해 확인되었다는 것이다.[17] 두 번째로, 홀로그램에서 재생된 상은 저장 매체 **바깥** 공간에 투사된다. 홀로그램 감광판 앞이나 뒤에 생긴 상을 보게 되는 것이다. 프리브램은 신경상의 홀로그램에서도 이와 비슷한 형태의 투사가 일어나며(프리브램의 용어로는 'extrajection'), 그래서 지각되거나 기억되는 상이 마치 뇌 바깥에 있는 것처럼 느껴지는 것이라고 했다. 즉 홀로그래피는 "뇌의 과정이 어떻게 표상 기제와, 심지어는 상의 재생에 관여하는 수용기 표면과도 멀리 떨어진 것처럼 경험하는 상을 만들어내는지"[18] 설명해주었다. 프리브램에 따르면, 청각 패턴의 재생에도 이와 비슷한 점이 있다. 두 화자가 잘 조정된 확성기로 말을 할 경우 두 화자의 중간쯤에서 소리가 발생하는 것 같기 때문이다. 프리브램 외에도 롱게히긴스H. C. Longuet-Higgins, 웨스트레이크P. R. Westlake, 카바나J. P. Cavanagh 등이 신경적 과정을 홀로그램으로 설명하고자 했다.[19]

기억흔적을 찾아서

홀로그램 유추를 이용한 기억 연구가 낳은 다양한 발견은 홀로그램 은유를 뒷받침하는 근거로 제시되곤 한다. 그 가운데 가장 중요한 것이 기억흔적의 분산 저장인데, 이에 관해서라면 흔히 래슐리K. S. Lashley의 헌신적인 기억흔적 연구가 거론된다.[20] 래슐리는 쥐에게 미로를 통과하는 법을 가르친 뒤, 쥐의 대뇌피질 일부를 절제하고 나서 다시 미로를 통과하도록 했다. 쥐가 길을 찾는 데 겪는 어려움은 제거된 대뇌피질의 **양**과 대충 비례했지만('양작용mass action 법칙'이라고 함) 특정한 손상 **부위**와는 관련이 없었다. 장기간 신경생리학적 기억 연구에 매달린 래슐리는 결국 1950년, 기억흔적engram이라고 할 만한 것을 발견하는 데 실패했음을 인정해야 했다. 쥐의 뇌 어떤 부분을 절제하더라도 수술 전에 학습한 것이 남아 있던 것이다. 그 밖의 다른 절제 실험이 보여준 결과도 비슷했다. 쥐는 시각피질의 80퍼센트에 손상을 입을 때까지 시각 패턴에 반응하는 능력에 문제가 없었고, 고양이는 시각 경로의 98퍼센트를 절단해도 지각 능력에 심각한 문제가 없었다. 이 두 가지 조치를 **결**

합한 결과조차도 '시각적 재인 행동'[21]에 거의 영향을 미치지 못했다. 사람도 마찬가지여서, 상당한 범위의 뇌 손상에도 기억은 손상되지 않는다. 기껏해야 시야 가장자리가 뿌옇게 되는 현상이 나타나는 정도다. 오늘날 '우아한 퇴행graceful degradation'으로 알려진, 이러한 손상에의 저항성은 기억흔적의 분산 저장을 뒷받침하는 일반적인 근거로 쓰인다.

그러나 래슐리도 기억흔적의 국재설에 종지부를 찍지는 못했다. 1950년대에 펜필드W. Penfield라는 신경외과 의사가 뇌 연구에서 새로운 기술을 개발했다. 환자의 의식이 깨어 있는 상태로 뇌수술을 시행하는 방법이었다. 국소 마취를 한 뒤 두개골을 열고 뇌의 표면을 전극봉으로 자극해 환자들에게 그 느낌을 설명하도록 하는 것이었다(뇌 자체는 통증을 느끼지 못한다). 펜필드가 전극봉으로 해마 부위를 자극하자 환자 가운데 일부가 예전의 경험을 상기하듯이 매우 상세한 기억이나 '회상장면'에 대해 말했다. 예를 들면 이런 식이었다. "낯익은 기억이네요. ……어느 사무실이고 책상들이 보여요. 거기 내가 있는데 누군가 나에게 소리치고 있어요. ……손에 연필을 쥐고 책상에 기댄 어떤 남자예요."[22] 이 발견은 신경학상의 골치 아픈 문제를 야기했다. 래슐리의 연구 결과는 뇌에 분산 저장되는 기억을 단순한 랜싯 절제술로 제거할 수 없음을 보여준 듯했지만, 가느다란 전극봉 끄트머리로 기억을 활성화한 펜필드의 실험은 기억이 특정한, 즉 매우 국재화한 신경적 기반을 지님을 의미했기 때문이다.

홀로그램 은유는 두 가설 모두를 살릴 수 있는 길이었다. 기억의 구조가 홀로그램과 비슷하다면 정보는 분산되었다고도 편재했다고도 할 수 있기 때문이다. 기억흔적이 간섭 패턴처럼 뇌에 분산되어 있으므로 뇌 일부분만 자극해도 상 전체를 활성화할 수 있으며(펜필드), 역으로 말하면 흔적의 일부분을 제거해도 상 전체를 재생하는 능력에 문제가 없다고 할 수 있다(래슐리). 로즈S. Rose의 표현을 빌리면, 신경학계는 "안도의 한숨 소리가 들릴 만큼"[23] 이 새로운 은유를 환영했다.

분산 저장과 밀접한 개념으로 기억흔적의 중첩 저장 성질을 들 수 있다. 서로 다른 기억흔적이 공통의 신경적 기반을 가질 수 있다는 의미다. 카바나는 홀로그램 처리 과정을 토대로, "수많은 간섭 패턴이 동일한 뉴런군에 중첩"[24]될 수 있다고 설명했다. 이렇게 중첩된 기억흔적은 대규모의 저장용량을 허용하지만, 조밀한 저장 때문에 다급히 정보에 접근해야 할 때는 비효율적이라는 문제를 낳을 수 있다. 그러나 이 점에 대해서도 홀로그램 은유가 적절한 메커니즘을 제시한다. 홀로그램을 연상기억, 즉 카탈로그나 색인 없는 저장 체계로 볼 수 있음은 이미 판 헤이르던이 언급한 내용이다. 컴퓨터 과학에서 유래한 개념을 사용하면, 내용주소(위치주소의 반대 개념) 기억이라는 말로 설명할 수 있다. 인간의 기억에는 색인으로 정리할 수 없는 무수한 요소들이 있다. 예컨대 수천 가지 얼굴을 자유자재로 알아보는 능력은 시각기억의 속성이 내용주소적임을 말해준다. 따라서 한 패턴이 자동으로 다른 패턴을 환기하는 홀로그래피가 위치주소적인 컴퓨터 메모리보다 더 적절한 유추 대상일 것이다. 프리브램은 보통 맥락이 살아 있는 정보일수록 더 상세하게 기억해낼 수 있다는 사실을 지적했다. 예전에 살던 동네를 방문할 경우 영영 잊어버린 줄 알았던 기억이 떠오르는 경우가 있다. 이럴 때 "홀로그래피가 보여주는 연상기억의 메커니즘보다 더 나은 설명이 있을까?"[25]

어떤 말이 잘 생각나지 않고 그 말의 '윤곽'만 떠오르는 경험에도 홀로그래피 유추가 적용돼왔다. 이런 경험은 말이 혀끝에서만 맴돈다고 해서

'TOTtip of the tongue' 현상이라 한다. 1890년 윌리엄 제임스는 바로 이 현상과 관련해 자기 내면을 돌아보게 된 경험을 생생하게 묘사했다.

> 잊어버린 이름을 기억해내려 애쓸 때, 우리의 의식은 특이한 상태가 된다. 어떤 공백gap이 생기는데, 이는 단순한 공백이 아니라 맹렬하게 활동 중인 공백이라고 할 수 있다. 잊어버린 이름의 유령 같은 것이 그 공백 속에서 우리를 일정한 방향으로 이끌며, 가끔씩 막 생각날 듯한 흥분감을 불러일으키다가는, 그토록 갈망하던 단어를 찾지 못하고 낙담하게 만들기도 한다. 틀린 이름이 떠오르기라도 하면 기묘하고도 명확한 공백이 즉각 작용해 아니라고 거부한다. 단어가 제 틀에 들어맞지 않을 때, 어떤 단어의 공백이 다른 단어의 공백과 다른 느낌일 때, 이런 때는 공백이라는 말로 설명할 수밖에 없는 것 같다. 'Spalding'이라는 이름을 기억해내지 못할 때의 내 의식은 'Bowles'라는 이름을 기억해내지 못할 때와는 전혀 다른 상태이다.[26]

인위적으로 생소한 말을 기억하도록 한 TOT 연구 결과는 대개의 피험자들이 음절 개수나 소리, 머리글자 등 기억하려는 말의 부분적인 정보는 제시할 수 있음을 보여준다.[27] 멧커프J. Metcalfe와 머독B. B. Murdock에 따르면, 이런 현상은 분산된 기억흔적이 부분적으로 활성화한 결과다.[28] 활성화한 부분이 소리나 머리글자 같은 정보를 제시함으로써 기억하려는 말의 윤곽을 형성한다는 것이다. 그들은 이 과정에 홀로그래피 유추가 적용된다고 보았다. 홀로그램의 부분적 활성화가 기억해내려는 것의 '허깨비상'을 불러일으킨다는 것이다. 이 허깨비상이 윌리엄 제임스가 말한 '유령' 같은 것이라고 생각한다면, 매력적인 유추가 아닐 수 없다.

홀로그래피에 착안한 이와 비슷한 가설로, 아주 잠깐 동안 일어나는 정신적 현상인 '데자뷔' 체험에 대한 가설이 있다. 데자뷔 체험은 어떤 상황이 예전에 겪은 상황의 반복으로 느껴지는 동시에 전에 그런 상황을 경험한 적이 없음을 아는 것이다. 일찍이 1904년에 네덜란드의 심리학자 헤이만스G. Heymans가 데자뷔 현상이 생기는 것은 현재 지각한 것이 기억 내용과 적절하게 연결되지 못함으로써, 모호한 기억을 불러일으키기 때문이라고 추정한 바 있다.[29] 그리고 최근에는 스노H. N. Sno와 린센D. H. Linszen이 데자뷔는 홀로그램적으로 부호화한 현재의 정보와 이전의 정보 사이에 유사성이 너무 강해 발생하는 착각이라는 가설을 내놓았다(그림 7.5).[30]

그림 7.5 데자뷔 체험에 대한 홀로그램적 가설을 표현한 그림. c_1과 c_2는 각각 현재 지각한 것의 홀로그램과 기억 심상의 홀로그램을 나타낸다. 가설에 따르면, a_1에 대한 지각이 c_1과 c_2의 유사성에 의해 a_2라는 기억 심상을 활성화함으로써 데자뷔라는 환각적 효과를 낳는다고 한다.

홀로그래피와 발견법

홀로그램 은유에 대한 반론은 그 적용 사례만큼이나 다양하다. 홀로그램 과정에 상응하는 신경적 등가물이 있다는 사실을 부정하는 견해도 있다. 예를 들어 지각심리학자 그레고리R. L. Gregory는 홀로그램 은유가 넘어설 수 없는 문제는 우리 눈이 위상정보

phase information를 받아들이지 못한다는 점이라고 주장했다.[31] 또 로즈는 정보를 홀로그램 식으로 처리하는 신경 구조에 대해 누구도 명확히 밝혀내지 못했으므로, '이 특이한 기억 모델로의 탈선'은 이미 끝난 것으로 간주해야 한다고 했다.[32] 린지P. H. Lindsay와 노먼D. A. Norman 역시 홀로그램 은유에 부정적인 입장이었다. 그들은 겨우 각주를 할애해 홀로그램 은유가 단지 '양작용 법칙'을 설명할 뿐이며, 기억 현상에 대한 적용 사례도 그 장점이 인정될 만큼 충분하지 못하다는 견해를 밝혔다.[33]

이상의 반론은, 다양한 이론가들이 홀로그램과 기억 사이의 유추 수준에 따라 매우 다양한 견해를 갖고 있음을 보여준다. 프리브램의 강연 중에 레이저광선이 뇌세포에 위험하지 않느냐고 질문했다는 한 학생은 홀로그램 은유를 지나치게 문자 그대로 받아들인 경우였다.[34] 우리 눈에서 광학적 과정이 일어나는 것은 사실이지만, 시각 자극은 **빛처럼** 처리되지 않고 망막을 지나면서 전기적 자극의 패턴으로 전환된다. 이 때문에 홀로그램과 뇌의 유사성을 말할 수 **있는** 지점이 불분명했다. 그래서 판 헤이르던은 빛과 신경 과정의 공통 성질로 생각되는, 동일한 수학적 설명이 가능한 파동적 성질에 유추의 초점을 맞추었다. 아이히J. M. Eich는 이런 점에서 판 헤이르던의 계승자였다. "홀로그램 가설을 특징짓는 것은 홀로그램의 이미지적 특성이 아니라, 수학적으로 표현되는 합성곱과 상관작용이라고 할 수 있다"[35]고 한 아이히는 홀로그래피를 수학적 모델의 하나로 분류했다.

수학적 공통점은 부차적인 문제에 지나지 않는다고 본 이론가도 있었다. 예컨대 아비브M. A. Arbib는 신경 과정과 홀로그래피의 공통적 **효과**야말로 정작 중요한 점이라고 했다. 그에게 중요한 것은 물리적·수학적 유사성이 아닌 결과적 유사성, 예를 들면 기억흔적의 분산 저장이나 손상에 대한 저항성 등이었다. 아비브는 이러한 결과가 합성곱이나 상관작용에 기인한다는 생각은 부적절하다고 주장했다. 그에게 홀로그램은 명백한 은유였기 때문이다. "은유의 혜택을 보려면 은유를 지나치게 축어적으로 사용해서는 안 된다"[36]고 그는 지적했다. 우리 눈이 빛을 위상적으로 받아들이지 않는다는 그레고리의 비판 역시 아비브에게는 홀로그램 은유에 대한 설득력 있는 반론이 되지 못했을 것이다.

은유의 역할은 이론으로 설명한 가설적 과정이 경험상으로도 가능함을 증명하는 것일 수도 있다. 지금까지 이 책에서 보아왔듯이, 이것이야말로 은유의 유서 깊은 역할이다. 훅의 시각기억 이론에 쓰인 인광체 은유는 물질이 빛 자극을 저장할 수 있음을 증명하려는 의도였고, 19세기의 사진 은유는 뇌가 시각적 상을 잠재적으로 저장했다가 재생할 수 있다는 생각을 이해시키기 위해 쓰였다. 홀로그램 은유 역시 이 전통에 부합한다. 예컨대 판 헤이르던이 이론상으로 측정한 기억 내 정보량은 뇌의 처리 과정을 '불가능한 일'로 보이게 할 만큼 엄청난 것이었다.[37] 그러나 그 엄청난 정보의 저장과 재생이 기술적으로 가능하다는 것을 홀로그래피가 증명함으로써, 뇌 역시 분산 저장이 가능하다는 생각이 더욱 그럴듯해졌다.[38] 머독의 추론도 같은 식이었다. 머독은 분산 저장된 기억에서는 어느 하나의 구성요소도 개별적인 흔적을 갖지 않으며, 그런데도 개별 정보를 인출할 수 있다고 주장했다. 정보가 서로 간섭 없이 중첩된 흔적으로 저장될 수 있다는 사실이 홀로그램에 의해 입증되었기 때문이다.

홀로그램 은유에 대한 비판은 19세기의 사진 은유 비판과도 비슷한 점이 있다. 홀로그램 은유가 무한 퇴행을 야기한다는 비판이 그 예다. 홀로그램에 저장된 상은 적절한 광선을 조사함으로써 '판독'되어 저장 매체의 앞쪽이나 뒤쪽의 의사 공간에 투영되고, 투영된 상을 보는 관찰자가 존재한다. 프리브램이 말한 홀로그램적 기억 이론에 따르면, 저장된 상은 저장 매체(뇌) 외부에 투영되고, 그 투영된 상은 의식으로 흡수된다. 많은 이론가들이 이러한 과정에 대해 무한 퇴행의 위험성을 지적했다. 어떻게 기억이 그 모든 과정을 되풀이하지 않고 투영된 상을 인식할 수 있느냐 하는 것이다. 아비브는 인간의 의식이 머릿속의 홀로그램을 판독한다는 생각은 호문쿨루스 오류를 야기할 것이라고 적고 있다. "기억이 입력된 시각 정보를 재생한다면, 우리는 머릿속 관제실에 앉아 입력 신호를 조정하는 소형 인간의 관점에서 인식을 '설명하는' 것으로 되돌아가게 되며, 그럼으로써 점점 더 작은 호문쿨루스로의 무한 퇴행을 야기할 것이다."[39]

이 문제에 대한 논의는 호문쿨루스 관련 장(9장 참조)으로 미루기로 하자. 여기서 말할 수 있는 것은 19세기의 사진 은유가 동일한 문제를 야기했다는 사실이다. 예컨대 1878년 후버는 '인상은 스스로를 볼 수 없으며' 실제로 시각기억이 이루어지려면 뇌에서 재생되는 상이 의식에 의해 인식될 수밖에 없다고 주장했다(5장 참조). 그는 의식이 상을 흡수한다는 핵심 문제가 해결되지 않았기에, 사진 은유는 기억 이론에 기여하는 바가 전혀 없다고 판단했다. 오늘날에는 홀로그램 은유가 그러한 문제를 지녔다고 생각하는 이론가가 있다.

발견적인 면에서도 홀로그램 은유는 19세기의 개념을 상기시킨다. 지나간 기억 이론을 자세히 검토해보면, 홀로그램 은유와 연관된 다양한 개념이 19세기에 이미 구체화했음을 알 수 있다. 예컨대 분산 가설은 비교적 오래전부터 제기된 가설로, 엄밀히 말하면 '간섭 작용'에만 의존하는 것이 아니다. 정보의 복사물이 뇌 곳곳에 저장된다고 해도 분산 저장이 성립하기 때문이다. 이는 생물학자 리하르트 제몬Richard Semon이 지지한 이론이다.[40] 진화론적 생존을 표현하는 데 유용하게 쓰인 잉여redundance라는 개념도 이와 비슷한데, 오늘날에는 **백업**이라는 말로 표현한다. 기억의 여러 구성요소가 공통의 신경적 기반('중첩된 흔적')을 갖는다는 생각 역시 이미 한 세기도 전에 제기되었다. 앞에서 이미 언급한 골턴과 그의 '합성사진'을 말하는 것이다. 모든 개별 요소가 어떤 의미에서 전체를 포함한다는 생각조차도 홀로그램 은유가 나오기 이전의 것이다. 다음 인용문은 1891년, 홀로그래피 같은 수학적 배경을 갖지 못한 시절에 쓰인 것이다. "개별 요소들은 비유하자면, 방향과 질서가 서로 다른 무수한 곡선이 교차하는 미세한 구역들이라고 할 수 있다. 어느 한 구역에서 발생한 분자적 동요는 무수한 곡선 중 어느 하나를 따라 신경계와 만나게 된다. 즉 각각의 미세한 구역마다 '곡선 전체가 잠재돼' 있는 것이다."[41]

이상의 19세기 기억 이론들은 간섭, 분산, 재구성, 중첩된 흔적 등의 개념이 홀로그램 은유에서 유래하지 않았음을 분명히 보여준다. 홀로그램 은유의 효용이 이런 개념들의 **도입**에 있기보다는 그 **정리**에 있다는 반박도 있을 수 있다. 어쨌든 홀로그래피는 간섭 작용의 결과로 어떻게 분산이 이루어지는지를 시각적으로 보여주었다. 어떻게 공통의 신경적 기반이 엄청난 저장용량을 가능하게 하는지, 어떻게 패턴의 일부만으로 전체 흔적을 활성화할 수 있는지, 그렇다면 이러한 메커니즘이 어떻게 기억의 연상적 또는 내용주소적 특성을 만들어내는지에 대해서도 마찬가지다. 그러나 앞에서 판 헤이르던이 인용한 뵈를의 논문은 이러한 정리 기능 역시 홀로그램의 공이 아닐 수 있음을 입증하고 있다. 뵈를은 흥분 작용이 뉴런 복합체 속에서 파동의 형태로 스스로를 재생하는 방식을 수학적 모델로 제시했다. 이 모델은 뒤에 나온 홀로그램 모델이 갖게 될 수많은 본질적인 특성, 즉 파동 간의 간섭, 홍분 작용과 상관관계인 민감도의 변화 등을 포함하고 있었다. 어떤 부분은 놀라울 만큼 유사성을 지녔다. 어떠한 환경 아래에서 각각 Wa와 Wb라는 인자를 지닌 개별 파동이 Wa 하나만으로 Wb까지, 또는 Wb 하나만으로 Wa까지 야기하는 방식으로 매체를 변화시킬 수 있다는 주장도 그 가운데 하나다.[42] '허깨비상'을 불러일으키는 홀로그램적 과정과 거의 일치하는 주장이지만, 논문에는 홀로그램에 대한 언급이 한마디도 없다(1956년 당시에는 홀로그램이 수리적으로만 존재했다). 결론을 말하자면, 홀로그래피와 관련한 많은 본질적 개념이 홀로그램 은유 없이도 표현되었다는 것이다.[43]

홀로그래피가 이론상으로 발견적 기여를 한 게 있다면, 새롭고도 강력한 수학적 모델을 제공한 점이다. 그렇다면 이 부분에서 홀로그래피가 갖는 가치는 어느 정도일까? 여러 이론가들이 홀로그램 모델에서 유용한 부분은 합성곱과 상관작용이라고 주장했다. 그러나 홀로그래피와 전혀 무관한 모델에서도 이런 작용이 나타난다. 멧커프와 머독은 예컨대 '광선에 저장된 색채의 조합을 복원해내기 위해 광선 다발을 여과하는 것' 같은 식으로 '합성곱과 상관작용에 대한 다양한 은유'를 요약했다. 홀로그래피는 그러한 은유 가운데 하나일 뿐이었다.[44] 코호넨T. Kohonen은 이제껏 제시된 홀로그래피 원리에서 연상기억을 설명하는 데 정말 필요한 것은 아무것도 없으며, 참조광 같은 수단 없이도 연상기억의 설명이 가능하다고 말했다.[45] 윌쇼D. Willshaw는 분산 저장된 연상기억의 대체 모델로서 '상관그래프correlograph'를 제시했다. 이 모델은 골치 아픈 푸리에 변환 없이도 '홀로그램적 기억의 본질'을 표현하고 있다. 윌쇼는 홀로그램 모델에 대해 놀랍다고 할 만한 점이 전혀 없으며, 있다고 해도 관련 계산식이 너무 복잡하다고 결론지었다.[46] 홀로그래피는 연상기억에 대한 적절한 모델일 뿐 최선의 모델은 아닐지도 모른다.

홀로그램 은유가 처음 심리학에 뿌리내리던 때의 열광에 비춰볼 때 그 열매는 실망스러웠다. 가장 정교한 시각적 은유였지만 신경학과 심리학상의 새로운 발견이나 새로운 논제조차 이끌어내지 못했다. 홀로그램 은유를 옹호하는 데 인용된 신경학적 발견은 홀로그램 은유와 무관하게 이루어진 것이었고, 그 가운데 많은 발견은 옹호의 근거로서 제한적인 가치만을 지녔다. 경험의 결과로 물리적 변화가 일어난다는 사실도 엄밀히 말하면, 유물론적 기억 이론에서는 '당연한' 결과였다. 쥐의 뇌에서 세포막이 두꺼워지는 패턴(어떤 종류의 물리적 패턴이라도)이 나타난 사실은 모든 유물론적 기억 이론에 공통되는 예견으로, 홀로그램 기억 이론만을 각별히 뒷받침해주는 사실이 아니었다. 이러한 발견은 고작해야 홀로그램 원리가 뇌의 기억 과정에 대한 기존 사실과 어긋나지 않음을 보여줄 뿐이었다.

심리학 분야에서 은유에 직접적으로 기인했거나 은유에 착안한 경험적 성과를 정확히 지적하기란 거의 불가능하다. 홀로그램 원리가 시각기억에서 맥락적 정보의 촉진 효과나 혀끝에 맴도는 말의 부분적 재생 등 많은 발견과 연관되기는 했지만, 이 발견은 홀로그램 은유에 의해 이루어진 것도 아니고, 홀로그램 은유에 의해 또 다른 이론적 관점으로 발전하지도 않았다. 데자뷔 체험에 대한 홀로그램적 가설의 경우도 마찬가지다. 데자뷔 현상이 현재 경험의 패턴과 기억 심상의 패턴이 부분적으로 일치하는 데서 비롯된다는 가설은 이미 19세기에 나왔으며, 그때 이미 기억이 중첩된 신경 패턴으로 저장된다는 생각과도 연관되었다.[47] 그것을 이제 홀로그램적 용어로 설명할 수 있다는 사실은 설명의 인지적 핵심을 고려할 때 사소한 문제일 수밖에 없다.

요약하자면, 홀로그램적 이론과 관련돼온 현상은 비홀로그램적 이론에 의해 이미 알려졌으며, 그 이론으로 설명 가능하다는 것이다. 분산, 간섭, 중첩된 흔적 등은 이미 19세기에 나온 개념이다. 홀로그래피가 아니더라도 별개의 과정을 일관되게 정리할 수 있음은 뵈를이 입증했다. 결국 수학적 모델로서 홀로그래피는 좀더 경제적인 모델로 교체되었다. 사실상 홀로그램 은유는 '존재 증명'으로서만 뚜렷한 족적을 남겼다. 즉 홀로그래피는 한층 복잡한 가설적 메커니즘을 표현할 수 있었다. 엄청난 양의 정보처리나 겹쳐지되 서로 간섭하지 않는 정보 저장 같은 가설에서는 더욱 그러했다. 그러나 중요한 것은 이러한 가치가 직접적인 지지 근거는 못 된다는 점이다. 19세기에 리보가 사진 은유에 대해 제기한 반론, 즉 "뇌가 어떻게 기억을 보유하는지 모르는데 사진이 어떻게 보유하는지 아는 것이 무슨 소용인가"라는 말은 홀로그램 은유에도 비슷하게 적용된다.

정체기?

그러나 홀로그램의 수학적 측면만이 기억 이론 형성에 (그것도 잠시나마) 기여했고 물리적인 홀로그램은 전혀 무의미하다는 견해는 지나치게 회의적인 생각이다. 홀로그래피에 관한 모든 **수학**이 1948년이라는 이른 시기에 나왔지만, 홀로그래피가 은유로 도입된 것은 레이저로 최초의 **물리적** 홀로그램을 만든 이후부터이기 때문이다. 분명 수학만으로는 시각기억 이론에 영향을 미칠 만큼 주목받지 못했을 것이다. 결국 물리적 홀로그램의 매혹적인 특성이 홀로그래피 수학에 대한 관심을 일깨웠다고 할 수 있다. 그리고 나중에는 좀더 단순한 모델에서조차 그와 같은 수학적 특성을 찾을 수 있는 것으로 드러났다. 이런 점에서 홀로그램은 확실히 발견적 가치를 지니고 있었다. 윌쇼가 자신의 '상관그래프' 모델을 '비홀로그램적 모델들'이라는 제목 아래 분류한 사실은 그 모델이 무엇에서 연유하는지를 말해준다.[48]

1970년대 들어 사람들이 홀로그램 은유에 매력을 느낀 것은 바로 이 시기에 등장한 컴퓨터 은유의 결함과도 무관하지 않을 것이다. 컴퓨터에 시각 정보를 처리하게 하고 효과적인 시각기억을 부여하려는 시도가 수포로 돌아갔기 때문이다. 재래식 직렬 컴퓨터는 빛 자극을 부호 형식으로 전환한 뒤 계산을 수행해야만 했다. 얼굴 인식 같은 가장 '인간적인' 과제에 대해서도 컴퓨터 처리는 너무 느리고 부정확해서 바람직한 뇌의 모델이라고 할 수 없었다. 반면 홀로그램 은유는 색인 없이도 신속하고 연합적인 기억을 제시했다.

1980년 전후에 나온 홀로그래피와 기억 관련 문헌을 조사해보면, 어떤 정체기에 이르렀음을 알 수 있다. 홀로그램 은유에서 이 시기는 마치 물이 고여 유기분해물로 가득 찬 분리된 강굽이처럼 보인다. 이러한 현상은 여러 가지 측정 기준으로 설명할 수 있을 것이다. 우선 인용 경로가 매우 제한적이었다. 물론 전문화한 과학 분야에서 그런 경향이 있기는 하지만, 인용이 주로 최신 연구에 국한된다는 점이 홀로그램 은유에는 해당하지 않았다. 두 번째로, 프리브램의 논문에 '자기 언급self-kick'이 급증했기 때문이다. 프리브램의 자기 언급 비율은 8년 동안 단 몇 퍼센트에서 25퍼센트까지 증가했다. 급격한 상승곡선 뒤에는 자만심 이상의 무언가가 있어야 했다. 그러나 자기 언급의 대부분은 불가피한 것이었다고 볼 수도 있다. 홀로그래피와 기억에 관한 논문은 1960년대부터 연평균 두 편이 발표됐다. 프리브램에게는 자신이 쓴 글 이외에 인용할 만한 '실질적인 내용'이 거의 없었던 듯하다. 주로 분산 저장에 대한 은유로 쓰인 홀로그래피는 1980년 무렵에 이르면서 과학계에서 그 자취를 찾아보기 힘들게 되었다. 만일 시각기억 이론 분야에서 프리브램의 연구를 지운다면 홀로그램적 기억의 대부분을 지우는 셈이 될 것이다.

그러나 1980년 이후 들어 상황은 변했다. '병행분산처리parallel distributed processing'와 '연결주의connectionism'(정보처리체계의 기본 단위들이 뇌의 신경 기능을 모방하는 신경망적 접근을 가리키며, 기본 단위 사이의 연결방식을 중시한다는 의미에서 연결주의라고 일컫는다—옮긴이)에 관한 이론화 과정에서 홀로그램 은유와 관련한 다양한 개념이 부활했다. 신경망neural network 연구라는 매우 색다른 기술적·역사적 맥락에서 내용주소, 우아한 퇴행, 병행처리, 분산 표상 등의 용어가 기억 이론의 중심을 차지하게 되었다. 그리고 바로 이 시기에 과학계는 드디어 확신을 갖게 되었다.

8

마법의 베틀

우리 뇌는 지그재그형 봉합선으로 연결된 탄력적인 뼈 조각들에 싸여 있다. 두개골과 뇌 사이에는 막이 세 개 있는데, 탄력이 없고 단단한 맨 바깥쪽 막은 뼈 조각으로부터 뇌를 보호하며, 부드러운 맨 안쪽 막은 뇌 표면의 주름과 고랑을 따라 존재한다. 두 막 사이에 있는 막은 거미줄 모양의 조직들로 안쪽 뇌막과 연결돼 있으며, 그 사이 공간은 충격 완화 역할을 하는 맑고 투명한 액체로 가득 차 있다. 인간의 뇌는 진화의 왕좌에 놓인 보석이며, 이 보석은 다중 보안 시스템을 갖춘 금고 안에 놓여 있다. 우리의 모든 생각과 행동과 움직임은 두개골 안에 가만히 머물러 있는 1400그램의 신경조직에 좌우된다. 이 '움직임 없이 움직이게 하는' 뇌의 주름은 어둠 속에 있으면서도 태양 가득한 해변을 상상하거나 음악을 떠올릴 수 있다. 뇌는 단단한 뼈 안에 격리돼 있으면서도 우리가 냄새 맡고 느끼고 맛볼 수 있게 해준다. 우리가 세상에 대해 성찰할 수 있게 해주는 도구가 겨우 두 주먹을 나란히 붙인 만큼의 공간밖에 차지하지 않는 것이다.

그러나 또 다른 척도로 보면 뇌가 차지하는 비중은 엄청나다. 은하계에 존재하는 별의 수에 해당하는 1000억 개가량의 세포를 지니고 있다. 이 소우주는 진짜 빅뱅으로 탄생했다고 할 수 있다. 태아의 뇌는 1분에 25만 개 세포가 증가하는 속도로 성장한다. 또 다 자란 뒤에는, 비록 느린 속도이기는 하지만 이 우주는 다시 수축한다. 태아기 때 2초마다 생성되던 1만 개 정도의 뇌세포가 매일 사라지는 것이다.

신경학과 심리학

19세기의 생리학자 에밀 뒤부아레몽Emil Dubois-Reymond은 자신이 '뇌의 분자 천문학'이라고 이름붙인 영역을 구축하고자 애썼지만, 그 시대에는 그런 수준의 과학에 필요한 장비가 부족했다. 더욱 정밀한 해부학적 뇌 구조 연구를 할 만한 기술 수준도 못 되었다. 신경학자들이 기발한 방법을 동원해 뇌의 부피나 무게를 측정했지만 간접적이거나 부적절한 방법이었다. 뇌의 개별 기능도 충분히 밝혀지지 못했다. 당대의 수단으로는 뇌의 스케일을 따라가지 못했기에, 19세기 신경학자들은 목수의 연장으로 회중시계 구조를 연구하려는 사람 같았다.

이러한 기술적 한계에서 축적된 지식은 주로 뇌 기능의 국재설과 관련한 것이었고 손상에 대한 연구 결과가 대부분이었다. 신경학적 손상과 연계된 뇌 기능 상실에 대한 관찰은 주로 시신 해부 등의 방법으로 이루어졌다. 그리하여 어느 정도 정확성을 담보한 최초의 뇌 지도가 19세기 말쯤에 작성되었다. 이 뇌 지도는 감각의 투사 영역과 연합 영역, 그리고 말하기와 언어 관련 기억의 '중추'가 어디인지를 보여주었다.

그러나 새롭게 알게 된 뇌의 각 부위에 대한 지식도 뇌의 미세구조에 대한 폭넓은 통찰로는 이어지지 못했다. 뉴런이 화학적 과정의 결과로서 전기적 자극을 발생시킨다는 사실은 벨C. Bell과 마장디F. Magendie의 시대부터 이미 알려져 있었지만, 뉴런의 다양한 기능을 밝히는 일은 조직학적 연구 방법이 나오고 나서야 진전을 볼 수 있었다.[1] 사르토리우스Sartorius의 뇌 마이크로톰microtome(시료를 현미경용 표본으로 얇게 자르는 장치—옮긴이)을 이용해 뇌 조직을 극도로 얇게 잘라낼 수 있었고, 색지움 현미경은 빛에 의한 상의 왜곡을 줄임으로써 뇌 조직 연구의 수준을 높여주었다. 19세기 말에 개발한 화학적 채색 기술에 이러한 도구들이 결합하면서 흥미로운 신경학적 발견이 이어졌다(그림 8.1). 1878년 베번 루이스W. Bevan Lewis가 대뇌피질의 피라미드 세포를 최초로 밝혀냈고, 1890년대 마이네르트Th. Meynert는 피질 조직의 서로 다른 층들을 규명했다. 20세기로 접어들 무렵에는 라몬 이 카할Ramón y Cajal이 다양한 뉴런 유형의 위치와 각각의 중요한 기능적 구조를 설명해냈다(그림 8.2). 또 그는 감각 신경의 뇌내 경로 추적에도 성공했다. 같은 시기에 셰링턴C. S. Sherrington은 말초신경계의 자극 발생 기제를 밝혀냈다. 20세기의 첫 10년 동안 발견한 것은 반세기 이상 윤곽만 알려졌던 뇌를 훨씬 더 정밀하게 그릴 수 있게 했다. 자극의 경로도 그 어느 때보다 많이 밝혀냈고 여러 유형의 뉴런도 정확하게 규명했지만, 하나

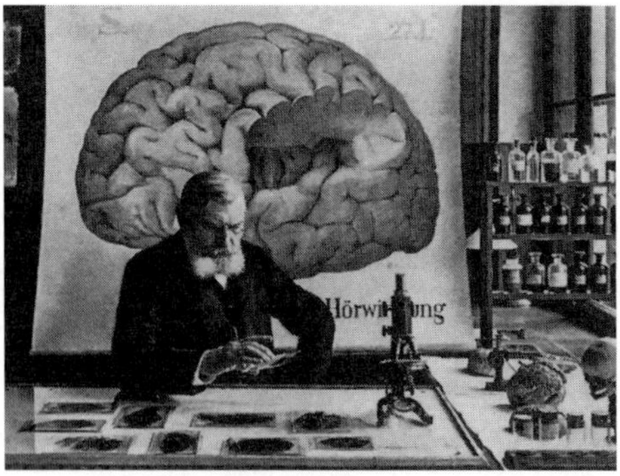

그림 8.1 신경학자 파울 플레히지히(Paul Flechsig, 1847~1929)가 뇌 조직 검사 도구들에 둘러싸여 있다. 앞에는 극도로 얇게 잘라낸 뇌 조직이 유리판 사이에 놓여 있고, 오른쪽에는 뇌 조직 채색용 화학물질을 담은 병들이 보인다(채색 기술 덕분에 각종 뇌세포의 형태를 밝혀낼 수 있었다). 뒤에는 측두엽 부위가 잘린 뇌 지도가 걸려 있다. 19세기 말, 현미경과 화학적 방법을 결합한 뇌 조직 연구를 통해 비교적 정확한 뇌 차트를 만들었다.

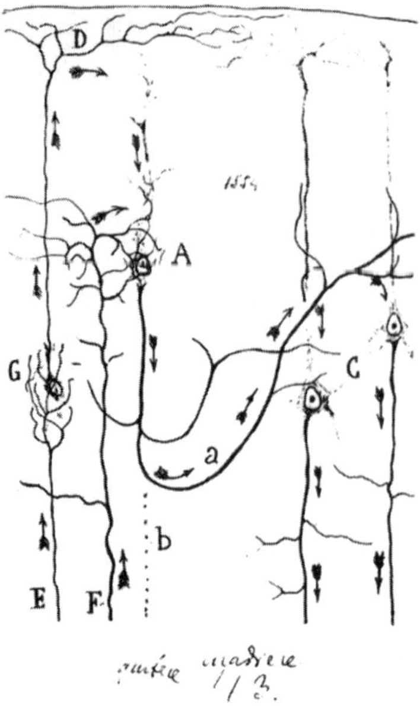

그림 8.2 조직학적 연구 분야에서 두각을 나타낸 에스파냐의 신경학자 라몬 이 카할(1852~1934)은 매우 다양한 뉴런 유형을 밝혀냈다. 이 그림은 그가 대뇌피질상의 신경 경로를 도식화한 것이다.

의 기관으로서 뇌, 수단으로서 뇌는 여전히 전신망이나 전화교환기처럼 자극과 반응을 연결하는 전기 배전반 구실에 머물렀다(그림 8.3).

심리학계는 오랫동안 이러한 뇌 해석만으로도 충분하다고 여겼다. 행동주의 1세대는 자극과 반응을 연결하는 신경적 기반에 대해 거의 관심이 없었을뿐더러, 연결을 이해하는 데 그러한 지식이 필요하다는 생각조차 하지 않았다. 심리학의 시작과 끝은 오직 관찰 가능한 행동이었으며, 행동에 개재된 숨은 과정에 대한 추측만이 허용되었다. 뇌를 잘 모른다는 것은 흠으로 간주되지 않았다. 행동주의자들에게 뇌의 기능은 전화교환기 은유로 충분히 요약될 수 있었고, 그 이상의 설명은 필요치 않았다. 뇌가 '구식 전화교환기'보다 '관제실'에 더 가깝다고 톨먼이 언급했듯이, 신행동주의자들은 전화교환기 은유에 한계가 있음을 알았지만 자신들의 은유에 대한 신경상의 등가물을 탐구하는 데까지는 나아가지 못했다.

1950년대에 일어난 인지혁명은 여러 면에서 행동주의적 열망이나 방법과 결별을 뜻했다. 자극과 반응 과정의 본질을 밝히고자 한 인지주의자들은 표현의 자유로움 속에서 연구의 초점을 '행동'에서 '정보'로 옮겼다. 전화교환기는 컴퓨터로 교체되었지만, 뇌 작용에 대한 무관심은 여전했다. 신경학에 대한 무관심이 계속된 이유는 바로 컴퓨터 은유의 본질에 기인했다. 셰링턴이 뇌를 무수한 실패가 전광석화처럼 움직이며 끝없이 패턴을 바꿔가는 '마법의 베틀enchanted loom'에 비유한 것은, 반세기 전에 러브레이스 백작부인이 배비지의 원형적 컴퓨터를 설명하기 위해 사용한 은유("자카르의 직조기가 꽃과 잎사귀 무늬를 짜내듯이 해석기는 대수적 무늬를 짜낸다")와 사실상 같은 것이지만, 한 가지 차이가 있었다. 작지만 본질적인 이 차이는 '대수적algebraic'이라는 형용사에 함축돼 있다. 배비지의 기계는 '기호'를 처리했고, 바로 이 점이 컴퓨터 은유의 출발점이 되었다. 컴퓨터 은유에 따르면, 컴퓨터와 뇌의 작용은 알고리즘, 즉 기호 처리를 위한 수학적 규칙으로 설명된다는 점에서 비슷한 체계라는 것이다.

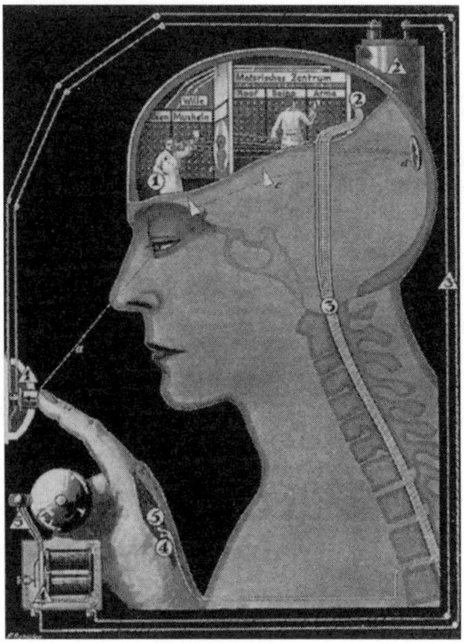

그림 8.3 자극과 반응을 연결하는 전기 스위치 장치처럼 그린 뇌. 벨의 시각 자극은 눈과 후뇌의 시각 중추(d)를 거쳐 전뇌에 도달한다. 의지의 자리인 전뇌에서 벨을 누른다는 결정을 내리면(1) 이 충동이 후뇌의 운동 중추로 전달되고(2) 거기서 척수를 거쳐(3) 손 근육으로 전달됨으로써(4, 5) 손가락이 벨을 누르게 된다.

바로 이 점이 '베틀'에서 '마법'을 걷어냈다. 두개골 안에 든 몇 킬로그램의 신경조직이 계산을 수행하고, 그 조직에 저장된 사고·지각·기억이 뇌와 연결되는 방식은 컴퓨터 프로그램이 컴퓨터 칩과 전류의 메커니즘과 연결되는 방식과 같다고 생각하게 된 것이다. 거꾸로 말하면, 적절한 알고리즘만 있다면 컴퓨터가 의식 과정을 만들어낼 수도 있다는 것이다. 이는 급진적인 인공지능 학자들의 견해이기도 하다. 그들은 무수한 계산기가 전광석화처럼 움직이며 의식을 짜낼 수 있다고 생각했다.[2]

심리 과정을 기호 조작으로 보는 견해는 그러한 조작의 신경적 기반에 대한 호기심을 이끌어내는 데까지 이르지 못했다. 1940년대 이후 기술 혁신의 물결 속에서 컴퓨터 기술이 급변한 것도 부분적인 이유일 것이다. 스위치, 밸브, 트랜지스터, 칩 등의 급속한 세대교체 속에서 컴퓨터의 기호 처리 기능은 엄청나게 다양한 물리적 과정에 의해 수행되었다. 게다가 동일한 기계에 다양한 프로그램을 실행할 수도 있었다. 프로그램을 통해 하드웨어의 구조에 대해 추론할 수 있는 것은 아무것도 없고, 그 반대의 경우도 마찬가지였다. 그래서 프로그램과 기계의 관계에는 다소 임의적 성격이 부여되었다. 컴퓨터 은유와 관련해, 인간의 뇌는 그저 '정보처리체계'의 구현 형태라는 주장도 나왔다. 컴퓨터의 **하드웨어** 또는 뇌의 **웨트웨어**wet ware(인간의 뇌를 컴퓨터의 하드웨어, 소프트웨어에 빗대어 표현한 개념—옮긴이)의 정확한 구조 문제는 '인지적 프로그램'의 실행에서 직접적인 중요성을 갖지 못했다.

인공지능 연구 초창기에는 인공지능 이론이 뉴런과 신경망의 속성과 잠시나마 연결될 것처럼 보이기도 했다. 매컬럭과 피츠는 그 유명한 논문에서 '신경 네트워크'를 튜링 기계에 비유하면서 인공 체계의 전기 스위치도, 뉴런 사이의 자극 전달도 모두 불의 이진논리로 설명할 수 있다고 주장했다.[3] 그러나 후대의 인공지능 학자들은 이러한 뇌와 튜링 기계의 관계에서 주로 **논리적** 측면만을 보았다. 신경망의 수학적 표현이 더욱더 **신경학적** 이론을 발전시킬 수도 있다는 점은 사실상 묻혀버렸다. 1951년 신경망을 모델로 '학습기계'에 관한 박사 논문을 쓴 마빈 민스키Marvin Minsky도 가능성이 훨씬 높아 보이는 디지털 컴퓨터에 이끌려 이전의 연구를 접고 말았다.[4]

뇌 같은 구조의 인공 체계를 만들려는 몇 안 되는 시도 가운데 가장 영향력을 발휘한 것은 프랭크 로젠블랫Frank Rosenblatt의 연구였다. 로젠블랫이 만든 '퍼셉트론perceptron'이라는 기계는 망막세포처럼 배열된 광전지 그리드 400개가 신경단위 층 512개와 연결된 것으로,[5] 시각 패턴을 제시하면 신경단위가 활성화하고, 활성화한 신경단위들은 또 다른 신경단위 그룹에 신호를 보내 그에 부응하는 처리 과정을 작동시켰다. 로젠블랫은 신경단위 사이의 연결 강도를 조작함으로써 자신의 기계가 모든 알파벳 기호를 '인식'할 수 있게 만들었다. 이러한 성과는 먼저 로젠블랫 자신에게 다음과 같은 낙관론을 심어주었다. "퍼셉트론이 오늘날 자동기계들이 도달 가능한 수준을 훨씬 뛰어넘어 인간의 인지 기능을 구현하는 인공적 체계의 실행과 원리를 탄생시켰음은 의심의 여지가 없다."[6]

그러나 이 부문의 연구는 채 무르익기도 전인 10년 만에 사양길로 접어들었다. 민스키와 페퍼트S. Papert가 저서 《퍼셉트론》에서 수학적 분석을 통해 네트워크 모델의 근본적인 한계를 열거한[7] 뒤, 추가적인 연구는 힘을 잃고 말았다.[8] 《퍼셉트론》은 로젠블랫과 동류의 과학자들에게 빠른 속도로 영향을 미쳤다. 그들은 자신들의 연구 자금이 몇 년 사이에 주류 인공지능 분야로 옮겨가는 것을 씁쓸하게 바라봐야 했다.

요컨대 행동주의자도 인지주의자도 주류 인공지능 이론가도 신경학으로부터 유용한 통찰을 얻을 수 있다고 생각하지 못했다. 뇌는 스위치 장치 아니면 튜링 기계로 간주되었는데, 정확한 구조로 보면 둘 다 부적절한 비유였다. 한편에서는 뉴런의 행동에 대한 연구가, 다른 한편에서는 사고·판단·문제 해결 같은 고등 정신기능에 관한 연구가 이루어졌다면, 그 사이에는 광활한 무인지대가 존재했다. 그리고 아주 오랫동안 거기서 가치 있는 무언가를 발견할 수 있으리라고 믿는 사람은 아무도 없었다.

뇌 은유

이렇게 무인지대를 사이에 두고 두 영역으로 나뉜 연구는 심리학 발전에 도움이 되지 않았을 것이다. 뉴런의 행동과 인간의 행동 사이에 있어야 할 이론과 연구 수준 부재는 '검색 영역'의 불필요한 제한을 가져왔다. 올먼W. F. Allman은 이를 두고, 텔레비전 배선도를 먼저 연구하고 잠시 텔레비전을 시청한 다음에 텔레비전의 작동 원리를 발견하려는 시도에 비유했다.[9] 1980년대 초반 이후에야 신경학과 심리학 사이의 틈을 줄이려는 다양한 시도가 이루어졌다.

1982년 〈미국 과학원 회보〉에는 '연결주의 혁명'의 신호탄이 된 논문이 실렸다.[10] 논문의 저자 존 홉필드John Hopfield는 캘리포니아 공대와 벨 연구소 양쪽에 적을 두고 네트워크의 형식적 특성을 연구하던 이론 물리학자였다. 〈신경망과 집합 계산 능력을 지닌 물리적 체계〉라는 논문 제목만 보면 심리학과의 연관성을 바로 떠올리기가 쉽지 않지만, 검색 편의상 논문 내용을 다섯 범주로 분류했을 때 각각의 키워드(연상기억/병렬 처리/범주화/내용주소 기억장치/페일소프트fail-soft 장치)를 보면 인간의 기억과 인공기억 사이의 접점을 알 수 있다. 홉필드의 논문은 기존 컴퓨터 구조보다 신경학적으로 좀더 현실성 있는 분석 수준을 택했으나, 한편으로는 실제 신경망의 특성을 수학적 설명이 가능한 범위로 단순화한 점도 있다. 홉필드 네트워크의 구성요소는 '점화'(1) 또는 '비점화'(0) 상태를 갖게 되는데, 역치threshold value(반응을 일으키는 데 필요한 최소한의 자극치—옮긴이)를 초과해야만 점화 상태가 된다. 모든 자극이 '순방향'으로만 작용하는 퍼셉트론과 달리 홉필드 네트워크에서는 자극이 양방향 모두 작용한다(A가 B를 활성화할 수도 있고 B가 A를 활성화할 수도 있다). 퍼셉트론이 재래식 디지털 컴퓨터처럼 동기적synchronically으로 작용하는 신경단위를 기반으로 했다면, 홉필드 네트워크에는 (신경학적 사실과 다른) 전역적 동기성global synchronism 문제가 없다는 점도 또 다른 차이점이다. 홉필드에 따르면, 이 두 차이점이 홉필드 네트워크에 새롭고 흥미로운 특성을 부여한다.

홉필드 네트워크의 수학적 구조는 너무 전문적이어서 간단히 설명하기가 어렵다. 홉필드 네트워크가 연결주의 이론에서 지닌 의미라면, 단순하고 균질적인 구성요소로 이루어진 네트워크를 통해 비교적 영속적인 평형 패턴을 만들어냈다는 점, 그리고 그것이 정보 저장의 물리적 기반 역할을 할 수 있다는 점이다. 홉필드는 헤브D. O. Hebb가 일찍이 1949년에 언급한 '학습 규칙learning rule'을 참고로 했다. 헤브의 학습 규칙이란 인접한 두 뉴런 A와 B가 반복적으로 동시 활성화할 경우 A와 B 시냅스의 저항성은 감소하고 연결성은 증가해 A의 활동이 B의 활동까지 야기할 수 있다는 것이다.[11] 이어서 B가 또 다른 뉴런과 연결되고 이 연결 관계가 자극을 통해 점점 더 강화됨에 따라 활성화 연쇄가 형성되는데, 그 성립 과정은 하상河床 침식 현상에 비유할 만하다. 홉필드는 이러한 시냅스의 저항이나 연결 패턴을 인공기억으로 볼 수 있다고 가정한 것이다. 홉필드 네트워크는 다음과 같은 특성을 지닌다. (1) 내용주소화 방식으로 작동한다. 즉 패턴이 제시되면 주소 색인을 거치지 않고도 그와 일치하는 저장 패턴을 활성화한다. (2) 패턴을 부분적으로만 제시해도 완전한 저장 패턴을 활성화한다. 즉 홉필드 네트워크는 어느 정도의 보정 기능이 있다. (3) 모호한 패턴의 경우에는 통계적으로 가장 가까운 것을 찾아낸다. (4) 유사성이 강한 패턴은 서로 융합해 공통의 패턴을 만들어내므로, 일반화와 범주화 능력이 있다. (5) 개별 구성요소의 작동을 멈추더라도 그 부작용은 서서히 나타난다('페일소프트').

홉필드 논문의 영향력은 이론 영역에만 국한되지 않았다. 인상적인 수학적 장치, 유명 과학잡지 게재, 신기술 모델과의 결합 등으로 그때까지 어떤 제도적 지위도 보장받지 못하던 이러한 종류의 연구가 위세를 떨쳤다. 인공지능과 인지심리학계를 장악한 컴퓨터 은유의 헤게모니 아래 신경학적 연구는 자금을 구하기 어렵던 상황에서 홉필드의 논문은 일대 변혁을 몰고왔다. 고마움과 동시에 놀라움으로 이 변혁을 맞이한 신경망 연구의 개척자 가운데 짐 앤더슨Jim Anderson이 있었다. 그는 한 인터뷰에서 다음과 같이 심경을 토로했다. "신경망은 오래전부터 있었다. 하지만 캘리포니아 공대의 저명한 물리학자 홉필드는 우리가 꿈도 못 꾸던 매스미디어를 활용할 수 있었고, 신경망은 순식간에 엄청난 주목을 받게 되었다. 이 분야에서 여태껏 본 적 없는 대단한 사건이다."[12]

연결주의는 1980년대 중반 폭발적으로 성장했다. 극히 짧은 기간 동안 태아의 뇌에 정교한 신경망이 형성되는 것처럼 연결주의도 단기간에 이론적·기술적·사회적 네트워크를 이루었다. 이러한 연결주의의 자기조직력은 〈신경망Neural Networks〉(1988), 〈신경계산Neural Computation〉(1989) 등의 새로운 잡지, 방대한 교재, 자신들만의 회의나 학회 등을 통해 다져졌다. 연결주의 혁명의 역사는 이렇게 시작되었고 신경망 과목이 인지과학의 커리큘럼으로 자리 잡은 현재에 이르고 있다.[13]

뇌 조직 구조에서 영감을 얻는 이론의 성장을 일컬어, 뇌 은유가 컴퓨터 은유를 대체했다고도 표현한다.[14] 은유라는 말이 억지스럽기는 하지만

(뇌 모델이라고 해야 옳을 것이다), 뇌 은유라는 표현은 홀로그램 은유나 컴퓨터 은유 같은 종래의 은유들과 연속성을 표현하기에 적합하다. 연결주의자들은 신경조직의 특성을 인지기능 이론에 투사해, 그 '이중상double image'에 나타나는 차이와 유사성으로부터 검증 가능한 가설을 이끌어내고자 한다.

연결주의 혁명에 뒤따르는 다음 수사修辭들을 보면, 1960년대의 인지혁명에 대한 수사와 계시적 어조의 세부 구절까지도 비슷함을 알 수 있다. 우리는 정신 연구의 코페르니쿠스적 혁명을 또다시 눈앞에 두고 있다. 정신 구조에 관한 기존의 모든 견해는 근본적으로 재검토될 것이고, 뇌와 의식에 관한 궁극적인 비밀도 다시 풀릴 것이다. 스몰렌스키P. Smolensky는 연결주의 모델이 "정신-육체 문제에서 수천 년 역사상 가장 의미 있는 진전을 가져다줄 것"[15]으로 확신했다. 이 말은 아직까지 유효하지만, 여전히 미래 시제로 남아 있다.

그러나 자세히 들여다보면, 인지혁명은 어떤 면에서 행동주의자들이 이미 명시해놓은 생각의 연장이며, 연결주의 혁명도 인지주의와의 부분적인 단절에 지나지 않음을 알 수 있다. 연결주의는 무에서 창조된 것이 아니라 적어도 세 갈래로 이어져온 연구를 수렴한다. 먼저 시간적·공간적으로 광범위하게 분포한 개별 연구자들이다. 이들은 컴퓨터 은유의 헤게모니 아래에서 신경망의 잠재력에 대한 믿음을 은밀하게 고수했다. 올먼의 표현대로 이들 '불씨 지킴이keepers of the flame'[16] 가운데는 1970년대 초반부터 신경망 관련 논문을 발표한 그로스버그S. Grossberg를 비롯해 쿠퍼L. N. Cooper, 코호넨 등이 있다.[17] 힌턴G. E. Hinton과 앤더슨 역시 일찌

감치 신경 구조를 모델로 연상기억에 관한 논문을 발표한 바 있다.[18]

두 번째 갈래는 '스핀 유리spin glass'에 관한 비교적 최신 연구이다.[19] 스핀 유리는 합성물질로, '스핀'은 자기 효과를 띠는 양자역학적 회전을 가리킨다. 스핀 유리는 온도에 따라 자기 방향의 패턴으로 이루어진 서로 다른 균형 상태를 보이는데, 이 패턴은 홉필드 네트워크 같은 수학적 모델로 설명된다.[20] 이러한 스핀 유리의 '행동'이 신경망과 비슷해서 스핀 유리의 분석 기술을 신경망에도 적용할 수 있다. 세 번째 갈래는 1960년대와 1970년대에 나온 홀로그램 은유 관련 이론이다. 홀로그램적 기억과 신경망의 연속성에 관해서는 뒤에서 논의한다.

그러나 이 세 갈래 연구가 합류하면서 연결주의의 급작스런 발전으로 이어진 데는 기술 여건이 결정적 구실을 했다. 아이러니하게도 그것은 급성장하던 재래식 컴퓨터 덕분이었다. 홉필드가 자신의 병렬식 네트워크를 직렬식 컴퓨터로 모사한 뒤, 대다수의 연결주의자들이 그 선례를 따랐다. 엄청난 계산속도와 기억용량을 갖춘 재래식 컴퓨터는 신경망의 병렬적 관계를 순차적으로 계산할 수 있다. 병렬 컴퓨터를 만들려는 시도가 계속되었지만 아직까지는 실험적 단계에 머물러 있다. 여러 프로세서를 작동시키기 위해 프로그램을 분할해야 하는 병렬 처리 기계는 당분간은 실현되기 힘들 것으로 보인다. 따라서 신경망의 몸체는 재래식 컴퓨터 메모리로 표현되고 있다.

컴퓨터 은유가 주목받던 시기의 인지주의처럼, 연결주의도 인상적인 기술 성과를 통해 급성장할 수 있었다. AT&T의 벨 연구소, 텍사스 인스트루먼트TI, IBM, 제너럴일렉트릭, 미 항공우주국NASA 같은 기관에서 연구 프로젝트가 봇물을 이루었는데, 그 가운데 일부는 군사적 목적에서 이루어졌다(전통적인 인공지능 연구도 마찬가지였다). 예컨대 고먼P. Gorman과 세즈노브스키T. Sejnowski는 소나sonar(수중 음파탐지기—옮긴이) 신호에서 수뢰를 식별하는 신경망을 고안했고, 파햇N. Farhat은 레이더 신호를 분석해 수송 장비를 식별하는 신경망을 만들었다.[21] 순항 미사일은 조망하는 지형 패턴을 메모리에 저장된 패턴과 비교함으로써 방향과 고도에 대한 정보를 제공하는 신경망을 갖추고 있다. 한편 상업적 용도로도 활발한 모색이 이루어져 서명, 지문, 얼굴, 목소리 등을 인식하는 신경망까지 나왔다.

물론 이 모든 적용 사례가 심리학과 연관되는 것은 아니다. 인공지능의 경우처럼 결과product의 시뮬레이션과 과정process의 시뮬레이션을 구분할 수 있어야 한다. **결과** 시뮬레이션은 최종적인 결과를 모사하는 것이다. 산수 문제에 답하거나 체스판 배열을 평가하는 것이 그 예다. 이런 유형의 시뮬레이션에서는 데닛이 '인지적 바퀴cognitive wheels'라고 일컬은 것, 즉 실제로는 일어나지 않는 일이지만 (바퀴처럼) 신속한 해결책을 제시하는 기술적 발견과 교묘한 수단을 자유롭게 사용한다.[22] 한편 **과정** 시뮬레이션은 결과뿐 아니라 그런 결과를 낳은 메커니즘까지도 모사하는 것이다. 모든 신경망 시뮬레이션은 우리가 실제 신경 과정에 관해 알고 있다고 생각하는 바를 얼마나 고려하느냐에 따라, 결과 시뮬레이션과 과정 시뮬레이션 연속선의 어느 지점에 위치한다. 신경망의 결과 시뮬레이션은 실제로 우리 뇌에서 일어나지 않는 과정을 이용할 수도 있는데, '오류 역전파backward error propagation'[23] 같은 것이 그런 예다. 이 기술은 목표로 하는 출력 패턴에서 출발해 '거꾸로' 구성요소 사이의 연결 강도를 수정하는 것으로, 입력이 목표하는 출력을 만들어낼 때까지 수정 과정이 저절로 계속 반복된다. 이와 같은 신경의 '인지적 바퀴'는 신경망 설계에 효과적인 수단이지만, 신경학적으로 보면 뉴런의 전달 기제인 축색돌기axon가 수신 기능을 하지 않으므로 비현실적 과정이다.[24] 더구나 이러한 학습 형태는 설계자의 개입을 전제로 하는데('감독 학습supervised learning'), 우리 뇌는 그러한 외적인 도움 없이도 학습이 가능하다.[25] 많은 신경망이 이런 이유로 심리학에서 직접적인 의미를 갖지는 못한다. 그런데도 연결주의는 심리학 이론, 그중에서도 형태 재인pattern recognition, 학습, 기억 분야에서 영향력을 발휘하게 되었다.

기억의 네트워크

넓게 보면 모든 신경망을 기억이라고 할 수도 있다. 네트워크의 구조 변화가 경험과 상관관계가 있을 뿐 아니라 네트워크의 연결과 연결 강도의 외형 면에서 보면 경험을 저장하는 것으로 보이기 때문이다. 패턴을 손쉽게 처리, 재생하는 점을 고려하면 더욱 그러하다. 또한 신경망은 이전에 처리했던 패턴의 성향을 '취한다'. 기억에 대한 이러한 폭넓은 규정은 1870년 에발트 헤링의 유명한 에세이[26]에 나오는 기억에 대한 해석, 즉 경험은 어떠한 패턴의 재생을 쉽게 만들고 그 패턴을 성향의 형태로 '보유'하는 촉진 작용을 일으킨다는 해석과 상응한다. 헤링이 보기에 뇌에 저장된 인간의 기억은 유기적 물질 일반이 지닌 특성의 특수한 사례였다.

기억에 대한 이러한 해석은 문제의 소지가 없지는 않지만(뒤에서 논의할 것이다), **탁월한** '조직된 물질organized matter'인 신경망이 학습 및 기억과 본질적으로 강한 연관성을 지녔음을 말해준다. 많은 신경망 연구의 초점은 신경망의 자기 조직화 방법을 설명하는 학습 규칙의 개발에 맞춰져 있다.

신경망은 일반적으로 기능에 따라 3개 층으로 구분한다. 외부의 자극을 활성화 패턴으로 수용하는 입력층, 반응을 나타내는 출력층, 입력층과 출력층을 연결하는 하나 또는 그 이상의 '은닉층'이 그것이다. 신경망의 구성요소에는 뉴런처럼 비중과 역치가 있다. 다시 말해 그 중요도나 활성화의 용이성에서 다양한 값을 갖는다는 뜻이다. 비중의 값이 음이냐 양이냐에 따라 신호는 강화되거나 약화된다. 신경망에서 중요한 것은 개별 구성요소가 아니라 요소 간 연결 강도의 패턴이다. 또 신경망에서는 표상들이 분산 저장된다.

연결주의자들이 신경망의 심리학적 현실성을 높여주는 두 가지 특성으로 거론하는 내용은 이미 연결주의 혁명이 일어나기 20여 년 전에 블록H. D. Block에 의해 밝혀졌다.[27] 두 가지 특성이란 '잡음에 강한 점'과 '우아한 퇴행'을 일컫는다. 블록은 X와 E를 구분하도록 훈련한 퍼셉트론에 '시각적 잡음'을 일으켰을 때(입력층에서 구성요소의 30퍼센트를 잘못 활성화하거나 피드백의 3분의 1을 잘못 처리했을 때), 네트워크의 패턴 인식에 큰 영향을 미치지 않음을 보여주었다. 또 개별 구성요소의 작동을 멈추어 시스템에 손상을 입혀도 손상 정도에 비해 그 영향은 서서히 나타난다는 사실 역시 보여주었다. 이것이 바로 존 홉필드가 '페일소프트'라 일컫고, 지금은 '우아한 퇴행'이라는 표준 용어로 자리 잡은 특성이다. 부조화를 극복하고 방해에도 무감각한, 이러한 신경망의 특성은 재래식 컴퓨터와 뚜렷하게 대비되는 점이다.

컴퓨터와 한층 더 대비되는 신경망의 세 번째 특성은 내용주소화 기억장치라는 점이다. 내용주소화 기억장치는 색인이나 위치 목록을 참고해야 하는 위치주소화 기억장치와 달리, 입력 패턴이 자동으로 그와 연관된 패턴을 활성화하는 것이다. 전통적인 인공지능에서 입력 정보와 저장 위치의 관계는 임의적이고, 주소는 개별적으로 부호화한 것이다. 또한 내용 주소화 기억장치는 심리학적으로 더욱 현실성 있는 시간 척도에 따라 작동한다.[28]

신경망은 최근 들어 기억심리학의 온갖 주제와 연계되어왔다. 연상학습 신경망, 작업기억 과정을 모사한 신경망도 있다. 1985년 제이 매클렐랜드Jay McClelland와 데이비드 러멜하트David Rumelhart가 제시한 전형prototype 형성 신경망도 잘 알려진 사례다.

보편적인 개

서로 다른 것에서 같은 것을 보는 인간의 능력을 모사하려는 여러 연결주의자들은 낱낱의 정보 묶음을 처리하는 대신 패턴을 처리하는 능력에 주목해왔다. 헤라클레이토스적인 이 세계는 두 번 다시 똑같은 형태를 되풀이하지 않으므로 경험에서 배우려면 동일성의 보편적 범주에서 벗어나야 한다. 그러한 범주가 어떻게 마음속에 형성되고 구체적인 실제 사물 및 사건과 연관되는가 하는 것은 플라톤 시대부터 이어진 철학적 문제였으며, 최근에는 패턴의 분산 저장에 따른 자연스러운 결과로서 범주를 형성하는 신경망이 만들어지기에 이르렀다.[29]

사물 또는 개념은 그 속성을 단순히 목록화하는 식으로는 사실상 규정될 수 없다. 대개 목록이 끝없이 길어질 수 있고, 어떤 속성을 목록에 포함할지 여부를 정하기 어렵기 때문이다. 비트겐슈타인L. Wittgenstein이 '게임' 개념을 토대로 이 문제를 논한 적이 있지만, 당장 '새'처럼 간단해 보이는 범주로도 이 문제를 잘 보여줄 수 있다. 예컨대 날 수 있는 능력은 새를 규정하는 적절한 기준이 아니다. 타조를 보더라도 모든 새가 날 수 있는 것은 아니기 때문이다. 한편 박쥐를 예로 들면 날 수 있다고 해서 반드시 새인 것도 아니다. 깃털 유무(털 뽑힌 닭은 새인가)나 알을 낳는지 여부(오리너구리는 새가 아니다) 역시 비슷한 문제에 부딪히지 않을 수 없다. 그럼에도 우리는 복잡한 정의와 기준을 뛰어넘어 어떻게든 우리 마음속에 범주를 형성한다.

의미망semantic network 구조에 대한 연구는 의미망에서 **전형**의 역할을 보여준다. "X는 새인가?"라는 질문에 대한 반응시간 실험을 해보면, X가 새에 가까울수록 좀더 신속하게 긍정적인 답이 나오는 것을 알 수 있다. 또한 펭귄이나 타조보다는 카나리아나 지빠귀를 좀더 새에 가깝게 보는 것으로 나타난다. 새의 '새다움'이 이미 우리 기억 속에 전형으로 존재하며, 새의 비교 기준으로서 기능한다는 것은 분명하다.

매클렐랜드와 러멜하트는 전형을 형성하는 신경망을 만들었다. 그들은 신경망 구성요소 24개에 일련의 양과 음의 활성화 값을 지정함으로써 '보편적인 개'를 보여주고자 했다. 처음 8개 요소는 개의 이름을, 나중의 16개 요소는 개의 속성을 규정하는 것이었다. 그런 다음, 한 번에 한 가지 속성을 변화시키면서 50가지의 '구체적인' 개를 제시했다. 서로 다른 이름의 50가지 개를 저장하면서 전형의 부분이 입력되었고, 다양한 이름이 상쇄되자 네트워크는 완전한 전형을 재생했다. 우리 기억 속에서처럼은 아니지만 어쨌든 보편적인 개가 나타난 것이다. 클라크A. Clark는 "동굴 벽에 비친 왜곡된 그림자에 의거해 개의 진짜 형상을 볼 수 있는 이 시스템의 능력을 플라톤 학자들이 부러워할 것"[30]이라고 했다.

범주 형성에 관한 신경학적 이론은 대체로 방금 설명한 네트워크 같은 형태다.[31] 즉 저장된 패턴들의 물리적 기반이 겹치는 정도가 임계한도를 초과하자마자 패턴들의 공통 요소가 점점 더 많이 누적됨으로써, 마침내 제시되는 어떤 패턴과도 일치할 필요가 없는 전형이 형성된다는 것이다. 이러한 일반화 능력은 당연히 그 반대 능력, 즉 차별화 능력과도 연관된다. 새로 제시된 일군의 패턴과 전형의 중첩이 계속 역치보다 낮으면 다른 범주가 형성되어 동일한 네트워크에 저장된다는 것이다.

전형 신경망의 학습은 컴퓨터와 전혀 다른 원리에 따른다고 할 수 있다. 우선 전형의 형성은 별도의 과제로 프로그램한 것이 아니라 저장의 자동적 결과에 따른 것이기 때문이다. 이런 경우라면 자연 언어의 문맥 속에 규칙이나 정의, 기준이 부족하다는 사실도 문제될 것이 없다. 두 번째는 연결주의자들이 보기에 패턴을 재환기한다는 점이 인간의 기억과 좀더 유사하다는 것이다. 예컨대 일부를 가린 얼굴을 알아보듯이 패턴의 일부만으로도 충분히 인식이 가능한 점은 '전부 아니면 무all-or-nothing'인 컴퓨터 메모리와 다르다고 할 수 있다.

클라파레드의 압정

신경망은 학습, 범주화, 차별화 같은 인지적 과정은 물론 기억의 여러 형태와도 연관돼왔다. 한 예로 볼테르스와 파프의 범주화 및 학습 모듈Categorizing And Learning Module of Wolters and Phaf, CALM[32]이라는 신경망은 순행성 기억상실anterograde amnesia 환자를 모사한 것으로, 암묵기억implicit memory과 외현기억explicit memory의 구분을 설명하려고 만든 것이다.[33] 암묵기억이란 의식적으로는 기억해낼 수 없으나 경험적으로는 저장된 기억을 말한다. 암묵기억이 정말 존재한다는 것은 기억상실 환자의 연구를 통해서만 분명하게 드러났다. 한 세기 전에 러시아 신경학자 코르사코프S. S. Korsakoff는 알코올중독으로 심각한 기억 장애가 있는 환자들이 스스로는 기억한다는 사실을 의식하지 못하면서도 어떤 경험을 기억한다는 사실을 발견했다. 코르사코프는 전기충격 치료를 받은 적이 있으나 그 일을 전혀 기억하지 못하는 환자의 사례를 적고 있다. 그러나 그 환자는 전기충격 장비가 든 상자를 보자 놀랍게도 "저를 전기 처형하려는 거죠?"라고 걱정스레 물었다고 한다.[34] 1911년 스위스의 정신과 의사 클라파레드E. Claparède도 이와 비슷한 사례를 보고했다.[35] 클라파레드는 병동을 회진하면서 환자들과 악수를 나누곤 했다. 어느 날 아침, 그는 손바닥에 압정을 숨긴 채 완전한 순행성 기억상실을 앓는 코르사코프 증후군 환자와 악수했다. 다음 날 클라파레드가 그 환자에게 손을 내밀자 그는 악수를 거부했다. 그 환자는 왜 악수를 거부하는지 설명할 수 없었고 심지어 클라파레드를 만난 적이 있다는 사실조차 알지 못했지만, 압정의 따끔한 기억은 분명히 저장되었고 그 기억이 다음 날의 행동에 영향을 미쳤다. 슈나이더K. Schneider는 세 명의 기억상실 환자를 대상으로 좀더 체계적인 실험을 수행했다. 환자들은 전에 그림을 본 적이 없음에도 그림의 일부만 보고 완전한 그림이 무엇인지 알아차리는 능력이 날마다 서서히 향상되었다.[36]

기억상실 속에서도 상실되지 않은 것에 관한 코르사코프, 클라파레드, 슈나이더의 관찰과 발견이 정작 심리학계의 기억에서 상실되고 만 점은 아이러니한 일이 아닐 수 없다. 지금은 '암묵기억'으로 알려진 이 현상이 재발견된 것은 1968년이 되어서였다. 1953년에 받은 뇌수술 실패로 심각한 순행성 기억상실을 앓게 된 환자 헨리 M.이 간단한 운동 과제의 학습 능력은 상실하지 않았음을 보여준 사례 연구가 그 계기였다.[37] 또 다른 환자를 대상으로 한 실험도 그림 인식이나 단어 완성 기술 등이 손상되지 않았음을 보여주었다.[38] 코르사코프의 상자와 클라파레드의 압정은 1980년대 들어 재발견되었고 지금은 암묵기억과 외현기억의 구분에 관한 논문에 빠짐없이 등장한다.[39] 수많은 실험을 거쳐, 기억상실 환자도 일반인과 거의 비슷한 속도로 운동하고 지각 과제를 학습할 수 있다는 사실이 확인되었다.[40] 예컨대 기억상실 환자는 거울에 비친 글 읽기와 쓰기, 미로 학습, 공간 퍼즐 풀기 등을 일반인과 같은 속도로 할 수 있다(그림 8.4). 자신이 무언가를 학습했다는 **사실은** 잊어버리지만(실험 시행자에게 매일 아침 자신을 새로 소개할 정도이지만) 자신이 학습한 내용은 잊어버리지 않으며, 과제 수행 능력은 지속적으로 향상된다. 기억상실의 경우에도 암묵기억은 상실되지 않는 것이다.[41]

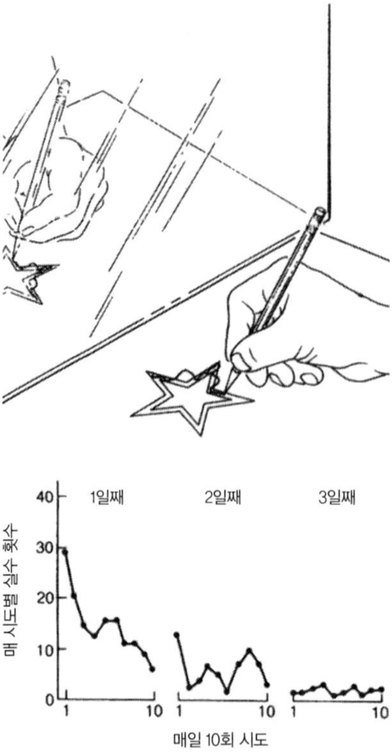

그림 8.4 피험자가 거울을 보면서 원래 있는 윤곽선에서 벗어나지 않게 별 모양을 따라 그리는 실험. 좌우가 뒤바뀌어 처음에는 까다롭지만 연습하면 수행 능력이 급격히 향상된다. 이틀 동안 연습을 스무 번 하고 나면, 그다음 날 피험자는 윤곽선을 거의 완벽하게 그린다(그래프 참조). 심각한 기억상실 환자도 정상적인 피험자와 대등한 속도로 이 과제를 숙달한다. 기억상실로도 손상되지 않는 이러한 과정은 '암묵기억'의 일부이다.

외현기억의 경우에도 피험자가 학습한 내용과 그것을 학습한 맥락 모두를 능동적·의식적으로 기억한다. 학습 맥락과 관련한 단서는 학습한 내용을 재생하는 데 유리한 효과를 발휘한다. 그러나 암묵기억의 경우는 그런 맥락 효과가 없으며 학습 효과는 서서히 향상되는 수행 능력으로만 나타날 뿐이다. 환자들에게 일련의 단어 쌍을 기억하고 날마다 연습하게 하면 결국 단어를 올바르게 재생하는 능력이 점점 더 좋아지지만(단어의 머리글자를 일러줄 경우에는 더더욱 그렇다), 그런데도 실제 단어나 그 단어를 학습했다는 사실은 의식적으로 기억하지 못한다. 순행성 기억상실이 암묵기억과 외현기억에 미치는 영향이 서로 다른 것은 분명하다. 이러한 영향의 차이를 모사한 것이 바로 CALM 네트워크이다.

CALM 네트워크의 외현기억 과제는 학습 맥락을 단서로 단어를 자유롭게 재생하는 것이고, 암묵기억 과제는 두세 개의 머리글자를 단서로 단어를 완성하는 것이었다. 따라서 단어 모듈과 맥락 모듈이 네트워크의 핵심이었다. 볼테르스와 파프는 기본 어휘 12개를 서로 다른 여섯 가지 맥락에서 학습함으로써, 빈 네트워크에 12개의 인공 실험 재료를 채워넣었다. 순행성 기억상실의 원인이 되는 '장애'는 학습 속도를 인위적으로 늦춰 새로운 단어와 맥락 사이의 연합이 형성되지 못하게 하여 모사되었다. 그런 다음 기억상실된 네트워크와 정상적인 네트워크 모두에 새로운 단어들을 제시하자 기억상실 네트워크의 경우 자유로운 재생 능력이 현격히 저하되었다. 그런데도 머리글자를 단서로 준 경우에는 재생에 문제가 없었고 오히려 그 능력이 향상되기까지 했다(간섭이 감소했기 때문일 것이다). 이렇게 기억 장애에 따른 외현기억과 암묵기억의 차이를 신경망으로 모사했다.

신경망, 컴퓨터, 홀로그램

뇌 은유의 발견적 가치를 제대로 평

가하기에는 아직 때가 이르다. 신경망이 사실상 기억에 관한 모든 것과 연관되었다고 해도, 익히 알려진 기억심리학적 현상을 모사한 것이 대부분이었다. 그러한 시뮬레이션이 아무리 유용하다 해도 결국 연결주의의 발견적 가치는 '새로운' 현상, 즉 기존 이론을 바탕으로 하지 않은 현상이자 실험으로 검증 가능한 현상에 대한 예견으로 표현되어야 할 것이다. 전통적인 인지주의의 수많은 컴퓨터 시뮬레이션처럼 신경망이 제공한 것도 해석이라기보다 현상의 복제였다. 최근의 기억 관련 전문지나 교재를 보더라도 연결주의는 일련의 성과물이라기보다는 하나의 전망으로 제시되고 있다.[42]

기억심리학에서 뇌 은유의 상대적 가치를 평가하기 위해 경쟁 관계에 있는 두 은유와 비교하는 것도 좋겠다. 하나는 연결주의 관련 논문에서 자주 언급하는 컴퓨터 은유이고, 다른 하나는 거의 찾아보기 힘든 홀로그램 은유이다. 이 두 가지 기술적 은유와 뇌 은유는 어떤 관계이며, 이 두 가지 은유가 다른 취급을 받는 이유는 무엇일까?

연결주의 관련 문헌에 지배적으로 등장하는 것은 컴퓨터 은유와의 관계다. 연결주의 혁명에 대한 수사에서 컴퓨터 은유는 사람을 오도하는 은유일 뿐이며, 이제 그보다 훨씬 중요해진 연결주의에 자리를 내주고 있다. 전통적 인지주의자들은 이론을 정체시킨 **구체제**ancien régime의 대표자로 취급되는데, 이는 한 세대 전에 인지주의자들이 행동주의자들에게 보인 태도와 크게 다르지 않다. 따라서 '비생산적, 제한적, 부적절한' 같은 형용사가 또다시 옛 이론의 수식어로 쓰이게 되었다. '비생산적'은 컴퓨터 은유가 이론 발전에 도움이 되지 않았다는 것이고, '제한적'은 인지주의가 형태 재인이나 학습은 도외시하고 언어나 문제 해결 같은 '고등 정신 과정'에만 주목했다는 얘기이며, '부적절한'은 상징 조작의 관점으로는 뇌의 과정을 밝혀내지 못했다는 의미다. 반면 연결주의는 얼굴을 인식하거나 새로운 단어의 발음을 금세 익히는 신경망을 만들어냈고, 좀더 정교화하면 인간 정신의 모든 영역을 아우르는 새 이론을 만들어낼 것으로 기대된다.

전통적 인지주의에 우호적이지 않은 이런 비교를 철학적으로 확대한 사람도 있다. 예컨대 새가드P. Thagard는 진화 과정에서 출현한 '자연 지능'은 재래식 컴퓨터보다는 네트워크적으로 규정된 시간 척도에 따라 반응한다고 주장한다.[43] 따라서 그는 정신-육체 문제의 해결에는 컴퓨터 은유에 착안한 기능주의보다 신경망이 더 도움이 될 것으로 본다. 새가드는 심신 관계에 대한 철학적 관점을 컴퓨터와 신경망의 차이와 연결 짓는데, 이 차이란 무엇보다도 현재의 시뮬레이션 기술 수준과 무관하지 않다. 새가드 식의 주장은 연결주의가 컴퓨터 은유를 대신해 사람들의 상상력을 사로잡는 데 성공했음을 보여준다.

컴퓨터 은유에 불리한 비교는 허위 근거를 바탕으로 이루어지기도 한다. 일부 연결주의 학자는 컴퓨터 은유에서 기억은 '전부 아니면 무'의 과정이라고 주장한다. 찾는 것이 기억에 있거나 아니면 없으므로, 그에 따라 전부가 재생되거나 아무것도 재생되지 않는다는 것이다.[44] 이에 비해 연결주의는 다양한 형태의 망각과 부분적인 재생을 가능케 한다고 주장한다. 그러나 이러한 주장은 오도된 것이다. 기억 시뮬레이션 EPAM(6장 참조)에 일종의 망각을 모사한 프로그램을 실행했지만(부적절한 인출 단서를 통해 일시적으로 정보를 찾을 수 없게 함), '전부 아니면 무'의 특성은 보이지 **않았다.** 이러한 과정 시뮬레이션은 컴퓨터 은유를 뒷받침한다. 거꾸로 말하면, 기술적으로 뛰어나도 신경학적으로 현실성이 없는 네트워크는 뇌 은유를 뒷받침하지 못한다는 얘기다. 컴퓨터 은유와 뇌 은유의 비교는 과정 시뮬레이션의 수준에서 이루어져야 할 것이다.

연결주의 이론이 대부분 학습·연상·형태 재인 같은 주제와 관련된 반면, 컴퓨터 은유는 주로 문제 해결이나 추론 같은 '고등' 정신 과정 이론에 영향을 끼쳤다. 이러한 차이는 두 은유의 구체적인 비교를 어렵게 만든다. 연결주의자들은 '뇌 방식' 시뮬레이션이 전통적인 컴퓨터 시뮬레이션보다 우월하다는 주장을 펴기 위해, 신경망이 신경학적 또는 심리학적으로 현실성 있는 내용을 더 많이 포함하고 있다는 식으로 좀더 일반적인 원칙에 호소하지만, 이러한 주장에도 문제가 있다. 사실 신경조직과 신경망의 유사성은 극히 작거나 피상적이어서 이를 유사성이라고 볼 수 있을지도 의심스럽다. 신경단위의 구조와 기능 면에서도 큰 차이가 있다. 우리 뇌의 뉴런에는 단순한 스위치가 길게 연결된 것에 지나지 않는 뉴런도 있고, 피라미드 세포처럼 대규모 세포군의 자극을 통합하는 수많은 연결로 이루어진 뉴런도 있다. 뉴런은 온갖 종류의 층·경로·회로로 배열돼 있으며, 뉴런의 활동은 호르몬의 통제 아래 이루어지는 화학적 과정에 따라 조정된다. 반면에 신경단위가 균질적이고 한정된 단계로 배열되는 신경망에서는 이런 특성을 찾아볼 수 없다. 또 신경망의 컴퓨터 스위치는 모사 대상인 뉴런보다 훨씬 더 빠른 속도로 작동한다. 모델과 실재의 차이가 이렇게 크다면, 신경망에 따라붙는 '이상화idealization'라는 표현은 잘못된 것이다. 신경과학자들이 연결주의에 매우 유보적인 태도를 보이는 한편 역설적인 현상도 이로써 설명된다.

심리학적으로 현실성 있는 내용이라는 것도 대단한 것은 아니다. 동물과 인간에게서 연합 관계가 형성되는 데는 엄청난 선택성이 작용한다고 알려져 있다. 예컨대 구역질과 음식 사이의 연합은 유기적 관련성이 없는 자극과의 연합에 비해 훨씬 빨리 이루어지고 훨씬 오래간다. 기초적인 인지 기능의 습득에서도 이 같은 차이를 찾아볼 수 있다. 유아들은 쿠션 밑에 깔린 딸랑이처럼 눈에 보이지 않는 물건이 그래도 계속 존재한다는 사실을 금세 학습한다('대상영속성object permanence'). 예컨대 여우처럼 시야에 나타났다 사라졌다 하는 먹잇감을 쫓아다녀야 하는 동물은 대상영속성이 발달하지만, 먹이가 움직이지 않는 초식동물의 경우는 그렇지 못하다.[45] 어떤 연합을 받아들이기 쉽도록 고도로 '미리 짜인' 신경조직은 완강하고 배타적이다. 그러나 신경망에서는 이러한 차이를 찾아볼 수 없으며, 어떤 종류의 연합이냐 하는 의미에 관계없이 모든 연합의 형성이 똑같이 쉽거나 어렵다. 이러한 특성에 관한 한 신경망은 인간의 기억보다는 컴퓨터 메모리에 더 가깝다고 할 수 있다.

전통적 인지주의와 연결주의가 경쟁 관계라기보다 상호보완 관계라고 보는 통합론자들은 타협적인 견해를 제시했다. 예를 들어 배덜리는 인지주의를 정신 과정의 **조직화**에 관한 이론으로 보고 그 세부 과정이 신경 구조에 의해 어떻게 학습되는지를 연결주의가 밝혀준다고 보았다.[46] 에스테스는 범주 형성에 관한 이론이 연결주의적 '층'과 인지주의적 '층' 모두를 갖고 있다고 생각했다.[47] 클라크는 뇌의 다양한 구조와 그 조정이 '계산'으로 설명 가능한 과정을 요구하기는 하지만 인지주의보다는 연결주의로 간단히 설명될 때도 있다고 했다.[48] 끝으로 프론P. A. Vroon은 뇌라는 연방제국에는 온갖 학습 원리가 존재할 수 있다고 보았다.[49] 결국 뇌 은유는 연결주의 초창기에 흔히 거론되던 것처럼 컴퓨터 은유와 정반대편에 있는 것은 아니다. 기억심리학과 관련해서 이 두 은유는 저마다 고유한 경향 아래 지금껏 발전한 두 가지 연구 프로그램에 영감을 주었다.

여러 연결주의 학자들이 홀로그램 은유에서 영감을 얻어 연구를 시작했다. 쿠퍼는 1970년대 초, 뇌를 홀로그램에 비유한 롱게히긴스의 〈네이처〉 수록 논문을 읽고 홀로그램과 뇌가 공통으로 지녔다는 '우아한 퇴행'이라는 특성에 흥미를 갖게 되었다. 홀로그램이 생물학적 체계로서 설득력이 떨어진다고 생각한 쿠퍼는 대학원 제자에게 "생리학적으로 좀더 설득력 있는 모델의 개발"[50]을 주문했고, 마침내 그 제자는 앤더슨 신경망을 발견했다. 또 다른 연결주의자 힌턴 역시 일찍이 홀로그램 덕분에 신경망 아이디어를 생각해낼 수 있었다고 밝혔다. "열여섯 살 때 신경망에 관해 생각하다가 홀로그램을 보고 이거야말로 마음에 대한 명백한 은유라고 생각했다."[51]

홀로그램과 신경망의 연관성은 이론 수준에서 논할 때 좀더 설득력이 있다. 현재 신경망과 관련한 가장 중요한 이론적 개념은 홀로그램 은유 관련 논문에서 처음 명시되었다. 홀로그램적 기억은 **내용주소적**이며, 홀로그램의 정보는 **분산** 표상의 형태로 저장되므로 손상을 입더라도 정보 손실을 쉽게 느낄 수 없다(우아한 퇴행). 또한 패턴의 저장과 재생은 **병렬적** 원리에 따라 이루어진다. 요컨대 홀로그램과 신경망은 연결주의의 장점이라는 바로 그 특성을 공유하고 있다.

그런데도 신경망 관련 문헌에서 홀로그램에 대한 언급은 거의 찾아볼 수 없다. 홀로그램 은유의 중심인물인 칼 프리브램도 거의 인용되지 않는다.[52] 연결주의의 교재 색인에는 일찍이 1963년에 연상기억 모델을 제시한 판 헤이르던 관련 항목도 빠져 있다. 신경망과 그만큼 일치하는 특성을 가졌는데도 홀로그램 은유를 이처럼 찾아보기 힘든 이유는 무엇일까?

병렬적 기억 모델에 관해 힌턴과 앤더슨이 편집한 논문집에서 일부 이유를 찾아볼 수 있다.[53] 연결주의의 고전이 된 이 책에는 홀로그래피와 연상기억의 관계에 대해 윌쇼가 쓴 별도의 장이 있다.[54] 이 장에는 윌쇼와 롱게히긴스가 1967~1972년에 분산기억 모델을 만들려 시도한 내용이 나오는데, 당시 레이저 기술 발전에 힘입은 홀로그램에서 착안한 모델이었다. 그러나 기억의 은유로서 홀로그램이 이룬 성과는 그 수학적·물리적 복잡성 때문에 기대에 미치지 못했고, 윌쇼와 롱게히긴스는 이러한 복잡성을 줄일 방법을 모색했다. 따라서 연구의 두 번째 국면은 '상관그래프'를 비롯한 몇몇 '비홀로그램적' 모델 개발로 이어졌다. '상관그래프'는 홀로그래피 분석에서 나온 수학적 작용을 활용했지만 실제 홀로그램에서 이루어지는 다른 복잡한 작용을 생략하고 홀로그래피의 핵심인 분산 저장과 재생을 모사한 것이었다. 윌쇼는 이어서 '상관그래프'가 어떻게 연상적인 네트워크와 결합되었는지를 설명했다.

윌쇼와 롱게히긴스의 연구 연표는 다음과 같은 전개 과정을 반영한다. 먼저 신경학자와 신경심리학자들이 정보 저장 매체로서 물리적 홀로그램의 특성에 흥미를 갖게 되었다. 홀로그램을 인공기억으로 해석함에 따라 홀로그램의 특성에 최대한 가까운 모델이 만들어졌다. 그러다 나중에는 기억 작용의 본질인 홀로그램의 물리적·수학적 특성에 대한 통찰을 얻었고 기술적·형식적으로 한층 단순한 모델을 개발했다. 마지막 단계에 이르면, 그러한 과정을 네트워크 구조로도 나타낼 수 있음을 알게 되면서 홀로그램적 기억 이론은 연결주의에 병합되었다. 이렇게 되자 1960년대와 1970년대의 홀로그램에 대한 참조 역시 더는 중요하지 않게 되었다. 홀로그래피의 유용한 점을 신경망 이론으로 한층 평이하고 설득력 있게 표현할 수 있었기 때문이다.

그렇다고 홀로그램이 기억심리학에서 엉뚱한 우회로였다는 얘기는 아니다. 홀로그램은 오랫동안 뇌에 대한 비유 가운데 조금이나마 그럴듯한 유일한 비유였다. 또한 내용주소적이고 정보를 분산 저장하며 손상에 강한 유일한 인공기억이었다. 광학계에 구현된 이 신비로운 특성은 그 수학적 기초에 대한 관심을 불러일으켰고 마침내 신경망에 모사되었다. 홀로그램 은유는 연결주의라는 기구가 떠오를 수 있는 열기를 제공했다.

최소 저항 경로

신경망은 '최소 저항 경로'를 형식화한 것이다. 한 패턴이 택하는 네트워크상의 경로는 이전의 패턴이 남긴 홈의 수학적 등가물이라 할 수 있는 역치와 연결 강도에 따라 결정된다. 신경망이 처리한 경험의 기록, 또는 연결주의에서 '기억'을 의미하는 것이 바로 이 홈의 형태에 담겨 있다.

그 수학적 형태는 잠시 접어두고 신경망을 관찰한다면, 서로 연결된 구성요소들이 자주 활성화할수록 신경충동이 일어나기 쉬워진다는 유서 깊은 **촉진** 개념을 발견할 수 있다.[55] 17세기에 데카르트는 당대의 생리학에 발맞춰, 신경계의 가스 같은 물질의 흐름에 따라 뇌의 구멍들이 확장되는 것을 촉진의 물리적 기반이라고 생각했다. 그로부터 한 세기 뒤 하틀리는 신경계를 진동과 공명의 형태로 경험이 보존되는 윙윙대는 소리상자로 보았다. 19세기에는 전기적 저항이 감소하면 신경충동이 더 쉽게 이루어지고 그런 식으로 점차 안정적인 신경 경로의 패턴이 형성된다고 생각했다. 20세기에는 새로운 시냅스의 형성, 수상돌기의 과민화, 신경전달물질의 양 증가 등 매우 다양한 종류의 촉진 기제가 제시되었다. 기억이 경로, 연쇄, 회로, 연결에 대한 선택적 접근성을 기반으로 한다는 하나의 생각이 각 시대의 생리학적 경향을 반영해 다양한 방식으로 되풀이되었다. 이러한 경로를 표현하는 흔한 은유인 '홈groove'과 '토대bed'는 신경망 관련 글에서도 사용된다.

래드와 모즐리 같은 19세기 '정신생리학자'들의 기억 이론은 뇌의 과정에 대한 가설에 따른 것이다. 그들은 민감해진 신경세포들의 회로를 바탕으로 기억이 이루어진다고 보았다. 이 회로들이 외부 자극으로 활성화할 때 재인이 이루어진다. 즉 뇌 안의 활성화가 기억을 낳는다고 본 것이다. 1880년 윌리엄 제임스는 "신경 흐름은 이미 많이 사용한 경로를 통해 쉽게 전달된다는 물리적 사실"[56]로부터 어떻게 연상 법칙이 도출되는지 설명했다. 제임스가 밝힌 연상 법칙은 헤브가 말한 학습 규칙의 핵심을 담고 있다. "뇌의 기초적인 과정 두 가지가 동시에 또는 연이어 활성화하면, 둘 중 하나가 다시 활성화할 때 다른 하나를 자극하는 경향이 있다."[57] 또 제임스가 연상 과정을 설명하기 위해 제시한 도해는 오늘날 완전연결성complete connectivity, 내용주소, '우아한 퇴행' 등으로 일컫는 개념을 보여준다(그림 8.5).

고등한 인지 과정에 대해서도 신경학적 해석이 제시되었다. 골턴의 전형 형성 이론이 좋은 예다. 골턴에 따르면, 특정한 감각 정보의 패턴을 처리한 신경단위는 '예민해진다'. 즉 "그와 비슷한 흥분 상태에 다시 빠지기 쉬워진다"[58]고 한다. 따라서 비슷한 자극이 동일한 신경단위를 반복 활

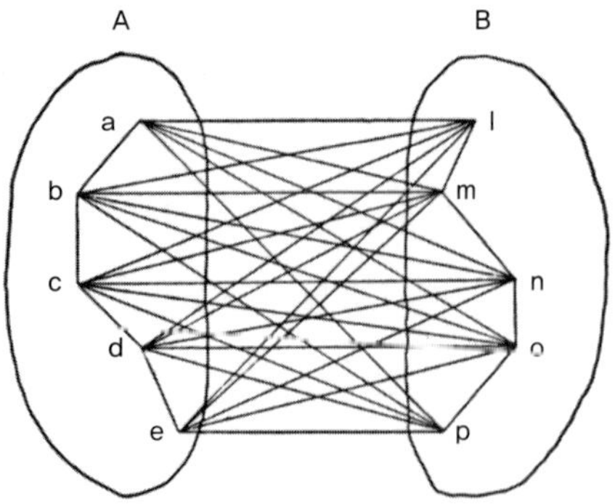

그림 8.5 기억의 연상 경로를 표현한 윌리엄 제임스의 도해. A는 만찬이 끝날 때 활성화한 a, b, c, d, e 신경 경로의 집합이고, B는 꽁꽁 언 달밤에 집으로 돌아가는 동안 활성화한 신경 경로의 집합이다. A의 아무 경로나 재활성화하면 B의 경로도 활성화하고, 마찬가지로 B의 경로를 활성화하면 A의 경로도 활성화한다. 경로의 활성화로 A와 B 사이의 연상 경로는 점점 더 깊게 다져지고, 결국 A와 B는 별개로 떠올릴 수 없는 기억이 된다. 연결이 부분적으로 손상되더라도 각 경로는 변함없이 활성화한다.

성화함으로써 '뒤섞인 기억'을 낳고, 그 뒤섞인 기억의 공통 요소가 전형적 표상을 만들어낸다는 것이다. 이러한 기제는 '평균 초상average portraits'의 은유로 제시되었고 골턴 자신이 개발한 '합성사진' 덕분에 물리적으로도 모사되었다. 합성사진에서 노출이 반복될수록 유리하다는 점은 신경조직의 반복 활성화 같은 효과였다. 광학적 패턴의 '홈'이 감광판에 새겨진 것이다. 합성사진과 전형 신경망은 워낙 비슷해서 매클렐랜드와 러멜하트의 글에 골턴의 논문 구절을 집어넣는다 해도 아무도 눈치 채지 못할 것이다. 골턴은 1879년에 쓴 글에서 합성사진은 일반화한 기억 심상의 등가물로, "개별적인 것들의 복사물이 아니라 그 부류의 특징적인 모습을 보여준다"[59]고 밝혔다. 개별 패턴을 저장하면 그 부류의 전반적 특성을 지닌 패턴이 나타나는 전형 신경망이 바로 그러하다.

제임스와 골턴의 업적을 연결주의의 성과와 나란히 놓고 보면 그 유사성과 차이를 알 수 있다. 신경망에서는 과거 '정신생리학'의 부활을 엿볼 수 있다. 연상 형성 기제가 여전히 촉진 과정을 기반으로 하기 때문이다. 학습과 습관화가 강조되는 것도 비슷하다. 범주와 전형 형성 같은 특정 기억 과정에 대한 연결주의 가설 역시 과거의 이론과 유사하다. 골턴의 전형적 살인범과 러멜하트와 매클렐랜드의 전형적 개는 다양성의 감소라는 본질적으로 동일한 과정에 의해 만들어졌다. 기억흔적은 연결 강도 또는 접근성으로 보존되고, 표상은 분산적 성격을 띤다. 기억은 점진적인 과정이며, 재생은 관련 신경 회로의 재활성화를 기반으로 한다. 이와 같이 연결주의는 종래의 전통과 많은 공통점을 지녔다. 기억심리학에 대단히 기여했다고 간주되는 부분은 특히 그러하다. 신경망 이론을 읽다보면, 때때로 데자뷔를 일으킬 정도이다.

물론 차이도 존재한다. 이 차이 역시 본질적인 것이다. 가설적 기제를 구체적 작용으로 나타낸 신경망은 실험으로 검증 가능하다. 제임스의 도해 같은 것은 기억 작용에 관한 기존 지식에 비추어 설득력 여부를 말할 수는 있어도 실험으로 검증해볼 수는 없었다. 반면 신경망에 대해서는 자유로운 실험이 가능하다. 여러 유형의 학습 규칙, 역치와 비중, 피드백, 신호/간섭비, 모듈, 회로 등은 모두 컴퓨터 모의실험을 통해 그 효과를 실험할 수 있다. 그뿐만 아니라 수학적 분석도 가능하다. '정신생리학' 문헌에 나오는 도해는 도식적이고 형식화하지 않은 것들이지만, 신경망은 될 수 있는 대로 완전한 형식으로 표현되고 '은닉층'을 제외하면 수학적으로 명쾌하다. 이러한 특성으로 연결주의는 신호 탐지 이론이나 패턴 인식 이론과 연계될 수 있었다. 실제 기능에 필요한 기술적 요건을 갖춘 데다 실험할 수 있고 수학적 분석이 가능한 점 때문에, 신경망은 새로운 형태의 연합주의 그 이상의 의미가 있다.

현재로서는 신경망의 발견적 가치를 개념 수준에서 찾아야 할 듯하다. 연결주의자들은 이전과 다른 설명 원리와 부분적이나마 신경학적 이해를 기반으로 인지주의자들과는 다른 '검색 영역'을 탐구한다. 그들이 내놓는 모델은 컴퓨터 은유의 지배를 받던 종류의 심리학을 수정·보완한 것들이다. 인간의 뇌가 색인을 검색하는 위치주소화 장치처럼 작동하지 않는다는 사실이나 명확한 기준 아래 범주를 형성하지 않는다는 사실은, 컴퓨터 은유에 지나치게 의지하던 학자에게나 뜻밖의 사실일 뿐 윌리엄 제임스에게는 놀라운 일도 아니었을 것이다. 신경망은 컴퓨터 은유에 의해 만들어졌거나 아예 만들어진 적이 없던 발자취를 지워냈다. 한 예로, 컴퓨터 은유에서는 기억이 순서도에 따라 정리된 프로그램처럼 여러 부분의 조합으로 처리 과정과 저장이 구분된다면, 연결주의에서는 처리와 저장이 동일한 하나의 체계에 속한다. 볼테르스와 파프는 바로 이런 점에서 뇌 은유가 컴퓨터 은유를 보정한다고 생각했다. "연결주의적 체계에서 프로세서와 메모리의 구분이 없어진 것은 심리학에서 오래전에 이룬 성과인데, 그것은 컴퓨터 은유가 일시적으로 외면당한 때문이었다."[60] 컴퓨터가 (로버트 훅의 은유를 빌리자면) 심리학계의 집단적 기억 속에서 월식을 야기해 지금은 똑똑히 보이는 것을 한시적으로 보이지 않게 했다는 것이다.

개념적 수준에서도 연결주의의 문제점은 발견되는데, 이는 19세기에 이루어진 기억 분석과 비교할 만하다. 연결주의 이론에서 신경망을 기억체계라 하고 저장된 패턴은 기억이라 일컫는다. 특정 표상의 신경 경로 재활성화가 진짜 기억인가 아니면 단순히 경험의 반복인가, 다시 말해 재활성화가 해석의 전부인가 아니면 필요조건의 하나인가는 연결주의 문헌에서 거의 제기하지 않는 문제다. 이런 점에서는 19세기 심리학자들의 설명이 훨씬 더 많은 길을 열어놓고 있다.

윌리엄 제임스는 저서 《심리학의 원리Principles of Psychology》에서 '기억'에 대한 명확한 정의에 한 절을 할애했다. 그는 기억이란 단순히 과거와 관련한 것이라기보다 과거**로서**, 더 정확히는 **나의** 과거로서 경험되는 것이라고 했다. 기억은 그것을 개인적 체험으로 만드는 '아늑함과 친밀함'의 성질을 지녔음은 분명하며, 이러한 성질이 단순한 신경 경로의 재활성화를 바탕으로 이루어지지는 않는다는 것이다. 신경 경로의 재활성화는 원래 경험의 똑같은 반복일 뿐이다. 기억이란 어떤 경험이 한 사람의 개인적 과거에 속한다는 것을 의식하는 일일 **뿐만 아니라** 그것을 다시 경험하는 것이다. 제임스에 따르면 기억이란 "육체적이면서 동시에 정신적인 면을 지닌 **정신물리학적** 현상이다. 육체적인 면은 해당 신경 경로의 기능상 흥분을 말하며, 정신적인 면은 과거의 일이 의식에 떠오르는 것, 그리고 그 일을 경험한 적이 있다고 믿는 것을 말한다".[61] 따라서 제임스는 어떻게 생리학적 연합 형성이 이 같은 기억의 의식적인 면을 설명할 수 있는지 의문을 표하면서, 수백 년이 지난 지금까지도 (특히 신경망 이론에 대해) 유용한 견해를 제시했다.

> 두 가지 흥분은 말 그대로 두 가지 흥분이며, 그에 따르는 의식 역시 서로 아무 상관없는 두 가지 의식이다. 첫 번째 흥분이 남기는 것으로 추정되는 희미한 '변형'은 아무런 도움이 되지 않는다. 온갖 유추에 의하면 그러한 변형은 다음에 일어나는 흥분을 좀더 쉽고 빠르게 만들어줄 뿐이다. 이것을 두고 덜 **의식적**이라고 말할 수 있을지 모르지만 과거와의 어떤 관련성도 설명해주지는 못한다. 연속되는 경험으로 점점 더 깊은 홈이 새겨진다고 해서 이전의 경험과 접할 수 있는 것은 아니다.[62]

제임스는 패턴의 형성이 기억 이론의 중요한 요소임을 부인하지는 않지만, 이러한 생리학적 과정은 단지 부분적인 설명일 뿐이라고 생각했다.

그러나 기억 이론을 정확히 어떻게 완성해야 할지 제임스 자신도 확실히 알지 못했다. 제임스는 이러한 개념적 문제는 우리 뇌가 어떻게 정신 과정과 연관되는가 하는 '하나의 거대한 수수께끼'의 일부라고 말하며, 스스로 '기억에 관한 형이상학'이라 일컬은 것에 관한 논의를 다음과 같이 끝맺었다. "지금 이 책상 앞에 앉아 글을 쓰는 나 자신을 **느끼는** 뇌의 과정과 1년 뒤 내가 이 글을 쓴 것을 **기억하는** 또 다른 과정은 분명 서로 다른 종류의 수수께끼가 아닐 것이다."[63]

연결주의자들이 '하나의 거대한 수수께끼'를 해결하지 못했다고 비난하는 것은 온당치 않다. 다만 신경망을 기억 체계라 하고 저장 패턴을 기억이라 일컫는 것은 이 수수께끼를 알지도 못한다는 인상을 주기에 충분하다.

9

호문쿨루스

연금술사들이 품은 가장 대담한 꿈은 현자의 돌이나 금 제조 기술의 발견이 아니라 인조인간, 즉 **호문쿨루스**homunculus를 창조하는 것이었다. 연금술사들에게 호문쿨루스는 '기술에 의한 자연nature through art', 즉 인간적 수단에 의한 자연의 재창조라는 꿈을 대변했다. 이 대담한 계획을 위해 신의 은총을 구하는 모습이 알레고리적 그림 속에 남아 있다. 증류기처럼 보이는 유리구 안에, 인간의 지성과 연금술 실험실의 땀의 산물인 호문쿨루스가 들어 있다(그림 9.1).

호문쿨루스라는 주제는 수세기에 걸쳐 사람들을 사로잡아왔다. 유대인들의 '골렘golem' 전설에서부터 프랑켄슈타인 소설에 이르기까지, 언젠가 실현될지도 모를 인간 능력의 극한을 보여주는 상상 속에는 인공 생명의 창조라는 꿈이 늘 따라다녔다.

오늘날에는 인공지능이 연금술사들의 열망을 실현할 과학이라 자부하고 있다. 실험실 자원으로 생각하는 존재를 새롭게 창조하려는 시도의 정

그림 9.1 '기술에 의한 자연'이라는 꿈을 대변한 연금술의 호문쿨루스.

점은 바로 인간 자신의 지성을 복제하려는 시도일 것이다. 인공지능은 현대판 '기술에 의한 자연'이며, 연금술사들의 계획보다 덜 비의적일지 모르지만 그만큼 야심 찬 계획임에는 틀림없다.

연금술 이후 3~4세기 동안 호문쿨루스라는 **용어**는 다른 의미를 갖게 되었다. 인공지능과 심리학에서 호문쿨루스는 특정한 이론적 문제를 가리키는 말로 쓰인다. 어떤 정신 과정에 대한 해석이 또다시 해석을 요하는 동일한 과정에 의지하면 호문쿨루스라는 용어를 쓴다. 논리학에서는 '선결문제 요구의 오류petitio principii'라고 한다. 논쟁이 **끝없이** 이어질 수 있어서 호문쿨루스를 무한 퇴행과 같은 의미로 쓰는 것이다.

연금술의 호문쿨루스처럼, 심리학의 호문쿨루스도 그림으로 표현된다. 대중과학 영역에서 볼 수 있는 뇌 그림에서 호문쿨루스는 들어오는 감각 정보를 관찰·평가하고 조치를 취하는 소형 인간으로 그려졌다. 뇌 그림이 그렇듯이 호문쿨루스 그림도 시간에 따라 변하게 마련이다. 호문쿨루스는 끊임없이 진화하는 기술에 둘러싸여 있기 때문이다(그림 9.2, 9.3). 19세기 말 호문쿨루스는 드나드는 전선과 배전반으로 가득한 분주한 전신소에 있었다. 1920년대의 호문쿨루스는 영화카메라, 스크린, 영사기 등 정보 기록과 재생에 관한 최신 기술을 사용했다.

오늘날의 뇌 그림에는 사무실이나 산업현장에서 볼 수 있는 모니터나 컴퓨터가 등장하지만 이를 작동하는 것은 여전히 호문쿨루스이다. 대중과학 영역의 뇌 그림에서, 관제실 안에 아무도 없이 완전 자동화한 뇌는 찾아볼 수 없다. 분명 우리의 직관 같은 것이 우리 뇌가 생각하고 평가하는 의식의 감독 없이 스스로 작용할 수 있다는 생각을 거부하는 것이다. 이러한 거부감을 내성적 경험과 관련해 설명할 수도 있다.

우리 뇌의 모든 능력과 과정은 **반사**reflex와 **반성**reflection이라는, 기능의 양 극단을 가리키는 두 개념 사이에 위치한다. 기억의 정신기관에서도 신체기관에서처럼 고정적 회로를 사용하고 생득적 기제에 의해 실행되는,

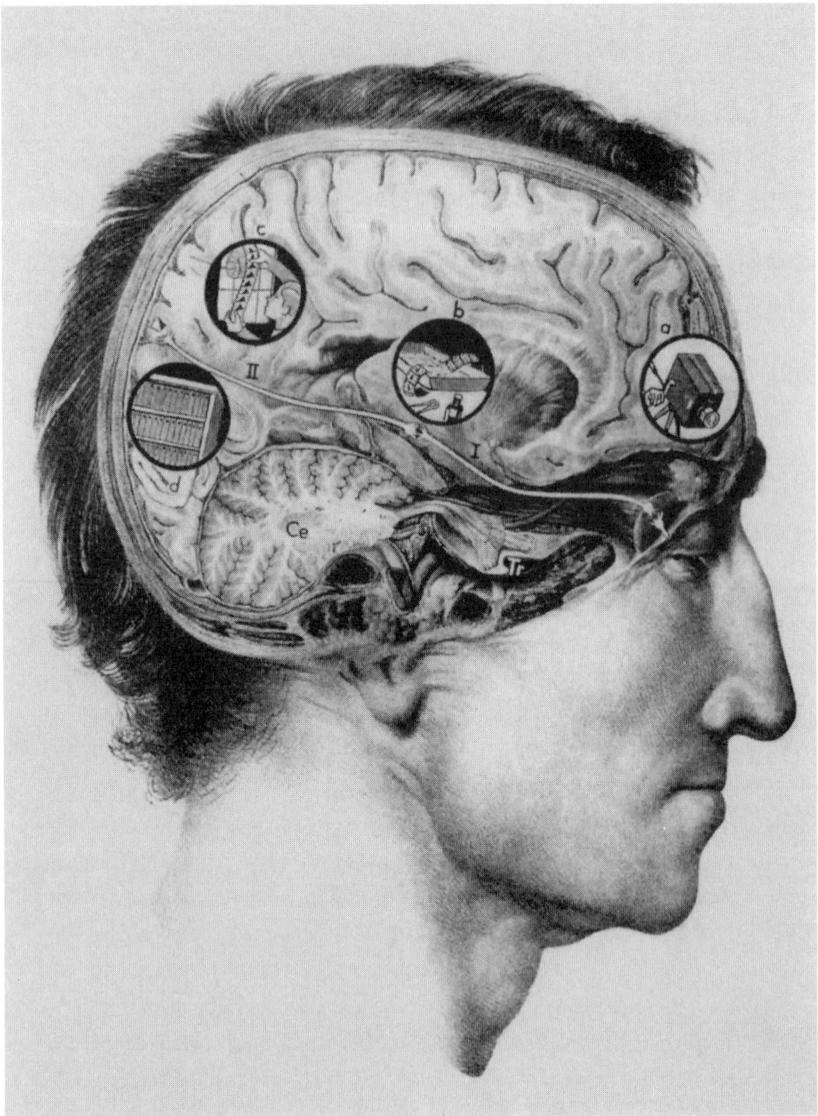

그림 9.2 칸(F. Kahn)이 《인간의 삶(Das Leben des Menschen)》에서 제시한 시각기억에 대한 영화촬영술 은유(1929). 크랭크를 돌려 작동하는 영화카메라가 눈의 기능을 한다. 촬영한 필름은 현상을 거쳐 후두부에 있는 시각 투사 영역으로 전달된다. 거기서 소형 인간이 점검한 필름은 그림에서 필름보관소로 표현된 '시각기억센터'에 저장된다. 필름 보관자의 활동을 제외하면 이런 모든 과정이 자동화해 있다.

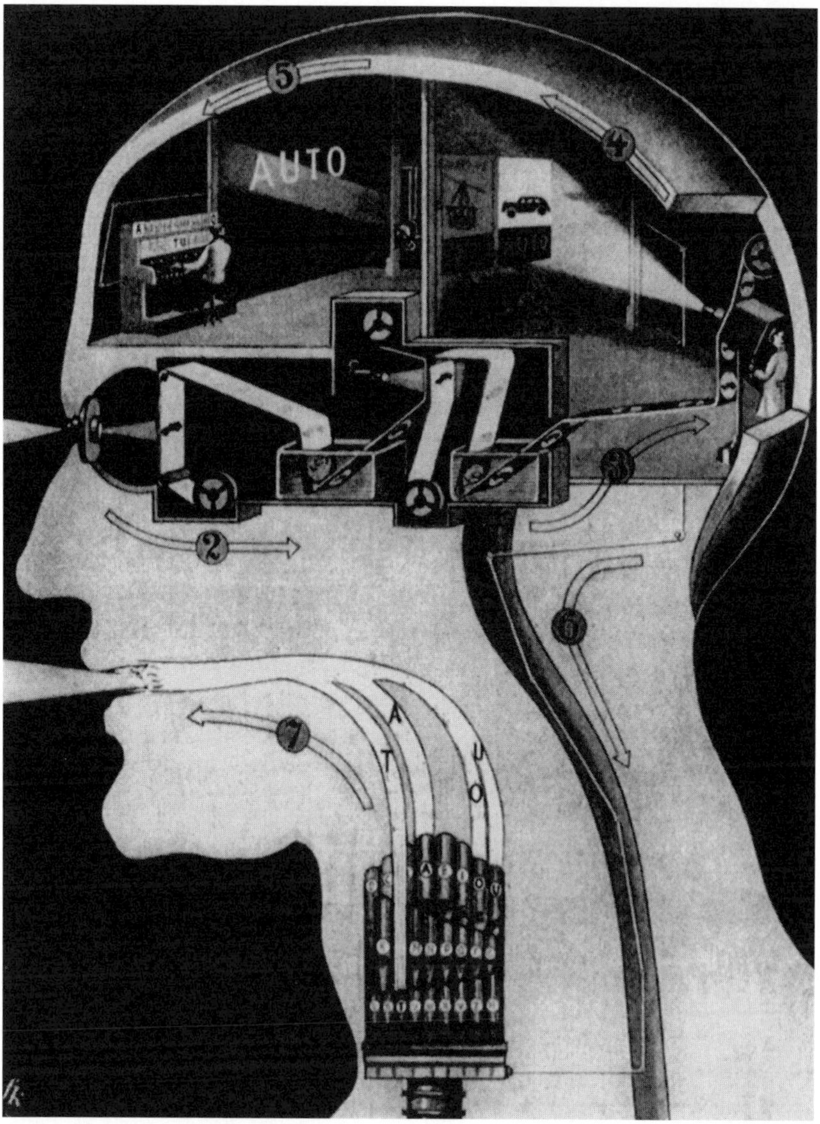

그림 9.3 칸의 《인간의 삶》 개정판에 실린 〈우리가 자동차를 보고 "자동차"라고 말할 때 우리 머릿속에서 일어나는 일〉이라는 제목의 삽화. 지각, 등록, 반응의 과정이 훨씬 더 구체화했다. 눈의 (자동)영화카메라가 자동차를 촬영하면, 이 필름이 다양한 현상 과정을 거쳐 시각 투사 영역으로 전달된다. 그러면 소형 인간이 자동차의 상을 스크린에 투사하면서 동시에 '자동차'라는 단어를 그 밑으로 내보낸다. 스크린에 투사된 '자동차'라는 글자를 '발음기관' 앞에 앉은 소형인간이 읽고 '자동차'에 해당하는 키를 누르면 발음기관의 파이프들이 그에 해당하는 소리를 낸다. 책에 따르면, 이러한 모든 과정은 그 놀라운 속도에서 "텔레비전이나 라디오 기술과 놀라우리만큼 유사성을 보여준다".

그림 9.4 반사에 대한 데카르트의 해석을 표현한 그림. 불의 열기가 신경(B)의 동물정기를 뇌로 밀어올린다. 이 압력으로 두개강 입구를 포함한 뇌의 구멍들이 열리고, 그곳의 **동물정기**가 B로 전달되어 근육을 팽창시킴으로써 다리를 치우도록 만든다. 데카르트에 따르면, 이런 행위는 '기계적으로' 수행되며 영혼으로부터 어떤 영향도 받지 않는다고 한다.

순전히 자동적인 반사작용이 이루어진다. 기억의 이런 부분은 의식으로 접근할 수 없다. 19세기에 폰 하르트만이 말했듯이, 우리는 그런 과정들의 **결과**를 알 수 있을 뿐 그 과정을 알 수는 없으며, 그러한 과정에 영향을 미칠 수도 없다. 착시 같은 현상을 설명할 때도 이런 인지적 불가해성이 거론된다. 아무리 자주 착시를 경험하고, 착시를 유발하는 기제에 관해 아무리 많이 안다 해도 여전히 착시를 피할 수는 없다. 변경이 불가능한 우리 뇌의 소프트웨어에 착시를 잘 느끼게 하는 무언가가 존재하는 것이 분명하다.

반사의 반대쪽에 반성이 있다. 자발적 기억과 관련한 반성은 우리가 우리 기억 속에서 일어나는 일을 감독할 수 있는 내성적 경험을 제공한다. 기억의 어떤 부분은 의식으로 접근이 가능하다. 그 부분을 지배할 수는 없을지라도 거기 있는 것을 마음대로 떠올리고 마음의 눈앞에 불러내고 고찰할 수는 있다.

아이러니하게도 반사와 반성이라는 양 극단의 말은 어원이 동일하다. 둘 다 '거울처럼 반영한다mirroring'는 의미와 관련된 것이다. 17세기에 반사는 신속한 반응을 요하는 강렬한 감각 자극에 대해 즉각적인 움직임이 '되튀어나오는' 것을 의미했다(그림 9.4). 한편 반성은 기억 속의 사고와 표상이 의식에 '비춰진다'는 인식 때문에, 오직 인간에게서만 나타나는 묘한 중복을 낳았다. 즉 인간만이 생각하는 동시에 생각함을 알며, 기억하는 동시에 무언가를 기억함을 안다는 것이다.

기억 속에 들어가 그 속을 뒤지는 사람으로 기억 행위를 표현하려는 거부하기 힘든 경향에 이런 중복이 나타난다. 뤼디 카우스브루크Rudy Kousbroek의 글에는 쉴 새 없이 한 가지 일에만 매달리는 문서관리인 비유가 나온다. "이 문서관리인은 짬만 나면 문서보관실로 가서 오래전에 다룬 온갖 종류의 문서들을 꺼내 아무도 모르게 다시 상부로 올린다. 그래서 몇 년 전에 들어온 송장送狀들과 오래전에 서명한 글자들이 다시 거래장부에 나타난다." 이 문서관리인은 "조직 내의 모두가 그 존재 여부조차 잊어버린 파일들을 훑어보며"[1] 문서보관실에서 밤늦게까지 시간을 보내는 것이다. 소설가 헤르만스W. F. Hermans는 우리의 기억이 가끔 "술에 취한 하인처럼 진귀한 와인이 보관된 저장실에서 거미줄과 유리조각과 유령 이야기만을 꺼내온다"[2]고 썼다. 뇌 그림에서 감각 정보를 기록하고 현상하고 정리하느라 바쁜 부지런한 일꾼으로 그려진 호문쿨루스는 글에서도 마찬가지로 표현된 것이다.

홀로그램을 보는 존재는 무엇인가

기억심리학에서 호문쿨루스는 악명 높은 이단이다. 불러내려는 대상이 어디에 저장되었는지 '기억'하는 능력이나 그러한 대상을 '인식'하는 능력을 가정하는 순간, 즉 기억하기와 인식하기가 '기억'을 전제로 하는 순간, 그 기억 이론은 호문쿨루스를 포함하게 된다. 호문쿨루스는 해결책이 아닌 또 다른 문제다.

지금까지 언급한 모든 은유도 결국은 호문쿨루스 문제와 무관하지 않다. 혹의 소우주 은유는 일종의 전지전능한 호문쿨루스를 포함하고 있다. 소우주의 중심에 위치한 영혼은 모든 인상에 형태와 장소를 정해주고, 연합을 만들고, 저장된 인상과 일치하는 인상을 '인식'하는 등 기억 이론에서 설명해야 할 과정을 되풀이한다. 혹의 소우주에서 영혼은 '기억 속의 기억memory-within-a-memory'이다.

19세기의 사진 은유와 축음기 은유도 비슷한 문제를 안고 있었다. 후버는 사진 은유에 대해(5장 참조), 뇌에 시각 인상을 저장하는 그 자체가 기억은 아니라고 주장했다. 그 인상을 흡수하는 의식의 존재가 있어야만 진짜 기억이 성립한다는 것이다. 의식이 없다면 흔적은 '장님' 같기 때문이다. 축음기 은유에 관한 설명에서 귀요도 사실상 같은 말을 했다. 축음기 바늘이 축음기판에 소리 자극을 새겨 저장하더라도 의식이 재생되는 소리의 진동을 흡수하지 않는다면 흔적은 '귀머거리'라는 것이다. 저장되는 것이 시각 자극이든 청각 자극이든, 기억의 재생은 그 흔적을 사용하는 의식의 존재를 전제로 한다.

훨씬 더 현대적인 홀로그램 은유에서도 같은 문제가 발생한다. 홀로그램에 저장된 상은 레이저광을 조사함으로써 '읽어낼' 수 있고, 상이 투영되는 곳은 레이저광이 조사되는 저장매체 바깥의 가상공간이다. 프리브램의 홀로그램적 기억 이론은 저장된 상이 저장 매체(뇌) 바깥에 투영되어 의식으로 흡수된다고 가정한다. 여러 학자들이 이 이론에 내포된 골치 아픈 호문쿨루스의 존재를 지적했다.[3] 의식이 상을 '보는' 것이라면, 호문쿨루스 안의 상을 보는 주체가 또다시 필요하기 때문이다. 투영된 상의 인식은 무한히 이어지는 호문쿨루스, 점점 작아지는 소형 인간의 행렬을 만들어낸다.

"홀로그램을 보는 존재는 무엇인가"라는 물음은 단순해 보이지만 실은 난처한 딜레마를 안겨주는 물음이다. 상의 기록과 저장에 대해서는 말하되 의식 속에서 재생된다고 말하지 않는 이론은 본질적인 무언가가 빠진 것처럼 보이고(상이 인식되지 못한 채 남아 있기 때문이다), 의식이 상을 '본다'고 말하는 이론은 개념적 결함을 지닌다(모니터 앞의 관찰자처럼 기억된 상을 보는 의식이 호문쿨루스 문제를 야기하기 때문이다). 따라서 비관적인 딜레마로 이어질 수밖에 없다. "호문쿨루스 **없는** 심리학은 불가능하고 호문쿨루스가 **있는** 심리학은 순환하거나 무한 퇴행할 처지이므로, 심리학이란 결국 불가능한 학문"[4]이라고 데닛은 말한다.

우리는 이 딜레마에서 데카르트라는 이름과 관련이 있으며, 그의 기억 이론이 지닌 고대 철학적 문제의 윤곽을 발견할 수 있다. 그렇다면 데카르트의 기억 이론을 살펴봄으로써, 호문쿨루스 문제와 직결된 의문이자 기억의 은유들을 통해 생생하게 표현된 철학적 의문을 검토해볼 수 있다.

데카르트의 기억 이론

데카르트의 기억 이론은 그의 저서와 서신에 파편적으로 남아 있는 기억 관련 부분을 조합함으로써 성립된다. 데카르트는 인간의 기억이 '육체적' 기억과 '정신적' 기억으로 나뉜다고 주장했다. 정신적 기억에 대해서는 지적 경험이 영혼에 남기는 '흔적'을 바탕으로 존재하고 작용한다는 정도의 설명에 그쳤지만, 육체적 기억에 대해서는《인간론》에서 다음과 같이 상세히 설명했다. 인간의 신경계는 **동물정기**라는 가스 같은 물질로 가득 찬 가느다란 관들로 이루어져 있다. "매우 부드러운 바람, 아니 그보다는 매우 순수하고 맹렬한 불꽃"인 이 동물정기는 뇌의 구멍들을 채우기도 한다. 어떤 대상을 지각하면 활성화한 감각 신경 내의 동물정기가 뇌로 밀려들어가 뇌의 구멍들 일부가 확장되고, 또 다른 대상을 지각하면 또 다른 패턴으로 뇌 구멍들이 확장되는 식으로, 모든 지각한 대상은 흔적을 남긴다. 이러한 흔적의 불리석 특성은 하상 침식에서 보듯이 자주 사용할수록 더욱 깊어진다는 것이다. 데카르트가 메르센M. Mersenne 신부에게 보낸 서신에서 설명한, 오늘날 '근육기억muscle memory'이라고 일컫는 기억 유형은 순전히 물리적 기제를 바탕으로 한다. "예컨대 류트 연주자는 기억의 일부를 자신의 손에 지니고 있다. 연습을 통해 손가락을 자유자재로 움직이는 일이 쉬워질수록, 그러한 손가락의 움직임이 필요한 악절을 기억하는 데 도움이 된다"[5]는 것이다. 메르센 신부의 반론에 대한 답장으로 보이는 다음 서신에서, 데카르트는 어린 시절의 일을 가장 잘 기억한다는 가정을 논한다. 오래될수록 희미해지는 것이 흔적이기에, 기억흔적 이론과 양립하기 어려워보이는 얘기였다. 데카르트는 오늘날의 **흔적강화** 가설과 비슷한 과정을 설명하고 있다. 즉 우리가 어린 시절의 일을 잘 기억하는 주요한 이유는 "또다시 같은 일을 하고 또다시 그 일을 기억함으로써 인상을 거듭 갱신하기"[6] 때문이라는 것이다. 따라서 어린 시절의 한 장면을 회상하는 노인들은 진짜 어린 시절을 떠올리는 것이 아니라 어린 시절에 대한 **기억**을 떠올릴 뿐이다.

연상 같은 현상도 데카르트의 기억흔적 이론에 부합한다. 데카르트는 《인간론》에서 연상의 물리적 유추를 그림으로 표현했다(그림 9.5). 옷감을 가시로 찌르면 구멍이 생기는데, 이 행동을 반복하면 어떤 구멍은 점점 커져서 결국 영구적으로 벌어진 상태가 된다는 것이다. 또 어떤 구멍에 찌르면 이전의 구멍까지 함께 벌어지기도 한다. 여기서 옷감에 난 구멍은

그림 9.5 연상 작용에 대한 데카르트의 물리적 유추.

뇌의 구멍에 해당하고 가시는 감각 자극에 의해 뇌로 들어오는 동물정기에 해당한다. 자극이 어떤 패턴을 나타낸다고 하면, 두 눈과 코만으로도 얼굴 전체를 알아볼 수 있는 것처럼 부분적인 패턴만 제시돼도 연상에 의해 나머지 패턴이 환기된다. 즉 가시로 찌르지 않더라도 구멍은 조금씩 벌어진다.[7]

데카르트는 동물을 훈련하는 경우에도 비슷한 메커니즘을 이용한다고 보았다. 덤불에서 자고새가 날아오를 때마다 짖어대는 사냥개를 조용히 만들고 싶다면, 자연스러운 자극-반응의 연합을 새로운 연합으로 기계적으로 대체하면 된다. 훈련을 통해 기존의 흔적, 즉 동물정기가 밴 자연스러운 홈을 막고 새로운 홈을 만들게 하는 것이다.[8] 동물을 **자동기계**automata로 여긴 데카르트에게는 개를 훈련하는 일이 기계를 다른 용도로 조정하는 일에 지나지 않았다. 데카르트는 동물의 육체적 기억을 자극과 반응을 연결하는 톱니바퀴로 보았다. 이런 식의 기억이라면 연상은 자동으로 따라오는 것이다. 인간의 경우 기억이 물질적인 한에서 연상도 물질적이라고 할 수 있다. 인간의 학습은 영혼의 개입 없이도 상당한 정도까지 가능하다.

그러나 동물과 인간의 차이는, 동물과 달리 인간은 자발적 기억이 가능하다는 점이다. 데카르트는 《정념론Passions de l'âme》에서 "어떻게 우리는 기억하고자 하는 것을 기억 속에서 찾아내는가"[9]라는 제목 아래 이 주제를 다뤘다. 데카르트에 따르면, 영혼이 어떤 기억을 불러내고자 하면 송과선이 연달아 이쪽저쪽으로 기울고, 그에 따라 동물정기가 불러내려는 기억의 흔적을 찾을 때까지 뇌의 여러 부분으로 밀고 들어간다고 한다. 확장된 뇌 구멍들에 동물정기가 얼마나 쉽게 흘러 들어가느냐에 따라 송과선이 일정한 움직임을 일으키고, 결국 영혼은 송과선의 이러한 움직임을 불러내려는 기억으로 인식하게 된다.

데카르트의 이론이 지닌 매력은 동물 훈련, 훈련한 근육의 자동적인 반응, 오래전 일에 대한 기억이 마음속에서 여전히 또렷하다는 사실, 자극들 사이의 연상, 자발적 기억 등 극히 다양한 현상에 대한 일관된 설명에 있다. 그러나 이처럼 포괄적인 이론에는 문제가 따르지 않을 수 없다. 먼저 비공간적이고 비물질적인 영혼이 어떻게 물질적인 기억 속에서 일어나는 일을 알 수 있는지, 바꿔 말하면 물질적인 기억 속에서 일어나는 일이 어떻게 영혼 속의 표상이 될 수 있는지가 설명되지 않았다. 이것이 바로 송과선 개념에서 극명하게 드러나며 데카르트의 지각 이론에서도 발생하는 **상호작용**의 문제다. 이 문제는 데카르트적 이원론과 불가분한 개념적 오점으로 잘 알려져 있다. 두 번째 문제는 자발적 기억 이론의 **순환성**에 관한 것이다. 데카르트적 해석의 핵심은 영혼에 의해 기억하려는 대상으로 인식되는 **송과선**의 움직임이다. 그러나 이러한 인식이란 기억을 전제로 하는 과정이므로, 결국 기억에 대해서는 아무것도 설명해주지 못한다. 인식하는 영혼이란 해결책이 아닌 문제의 반복일 뿐이다.

상호작용과 순환성이라는 이 두 가지 개념적 문제는 '흔적' 개념 속에 뒤얽혀 있다. 데카르트는 흔적을 종이의 접힌 자국에 비유했다. 이미 한 번 접은 종이가 쉽게 접히는 것처럼, 뇌에 남은 흔적이 특정한 움직임을 쉽게 일어나게 만든다는 것이다. 이 흔적은 순전히 물리적인 성질의 것이다. 동물의 경우 뇌의 흔적은 앞서 일어난 자극과 반응의 물질적 퇴적물이다. 동물이 경험으로부터 학습하는 것처럼 보인다면, 그 이유는 바로 그 흔적이 기계적으로 어떤 반응을 불러일으키기 때문이다. 인간의 경우는 그와 똑같지는 않다. 류트 연주자의 느린 손놀림이 빨라지는 것처럼, 뇌의 물리적 변화는 어떠한 반응을 가능케 한다. 철학적 문제는 기억흔적의 두 번째 국면에서야 발생한다. 자발적 기억에서 영혼이 송과선의 특정한 움직임을 원하는 기억으로 인식할 수 있는 것은 그 움직임이 원하는 기억의 **표상**이기 때문이다. 송과선의 움직임이 "영혼에게는 바로 그 대상을 의미한다"는 것이다.[10] 이러한 기억흔적의 표상적 특성을 통해 상호작용과 순환성의 문제는 다음과 같이 요약된다. (1) 물리적 상황이 어떻게 '표상'과 같은 비물리적·추상적 작용과 연결될 수 있는가? (2) 기억이 영혼에 존재한다고 가정하지 않는다면, 영혼이 어떻게 특정한 움직임이 특정한 대상을 표상하는지 기억할 수 있다는 말인가?

데카르트적 이원론의 두 가지 주요 문제는 데카르트의 기억 이론에서 축소판처럼 반복된다. 그렇다면 여기서 드는 의문은 좀더 최근의 기억 이론과 은유들은 과연 이 문제를 해결했느냐 하는 것이다.

호문쿨루스와 컴퓨터

귀요, 뤼이 등 '정신생리학계'의 이론가들이 기억의 물리적 기반을 설명하기 위해 사용한 은유는 데카르트 시대에는 존재하지 않던 인공기억에서 가져온 것이었지만, 여기서도 데카르트 이론의 핵심 기제가 쉽게 발견된다. 귀요와 뤼이는 감각 경험이 뇌에 흔적을 남긴다는 것을 축음기와 사진 은유를 통해 증명했다. 두 경우 모두 흔적은 잠재적인 성질을 지닌다. 즉 기억 속에서 감각 지각이 재생될 때만 흔적이 활성화한다는 것이다. 귀요에 따르면, 신경 흐름은 경험이 닦아놓은 경로를 따르는데, 이는 데카르트의 확장된 뇌 구멍을 상기시킨다. 그러나 불행히도 데카르트적 기억 이론의 문제들이 여기서도 반복된다. 귀요의 청각기억 속 흔적은 "그 자체로는 귀머거리"이고, 뤼이의 시각 인상도 "그 자체로는 장님"이기 때문이다. 그러나 누구도 의식이 흔적을 흡수하는 방식에 대해서는 말하지 않았다. 귀요와 뤼이 두 사람 모두 물리적 흔적과 의식적 기억이 연결되었다고 보았지만 **어떻게** 연결돼 있는가 하는 점은 수수께끼로 남았다.

기억의 물리적 기반에 관한 문제를 이런 관점에서 본다면(언뜻 매우 자연스러운 설명 방법인 것 같지만), 기술 발전이 결국은 이런 개념적 문제를 처리할 은유까지 제공할 것이라는 생각에도 회의적일 수밖에 없다. 의식이 관찰자 구실을 맡게 되면(결국 우리는 기억된 상과 소리를 의식한다), 물리적으로 저장된 것이 어떻게 의식적 경험으로 이어지는가 하는 의문에서 벗어날 수 없다. 경험이 흔적을 남긴다고 말하는 **모든** 기억 이론이 결국에는 데카르트라는 유령에 사로잡히고 마는 것이다. 호문쿨루스 문제는 표상의 사용에서 불가피하게 수반되는 문제인 것처럼 보인다.

컴퓨터 은유가 이와 관련한 두 가지 의문을 해결함과 동시에 호문쿨루스 문제까지 해결했다고 보는 학자도 있다. 데닛이 '흄의 문제'라고 한 한 가지 문제는 표상의 지위에 관한 것이다.[11] 데닛에 따르면, 컴퓨터 은유는 표상이 해석자 또는 감독자를 전제로 하지 않아도 됨을 입증했다. 표상을 사용하는 프로그램의 기능 체계는 점점 더 단순한 임무를 수행하는 체계로 쪼개지고 결국 최하위 레벨로 가면 더는 지능이 필요 없게 된다는 것이다.[12] 최하위 레벨이 '백치군'에 불과하므로 순환성의 문제도 해결된다. 데닛에 따르면 이 "백치군은 질문에 오로지 예/아니요로 답하는 법만 기억하면 된다".[13] 데닛은 최근의 글에서 자신의 해결책을 표상의 지위와 분명히 연계시켰다. "개개의 하위 체계는 시스템 전체의 능력을 재현하지 않는다. 그렇다고 무한 퇴행 문제가 사라지지 않을 테지만, 각 하위 체계가 역할을 나눠 맡음으로써 뒤로 갈수록 하위 체계가 점점 덜 똑똑하고 덜 알고 덜 생각하게 된다. 말하자면 표상들이 덜 표상적으로 되어간다."[14] 데닛은 컴퓨터가 표상 개념에서 호문쿨루스적 성격을 걷어냈다고 믿고 있다.

컴퓨터가 해답을 제시했다고 하는 두 번째 의문은 데카르트의 '문제'이다. 이런 주장에 따르면 컴퓨터는 정신-육체 관계에 대해 처음으로 일관된 관점을 갖게 해준 기계다. 보든은 컴퓨터가 '기계'라는 개념에 부여한 새로운 의미 덕분에 심신 관계에 대한 오랜 형이상학적 문제가 '대체로 해결됐다'고 보았다.[15] 컴퓨터적 통찰 덕분에 "지향적 행동과 자발적 선택에서 정신이 어떻게 육체에 작용하는지"[16]가 분명해졌다는 것이다. 지향적 행동과 자발적 선택이란 기억이라는 관점에서 보면 바로 데카르트적 기억 이론의 두 가지 수수께끼(정신-육체의 상호작용과 자발적 기억)에 해당한다. '대체로'라는 수식어가 붙기는 하지만 이 수수께끼들을 해결한 은유라면 좀더 자세히 살펴볼 만한 가치가 있다.

컴퓨터 은유를 사용한 여러 이론의 공통점은 정신 상태의 지향적 성격을 중요하게 다룬다는 점이다. '알다, 생각하다, 기억하다'같이 일상적으로 쓰는 심리 용어는 외부 세계나 내적 경험에 있는 무언가를 대상으로 하는데, 이 대상은 늘 '알고 생각하고 기억하는' 행위 바깥에 있다(나는 비가 온다는 것을 안다/나는 존이 거짓말한다고 생각한다/나는 내가 어제 책을 읽었다는 것을 기억한다). 이러한 지향적 개념들이 의식에 주관적·해석적 성격을 부여하는데, 의식의 그러한 성격이 제대로 다뤄져야 한다고 보든은 말한다.[17] 컴퓨터 은유에 착안한 이론은 '심적 표상'에 호소한다. 즉 외부 세계나 내적 경험에 관한 지식이 상징적·의미론적 수준에서 이루어진다는 것이다. 표상은 그 지시적 요소 때문에 지향성과 관련된다. 즉 우리의 의식이 이 세계에 **의미**를 부여할 수 있는 것은 심적 표상의 의미론적 성격 때문이다. 컴퓨터가 인간의 마음에 대한 아주 그럴듯한 은유가 될 수 있는 것은 의미 있는 과정과 그 자체로서는 의미 없는 컴퓨터 메커니즘의 물리적 과정이 결합돼 있기 때문이다. 컴퓨터 메커니즘은 인간의 신경계에, 컴퓨터 프로그램은 정신 과정에 각각 해당한다. 컴퓨터 은유는 정신적 상태의 존재와 물리적 기반의 존재 모두를 인정함으로써 최선의 결과를 가져다주었다. 컴퓨터 덕분에 불가능한 상호작용이라는 이원론의 오점이 사라졌다는 주장도 있다.

정신–육체 문제에 대한 이러한 해결책을 좀더 자세히 분석하기에 앞서, 컴퓨터 은유를 기억 과정에 구체적으로 적용한 사례로서 '광신경망 컴퓨터'의 패턴 인식을 살펴보는 것도 도움이 될 것이다.

광신경망 컴퓨터

세 살이 채 안 된 아이라도 탑시계, 자명종, 자동차용 시계, 손목시계, 추시계 등의 다양한 시계 장치를 인식하고 그 모두를 '똑딱시계'라고 말할 줄 안다. 비록 문제 자체를 인식하지는 못하더라도 아이들이 **불규칙성 문제**random problem 해결 능력을 지니고 있다는 의미다. 불규칙성 문제란, 예컨대 온갖 형태의 나무를 보고 나무라고 정의하는 일처럼(그림 9.6), 형태를 인식하고 정의할 수 있느냐의 문제다.[18] 재래식 컴퓨터의 작동은 명확한 정의와 지시를 바탕으로 이루어지기 때문에, 기계에 의한 패턴 인식은 아직까지도 쉽지 않은 문제다. 속성을 완벽하게 정의한 목록이 주어지지 않는 한 컴퓨터는 전신주를 나무로 추정하는, 세 살배기도 저지르지 않는 착오를 범할 수 있다.

1980년대 들어, 패턴 인식에 좀더 적합한 컴퓨터 구조를 고안하기 시작했다.[19] 이러한 대안적 구조를 일컬어 신경망의 해부적 구조를 모사하고 광선을 이용해 일부 정보를 처리해서 광신경망 컴퓨터optical neural computer라고 한다. 광신경망 컴퓨터는 프로세서 몇 개를 갖추고 있어 대량 접속을 통해 병렬적으로 정보를 처리하는데, 이 대량 접속 때문에 광학적 수단이 필요하다. 광선은 간섭 없이 서로 교차가 가능해 3차원적 구조를 만드는 데도 유용하다. 광신경망 컴퓨터에서 광선은 기억소자에 의해 0 또는 1의 두 상태 중 하나로 변환되며, 이런 식으로 종래의 컴퓨터가 하듯이 정보를 저장하고 재생할 수 있다.

그러나 광학적으로 생성되든 아니든, 광범위한 기억 자체로는 **불규칙성 문제**가 해결되지 않는다. 이 광범위한 기억을 순차적으로 검색하려면 적지 않은 시간이 걸리기 때문이다. 효과적인 유일한 대안이라면, 제시된 정보와 저장된 정보가 완전한 유사성을 갖지 않더라도 직접 연합하는 것이다. 그러한 연합 처리야말로 인간의 기억이 지닌 가장 중요한 속성이다. 낯익은 얼굴을 보았을 때 그의 이름, 그에 대한 감정, 가장 최근에 말을 건 일 등 관련한 모든 정보가 환기되는 기억의 과정은 알고리즘의 단계적 처리 과정은 결코 아닐 것이다. 그렇다면 문제는, 뇌의 해부적 구조

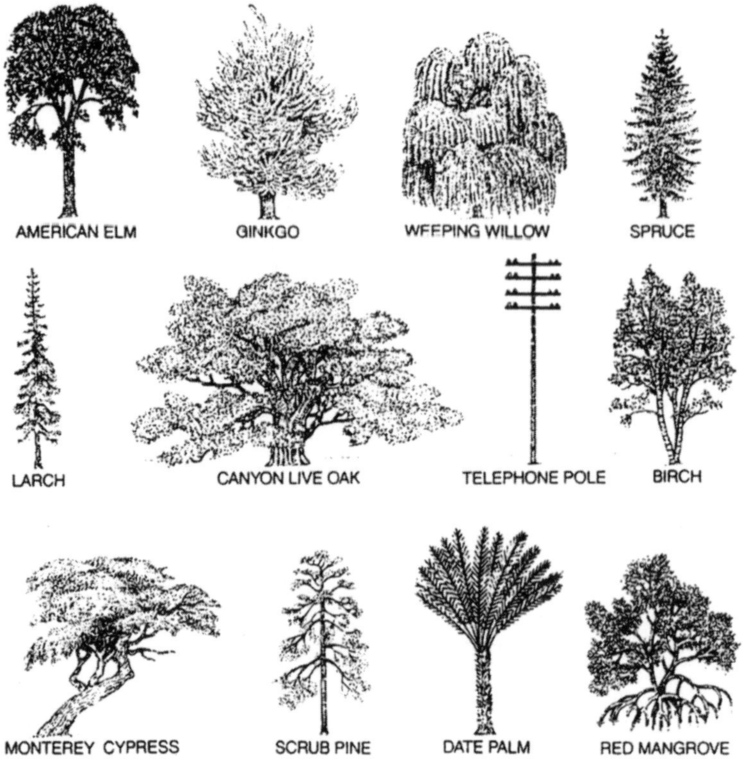

그림 9.6 불규칙성 문제를 시각화한 그림. 세 살짜리 아이는 온갖 형태의 나무에 대해 속속들이 설명해주지 않아도 이것이 '나무'라는 범주에 속하는지 여부를 아주 정확하게 짚어낸다. 그러나 재래식 컴퓨터는 상세한 패턴 설명(예컨대 '줄기'와 '가지' 차원에서)을 제시한다 해도 전신주를 나무에 포함시키는 오류를 저지를 수 있다.

가 그와 같은 연합의 조직 원리를 제시해줄 수 있느냐 하는 것이다.

처리 단위들이 우리 뇌의 뉴런처럼 배열된 컴퓨터는 이 단위들 사이의 연결 관계를 저장 기제로 사용함으로써 **불규칙성 문제**를 해결한다. 이러한 컴퓨터는 제시된 문제와 저장된 해답 사이에 연합이 형성됨과 '동시에' 학습이 이루어진다. 나무의 패턴 인식도 이와 마찬가지로, 제시된 나무 패턴과 저장된 나무 패턴 간의 연합을 통해 가능할 것이다. 아부 모스타파Y. S. Abu-Mostafa와 프살티스D. Psaltis가 개발한 원형적인 광신경망 컴퓨

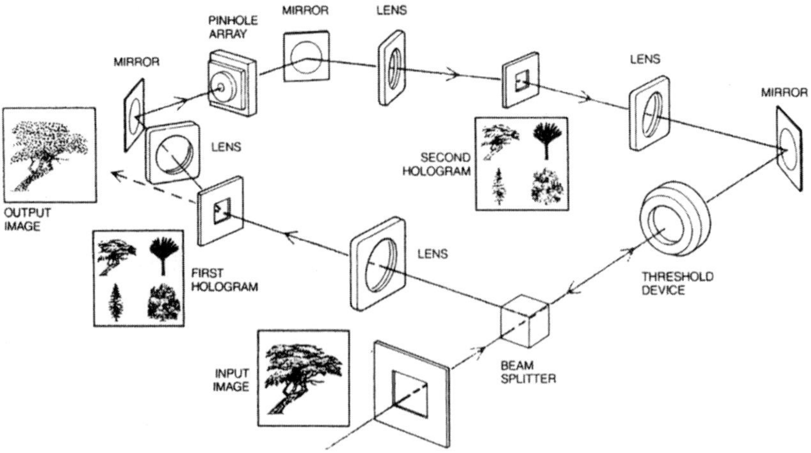

그림 9.7 캘리포니아 공대의 아부 모스타파와 프살티스가 개발한 패턴 인식 체계도. 입력된 사이프러스(맨 아래 가운데)의 광학상이 (네 가지 나무 패턴이 저장된) 메모리 기능을 하는 홀로그램을 통해 처리된다. 제시된 패턴과 저장된 패턴 사이에 상호작용이 이루어지고, 두 번째 홀로그램으로 넘어가면 네 가지 저장 패턴에서 처음 제시된 패턴과 가장 가까운 하나가 선택된다. 최대한 비슷한 패턴을 찾을 때까지 이러한 사이클은 반복되며, 그렇게 찾아낸 패턴이 출력상(왼쪽)으로 나타난다.

터에서는 홀로그램이 메모리 기능을 한다(그림 9.7). 뉴런 1만 개를 모사한 수많은 신경단위들이 평판 위에 배치되어, 뒤쪽에서 오는 빛 자극의 강도에 따라 반사강도가 변하는 원리다. 이 변화는 뉴런의 역치 변화를 통해 모사된다. 제시된 패턴은 수없이 반복되는 사이클 속에서 저장된 패턴과의 비교 과정을 거치면서 점점 더 비슷한 패턴을 찾아가고, 결국 충분히 비슷한 패턴을 찾으면 그 저장 패턴이 출력된다. 이로써 컴퓨터가 패턴을 '인식'하게 된 것이다.

므네모시네의 선물

광신경망 컴퓨터 은유에서 기억흔적 개념은 두 측면이 있다. 순전히 물리적인 관점에서 보면, 역치 변화라는 것은 일련의 비활성 흔적, 즉 그 자체로는 들을 수도 볼 수도 없는 죽은 스위치

회로에 지나지 않는다. 한편 이러한 흔적은 지시적·상징적 성격을 띤다(나무라는 패턴을 의미한다). 흔적들은 **의미**를 지니며 컴퓨터가 인식하는 것도 바로 이 의미다. 이런 점에서 광신경망 컴퓨터는 표상이 명확히 프로그램된 고전적인 컴퓨터나, 연결 강도의 패턴이 표상을 이룬다는 연결수의의 신경망과 근본적으로는 전혀 다를 것이 없다. 둘 다 기억흔적은 물리적으로도 상징적으로도 해석할 수 있기 때문이다.

기억흔적을 이렇게 해석함으로써 적어도 기억에 관한 정신-육체 문제가 정말 해결된 것일까? 컴퓨터 은유는 기억의 물리적 기반과 의식이 어떻게 상호작용하는지 정말 보여준 것일까? 퇴행 문제 없이 흔적의 선택을 말하는 것이 어떻게 가능한가? 호문쿨루스는 어떻게 사라졌는가? 요컨대 광신경망 컴퓨터는 정말 축음기 은유보다 인간의 기억에 더 적절한 은유일까?

호문쿨루스 문제를 될 수 있는 한 많은 기억 과정을 퇴행 문제 없이 설명하게 만드는 동기부여로 여긴다면, 광신경망 컴퓨터가 축음기 은유보다 생산적인 은유라고 말할 수 있다. 축음기는 저장된 것을 재생하는 데 여러 가지 개입이 필요하지만, 패턴 인식 컴퓨터의 재생은 완전 자동화해 있다. 또 축음기는 재생의 대가로 퇴행의 문제를 겪어야 한다. 흔적의 선택에서 어떤 정보가 어떤 흔적에 저장돼 있는지를 기억하는 주체가 필요하기 때문이다. 축음기적 흔적의 활성화란 그 축음기를 사용해 특정한 곡을 듣고자 하는 사람의 기억을 전제로 한다. 그러나 광신경망 컴퓨터의 경우 흔적의 선택은 완전히 자동적이다. 따로 개입하지 않아도 제시된 패턴이 그와 연합하는 흔적을 불러내는 것이다. 이러한 컴퓨터의 기억을 이용하는 데는 또 다른 기억이 필요치 않다.

이처럼 실질적·방법론적으로 컴퓨터 은유는 퇴행 문제의 해결을 향해 한 걸음 나아갔다. 그러나 표현 방식과 비유 대상을 불문하고 도대체 물리적 흔적이 어떻게 의식으로 흡수되는가 하는 **근본적인** 호문쿨루스 문제에 관해서라면, 컴퓨터 은유도 축음기 은유나 심지어 플라톤의 밀랍판 은유 같은 과거의 은유보다 나을 것이 없다. 정신-육체 문제와 자발적 기억의 순환성이라는 데카르트의 두 가지 수수께끼는 컴퓨터 은유도 해결하지 못하고 있다. 먼저 상호작용 문제는 ('정신'의 수준에 해당하는) **정보**가 정보 자체에 의해 메커니즘에 영향을 미칠 수 있다면 해결될 문제지만, 그럴 수 없는 것이 사실이다. 나무 그림 같은 특정한 입력 패턴을 아무리 자연스럽게 그린다 해도, 또 재생된 나무 패턴이 아무리 자연스럽게 보인다 해도, 둘 다 다른 무언가의 **표상**에 불과하다는(그저 '패턴'일 뿐이라는) 사실은 인간의 속성에 기인한다. 컴퓨터 메모리의 표상도 마찬가지다. 역치의 변화 패턴은 시각 정보를 '관찰자의 눈으로' 전달할 뿐이다. 표상이 컴퓨터의 물리적 과정에 '영향을 미친다'는 것은 잘못된 표현이다. 물리적 과정에 영향을 미치는 것은 오직 이전의 물리적 과정뿐이다. 컴퓨터의 기억흔적 해석은 상호작용 문제를 해결하기보다는 오히려 극단화한다. 물리적 과정과 표상적 과정이 완전히 병행하고 있기 때문이다.

전지전능한 호문쿨루스를 '질문에 예/아니요로 답하는 법'만 기억하는 덜 똑똑한 호문쿨루스 그룹으로 쪼개어 퇴행 문제를 해결하려는 데닛의 전략도 도움이 되지 못한다. 아무리 덜 똑똑한 호문쿨루스라 해도 표상을 사용하기는 마찬가지다. 정보의 의미가 외부에서 부여되는 한 표상일 뿐이기 때문이다. 가장 단순한 영혼을 지닌 최하위 호문쿨루스 그룹이라 해도 여전히 정보를 처리한다면 퇴행에서 벗어날 수 없는 것이다.[20] 데닛의 주장처럼 가장 멍청한 호문쿨루스의 표상이 '덜 표상적'인지는 몰라도 그 것이 표상이 아님을 의미하지는 않는다. 다음과 같은 홀데인J. Haldane의 지적이야말로 핵심을 말하고 있다. "의미와 지향성이라는 철학적 문제는 의미와 지향성이 **어느 정도**인지를 설명해야 하는 문제가 아니라, 그런 문제가 도대체 어떻게 생기는지를 설명해야 하는 문제다."[21]

이러한 지적은 컴퓨터적 통찰이 '지향적 행동과 자발적 선택에서 정신이 어떻게 육체에 작용하는지' 보여주었다는 견해의 근간을 무너뜨린다. 육체에 작용하는 것은 표상 자체가 아니라 그 물리적 상관물이기 때문이다. 컴퓨터는 **의미**를 인식하지 못하므로 결국 인식이 불가능하다. 따라서 컴퓨터 은유 관련 이론을 비롯한 지금까지의 어떤 이론도 정신-육체 문제에서 벗어나지 못했다고 할 수 있다.

요지는, 호문쿨루스 문제가 문헌상으로는 잘 구분되지 않지만 두 차원으로 해석된다는 것이다. 첫 번째는 방법론적 해석으로, 될 수 있으면 이론이 퇴행에서 자유로워야 한다고 말한다. 이 경우는 호문쿨루스 문제의 점진적 해결을 허용하므로 퇴행 문제 해결이라는 이상에 좀더 근접한 은유라는 것이 존재한다. 두 번째는 철학적 해석으로, 육체-정신의 관계와 관련한 것이다. 이 경우 호문쿨루스 문제는 뇌에서 일어나는 물리적 작용이 어떻게 의식으로 들어올 수 있는가, 즉 신경 연결상의 물질적 변화가 어떻게 개인적 기억이라는 현상 속에서 의식적 측면을 갖게 되는가 하는 수수께끼로 요약된다. 이 두 종류 호문쿨루스는 밀접한 관련이 있고 쌍둥이처럼 닮았지만, 그렇다고 똑같지는 않다. '방법론적' 호문쿨루스는 '데카르트적 호문쿨루스'를 해결하지 않고도 해결할 수 있는 문제이기 때문이다. 적어도 지금까지는 어떤 은유에 의한 기억 이론도 후자를 해결하지 못하고 있다.

그렇다고 해서 지금까지의 기억 이론들을 폄하할 수 있을지에 대해서는 논쟁의 여지가 있다. 대개의 기억 이론은 이른바 '3인칭' 심리학이라는 틀에 맞춰져왔다. 타인의 기억은 주관적으로 접근할 수 없고 오직 관찰 가능한 행동으로 표현될 때만 알 수 있다. 기억 연구에서 관찰 가능한 행동이란 자료의 재생 또는 경험에 의한 학습이었다. 이러한 외적 관점은 내성적인 방법으로 접근 가능한 개인의 의식을 전제로 하는 '1인칭' 심리학과 대비된다. 자발적 기억을 비롯한 주관적 기억 현상들은 '1인칭' 심리학에 속한다. 이러한 차이야말로 지극히 중요한 점이다. 데카르트는 인간의 의식과 물리적 실재 사이에 철학적 휴지caesura를 설정했다. 기억의 측면에서 보면, 인간의 기억과 뇌 안의 물리적 자극 처리 사이의 휴지를 의미한다. 그러나 심리학에서는 오히려 자신의 기억과 타인의 기억 사이에 휴지가 존재한다. 이러한 휴지는 접근 방법, 즉 내성법이냐 관찰 가능 행동이냐 하는 방법론과 관련된다.

1인칭과 3인칭 심리학을 구분함으로써, 오늘날의 심리학자들이 어째서 자발적 기억을 비롯한 주관적 현상에 관한 개념적 문제에 크게 개의치 않는지 알 수 있다. 최근의 기억 이론에서 의식이 흔적을 '듣거나 선택한다'는 개념은 아무런 구실도 하지 못한다. '3인칭' 심리학에서는 의식을 가정할 필요가 없기 때문이다. 자극이 연상의 형태로 '흔적'을 남기는 메커니즘이자, 의식이라는 감독관 없이 자동화한 접속 체계인 인간의 기억은 데카르트가 동물의 기억에 부여한 것과 다를 바 없는 지위를 지닌다. 생명 없는 메커니즘에서는 육체와 정신의 상호작용이 문제가 되지 않는다.

자발적 기억의 문제도 마찬가지다. 간단히 말해 기억을 인식하는 의식이란 '현재로서는' 존재하지 않는다. '3인칭' 심리학에서 기억은 외적으로 지각된 행동의 요약에 지나지 않는다. 컴퓨터 은유가 정신-육체 문제를 해결했다고 할 수 없는 것도 바로 이 때문이다. 컴퓨터가 기억(메모리)을 갖고 있다고 하면서도 컴퓨터가 추억을 간직한다거나 무언가를 회상한다고 하는 데는 직관적으로 주저하는 것도 당연한 일이다.

기억의 여신 므네모시네가 모두에게 똑같은 선물을 준 것은 아니다. 므네모시네가 당신들에게 준 기억은 외적인 관찰로 아는 수밖에 없지만, 내게 준 기억은 내면의 은밀한 문을 통해 개인적으로 다가갈 수 있다. 그러한 특권의 대가로 주어진 것은 좀처럼 풀기 힘든 수수께끼다. 즉 나는 나의 개인적·내성적 체험이 나의 뇌에서 관찰되는 과정과 어떻게 연결되는지 알지 못한다. 나는 친숙하지만 불가해한 존재를 기억 속에 품고 있다.

에필로그

회전하는 은유 기계는 끊임없이 변하는 기억의 이미지를 투사했다. 한때 밀랍판이었던 기억은 코덱스나 신비스런 글쓰기 판이었다가, 수도원이나 극장으로 바뀌었다가, 때로는 사냥감의 흔적을 뒤쫓는 숲이었다가, 금고나 새장이나 창고가 되기도 했다. 기억에 관해 은유를 사용한 사람은, 그 은유에 자기 주변의 것 또는 자신을 사로잡은 것을 그야말로 순수하게 반영했다. 아우구스티누스의 기억은 카르타고의 들판과 동굴을 보여주며, 토마스 아퀴나스의 은유는 신성한 글에 대한 중세적 외경심을 느끼게 한다. 로버트 플러드의 생생한 기억 극장은 비의적 예술의 축도이자 헤르메스주의의 쇠락을 반영한다. 로버트 훅은 자신의 은유를 통해 기계론자, 실험가, 현미경 전문가로서 면모를 보여주었다. 은유는 수세기 동안 그 안에 무언가를 담아왔으며, 따라서 박물관 같은 위상을 갖게 되었다.

또한 은유는 기억에 대한 견해와 해석에 각각의 형태를 부여했다. 플라톤의 새장 같은 유동적 은유로 표현된 기억은 사진 감광판으로 표현된 기억과는 다른 의미를 지닌다. 전자는 기억을 붙잡기 힘든 퍼덕이는 새로 바꿔놓고, 후자는 기억을 정적이고 잠재적인 흔적으로 축소한다. 기억을 카루스처럼 미궁으로 보거나 믿을 수 없을 만큼 빠른 신비의 베틀로 보는 사람은, 홀로그래피라는 형식으로 저장과 재생을 설명하는 판 헤이르던이나 프리브램과는 다른 종류의 기억을 염두에 두고 있다. 각각의 은유에 따라 기억을 바라보는 우리의 눈앞에는 다른 종류의 필터가 놓인다.

플라톤에서부터 현대의 신경망 연구자에 이르기까지 연대기순으로 살펴보면, 은유의 성격이 점점 더 기술적으로 변하는 것을 알 수 있다. 수세기 동안 철학자들은 쓰기나 도장 찍기 비유만으로도 충분했지만, 17세기로 오면서 기계적 유추를 통해 더 복잡한 은유가 등장했다. 낭만주의 이후 19세기 중반부터 기억 이론을 지배한 것은 사진, 축음기, 영화촬영술이라는 새로운 인공기억이었다. 청각, 시각 등의 감각 인상은 뇌의 신경 등록기에 흔적을 남겼다. 신경 과정은 전신 부호였고, 뇌는 드나드는 전선을 연결하는 배전반이었다. 세기가 바뀌자 신행동주의자들이 학습 행동을 모사하는 기계 모델을 개발했다. 헐의 전기기계적인 '정신적 기계'는 자극-반응 사이의 비밀을 밝히려는 시도였다. 제2차 세계대전 이후 마음에 대한 지배적 은유였던 컴퓨터는 상징을 처리함으로써 우리 기억 속의 많은 것에 의미론적 성격을 부여했다. 1970년대에 오면, 홀로그램에 의해 '우아한 퇴행', 내용주소, 분산 저장 같은 성질이 주목받았다. 기억 이론 속의 기억은 그 모델이 된 기술을 닮아갔다.

기억을 그 합법적 영토로 선언한 과학인 심리학에서 이러한 은유의 변형은 안타까움보다는 환영의 대상이었다. 로버트 훅에서부터 신경망 지지자에 이르기까지, 기억의 은유는 무언가를 순전히 물리적 방식으로 '기억해내는' 인공 체계에 대한 흥분과 관련되었다. 은유의 변형 속에서 변하지 않은 것이 있다면 그것은 이러한 인공기억에 대한 열정이었다. 드레이퍼의 사진, 귀요와 델뵈프의 축음기적 청각기억, 골턴의 '합성사진', 헐의 '정신적 기계', 튜링의 '전자두뇌', 판 헤이르던과 프리브램의 홀로그램, 러멜하트와 매클렐랜드의 신경망 등에 한결같이 존재한 것은 기억 과정을 모사할 수 있는 기술이나 장치에 대한 열정이었다. 어떤 이들의 열정은 개인적인 상황과 관련한 것이기도 하지만(훅, 드레이퍼, 골턴, 헐, 튜링, 판 헤이르던 등은 자신이 개발한 기술을 은유로 사용했다), 심리적 특성의 모사에 대한 경외심에서 비롯한 것이기도 하다. 그들에게는 이러한 인공기억이야말로, 마음이나 의식 같은 영묘한 무언가를 언급하지 않고도 기억을 물질적으로 설명할 수 있다는 증거로 보였다.

기억심리학이 기술 발전과 밀접하게 연관되었을 뿐 아니라 그 덕분에 그 지위를 확보한 것은 당연한 귀결이었다. 1839년 다게레오타입을 공표하고 1878년 축음기 실연을 한 파리 과학아카데미, 맥스웰(1861)과 골턴(1878)이 사진에 관해 강연하던 영국 왕립연구소, 에디슨과 벨 같은 발명가의 연구실, 최초의 컴퓨터를 설계하던 대학 연구소, 판 헤이르던이 홀로그램 시스템을 연구하던 폴라로이드사 연구소, 신경망을 개발하던 캘리포니아 공대, MIT, NASA, TI의 연구소 등 이 모든 장소에서 기억심리학은 기술의 후광을 입었다. 기술과 기억심리학의 이러한 관계는 심리학의 발원인 서구 문명에서는 언제나 축복받는 관계였다.

오늘날, 신경망은 자연의 기억과 가장 가까운 인공기억으로 여겨진다. 이 인공물의 대단한 힘은 학습, 연상, 재인의 수준에서 특히 강력하게 발휘된다. 신경망은 최소 저항 경로를 형식화한 것으로서, 19세기 말 '정신생리학'이 제시한 기억의 실체(활성화한 패턴이 신경조직에 홈을 만든다는 것)에 상응하는 인공물을 제공했다. 연결주의와 '정신생리학'의 공통점은 너무도 뚜렷해서, 은유 기계가 한 바퀴를 다 돌아 현재의 상을 통해 한 세기 전의 동일한 상을 투사하고 있는 것처럼 보일 정도다. 그러나 19세기의 '정신생리학'은 철학적 사색의 대상이던 연상 법칙을 신경학적으로 밝히려 한 것이고, 1940년대 매컬럭의 '신경 네트워크'는 불의 논리학·스위치 이론·정보 이론을 배경으로 하고 있으며, 오늘날의 신경망은 컴퓨터로 모사 가능한 신경 연결 관계를 형식화한 것이다. 이 세 가지 기억 연구는 나름의 배경과 영역, 나름의 정밀도와 설계 기준, 나름의 시험 가능성에 대한 기준을 지닌다. 기억의 역사는 헤라클레이토스적이다. 즉 어떤 은유나 이론도 똑같은 형태로 반복되지 않는다.

다만 그것이 반복이라고 생각할 만큼 유사성도 뚜렷하다. 기억을 신경 과정이라는 관점에서 설명하려는 시도에서, 기억 연구의 특정하고 전형적인 연구 경향이 반복되거나 과거에 이미 제기된 가설이 기억심리학이라는 영역에 다시 소개되기도 한다.

구체적인 은유 수준에서도 반복이 발생한다. 심리학에서는 끊임없는 은유의 변형 속에서 동일한 이론적 개념이 반복되는 것을 볼 수 있다. 예컨대 골턴이 설명한 전형적 표상 형성 기제는 매클렐랜드와 러멜하트의 전형 신경망에서 정교화했다기보다는 반복되었다고 할 수 있다. 촉진 개념의 반복은 정도가 훨씬 더하다. 흔적 형성의 기반으로 언급된 엄청나게 다양한 생리학적 과정을 봐도 그 핵심은 동일하다. 데카르트의 뇌 구멍, 하틀리의 '진동', 정신생리학의 신경 회로와 연상 경로, 매컬럭의 '신경 네트워크', 홉필드 네트워크, 스핀 유리에 이르기까지 이 모든 이론과 모델이 촉진이라는 동일한 개념을 표현하고 있다. 즉 신경 경로의 활성화가 반복 활성화를 촉진하고 이러한 활성화 성향이 경험의 표상 역할을 한다는 것이다. 결론적으로, 용어나 은유는 끊임없이 변하지만 사실상의 변화는 그만큼 많지 않다는 것이다. 기억에 대한 우리의 생각은 은유로 제시된 기술들과 보조를 맞추며, 새로운 은유에 따라 우리의 생각도 완전히 바뀌는 것처럼 보인다. 그러나 얼마 뒤면 익숙한 특징들이 드러나고 다른 무언가와 비슷한 점이 발견된다.

마지막으로 하나 더 생각해보자. 이 책에서 논의한 모든 은유 가운데 심리학 자체의 기억을 가장 잘 표현하고 있는 은유는 어떤 것일까? 그 답은 말할 것도 없이, 끝없이 기록하고 모든 것을 보존하는 놀라운 도구, 프로이트의 신비스런 글쓰기 판일 것이다. 심리학도 신비스런 글쓰기 판처럼 두 종류의 기억을 갖고 있는 듯하다. 맨 위의 셀룰로이드 종이는 자극을 받아들이고 또 쉽게 지우며 언제라도 새로운 기록이 가능하다. 셀룰로이드 종이에 쓴 모든 것은 그 아래의 밀랍층에 남지만 아래층을 보기는 매우 어렵다. 아래층에 남은 영속적인 흔적을 보려면 그 위에 덮인 층을 걷어내야만 한다. 논문·책·잡지 기사 등에 기록된 심리학의 총체적 기억은 밀랍층의 흔적처럼 확고하지만, 시간이 지날수록 영향력도 줄어든다. 프로이트의 은유에서처럼 주기적으로 밀랍층 위의 종이를 떼어내는 것과 같다. 글은 여전히 저장돼 있지만 더 이상 읽히지 않고 잊힌 상태로 존재한다. 우리가 그 아래층을 좀더 자주 들여다보지 않는다면, 이미 오랫동안 존재한 글들이 셀룰로이드 종이에 새롭게 쓰이는 일은 계속 반복될 것이다.

주

머리말

1. H. de Vries, *Historische studiën*, Groningen/Batavia, 1934, pp. 220-258.
2. *Ibid.*, p. 254.
3. *Ibid.*, pp. 222-223.
4. 기억의 은유에 관해, 좀더 최근의 심리학을 중심으로 한 단편적인 연구 두 편이 이미 나와 있다. M. M. Gruneberg & P. E. Morris (eds.), *Aspects of Memory*, London, 1978, pp. 1-25; H. Roediger, 'Memory metaphors in cognitive psychology', *Memory and Cognition*, 8 (1980), 231-246.
5. H. Ebbinghaus, *Über das Gedächtnis*, Leipzig, 1885.
6. 기억심리학자 배덜리가 쓴 심리학 교재는 이런 단언으로 시작한다. "철학자들은 적어도 2000년 이상 기억에 대해 사색해왔지만, 기억에 대한 과학적 연구는 겨우 100여 년 전에 시작되었다." A. Baddeley, *Human Memory. Theory and Practice*, Hillsdale, NJ, 1990, p. 1.
7. A. Kircher, *De ars magna lucis et umbrae*, Rome, 1646.

1 프로이트의 신비스런 글쓰기 판

1. S. Freud, 'A note upon the "mystic writing-pad"', in J. Strachey (ed.), *S. Freud, Collected Papers*, vol. v, New York, 1959, pp. 175-180. 원저는 'Notiz über den "Wunderblock"', *Internationale Zeitschrift für ärztliche Psychoanalyse*, 11 (1925) 1, 1-5.

2. Freud, 'A note upon the "mystic writing-pad"', p. 175.
3. *Ibid*., p. 176.
4. *Ibid*., p. 179.
5. *Ibid*., p. 180.
6. J. T. Edelson, 'Freud's use of metaphor', *Psychoanalytic Study of the Child*, 38 (1983), 17-59.
7. D. E. Leary (ed.), *Metaphors in the History of Psychology*, Cambridge, MA, 1990, p. 43에서 재인용.
8. B. Bettelheim, *Freud and Man's Soul*, New York, 1983, p. 37에서 재인용.
9. L. Breger, 'Some metaphorical types met with in psychoanalytic theory', *Psychoanalysis and Contemporary Thought*, 4 (1981), 107-140; H. Nash, 'Freud and metaphor', *Archives of General Psychiatry*, 7 (1962), 25-29.
10. G. H. E. Russelman, *Van James Watt tot Sigmund Freud. De opkomst van het stuwmodel van de zelfexpressie*, Deventer, 1983.
11. Aristotle, *Poetics*, 57b6
12. I. A. Richards, *The Philosophy of Rhetoric*, Oxford, 1936.
13. C. Nooteboom, *Rituals*, trans. Adrienne Dixon, Baton Rouge, Louisiana, 1983, p. 1. 'X는 Y와 같다'는 비유법은 엄밀히 말하면 은유가 아니라 직유이다.
14. M. Black, *Models and Metaphors*, Ithaca, 1962.
15. Richards, *Philosophy*, p. 93.
16. J. Martin and R. Harré 'Metaphor in science', in D. S. Miall (ed.), *Metaphor: Problems and Perspectives*, Sussex, 1982, pp. 89-105.
17. G. F. Beck, 'The metaphor as a mediator between semantic and analogic modes of thought', *Current Anthropology*, 19 (1978), 1, 83-88.
18. M. Danesi, "The neurological coordinates of metaphor', *Communication and Cognition*, 22 (1989) 1, 73-86.
19. S. P. Springer and G. Deutsch, *Left Brain, Right Brain*, New York, 1985.
20. E. Winner and H. Gardner, 'The comprehension of metaphor in brain-damaged patients', *Brain*, 100 (1977), 717-729.
21. D. B. Hier and J. Kaplan, 'Verbal comprehension deficits after right hemisphere damage', *Applied Psycholinguistics*, 1 (1980), 270-294.

22. R. V. Curtis and C. M. Reigeluth, "The use of analogies in written text', *Instructional Science*, 13 (1984), 99-117.
23. E. Woudstra, 'Analogies in non-specialist journals', *Communication and Cognition*, 22 (1989) 1, 47-60.
24. R. E. Reynolds and R. M. Schwartz, 'Relation of metaphoric processing to comprehension and memory', *Journal of Educational Psychology*, 75 (1983) 3, 450-459.
25. A. Paivio, 'Psychological processes in the comprehension of metaphor', in A. Ortony (ed.), *Metaphor and Thought*, Cambridge, MA, 1979, pp. 150-171.
26. R. R. Verbrugge and N. S. McCarrell, 'Metaphoric comprehension: studies in reminding and resembling', *Cognitive Science*, 9 (1977), 494-533.
27. J. Bruner, *On Knowing*, New York, 1965, p. 5.
28. R. Dreistadt, 'An analysis of the use of analogies and metaphors in science', *Journal of Psychology*, (1968), 97-116.
29. A. I. Tauber and L. Chernyak, *Metchnikoff and the Origins of Immunology: From Metaphor to Theory*, New York, 1991.
30. G. Holton, *The Scientific Imagination: Case Studies*, Cambridge, MA, 1978.
31. Dreistadt, 'Analysis', 107.
32. E. S. Ferguson, 'The mind's eye: nonverbal thought in technology', *Science*, 197 (1977), 827-836.
33. Freud, 'A note upon the "mystic writing-pad"', p. 177.
34. M. H. Erdelyi, *Psychoanalysis: Freud's Cognitive Psychology*, New York, 1985, pp. 197-244.
35. Freud, 'A note upon the "mystic writing-pad"', p. 179.

2 쓰기로서 기억

1. Plato, *Theaetetus*, trans. with an essay by R. A. H. Waterfield, Harmondsworth, 1987.
2. Plato, *Theaetetus*, p. 99.
3. *Ibid*., pp. 99-100.

4. M. Carruthers, *The Book of Memory. A Study of Memory in Medieval Culture*, Cambridge, 1990, p. 22.

5. Plato, *Theaetetus*, p. 104.

6. *Ibid.*, p. 105.

7. *The Works of Aristotle,* Oxford, 1951, vol. III, *De memoria et reminiscentia*, I, p. 450a, 25.

8. *Ibid.*, p. 450a, 32.

9. *Ibid.*, p. 450b, 1-10.

10. J. L. Ackrill, *Aristotle the Philosopher*, Oxford, 1981, p. 67.

11. 히브리 전통에서도 기억의 자리는 심장이었다. 잠언 3장 1~3절에는 "나의 계율을 네 심장에 간직하고…… 네 목에 휘감으며, 네 심장의 서판에 기록하라"는 훈계가 나온다. 심장에 각인되는 것은 계율만이 아니라 죄악일 수도 있었다. "유다의 죄는 철필과 금강석 촉으로 기록되며 그들 심장의 서판과 너희 제단의 뿔에 새겨지나니" (예레미야서 17장 1절).

12. 심장을 기억의 자리로 보는 학설은 어원상으로 그 자취가 남아 있다. 라틴어 동사 recordari('기억하다'의 의미)나, 정보를 기억으로부터 재생한다는 의미의 숙어 'by heart', 'par coeur'도 심장과 관련한 말들이다.

13. E. Clarke and K. Dewhurst, *An Illustrated History of Brain Function*, Oxford, 1972, p. 5.

14. Carruthers, *Book of Memory*, p. 28.

15. *Ibid.*, p. 55.

16. Plato, *Theaetetus*, p. 109.

17. *Ibid.*, p. 112.

18. St Augustine, *Confessions*, trans. with an introduction by R. S. Spine-Coffin, Penguin Classics, Harmondsworth, 1961.

19. St Augustine, *Confessions*, p. 215.

20. *Ibid.*, p. 217.

21. *Ibid.*

22. *Ibid.*, p. 216.

23. *Ibid.*, p. 215.

24. *Ibid.*, p. 219.

25. *Ibid.*, p. 217.

26. *Ibid.*, p. 218.

27. *Ibid.*

28. J. Coleman, *Ancient and Medieval Memories. Studies in the Reconstruction of the Past*, Cambridge, 1992, p. 95.

29. St Augustine, *Confessions*, p. 222.

30. *Ibid.*, p. 223.

31. *Ibid.*

32. *Ibid.*, p. 216.

33. Carruthers, *Book of Memory*, pp. 33-45.

34. Matthew 2:11.

35 Carruthers, *Book of Memory*, pp. 2-6.

36. 그렇다고 해서 imaginatio가 변덕스런 경험에 지배되는 능력이었다는 의미는 아니다. 오히려 imaginatio는 감각 표상을 판단하기 쉬운 방식으로 처리하는 능력이었다(cogitatio와 estimatio).

37. 책 은유를 사용한 다른 증인들도 있었다. 아퀴나스의 종신 비서였던 레지날드는 아퀴나스의 구술이 워낙 명확해서 "마치 눈앞에 책을 놓고 읽는 것 같았다"고 증언했다(Carruthers, *Book of Memory*, p. 5).

38. Carruthers, *Ibid.*, p. 221.

39. *Ibid.*, p. 33.

40. *Ibid.*, p. 39.

41. J. Becker, 'Das Buch im Stilleben—Das Stilleben im Buch', *Das Stilleben in Europa*, catalogue, Münster/Baden-Baden, 1979, p. 450.

42. 에스겔서 2장 10절~3장 3절. *Honingraten. De smaak van het lezen*, Maastricht, 1994에 수록된 빌 퀴스터르스(Wiel Kusters)의 읽기와 먹기의 유사성에 관한 소론에서 인용.

43. M. Camille, *Image on the Edge. The Margins of Medieval Art*, Cambridge, MA, 1992, p. 64.

44. R. H. Rouse and M. A. Rouse, '*Statim invenire*. Schools, preachers, and the new attitude to the page', in R. L. Benson and G. Constable (eds.), *Renaissance and Renewal in the Twelfth Century*, Cambridge, MA, 1982, pp. 201-225.

45. Carruthers, *Book of Memory*, p. 247.

46. *Ibid*.

47. N. Schneider, *Stilleben. Realität und Symbolik der Dinge*, Köln, 1989, pp. 189-190.

48. Becker, 'Buch', p. 464.

49. 기억술의 역사에 관해서는 F. A. Yates, *The Art of Memory*, London, 1966 (ed. 1984) 참조. 더 오래된 책으로는 J. C. von Aretin, *Systematische Anleitung zur Theorie und Praxis der Mnemonik nebst Grundlagen zur Geschichte und Kritik dieser Wissenschaft*, Sulzbach, 1810.

50. Yates, *Art of Memory*, p. 2에서 재인용.

51. 고전 기억술의 출처인 세 권의 책은 키케로의 《웅변에 관하여》, 쿠인틸리아누스의 《웅변교수론(Institutio oratoria)》, 그리고 《애드 헤레니엄》이다. 《애드 헤레니엄》은 기원전 86~기원전 82년에 무명의 웅변술 교사가 쓴 책이다.

52. 장소를 뜻하는 말이던 'topoi'는 훗날 '주제(topics)'를 뜻하는 말이 되었다.

53. 이러한 장소의 연속성은 '첫째(in the first place)…… 둘째(in the second place)……'와 같은 표현으로 남아 있다.

54. Yates, *Art of Memory*, p. 11.

55. 플러드의 생애와 업적에 대해서는 W. H. Huffman, *Robert Fludd and the End of the Renaissance*, London, 1988 참조. 플러드 저작의 비의적 경향에 대해서는 J. Godwin, *Robert Fludd. Hermetic Philosopher and Surveyor of Two Worlds*, Boulder, CO, 1979 참조.

56. J. D. Bolter, *Turing's Man. Western Culture in the Computer Age*, London, 1984, p. 157.

3 빛나는 볼로냐석

1. R. Boyle, 'A short Memorial of some Observations made upon an Artificial Substance, that shines without any precedent Illustration', in R. T. Gunther, *Early Science in Oxford*, vol. VIII, Oxford, 1931, pp. 273-277. 크라프트는 물리학자인 동시에 연금술사였다. 보일의 회고록에는 크라프트의 이름이 'Crafft' 대신 'Kraft('힘'을 뜻하는 독일어)'로 표기돼 있다.

2. Gunther, *Early Science*, p. 277.
3. E. Newton-Harvey, *A History of Luminescence: From the Earliest Times to 1900*, Philadelphia, 1957.
4. J. V. Golinsky, 'A noble spectacle. Phosphorus and the public cultures of science in the early Royal Society', *Isis*, 80 (1989), 11-39 (20)에서 재인용.
5. 라이프니츠는 브란트와 크라프트의 친구였다. R. Finster & G. van den Heuvel, *Gottfried Wilhelm Leibniz*, Reinbek bei Hamburg, 1990, p. 14 참조.
6. R. Waller, *The Posthumous Works of Robert Hooke*, London, 1705에 이 강연에 관한 내용이 있다. 그러나 9쪽도 안 되는 짧은 내용이어서 인용 부분마다 별도의 주를 달지 않았다.
7. Bolonia는 Bologna의 라틴어 표기이다.
8. M. 'Espinasse, *Robert Hooke*, London, 1956, p. 161.
9. Golinsky, 'Noble spectacle', 26.
10. S. Shapin and S. Schaffer, *Leviathan and the Air-Pump. Hobbes, Boyle, and the Experimental Life*, Princeton, 1985.
11. Golinsky, 'Noble spectacle', 27.
12. Th. Sprat, *History of the Royal Society*, London, 1667, pp. 113ff.
13. S. Parker, *A Free and Impartial Censure of the Platonick Philosophie*, Oxford, 1666.
14. *Ibid.*, p. 76.
15. Waller, *Posthumous Works*, p. xxvii.
16. 훅의 일기는 그의 생애 중 두 시기의 것만 남아 있다. H. W. Robinson & W. Adams (eds.), *The Diary of Robert Hooke, 1672-1680*, London, 1935; *Hooke's Diary for 1688-93*, in Gunther, *Early Science*, vol. x, pp. 69-265.
17. 'Espinasse, *Robert Hooke*, p. 139.
18. S. Shapin, 'Who was Robert Hooke?', in M. Hunter & S. Schaffer (eds.), *Robert Hooke. New Studies*, Woodbridge, 1989, pp. 253-285 (256).
19. B. R. Singer, 'Robert Hooke on memory, association and time perception', *Notes and Records of the Royal Society*, 31 (1976), 115-131.
20. St Augustine, *Confessions*, trans. with an introduction by R. S. Spine-Coffin, Harmondsworth, 1961, p. 217.

21. *Ibid*, p. 216.

22. Gunther, *Early Science*, p. 319. 훅은 자신의 머리카락 굵기(640분의 1인치)를 비교 척도로 삼았다.

23. 훅은 1680년 1월 6일 뉴턴에게 보낸 편지에서, 역제곱 법칙으로 알려진 이 비율이 중력에도 적용된다고 주장했다. "인력은 늘 지구 중심으로부터 거리의 제곱에 반비례한다는 것이 나의 가정이다." V. I. Arnol'd, *Huygens and Barrow, Newton and Hooke*, trans. from the Russian by E. J. F. Primrose, Basle, 1990, p. 22에서 재인용.

24. 《굴절광학》은 《방법서설Discours de la méthode》(Leiden, 1637)의 각 부를 이루는 소론 중 하나다.

25. R. S. Westfall, *The Construction of Modern Science, Mechanism and Mechanics*, Cambridge, 1977, pp. 52ff.

26. R. Descartes, *Traité de l'homme*, Paris, 1664.

27. M. Hesse, 'Hooke's vibration theory and the isochrony of springs', *Isis*, 57 (1966) 4, 433-441 (434).

28. 훅의 이론에 나오는 '조절 은유'로서 음악에 관해서는 J. C. Kassler, *Inner Music. Hobbes, Hooke and North on Internal Character*, London, 1995 참조.

29. T. K. Landauer, 'How much do people remember? Some estimates of the quantity of learned information in long-term memory', *Cognitive Science*, 10 (1986), 477-493. 란다우어의 '비트'가 훅의 '생각'과 동일한 개념이 아님은 분명하다. 두 개념의 공통점이라면, 둘 다 정보의 정량화에서 계산 단위로 쓰인다는 점이다.

30. *Ibid.*, 485.

31. *Ibid*.

32. Singer, 'Hooke on memory', 117.

33. Waller, *Works*, p. 148.

34. H. More, *The Immortality of the Soul*, London, 1662, p. 16.

35. Singer, 'Hooke on memory', 127.

36. Shapin & Schaffer, *Leviathan*, p. 50.

37. M. Hesse, 'Hooke's philosophical algebra', *Isis*, 57 (1966) 1, 67-83.

38. Hesse, 'Hooke's algebra', 69.

39. G. Richards, *Mental Machinery. The Origins and Consequences of Psychological*

Ideas from 1600 to 1850, London, 1992, pp. 66-69 (66).
40. *Ibid.*, p. 69.

4 거대한 미궁

1. A. Werner (ed.), *The Sword and the Flame. Selections from Heinrich Heine's Prose*, New York, London, 1960, pp. 249-250. 하이네는 1824년 9월 하르츠 산맥 지역을 도보 여행했다.
2. J. Clair, 'Beilhieb im Kopf', J. Clair, C. Pichler and W. Pircher (eds.), *Wunderblock. Eine Geschichte der modernen Seele*, Vienna, 1989.
3. H. Ebbinghaus, *Über das Gedächtnis*, Leipzig, 1885.
4. 카메라오브스쿠라, 사진, 영화는 제각기 기억과 관련돼왔으며, 이러한 병행은 19세기 내내 지속되었다. 이 내용은 5장에서 다룬다.
5. R. Descartes, *Principles of Philosophy*, trans. V. R. Miller and R. P. Miller, Dordrecht, 1983, p. 288.
6. 동물기계론에 관해서는 L. Cohen Rosenfield, *From Beast-Machine to Man-Machine*, New York, 1940 참조. 정신 과정의 기계화에 관한 논쟁 속의 동물기계론에 관해서는 D. Draaisma, *Het verborgen raderwerk, Over tijd, machines en bewustzijn*, Baarn, 1990 참조.
7. 1646년 11월 23일, 뉴캐슬의 후작에게 보낸 편지 중에서. R. Descartes, *The Philosophical Writings of Descartes (Vol. III: The Correspondence)*, trans. J. Cottingham, R. Stoothoff, D. Murdoch, A. Kenny, Cambridge, 1991, p. 304에서 인용.
8. J. O. de Lamettrie, *L'Homme machine*, Leiden, 1747.
9. J. O. de Lamettrie, *Man a Machine*, G. C. Bussey (ed.), La Salle, 1912, p. 86. 기계론적 접근은 무엇보다도 방법론의 문제이지, 유물론을 의미하는 것은 아니다(데카르트도 부르하버도 유물론자는 아니다). 그러나 그 역은 참이다.
10. *Ibid.*, p. 6.
11. *Ibid.*, p. 93.
12. *Ibid.*, p. 140.
13. H. B. de Saint-Pierre, *Etudes de la nature*, Paris, 1784. *Studies of Nature*, 5 vols., trans. M. Hunter, London, 1796, I, p. 296에서 재인용.

14. S. Poggi and M. Bossi (eds.), *Romanticism in Science. Science in Europe, 1790-1840*, Dordrecht, 1994.

15. G. H. Schubert, *Ansichten von der Nachtseite der Naturwissenschaft*, Dresden, 1808.

16 M. H. Abrams, *The Mirror and the Lamp. Romantic Theory and the Critical Tradition*, Oxford, 1953, p. 61에서 재인용.

17. C. G. Carus, *Neun Briefe über Landschaftsmalerei*, 1830, Villingen edn, 1990.

18. H. F. Ellenberger, *The Discovery of the Unconscious*, New York, 1970, pp. 207-208; G. H. E. Russelman, *Van James Watt tot Sigmund Freud. De opkomst van het stuwmodel van de zelfexpressie*, Deventer, 1983, pp. 61-65.

19. Carus, *Briefe*, p. 15.

20. *Ibid*., pp. 27-28.

21. C. Sommerhage, *Deutsche Romantik. Literatur und Malerei, 1796-1830*, Cologne, 1988, p. 84.

22. E. von Schlebrügge, 'Zur Topographie der romantischen Seele', in J. Clair et al. (eds.), *Wunderblock*, Vienna, 1989, p. 119에서 재인용.

23. *Ibid*.

24. C. G. Carus, *Vorlesungen über Psychologie*, Darmstadt, 1958.

25. 카루스가 10년 뒤에 이 강연을 했다면, 아마도 그는 다소 부자연스러운 이 자석 비유 대신에 사진 비유를 사용했을 것이다.

26. Carus, *Vorlesungen*, p. 155.

27. *Ibid*., p. 155. 리히텐베르크(1742~1799)는 당대의 매우 명석한 인물 중 한 명이었다.

28. *Ibid*., p. 163.

29. *Ibid*., p. 158.

30. *Ibid*., p. 159.

31. *Ibid*., p. 160.

32. *Ibid*., p. 160.

33. *Ibid*., p. 161.

34. *Ibid*., p. 162.

35. C. G. Carus, *Psyche, zur Entwicklungsgeschichte der Psychologie*, Pforzheim, 1846, p. 1.

36. Von Schlebrügge, 'Topographie', p. 115.

37. Heine, *Die Harzreise und andere Reisebilder*, Berlin, 1915, p. 92.

38. D. Draaisma, 'Een iconografie van de ziel', *Vrij Nederland*, Boekenbijlage, 23 September 1989, 6-7 참조.

39. J. C. Lavater, *Physiognomik. Zur Beförderung der Menschenkenntnis und Menschenliebe*, Vienna, 1829, vol. I, p. 144.

40. C. G. Carus, *Symbolik des menschlichen Gestalt*, Dresden, 1852.

41. C. G. Carus, *Neuer Atlas der Cranioskopie*, Leipzig, 1864, table VII.

42. Carus, *Atlas*, table XI.

43. 레스키(E. Lesky)가 전기적 서문이 딸린 갈의 선집을 편찬했다. *Franz Joseph Gall; 1758~1828, Naturforscher und Anthropologe*, Bern, 1979.

44. 갈의 가장 중요한 논문들은 그의 제자이자 동료인 슈푸르츠하임과 공동으로 발표한 것들이다. *Anatomie et physiologie du système nerveux en général, et du cerveaux en particulier*, Paris, 1810-1819.

45. R. E. Fancher, *Pioneers of Psychology*, New York, 1979, p. 45.

46. Lesky, *Gall*, p. 74에서 재인용.

47. J. E. Doornik, *Voorlezingen over F. J. Gall's herssen-schedelleer, in Felix Meritis en Doctrina et Amicitia, winter 1805-1806*, Amsterdam, 1806, p. 4.

48. M. Stuart, *Herinneringen uit de lessen van Frans Joseph Gall, Med. Doctor te Weenen, over de Hersenen, als onderscheiden en bepaalde werktuigen van de geest*, Amsterdam, 1806, p. 44.

49. Doornik, *Voorlezingen*, p. 3.

50. 갈의 1806년 네덜란드 방문과 네덜란드의 골상학 수용에 관해서는 M. Conradi, 'Franz Joseph Gall in Nederland', *De Psycholoog*, 7 (1995), 320-323 참조.

51. J. C. F. Leune, *De leer van Gall over de herssenen en de schedel*, Amsterdam, 1804, pp. 121-129.

52. *Ibid.*, p. 128.

53. *Ibid*.

54. W. Krauss, 'Franz Galls Schädellehre', in J. Clair et al. (eds.), *Wunderblock*, p. 203.

55. 칸토어와 섀핀은 정통 학계의 골상학 승인 문제와 골상학의 반(反)문화적 위상에 관

한 흥미로운 논의를 내놓았다. G. N. Cantor, 'The Edinburgh phrenology debate: 1803-1828', *Annals of Science*, 119 (1975), 195-218; S. Shapin, 'Phrenological knowledge and the social structure of early nineteenth-century Edinburgh', *Annals of Science*, 32, (1975), 219-243.

56. P. Flourens, *Examen de la phrénologie*, Paris, 1824.

57. F. Schiller, *Paul Broca. Founder of French Anthropology, Explorer of the Brain*, Berkeley, 1979.

58. M. A. B. Brazier, *A History of Neurophysiology in the Nineteenth Century*, New York, 1988.

59. A. Fouillée, 'La survivance et la sélection des idées dans la mémoire', *Revues des deux mondes*, 69 (1885), 357-389.

60. W. B. Carpenter, *Mental Physiology*, London, 1874; H. Maudsley, *The Physiology of Mind*, London, 1868.

61. E. Hering, *Über das Gedächtnis als eine allgemeine Funktion der organisierten Materie*, Vienna, 1870.

62. 개별적인 견해를 확인하려면 Maudsley, *Physiology*, 1876, p. 513 참조.

63. W. James, *Principles of Psychology*, New York, 1890.

64. W. James, 'On the association of ideas', *Popular Science Monthly*, March 1880.

65. Fouillée, 'Survivance', 380.

66. G. T. Ladd, *Physiological Psychology*, London, 1887, 1891 edn, p. 424. 여기서 '마음의 전철원'은 카루스가 말한 '우두머리 직조공'과 유사한 위치에 있다고 할 수 있다.

67. F. Rabelais, *Pantagruel*, Paris, 1533, 1548 edn, ch. LVI, book IV.

68. C. Sorel, *Le Courrier véritable*, Paris, 1632.

69. D. Marty, *The Illustrated History of Phonographs*, New York, 1981, p. 13.

70. 크로스는 12월 3일에 이런 편지를 보냈고 그의 요청은 그날 바로 승인되었다.

71. Anon., 'The Talking Phonograph', *Scientific American*, 22 December 1877, 384-385.

72. *Ibid.*, 384.

73. *Revue Scientifique*, 30 September 1878, 358. 부이요 자신이 축음기에 관한 다음과 같은 기사를 쓰기도 했다. 'Remarques sur le phonographe et le téléphone',

Comptes rendus des séances de l'Académie des Sciences, 87 (July-December 1878), 473-477.

74. A. M. Mayer, 'Edison's Talking Machine', *Nature* (11 April 1878), 469-471.
75. Anon., 'Phonograph', 385.
76. *Ibid*.
77. J. Appleby, *Phonetical Memory*, London, 1880.
78. J. Delboeuf, 'Le sommeil et les rêves: leurs rapports avec la théorie de la mémoire', *Revue philosophique*, 9 (1880), 129-169; 413-437 (160).
79. J.-M. Guyau, 'La mémoire et le phonographe', *Revue philosophique*, 9 (1880), 319-322. 이 기사는 귀요의 사후에 출간된 *La Genèse de l'idée de temps*, Paris, 1890의 4장에 수록되었다. 이 책의 개정판이자 영역판은 다음과 같다. J. A. Michon, V. Pouthas and J. L. Jackson (eds.), *Guyau and the Idea of Time*, Amsterdam, Oxford, New York, 1988.
80. *Guyau and the Idea of Time*, pp. 118-119에서 재인용.
81. *Ibid*., p. 332.
82. *Ibid*.
83. J. A. Michon, 'Guyau's idea of time: a cognitive view', Michon et al. (eds.), *Guyau*, p. 174.
84. J. A. Segner, *De raritate luminis*, 1-12, Göttingen, 1740.
85. H. Gundlach, 'Über das Gedächtnis und der Weg dorthin', in W. Traxel and H. Gundlach (eds.), *Ebbinghaus-Studien I*, Passau, 1986, pp. 23-40.
86. D. Shakow, 'Hermann Ebbinghaus', *American Journal of Psychology*, 42 (1930) 4, 505-518. 에빙하우스의 저작 목록이 수록돼 있다.
87. H. Ebbinghaus, *Über die Hartmannsche Philosophie des Unbewussten*, Düsseldorf, 1873.
88. E. von Hartmann, *Philosophie des Unbewussten*, Berlin, 1869, 1870 edn.
89. Von Hartmann, *Philosophie*, p. 252.
90. *Ibid*., p. 253.
91. Ebbinghaus, *Gedächtnis*, v.
92. 이러한 음절을 보통 '무의미 음절'이라고 일컫게 된 것은 'sinnlose Silbenreihe('무의미 음절 배열'이라는 뜻)'라는 말의 오역 때문이다. 이 말은 음절에 의미가 없는 것

이 아니라 음절들의 배열에 의미가 없다는 뜻이다. 에빙하우스가 기록한 많은 음절은 매우 일반적인 독일어 단어였다.

93. S. Bem, *Het bewustzijn te lijf,* Amsterdam, Meppel, 1985, p. 263.

94. Ebbinghaus, *Gedächtnis*, pp. 110-122. 바이런의 시에 나오는 80개 음절을 외우는 데 걸린 시간은 무의미 음절 80개를 외우는 데 걸린 시간의 10분의 1에 불과했다.

95. H. Ebbinghaus, Urmanuskript *'Über das Gedächtnis'*, Passau, 1983.

96. J. Jacobs, *Mind*, 10 (1885), 454-459 (458).

97. E. B. Titchener, *Textbook of Psychology*, New York, 1910, pp. 380-381.

98. G. E. Müller and A. Pilzecker, 'Experimentelle Beiträge zur Lehre vom Gedächtnis', *Zeitschrift für Psychologie*, Ergänzungsband, 1 (1900), 1-300.

99. A. Binet and V. Henri, 'La mémoire des phrases', *l'Année psychologique*, 1, (1894), 24-59.

100. H. Gundlach, 'Experimentelle Gedächtnisforschung', in J. Clair et al. (eds.), *Wunderblock*, pp. 351-355.

101. Ebbinghaus, *Gedächtnis*, p. 7.

102. *Ibid.*, pp. 128-129.

103. *Ibid.*, p. 71.

104. J. C. Marshall and D. M. Fryer, 'Speak memory! An introduction to some historic studies of remembering and forgetting', in M. M. Gruneberg and P. E. Morris (eds.), *Aspects of Memory*, London, 1978, pp. 1-25.

5 기억을 지닌 거울

1. 1839년 8월 런던에 떠돌던 작자 미상의 노래 첫 소절. H. and A. Gernsheim, *L. J. M. Daguerre*, New York, 1968, p. 105에서 재인용.

2. 다윈은 《종의 기원》이 출간되고 몇 달 후 친구인 아사 그레이(Asa Grey)에게 보낸 편지에서 "눈에 대해 생각만 하면 오싹해진다"고 썼다. C. Darwin, *The Autobiography of Charles Darwin and Selected Letters*, F. Darwin (ed.), New York, 1892, p. 244.

3. G. Ryle, *The Concept of Mind*, London (1949) 1978, p. 153.

4. J. O. de Lamettrie, *Man a Machine*, G. C. Bussey (ed.), La Salle, 1912, p. 107.

5. A. Maier, *Die Mechanisierung des Weltbilds im 17. Jahrhundert*, Leipzig, 1938.

6. 데카르트의 지각 이론과 카메라오브스쿠라의 관계에 대해서는 W. van Hoorn, *As Images Unwind*, Amsterdam, 1972 참조. 심해에 사는 앵무조개류(nautilus)만이 카메라오브스쿠라 같은 눈(벌어진 눈구멍 뒤에 바로 망막이 있는)을 갖고 있다.

7. 작자 미상, *Verses Occasion'd by the Sight of Chamera Obscura*, London, 1747. 이 송시(頌詩)를 다룬 글은 H. Schwarz, 'An eighteenth-century English poem on the camera obscura', in V. D. Coke (ed.), *One Hundred Years of Photographic History*, Albuquerque, 1975, pp. 128-138.

8. M. J. van Lieburg and H. A. M. Snelders, *De bevordering en vervolmaking van de proefondervindelijke wijsbegeerte*, Amsterdam, 1989, p. 21.

9. 알가로티의 그림에 관한 소론을 다룬 글은 A. Scharf, *Art and Photography*, London, 1968, pp. 22-23.

10. A. K. Wheelock, *Jan Vermeer*, New York, 1981, p. 38에서 재인용.

11. 《지팡티》의 영역판은 *Giphantia: or A View of What Has Passed, What is Now Passing, and During the Present Century, What will Pass, in the World*, London, 1761. 신비의 캔버스에 관한 구절이 수록된 주요 출처 중 하나는 B. Newhall (ed.), *Photography: Essays and Images*, New York, 1980. 더 오래된 (그러나 더 막연한) 사진의 전조(前兆)에 관한 글은 J. A. Groshans, 'Photography foreshadowed', *Nature*, 10 January, 1878, 202.

12. 슐체의 보고서 제목은 그러한 당황스러움을 담고 있다. 'Dunkelsheitsträger anstatt Lichtträger entdeckt; oder merkwürdiger Versuch über die Wirkung der Sonnenstrahlen'.

13. U. Tillmanns, *Geschichte der Photographie,* Stuttgart, 1981, p. 20.

14. T. Wedgwood and H. Davy, 'An account of a method of copying paintings upon glass and of making profiles, by the agency of light upon nitrate of silver', *Journal of the Royal Institute*, 1 (1802), 170-174; B. Newhall (ed.), *Photography*에 재수록.

15. Gernsheim, *Daguerre*.

16. Tillmanns, *Geschichte*, p. 31.

17. Newhall, *Photography*, pp. 17-18에 수록.

18. *Ibid.*, p. 18에서 재인용.

19. R. Taft, *Photography and the American Scene. A Social History, 1839-1889*, New York, 1942.

20. M. Frizot (ed.), *A New History of Photography*, Cologne, 1998, p. 28에서 재인용.

21. Taft, *Photography,* p. 29.

22. G. Freund, *Photography and Society*, London, 1980, p. 33.

23. 1839년 1월 31일 발표한 탤벗의 보고서는 그해에 책으로 출간되었다. W. H. F. Talbot, *Some Account of the Art of Photogenic Drawing*, London, 1839. Newhall, *Photography*, pp. 23-31에도 그 내용이 수록돼 있다. 천문학자 허셜은 탈보타입이 진짜 '사진'이며, 다게레오타입은 엄밀히 말해 시대에 뒤떨어진다고 말했다.

24. Tillmanns, *Geschichte*, p. 36.

25. 사진이 나오기 전에는 각도의 차이를 애써 계산해 그린 그림이 입체경에 사용되었다. 이전에 카메라오브스쿠라가 그랬듯이, 입체경도 지각 이론에서 물리적 유추 대상이었다. 생리학과 심리학 실험실에는 입체경이 표준 장비로 갖춰져 있었다.

26. 예술과 사진의 관계에 대한 역사를 알고 싶다면 Scharf, *Art* 참조.

27. 그런데도 단체 사진이 더 비싸다는 점이 사람들을 더욱 헷갈리게 만들었다.

28. Talbot, *Account.*

29. Talbot, *Account*; Newhall, *Photography*, p. 28에서 재인용.

30. Newhall, *Ibid*. 탤벗은 자신의 집이 '오래되고 눈에 띄는 건축 양식'이어서 사진 작업에 안성마춤이라고 생각했다.

31. *Ibid.*, p. 25.

32. O. W. Holmes, 'The stereoscope and the stereographe', *The Atlantic Monthly*, June (1859) 3, 738-748. Also in Newhall, *Photography*, pp. 53-61.

33. Hildebrand [N. Beets], *Camera Obscura*, Haarlem, 1839.

34. J. W. Draper, *Human Physiology*, London, 1856. 이 책에서 인용한 1868년판이 이미 7판이었다.

35. *Ibid.*, p. 269.

36. *Ibid.*, p. 288.

37. *Ibid.*

38. J. W. Draper, *History of the Conflict between Religion and Science*, London, 1878, pp. 133-134.

39. *Ibid.*, p. 135.

40. *Ibid.*, p. 136.

41. J. Luys, *Le Cerveau et ses fonctions*, Paris, 1878.

42. Luys, *Cerveau*, p. 106.

43. A. Kussmaul, Die Störungen der Sprache, Leipzig, 1881, p. 35.

44. J. Delbœuf, 'Le sommeil et les rêves: leurs rapports avec la théorie de la mémoire', *Revue philosophique*, 9 (1880), 129-169; 413-437.

45. W. B. Carpenter, *Mental Physiology*, London (1874) 1879, p. 436.

46. G. T. Ladd, *Physiological Psychology*, London (1887) 1891, p. 422.

47. R. M. Evans, 'Maxwell's color photograph', *Scientific American*, November 1961, 118-128.

48. *Ibid.*, p. 118.

49 . Th. Ribot, 'La mémoire comme fait biologique', *Revue philosophique*, 9 (1880), 516-547. Th. Ribot, *Diseases of Memory*, London, 1882, p. 10.

50. Ribot, *Diseases*, pp. 11-12에서 재인용.

51. J. Huber, *Das Gedächtnis*, Munich, 1878.

52. *Ibid.*, p. 28.

53. *Ibid.*, p. 30.

54. F. Galton, *Memories of my Life*, London, 1908.

55. F. Galton, 'On generic images', *Proceedings of the Royal Institution*, 9 (25 April 1879), 161-170. 이 강연은 다음 책의 부록으로도 실렸다. F. Galton, *Inquiries into Human Faculty and its Development*, London, 1883.

56. Galton, *Inquiries*, frontispiece.

57. *Ibid.*, p. 15.

58. A. Sekula, 'The body and the archive', *October*, 39 (1986), 3-64.

59. Galton, 'Generic images'.

60. H. Maudsley, *The Physiology of Mind*, London (1868), 1876, p. 518.

61. By Erich Jaensch, 'Über die subjectiven Anschauungsbilder', *Bericht über den Kongress für experimentelle Psychologie*, 7 (1922).

62. A. Binet and L. Henneguy, *Psychologie des grands calculateurs et joueurs d'échecs*, Paris, 1894.

63. 컴퓨터의 계산과 저장용량 간의 관계에 대해서도 거의 이와 같은 표현을 사용한다.

64. 그러나 이 실험 결과를 두고, 색에 대한 기억 작용과 숫자에 대한 기억 작용이 엄밀히 말하면 서로 별개가 아니라는 결론을 내릴 수도 있다. 두 작용이 별개라면 25가지 색상의 숫자들을 기억하는 데는 11분(숫자에 대한 기억 3분, 색에 대한 기

억 8분)이 걸려야 하기 때문이다.
65. Binet and Henneguy, *Psychologie*, p. 339.
66. A. Binet, *La psychologie du raisonnement*, Paris, 1886, pp. 107ff. 합성사진에 대한 프랑스어 기사는 1878년에 발표되었다. F. Galton, 'Les images génériques', *Revue scientifique*, 17 (1878), 2nd series, 221-225.
67. H. Bergson, *L'Evolution créatrice*, Paris, 1907; H. Bergson, *Creative Evolution*, New York, 1911, pp. 305-306에서 재인용. 베르그송은 콜레주 드 프랑스에서 행한 시간 개념에 대한 일련의 강연에서 이미 이 은유를 사용했다고 밝혔다. 그의 강연은 1902~1903년에 있었으며, 영화촬영술은 1895년에 발명되었다.

6 디지털화한 기억

1. H. Gardner, *The Mind's New Science. A History of the Cognitive Revolution*, New York, 1985.
2. D. Gentner and J. Grudin, 'The evolution of mental metaphors in psychology: a 90-year perspective', *American Psychologist*, 40 (1985), 181-192.
3. L. D. Smith, 'Metaphors of knowledge and behavior in the behaviorist tradition', in D. E. Leary (ed.), *Metaphors in the History of Psychology*, Cambridge, MA, pp. 239-266.
4. Smith, 'Metaphors', p. 244에서 재인용.
5. E. C. Tolman, 'Cognitive maps in rats and men', *Psychological Review*, 55 (1948), 189-208.
6. Smith, 'Metaphors', p. 246.
7. E. C. Tolman, *Purposive Behavior in Animals and Men*, New York, 1932, p. 424.
8. Tolman, 'Cognitive maps', 208.
9. M. Gardner, *Logic Machines, Diagrams and Boolean Algebra*, New York, 1958.
10. Smith, 'Metaphors', p. 249에서 재인용.
11. *Ibid.*, p. 250.
12. C. L. Hull and H. D. Baernstein, 'A mechanical parallel to the conditioned reflex', *Science*, 70 (1929), 14-15는 그러한 유추의 원형을 보여주는 논문이다.

13. H. D. Baernstein and C. L. Hull, 'a mechanical model of the conditioned reflex', *Journal of General Psychology*, 5 (1931), 99-106 (106).

14. R. G. Krueger and C. L. Hull, 'An electro-chemical parallel to the conditioned reflex', *Journal of General Psychology*, 5 (1931), 262-269 (267).

15. *Ibid.*, 268.

16. C. L. Hull, 'Simple trial-and-error learning: a study in psychological theory', *Psychological Review*, 73 (1930), 241-256.

17. Smith, 'Metaphors', p. 254.

18. M. Meyer, 'The comparative value of various conceptions of nervous function based on mechanical analogies', *American Journal of Psychology*, 24 (1913), 555-563.

19. 그 예로, J. M. Stephens, 'A mechanical explanation of the law of effect', *American Journal of Psychology*, 41 (1929), 422-431; A. Walton, 'Conditioning illustrated by an automatic mechanical device', *American Journal of Psychology*, 42 (1930), 110-111; H. Bradner, 'A new "mechanical learner"', *Journal of General Psychology*, 17 (1937), 414-419 등이 있다.

20. V. Pratt, *Thinking Machines. The Evolution of Artificial Intelligence*, Oxford, 1987.

21. S. Augarten, *Bit by Bit. An Illustrated History of Computers, London*, 1985, p. 15.

22. Pratt, *Thinking Machines*, p. 79.

23. J. Wilkins, *Essay towards a Real Character and a Philosophical Language*, London, 1668. 윌킨스의 업적에 대한 논의를 보려면 L. J. Cohen, 'On the project of a universal character', *Mind*, 63 (1954), 49-63 참조.

24. M. M. Slaughter, *Universal Languages and Scientific Taxonomy in the Seventeenth Century*, Cambridge, 1982.

25. M. Hesse, 'Hooke's philosophical algebra', *Isis*, 57 (1966), 1, 67-83.

26. J. Wilkins, *Mercury: Or the Secret and Swift Messenger*, London, 1641.

27. P. and E. Morrison (eds.), *Charles Babbage and his Calculating Engines*, New York, 1961에 수록된 러브레이스의 글. Babbage, *Passages from the Life of a Philosopher* (edited with a new introduction by M. Campbell-Kelly), London, 1994, pp. 85-106은 해석기에 관해 쓴 장이다.

28. D. D. Swade, 'Redeeming Charles Babbage's mechanical computer', *Scientific*

American, February (1933), 62-67.
29. Morrison and Morrison, *Charles Babbage*, p. 252에서 재인용.
30. *Ibid*., p. 249.
31. G. Boole, *An Investigation of the Laws of Thought*, London, 1854.
32. W. S. Jevons, *The Principles of Science*, London, 1874.
33. 논리 피아노에 대한 논의를 보려면 J. C. Kassler, 'Man—a musical instrument: models of the brain and mental functioning before the computer', *History of Science*, 22 (1984), 59-92.
34. A. M. Turing, 'On computable numbers, with an application to the Entscheidungs-problem', *Proceedings of the London Mathematical Society*, 42 (1937), Series 2, 230-265.
35. F. H. Hinsley and A. Stripp (eds.), *Codebreakers, the Inside Story of Bletchley Park*, Oxford, 1993.
36. A. Hodges, *Alan Turing. The Enigma of Intelligence*, London, 1983.
37. B. Randell, *The Origin of Digital Computers: Selected Papers*, New York, Berlin, 1973.
38. Augarten, *Bit*, p. 128. 프로그래머는 명령을 타이핑해 입력하는 것이 아니라 새로운 작업을 할 때마다 케이블과 플러그를 새로 연결해 수백 개의 회로를 바꿔야 했다.
39. *Ibid*., p. 130.
40. W. McCulloch and W. Pitts, 'A logical calculus of the ideas immanent in nervous activity', *Bulletin of Mathematical Biophysics*, 5 (1943), 115-133.
41. C. E. Shannon, 'A symbolic analysis of relay and switching circuits', *Transactions of the American Institute of Electric Engineers*, 57 (1938), 1-11.
42. A. M. Turing, 'Computing machinery and intelligence', *Mind*, 59 (1950), 433-460. 예비 논문격인 〈지능화한 기계〉는 훗날 B. Meltzer and D. Mitchie (eds.), *Machine Intelligence*, vol. 5, Edinburgh, 1969, 3-23에 수록되었다.
43. Turing, 'Intelligent machinery', 13.
44. Turing, 'Computing machinery'. 이보다 앞선 글(〈지능화한 기계〉)에서 튜링은 훗날 튜링 테스트로 알려진 것에 대해 훨씬 더 신중하게 설명했다. 체스 경기를 하는 사람이 맞대응하는 상대가 체스 기계인지 체스 선수인지를 판단할 수 없다면, 기계가 '지능'을 지녔다고 말할 수 있다는 것이었다. 튜링은 자신이 실제로 이러한 실험

을 행한 바 있다고 덧붙였다.

45. 예를 들면 B. J. Baars, *The Cognitive Revolution in Psychology*, New York, 1986; Gardner, *Mind's New Science* 참조.

46. A. Newell and H. A. Simon, *Human Problem Solving*, Englewood Cliffs, 1972, p. 874.

47. E. A. Feigenbaum, 'The simulation of verbal learning behavior', *Proceedings of the Western Joint Computer Conference*, 19 (1961), 121-132.

48. 쓰기 은유가 새로운 기술적 형태로 재등장한 사실에 주목할 것(2장 참조).

49. G. A. Miller, E. Galanter and K. Pribram, *Plans and the Structure of Behaviour*, New York, 1960.

50. *Ibid.*, p. 126.

51. J. Martin and R. Harré 'Metaphor in science', in D. C. Miall (ed.), *Metaphor: Problems and Perspectives*, Sussex, 1982, pp. 89-105.

52. W. K. Estes, 'The information-processing approach to cognition: a confluence of metaphors and methods', in W. K. Estes (ed.), *Handbook of Learning and Cognitive Processes*, vol. 5, Hillsdale, NJ, 1978, pp. 1-18.

53. Z. W. Pylyshyn, *Computation and Cognition*, Cambridge, MA, 1984.

54. M. A. Boden, *Artificial Intelligence and Natural Man*, New York, 1977, p. 4

55. D. C. Dennett, *Brainstorms. Philosophical Essays on Mind and Psychology*, Hassocks, 1978.

56. *Ibid.*, p. 122.

57. *Ibid.*, p. 123.

58. *Ibid.*, p. 124.

59. 호문쿨루스 문제에 대한 데닛의 해결책, 그리고 컴퓨터 은유가 정신 육체 문제를 거의 해결했다는 보든의 주장은 9장에서 다시 논의할 것이다.

60. Baars, *Cognitive Revolution*, p. 149.

61. H. Dreyfus and J. Haugeland, 'The computer as a mistaken model of the mind', in S. C. Brown (ed.), *Philosophy of Psychology*, London, 1974, pp. 247-279에서 재인용.

62. 대부분의 컴퓨터 메모리에서는 대상을 '주소'에 저장한다. 그리고 '색인'을 통해 주소를 찾아야만 재생이 가능하다. 이러한 '위치주소' 메모리와 상반되는 '내용주소'

메모리는 제시된 패턴과 저장된 패턴이 직접 연결됨으로써 인출이 가능하다.
63. Estes, 'Confluence', p. 8.
64. E. F. Loftus, *Memory*, Reading, MA, 1980.
65. *Ibid*., p. 171.
66. M. J. Watkins, 'Human memory and the information-processing metaphor', *Cognition*, 10 (1981), 331-336.
67. A. D. Baddeley, *Human memory. Theory and Practice*, Hillsdale, NJ, 1990.
68. *Ibid*., p. 113.
69. Baars, *Cognitive Revolution*, p. 157.
70. Estes, 'Confluence', p. 1.
71. 마빈 민스키는 만약 컴퓨터가 존재하지 않았다면 컴퓨터적 정신 이론을 전개할 수 있었겠느냐는 질문에 이렇게 답했다. "할 수는 있었겠지만 아무도 믿지 않았을 것이다"(1989년 10월 21일 저자와의 인터뷰에서).
72. Gardner, *Mind's New Science*, pp. 384-388.

7 홀로그램 같은 기억

1. D. Gabor, 'A new microscopic principle', *Nature*, 161 (1948), 777-778.
2. M. A. Arbib, *The Metaphorical Brain*, New York, 1972, p. 186.
3. P. J. Van Heerden, *The Crystalcounter. A New Instrument in Nuclear Physics*, Amsterdam, 1945.
4. 이력에 관한 사항은 판 헤이르던이 저자에게 보내온 편지(1993년 9월 20일, 1995년 1월 19일)에서 인용했다.
5. J. Von Neumann, *The Computer and the Brain*, New Haven, 1958.
6. D. MacKay, 'Mindlike behaviour in artefacts', *British Journal for the Philosophy of Science*, 2 (1951), 105-121.
7. P. J. Van Heerden, 'A new optical method of storing and retrieving information', *Applied Optics*, 2 (1963), 387-392; 'Theory of optical information storage in solids', *Applied Optics*, 2 (1963), 393-400. 위의 두 글은 다음 책에도 수록되었다. P. J. Van Heerden, *The Foundation of Empirical Knowledge*, Wassenaar, 1968.
8. R. L. Beurle, 'Properties of a mass of cells capable of regenerating pulses', *Philosophical*

Transactions of the Royal Society of London; Ser. B, 240 (1956), 55-94.
9. Van Heerden, *Foundation*, p. 29.
10. *Ibid*.
11. K. R. Pribram, 'The neurophysiology of remembering', *Scientific American*, 220 (1969), 73-86.
12. E. N. Leith and J. Upatnieks, 'Photography by laser', *Scientific American*, 212 (1965), 24.
13. 프리브램이 홀로그램 은유를 처음 사용한 글은 'Some dimensions of remembering: steps towards a neuropsychological model of memory', in J. Gaito (ed.), *Macromolecules and Behavior*, New York, 1966. 프리브램이 1966년 혹은 1969년에 판 헤이르던의 논문을 이미 알고 있었는지는 분명치 않다. 그러나 나중의 저작들에는 판 헤이르던에 대한 언급이 몇 차례 나온다.
14. 프리브램의 홀로그램적 기억 이론을 설명하기 위해 저자가 주로 참고한 글은 K. Pribram, M. Nuwer and R. J. Baron, 'The holographic hypothesis of memory structure in brain function and perception', in D. H. Krantz, R. C. Atkinson, R. D. Luce and p. Suppes (eds.), *Contemporary Developments in Mathematical Psychology*, vol. 2, San Francisco, 1974, pp. 416-457. 홀로그램 은유에 관해 쉽게 읽을 만한 글은 D. Goleman, 'Holographic memory: interview with Karl Pribam', *Psychology Today* (February 1979), 71-84.
15. Pribram, Nuwer and Baron, *Ibid*., p. 428.
16. *Ibid*., p. 444.
17. K. R. Pribram, 'Mind, brain and consciousness: the organization of competence and conduct', in J. M. Davidson and R. J. Davidson (eds.), *The Psychology of Consciousness*, New York, 1980, pp. 47-63.
18. Pribram, *Ibid*., p. 59.
19. H. C. Longuet-Higgins, 'Holographic model of temporal recall', *Nature*, 217 (1968), 104; P. R. Westlake, 'The possibilities of neural holographic processes within the brain', *Kybernetik*, 7 (1970), 129-153; J. P. Cavanagh, 'Two classes of holographic processes realizable in the neural realm', *Lecture Notes in Computer Science*, 22 (1975), 14-40.
20. K. S. Lashley, 'In search of the engram', *Society for Experimental Biology (Great*

Britain). Physiological Mechanisms in Animal Behavior, New York, 1950.
21. Pribram, Nuwer and Baron, 'Holographic hypothesis', p. 417.
22. W. Penfield and L. Roberts, *Speech and Brain Mechanisms*, Princeton, NJ, 1959, p. 45.
23. S. Rose, *The Conscious Brain*, Harmondsworth, 1976, p. 253.
24. J. P. Cavanagh, 'Holographic and trace strength models of rehearsal effects in the item recognition task', *Memory and Cognition*, 4 (1976) 2, 186-199.
25. K. R. Pribram, *Languages of the Brain*, Englewood Cliffs, NJ, 1971, p. 162.
26. W. James, *The Principles of Psychology*, New York, 1890. *Principles*, New York edn, 1981, p. 243에서 재인용.
27. R. Brown and D. McNeill, 'The tip of the tongue phenomenon', *Journal of Verbal Learning and Verbal Behavior*, 5 (1966), 235-237.
28. J. Metcalfe and B. B. Murdock, 'An encoding and retrieval model of single-trial free recall', *Journal of Verbal Learning and Verbal Behavior*, 20 (1981), 161-189.
29. G. Heymans, 'Eine Enquête über Depersonalisation und Fausse Reconnaissance', *Zeitschrift für Psychologie*, 36 (1904), 321-343. 헤이만스의 연구를 재분석한 글은 H. N. Sno and D. Draaisma, 'An early Dutch study of déjà vu experiences', *Psychological Medicine*, 23 (1993), 17-26.
30. H. N. Sno and D. H. Linszen, 'The déjà vu experience: remembrance of things past?', *American Journal of Psychiatry*, 12 (1990), 1587-1595.
31. R. L. Gregory, *Mind in Science*, London, 1981, p. 376.
32. Rose, *Conscious Brain*, p. 253.
33. P. H. Lindsay and D. A. Norman, *Human Information Processing*, New York, 1977, p. 440.
34. Arbib, *Metaphorical Brain*, p. 186.
35. J. M. Eich, 'A composite holographic associative recall model', *Psychological Review*, 89 (1982) 6, 627-661.
36. Arbib, *Metaphorical Brain*, p. 187.
37. Van Heerden, *Foundation*, p. 29.
38. B. B. Murdock, 'Convolution and correlation in perception and memory', in L.-G. Nilsson (ed.), *Perspectives on Memory Research*, Hillsdale, NJ, 1979, pp. 105-120.

39. Arbib, *Metaphorical Brain,* p. 187.

40. R. Semon, *Die Mneme als erhaltendes Prinzip im Wechsel des organischen Geschehens*, Leipzig, 1904.

41. G. T. *Ladd, Physiological Psychology*, London (1887) 1891, pp. 423-424.

42. Beurle, 'Properties', 81.

43. 여기에는 다음과 같은 단서가 붙는다. 가보르와 마찬가지로 물리학자인 뵈를이 홀로그래피의 수학적 모델에서 영감을 얻었을 가능성은 있지만, 그의 최종 논문에서는 홀로그래피를 상기시키는 어떤 내용도 찾아볼 수 없다. 이런 이유로 뵈를은 홀로그램 은유의 역사에 수수께끼와 같은 인물로 남아 있다. 뵈를은 그레이트 멜번(Great Malvern)의 레이더 연구기관에서 일하는 것으로 〈회보〉에 나와 있을 뿐 그밖에 그에 관해 알려진 것이 별로 없다. 판 헤이르던이 뵈를에게 보낸 논문도 '반송'되었다고 한다(판 헤이르던이 저자에게 보낸 1993년 9월 20일자 편지 내용).

44. Metcalfe and Murdock, 'Encoding', pp. 162ff.

45. T. Kohonen, *Associative Memory*, Berlin, New York, 1977.

46. D. Willshaw, 'Holography, associative memory, and inductive generalization', in G. Hinton and J. Anderson (eds.), *Parallel Models of Associative Memory*, Hillsdale, NJ, 1981, pp. 83-104.

47. E. Boirac, 'Correspondance', *Revue Philosophique*, 1 (1876), 430-431 참조.

48. Willshaw, 'Holography', 93.

8 마법의 베틀

1. M. A. B. Brazier, *A History of Neurophysiology in the Nineteenth Century*, New York, 1988.

2. '강한' 인공지능과 '약한' 인공지능을 구분하는 것이 중요하다. 약한 인공지능은 컴퓨터 시뮬레이션이 정신 과정 가설의 정확성을 높이고 검증하는 데 중요하다는 견해이고, 강한 인공지능은 정신 과정을 모사한 시뮬레이션 그 자체가 정신 과정이라는 급진적인 견해다.

3. W. McCulloch and W. Pitts, 'A logical calculus of the ideas immanent in nervous activity', *Bulletin of Mathematical Biophysics*, 5 (1943), 115-133.

4. 쥐의 미로 학습 행동을 모사한 민스키의 학습기계는 40개의 구성요소로 이루어졌으

며, '강화(reinforcement)'에 따라 구성요소들의 값이 변하는 것이었다.

5. F. Rosenblatt, 'The perceptron: a probabilistic model for information storage and organization in the brain', *Psychological Review*, 65 (1958), 386-408.
6. W. F. Allman, *Apprentices of Wonder. Inside the Neural Network Rovolution*, New York, 1989, p. 104에서 재인용.
7. M. Minsky and S. Papert, *Perceptrons: An Introduction to Computational Geometry*, Cambridge, MA, 1969.
8. Allman, *Apprentices*, p. 105.
9. *Ibid*., p. 6.
10. J. J. Hopfield, 'Neural networks and physical systems with emergent collective computational abilities', *Proceedings of the National Academy of Science*, 79 (April, 1982), 2554-2558.
11. D. O. Hebb, *The Organization of Behavior*, New York, 1949.
12. Allman, *Apprentices*, p. 135.
13. *Ibid*., G. Johnson, *In the Palaces of Memory*, New York, 1991 등은 연결주의로의 전환에 대해 높은 식견을 보여주는 책이다.
14. 또한 C. Brown, P. Hagoort and Th. Meijering, *Vensters op de geest. Cognitie op het snijvlak van filosofie en psychologie*, Utrecht, 1989, p. 17; G. Wolters and R. H. Phaf, 'Connectionisme: een nieuwe uitdaging voor de psychologie', *De psycholoog*, 7/8 (1988), 361-369 참조.
15. P. Smolensky, 'On the proper treatment of connectionism', *Behavioral and Brain Sciences*, 11 (1988), 1-74.
16. Allman, *Apprentices*, p. 111.
17. 이들의 글은 S. Grossberg, *Studies of Mind and Brain*, Dordrecht, 1982에 수록돼 있다. 쿠퍼의 연결주의 초창기 글은 L. N. Cooper, 'A possible organization of animal memory and learning', *Nobel Symposium*, 24 (1973), 252-264. 코호넨의 주요 저작은 T. Kohonen, *Associative memory*, Berlin, New York, 1977.
18. G. Hinton and J. Anderson (eds.), *Parallel Models of Associative Memory*, Hillsdale, NJ, 1981.
19. D. J. Amit, G. Gutfreund and H. Sompolinsky, 'Spin-glass models of neural networks', *Physical Review A*, 32 (1985), 1007-1018.

20. D. L. Stein, 'Spin glasses', *Scientific American* (July, 1989), 36-42. 1982년 홉필드의 연구는 스핀 유리의 특수한 종류인 이징스핀(Ising spin)을 참고로 한 것이다.
21. Allman, *Apprentices*, p. 136.
22. D. C. Dennett, 'Cognitive wheels: the frame problem of AI', in C. Hookway (ed.), *Minds, Machines and Evolution*, Cambridge, 1984, pp. 129-151.
23. 이 기술은 러멜하트, 매클렐랜드, 윌리엄스가 개발한 것이다. D. Rumelhart, J. McClelland, and R. J. Williams, 'Learning representations by back propagating errors', *Nature*, 323 (1986), 533-536.
24. 이렇게 주장한 글은 G. Hinton, 'Connectionist learning procedures', *Artificial Intelligence*, 40 (1989), 185-234. 이 글에 이의를 제기한 글은 C. F. Stevens, 'Strengthening the synaps', *Nature*, 338 (1989), 460-461.
25. 신경망에서 사용한 인지적 바퀴의 또 다른 예로 'veto cell'이 있다. 'veto cell'은 자극 전달을 차단함으로써 뉴런 집단의 결합 작용을 방해하는 독단적인 뉴런이다.
26. E. Hering, *Über das Gedächtnis als eine allgemeine Funktion der organisierten Materie*, Vienna, 1870.
27. H. D. Block, 'The perceptron: a model for brain functioning, 1', *Reviews of Modern Physics*, 34 (1962), 123-135.
28. P. T. Quinlan, *Connectionism and Psychology*, Chicago, 1991.
29. J. McClelland, D. Rumelhart and the PDP Research Group, *Parallel Distributed Processing: Explorations in the Microstructure of Cognition, vol. 1,* Cambridge, MA, 1986.
30. A. Clark, *Microcognition: Philosophy, Cognitive Science, and Parallel Distributed Processing*, Cambridge, MA, 1989, p. 99.
31. 또한 A. G. Knapp and J. A. Anderson, 'Theory of categorization based on distributed memory storage', *Journal of Experimental Psychology: Learning, Memory, and Cognition*, 10 (1984) 4, 616-637 참조.
32. G. Wolters and R. H. Phaf, 'Implicit and explicit memory: implications for the symbol-manipulation versus connectionism controversy', *Psychological Research*, 52 (1990), 137-144.
33. 순행성 기억상실은 어떤 트라우마에 뒤이어 일어나는 일들을 기억하지 못하는 증상을 말한다. 반면 역행성 기억상실(retrograde amnesia)은 트라우마 이전의 일부 기

억을 재생할 수 없는 증상이다. 외현기억과 암묵기억의 구분은 선언적(declarative) 기억과 절차적(procedural) 기억의 차원에서도 설명돼왔다.

34. S. S. Korsakoff, 'Etude médico-psychologique sur une forme des maladies de la médoire', *Revue philosophique*, 28 (1889), 501-530.

35. 클라파레드의 일화가 수록된 책은 D. L. Schacter, 'Implicit memory: history and current status', *Journal of Experimental Psychology: Learning, Memory, and Cognition*, 13 (1987) 3, 501-518.

36. K. Schneider, 'Über einige klinisch-pathologische Untersuchungsmethoden und ihre Ergebnisse. Zugleich ein Beitrag zur Psychopathologie der Korsakowschen Psychose', *Zeitschrift für Neurologische Psychiatrie*, 8 (1912), 553-616.

37. S. Corkin, 'Acquisition of motor skill after bilateral medial temporal lobe-excision', *Neuropsychologia*, 6 (1968), 255-265. 심각한 간질 환자인 헨리에게 시행한 수술은 발작의 빈도 감소를 목적으로 한 것이었다.

38. E. K. Warrington and L. Weiskrantz, 'New method of testing long-term retention with special reference to amnesic patients', *Nature*, 217 (1968), 972-974.

39. D. L. Schacter, M. P. McAndrews and M. Moscovitch, 'Access to consciousness: dissociation between implicit and explicit knowledge in neuropsychological syndromes', in L. Weiskrantz (ed.), *Thought without Language,* Oxford, 1988, p. 244.

40. P. Graf, L. R. Squire and G. Mandler, 'The information that amnesic patients do not forget', *Journal of Experimental Psychology: Learning, Memory, and Cognition*, 10 (1984) 1, 164-178.

41. Schacter, 'Implicit memory'.

42. Baddeley, *Human Memory*, pp. 357ff 참조.

43. P. Thagard, 'Parallel computation and the mind-body problem', *Cognitive Science*, 10 (1986), 301-318.

44. Wolters and Phaf, 'Connectionisme', 369.

45. D. A. Oakley and H. C. Plotkin (eds.), *Brain, Behaviour and Evolution*, London, 1979.

46. Baddeley, *Human Memory*, p. 378.

47. W. K. Estes, 'Toward a framework for combining connectionist and symbol-

processing models', *Journal of Memory and Language*, 27 (1988), 196-212.
48 Clark, *Microcognition*, p. 161.
49. P. A. Vroon, *Tranen van de krokodil*, Baarn, 1989.
50. Johnson, Palaces, p. 151에서 재인용. 쿠퍼가 참고한 글은 H. C. Longet-Higgins, 'Holographic model of temporary recall', *Nature* (6 January, 1968), 104.
51. Allman, *Apprentices*, p. 119에서 재인용.
52. 그러나 프리브램은 다음 글에서 홀로그래피와 연결주의의 연속성을 지적했다. K. H. Pribram, 'From metaphors to models: the use of analogy in neuropsychology', in D. E. Leary (ed.), *Metaphors in the History of Psychology*, Cambridge, MA, 1990, pp. 79-103.
53. Hinton and Anderson, *Parallel Models*.
54. D. Willshaw, 'Holography, associative memory and inductive generalization', in Hinton and Anderson, *Parallel Models*, pp. 83-104
55. B. R. Gomulicki, 'The development and present status of the trace theory of memory', *The British Journal of Psychology. Monograph Supplements*, XXIX (1953).
56. 월간 〈파퓰러 사이언스〉 1880년 3월호에 실린 윌리엄 제임스의 소론은 훗날 일부 수정을 거쳐 《심리학의 원리》의 '연상'에 관한 장에 수록됐다. W. James, *Principles of Psychology*, Cambridge edn, MA, 1983, p. 531에서 재인용.
57. *Ibid.*, p. 534.
58. F. Galton, 'On generic images', *Proceedings of the Royal Institution*, 9 (1879), 161-170.
59. *Ibid.*, 162.
60. Wolters and Phaf, 'Connectionisme', 368.
61. James, *Principles*, p. 617.
62. *Ibid.*, p. 618.
63. *Ibid.*, p. 649.

9 호문쿨루스

1. R. Kousbroek, *Een kuil om snikkend in te vallen*, Amsterdam, 1971, p. 49.

2. W. F. Hermans, *Boze brieven van Bijkaart*, Amsterdam, 1977.
3. 7장 참조.
4. D. C. Dennett, *Brainstorms. Philosophical Essays on Mind and Psychology*, Hassocks, 1978, p. 122.
5. 메르센 신부에게 보낸 편지(1640년 4월 1일). R. Descartes, *The Philosophical Writings of Descartes (Vol. III: The Correspondence)*, trans. by J. Cottingham, R. Stoothoff, D. Murdoch and A. Kenny, Cambridge, 1991, p. 146.
6. 메르센 신부에게 보낸 편지(1640년 8월 6일). *Ibid.*, p. 151.
7. R. Descartes, *The Philosophical Writings of Descartes (Vol. I)*, trans. J. Cottingham, R. Stoothoff, D. Murdoch, Cambridge, 1985, p. 107.
8. R. Descartes, *Descartes' Philosophical Writings*, trans. N. Kemp Smith, London, 1952, p. 305.
9. *Ibid.*, pp. 298-299.
10. *Ibid.*, p. 299.
11. 6장 참조.
12. 데닛에 앞서 이러한 분석을 제시한 글은 F. Attneave, 'In defense of homunculi', in W. A. Rosenblith (ed.) *Sensory Communication*, Cambridge, 1961.
13. Dennet, Brainstorms, p. 124. 같은 이론을 좀더 발전시킨 글은 D. C. Dennet, *Consciousness Explained*, London, 1991.
14. D. C. Dennett, 'Artificial intelligence and the strategies of psychological investigation, in J. Miller (ed.), *States of Mind*, London, 1983, pp. 66-81.
15. M. A. Boden, *Artificial Intelligence and Natural Man*, New York, 1977, p. 4.
16. M. A. Boden, *Minds and Mechanisms: Philosophical Psychology and Computational Models*, Brighton, 1981, p. 31.
17. *Ibid.*, p. 38.
18. 범주 형성의 경우에도 이와 유사한 문제가 발생한다(8장 참조).
19. Y. S. Abu-Mostafa and D. Psaltis, 'Optical neural computers', *Scientific American* (April 1987), 66-73.
20. 이와 같은 요지의 분석을 보려면 J. Margolis, 'The trouble with homunculus theories', *Philosophy of Science*, 47 (1980), 244-259; D. Draaisma, 'De angst van de homunculus voor het scheermes', *Kennis en methode*, 8 (1984) 3, 225-239.

21. J. Haldane, 'Psychoanalsis, cognitive psychology and self consciousness', in C. Wright and P. Clark (eds.), *Mind, Psychoanalysis and Science*, Oxford, 1988, pp. 113-139.

그림 출처

1 프로이트의 신비스런 글쓰기 판

1.1 E. Engelman, *Sigmund Freud. Wien IX. Berggasse 19*, Vienna 1993.

1.2 N. Highmore, *Corporis humani disquistio anatomica*, Hague 1651, frontispice.

2 쓰기로서 기억

2.1 G. Reisch, *Margarita philosophica*, Basel 1503.

2.2 J. Plummer, *The hours of Catherine of Cleves*, London 1966.

2.3 J. Plummer, *The hours of Catherine of Cleves*, London 1966.

2.4 S. Brant, *Das Narrenschiff*, Basel 1494.

2.5 S. Mathias Holtzwart, *Emblemata tyrocinia*.., P. von Düffel & K. Schmidt (ed.), Stuttgart 1968, nr. 8.

2.6 J. Romberch, *Gongestorium Artificiose Memorie*, Venice 1533.

2.7 R. Fludd, *Utriusque cosmi...Historia*, Oppenheim 1617-1619.

2.8 R. Fludd, *Utriusque cosmi...Historia*, Oppenheim 1617-1619.

2.9 R. Fludd, *Utriusque cosmi...Historia*, Oppenheim 1617-1619.

3 빛나는 볼로냐석

3.1 Derby Museum & Art Gallery.

3.2 A. Bettex, *De ontdekking der natuur*, Hoofddorp 1977.

3.3 R. Descartes, *Traité de l'homme*, Paris 1664.

3.4 R. Descartes, *Traité de l'homme*, Paris 1664.

4 거대한 미궁

4.1 M. Prause, Carl Gustav Carus. *Leben und Werk*, Berlin 1968.

4.2 C. G. Carus, *Neuer Atlas der Cranioskopie*, Tafel VII, Leipzig 1864.

4.3 J. C. Spurzheim, *Phrenology, or, the doctrine of the mind; and of the relations between its manifestations and the body*, London 1825, frontispice.

4.4 D. Marty, *The illustrated history of phonographs*, New York 1981.

4.5 D. Marty, *The illustrated history of phonographs*, New York 1981.

4.6 A. M. Mayer, 'Edisons Talking-Machine', *Nature*, 11 April 1878, 469-471.

4.7 A. M. Mayer, 'Edisons Talking-Machine', *Nature*, 11 April 1878, 469-471.

4.8 D. Marty, *The illustrated history of phonographs*, New York 1981.

4.9 D. Marty, *The illustrated history of phonographs*, New York 1981.

4.10 Catalogus instrumentmakerij Zimmermann, Leipzig 1903.

5 기억을 지닌 거울

5.1 A. Scharf, *Art and photography*, London 1968.

5.2 M.-L. von Plessen (red.), *Sehsucht. Das Panorama als Massenunterhaltung des 19. Jahrhunderts,* Bonn 1993.

5.3 R. Descartes, *Discours de la méthode (La Dioptrique)*, Leiden 1637.

5.4 R. Descartes, *Discours de la méthode (La Dioptrique)*, Leiden 1637.

5.5 R. Descartes, *Traité de l'homme*, Paris 1664.

5.6 U. Tillmanns, *Geschichte der Photographie*, Stuttgart 1981.

5.7 U. Tillmanns, *Geschichte der Photographie*, Stuttgart 1981.

5.8 U. Tillmanns, *Geschichte der Photographie*, Stuttgart 1981.

5.9 R. Taft, *Photography and the American scene. A social history, 1839-1889*, New York 1942.

5.10 F. Galton, *Inquiries into human faculty and its development*, London 1883, frontispice.

5.11 K. R. Pearson, *The Life, Letters and Labours of Francis Galton*, vol. 2, London 1924.

5.12 A. Binet & L. Henneguy, *Psychologie des grands calculateurs et joueurs d'échecs*, Paris 1894.

5.13 A. Binet & L. Henneguy, *Psychologie des grands calculateurs et joueurs d'échecs*, Paris 1894.

6 디지털화한 기억

6.1 D. P. Boder, 'A tridimensional maze', *American journal of psychology*, 42 (1930), 107-108.

6.2 R. G. Krueger & C. L. Hull, 'An electro-chemical parallel to the conditioned reflex', *Journal of General Psychology*, 5 (1931), 262-269.

6.3 J. Wilkins, *Mercury: or the secret and swift messenger*, London 1641.

6.4 A. Hyman, *Charles Babbage. Pioneer of the computer*, Oxford 1982.

6.5 W. S. Jevons, *The principles of science*, London 1874, frontispice.

7 홀로그램 같은 기억

7.1 B. Ernst, *Holografie. Toveren met licht*, Amsterdam 1986.

7.2 D. Draaisma, 'Het brein als hologram', *Psychologie*, 10 (1990), 30-34.

7.3 B. Ernst, *Holografie. Toveren met licht*, Amsterdam 1986.

7.4 D. Draaisma, 'Het brein als hologram', *Psychologie*, 10 (1990), 30-34.

7.5 H. N. Sno & D. H. Linzen, 'The déjà vu experience: remembrance of things past?', *American Journal of Psychiatry*, 12 (1990), 1587-1595.

8 마법의 베틀

8.1 J. Clair (ed.), *Wunderblock*, Vienna 1989.

8.2 S. Ramón y Cajal, *Histologie du système nerveux de l'homme et des vertébrés*,

Paris 1909-1911.

8.3 F. Kahn, *Das Leben des Menschen*, Stuttgart 1929.

8.4 B. Kolb & J. Q. Whishaw, *Fundamentals of human neuropsychology*, New York 1990.

8.5 W. James, *Principles of psychology*, New York 1890.

9 호문쿨루스

9.1 Schweizerische pharmaziehistorisches Museum, Basel.

9.2 F. Kahn, *Das Leben des Menschen*, Stuttgart 1929.

9.3 F. Kahn, *Das Leben des Menschen*, Stuttgart 1929, ed. Het leven van de mens, Amsterdam 1939.

9.4 R. Descartes, *Traité de l'homme*, Paris 1664.

9.5 R. Descartes, *Traité de l'homme*, Paris 1664. *Verhandelinge des Menschelyken Lighaams, met alle des selfs bedieningen, soo van die gene welke van de ziel als van het lighaam afhangen*, Amsterdam 1692, 273.

9.6 Y. S. Abu-Mostafa & D. Psaltis, 'Optical neural computers', *Scientific American*, (april 1987), 66-73.

9.7 Y. S. Abu-Mostafa & D. Psaltis, 'Optical neural computers', *Scientific American*, (april 1987), 66-73.

옮긴이의 글

이 책의 번역을 시작하면서, 대학 시절 '심리학개론' 강의시간에 배운 기억에 관한 짧은 지식을 들춰보았다. 기억의 체계는 단기기억과 장기기억으로 구분되고, 기억 과정은 부호화·저장·인출로 이루어지며, 망각은 쇠가 녹슬 듯 기억이 부식하거나 다른 기억에 의한 방해 때문에 일어난다는 등의 설명은 단순하고도 명쾌했다. 나는 내 머릿속의 우주를 대충 그런 식으로 이해하고 살아왔지만, '기억'이라는 주제는 언제나 우주만큼 신비로운 것이었다. 내가 기억하는 어린 시절의 일화가 사실과 다르다는 것을 알았을 때, 아무리 떠올려도 떠오르지 않던 단어가 다른 일을 하던 중 불현듯 떠오를 때, 십수 년 전에 마지막으로 타본 자전거 타는 법을 여전히 기억할 때, 난생 처음 가본 곳에서 기시감을 느낄 때 등등.

"기억이 어떻게 저장되고 인출되는가"라는 문제는 과학 잡지 〈사이언스〉가 창간 125주년을 맞아 선정한, 과학이 풀지 못한 25대 난제 중 하나이기도 하다. 기억은 "우주에 다른 생명체가 살고 있을까"라는 문제만큼이나 풀기 힘든 문제라는 것이다. 자전거 타기에서부터 인생을 좌우할 시험에 이르기까지 기억이 없다면 모두 불가능한 일이다. 내가 다른 사람이 아닌 바로 나일 수 있고 내 삶의 과거와 현재와 미래가 연속성을 지닐 수 있는 것은 기억 덕분이다. 따라서 기억을 이해하는 일이 바로 나 자신을 이해하는 일임을 생각하면, 기억의 실체를 아는 문제가 그리 간단치 않은 것은 당연한지도 모른다.

기억 연구의 역사를 다룬 이 책이 '은유'를 분석틀로 택한 것도 어쩌면 당연한 일이다. 기억의 '저장'이라는 말을 좀더 정확한 용어로 바꿀 수 없는 것처럼, 기억, 나아가 우리의 마음은 은유가 아니고서는 설명하기 힘든 대상인 것이다. 은유는 단순한 비유의 구실을 넘어서, 새로운 의문을 낳고 새로운 사실을 '발견'하게 하는 구실까지 해왔다. 이 책은 은유의 새로운 발견이라고 할 만큼, 기억 연구와 심리학 전반에 걸쳐 은유의 구실이 얼마나 중요한가를 보여준다.

은유를 축으로 한 기억 연구의 역사는 고대 그리스 시대로까지 거슬러 올라간다. 기억에 대한 과학적 연구가 겨우 100여 년 전에 시작되었다면, 철학자들은 적어도 2000년 이상 기억에 관해 사색해왔다고 이 책은 말한다. 기억심리학의 시초라는 에빙하우스의 연구가 다만 방법론적 수준의 미미한 전환이었을 뿐이며, 심리학개론 시간에 배운 '최신' 이론의 많은 부분이 실은 플라톤 시대부터 끊임없이 반복돼온 생각들의 새로운 버전에 불과하다는 사실은 이 책이 일깨워준 내용의 일부분에 불과하다. 이 책은 단순히 기억 연구의 역사를 정리하는 데 그치지 않고 "기억이란 무엇인가"라는 근본적인 질문을 던지고 있다. 이 질문은 "마음이란 무엇인가" 혹은 "심리학이란 무엇인가"라는 질문으로까지 확장된다.

망각이라는 문제 앞에 좌절했던 아우구스티누스의 탄식, 인간의 마음을 소우주로 표현한 헤르메스주의자들, 낭만주의 풍경화 속에 표현된 영혼의 풍경들은 우리의 마음이 심리학이라는 과학적 연구 이전에 철학·종교·예술의 성찰 대상이었음을 일깨워주며, 갈수록 복잡해지는 첨단 기술의 은유들 속에서 현대 심리학이 잊고 있는 것을 생각하게 만든다. 그것은 반성과 성찰이라는 문제다.

말하자면 기억의 은유는 끊임없이 바뀌고 새로워지지만 핵심적인 생각은 반복된다는 것이다. 19세기 말 에빙하우스의 기억 이론은 플라톤의 밀랍판 은유를 내포하고 있으며, 최신 신경망 연구 속에서는 데카르트의 뇌구멍 이론을 발견할 수 있다. 저자 드라이스마가 역사적 연구를 강조하는 것은 바로 이런 이유에서이다. 또한 현대의 첨단 은유들이 해결했다고 자부하는 '중대한' 문제가 실은 전혀 해결되지 않았다는 점은 성찰이 필요한 또 다른 이유다. 그것은 육체(물질)와 정신(의식)이 어떻게 연관되는가 하는 데카르트적인 문제다. 저자는 심리학의 역사적 고찰 끝에 심리학의 근간을 흔드는 근본적이고 철학적인 질문을 던지며 책을 마무리하고 있다.

드라이스마의 또 다른 저서 《나이 들수록 왜 시간은 빨리 흐르는가》가 자전적 기억이라는 문제를 통해 기억에 다소 가볍게 접근했다면, 이 책 《은유로 본 기억의 역사》는 심리학사를 전공으로 하는 저자가 기억이라는 주제를 역사적으로 접근해 더욱 깊이 있게 천착한 책이라고 할 수 있다.

하지만 결코 어렵지 않으며 재미있게 읽힌다. 은유가 시대와 문화를 반영하는 거울이라는 저자의 말처럼, 은유의 역사를 따라가다 보면 각 시대의 흥미로운 장면들과 적잖이 마주치게 된다. 유명인의 두개골을 도굴하는 골상학자들, 합성사진으로 만든 전형적인 범죄자의 얼굴, 축음기를 처음 보고 도저히 믿을 수 없어 복화술이라고 외친 과학자, 제2차 세계대전과 컴퓨터의 탄생 과정 등은 기억이라는 주제로 쓴 가벼운 '서양문화사'

한 권을 읽는 듯한 즐거움을 준다.

간혹 다듬어지지 않은 전문용어나 미흡한 역주가 즐거운 독서에 걸림돌이 되지 않기를 바라며, 언제나 숨은 진주 같은 책을 찾아내시는 에코리브르의 박재환 대표님께 감사드린다.

2015년 8월

정준형

찾아보기

* 쪽수 옆 괄호 안 숫자는 주 번호입니다

인명

주제어